Marie-Claude Gay

LE SERMENT DE SAINT-JEAN-DE-LUZ

Roman

JC Lattès
17 rue Jacob 75006 Paris

LE SERMENT DE SAINT-JEAN-DE-LUZ

du même auteur

aux Éditions Lucien Souny
Le Temple de l'eau (Prix Gironde 1996 du deuxième roman)
Les Vignes du Clos d'Orcival
L'Enfant de Tolède
Blessures de Femmes

aux Éditions HERME
Périgord – Collection *Partance*

aux Éditions EDL
Tout le charme de la Provence Côte-d'Azur
Tout le charme de la Normandie
Tout le charme de l'Alsace

www.editions-jclattes.fr

À Géraldine, ma fille chérie, en souvenir de toutes ces merveilleuses années passées, ensemble, au pays Basque.

1

La maison d'en haut

La gifle claqua, sèche et brutale. Néréa, la main sur la joue, baissa les yeux pour cacher à son père la lueur de défi que son geste y avait allumée. Un jour, c'était sûr, elle le tuerait.

— Je t'interdis, tu entends, je t'interdis de parler aux ouvriers. Tu es la fille du maître et je ne veux pas que tu te commettes avec l'un d'entre eux.

— Mais…

Un rictus menaçant déformait la bouche d'Antoine Baïgorry.

— Tais-toi, ou je te punis. Ce n'est pas parce que tu connais Bixente depuis toujours que tu dois t'accrocher aux grilles lorsqu'il sort de la fabrique, l'embrasser, rire et plaisanter avec lui. Tu n'es qu'une petite grue et tu me fais honte.

Néréa esquissa une grimace dans le dos de son père tandis qu'il refermait l'une des fenêtres avec violence. Il pouvait bien rugir, elle désobéirait à la première occasion. « Je le déteste, pensa-t-elle, ah ! comme je le déteste, il me dégoûte. » Bixente n'était-il pas son frère de lait, nourri au même sein généreux de Martha, sa nourrice ? Son compagnon de jeux de l'enfance, son petit amoureux ? Pourquoi exiger avec tant de force cette séparation ?

— Il n'est qu'un vulgaire cagot [1] issu d'une race de parias ! reprit le père courroucé, tapant avec force du poing sur la table. Ton Bixente est un cascarot [1], un moins que

1. Descendant de lépreux, nombreux dans la région.

rien. Souviens-toi qu'il fait partie d'une caste qui, autrefois, devait annoncer son approche en agitant une clochette.

La jeune fille montra des signes d'agacement, mordant sa lèvre supérieure, martelant du pied le carrelage. De quel droit lui faisait-il la leçon ? Tant de duplicité ou alors de totale inconscience... Fallait-il lui rappeler l'enfer qu'elle subissait la nuit ou se taire ?

— Comme vous êtes injuste Père ! C'est de l'histoire ancienne. D'ailleurs, vous savez très bien que...

Toujours aussi irrité, Antoine l'interrompit, sans se soucier de ce qu'elle voulait dire.

— Se frotter à lui ! Quelle honte ! rugit-il, alors que, apeurée par ces débordements, elle tentait de gagner la porte. Il n'y a pas bien longtemps encore, ils portaient tous, cousu sur l'épaule, un morceau de drap rouge et un insigne en forme de patte d'oie qui permettait de les reconnaître. Même à l'église, on les traitait différemment. Ils avaient leur propre entrée afin d'éviter tout contact avec les autres chrétiens et le prêtre leur tendait la sainte hostie piquée sur un bâton.

La main sur la poignée, prête à fuir, Néréa sentait monter en elle de forts accents de rébellion pour défendre celui qu'elle aimait, mais une sourde appréhension lui conseillait d'éviter l'affrontement. Savoir quelle pourrait bien être sa vengeance... Il devenait si imprévisible ! Insensible à ce regard noir qu'elle fixait sur lui, le visage congestionné, il tira avec brutalité les rideaux d'andrinople. La lumière solaire qui baignait la pièce laissa place à une demi-pénombre.

— Alors, te rends-tu compte ! proféra-t-il, l'air toujours aussi menaçant. De véritables pestiférés. Et tu voudrais que je sois content que ma fille, promise à un bel avenir, se compromette avec l'un d'entre eux ! Ça, jamais !

D'un geste brusque, il bouscula une chaise, marcha sur elle et, la prenant par les épaules, se mit à la secouer, hors de lui.

— Tu es une Baïgorry, tu entends, une Ba-ï-go-rry.

— Ah ! Je ne le sais que trop. Lâchez-moi, vous me faites mal, gémit-elle, cherchant à se dégager.

Antoine, de plus en plus cramoisi, desserrant son étreinte, se détourna de Néréa et se mit à faire les cent pas dans la pièce. La jeune fille indignée retrouva la force de s'insurger.

— Vous êtes dur, Père, car vous savez très bien que tout cela est faux. Vous le dites pour me faire souffrir. Les Ustaritz sont là depuis des générations. Vous m'avez vous-même raconté qu'on appelait le grand-père de Bixente, *Gatuarraina*, le chat de mer et qu'il était le meilleur pêcheur de la côte. D'ailleurs, fit-elle, consciente de marquer un point, comment expliquez-vous alors que vous m'ayez laissé nourrir par sa fille Martha ? Son lait aurait dû vous paraître indigne de m'abreuver.

Pris de court face à ce bon sens, Antoine s'arrêta d'arpenter la salle, lui jetant un bref regard étonné, puis se reprit.

— Une terrible erreur, ma chère, une terrible erreur. Si ta mère avait pu tenir son rôle, je n'aurais jamais permis cela.

Néréa haussa les épaules, peu convaincue. Jusqu'alors, les adolescents s'étaient vus chaque fois que Bixente, mousse sur un bateau de pêche, faisait relâche à Saint-Jean avant un nouvel appareillage. Mais la ferme familiale des Ustaritz située non loin de *Goicoetchea*, la demeure Baïgorry, avait brûlé quelque temps auparavant, les laissant aussi démunis qu'un nouveau-né. Ne subsistait qu'une partie du troupeau qui avait, par chance, échappé aux flammes. Le père de Bixente le gardait dans la pâture près de la borde, fabriquant du fromage avec le peu de lait qu'il donnait. Sa mère, Martha, descendait le vendre sur les marchés de la région. Cela ne suffisait pas à les faire vivre et le seul recours du garçon avait été de trouver un emploi à la fabrique de faïence et de porcelaine des Baïgorry.

L'interdiction datait de l'an dernier, après son quinzième anniversaire. Elle comprenait obscurément la vraie raison de cet acharnement paternel mais se la dissimulait. Son père s'était montré inflexible : il consentait à embaucher le jeune homme si sa fille renonçait à le voir. Connaissant la précarité de la situation familiale, elle avait feint d'accepter le marché. Ils se retrouvaient certains soirs, sur la plage, échangeant des baisers à la hâte, heureux d'être ensemble, se remémorant des bêtises commises de concert tout au long de leurs jeunes années. Ce matin même, elle avait rencontré Bixente près de la manufacture et n'avait pu s'empêcher de lui sauter au cou. Hélas ! Elle avait aperçu la silhouette massive de son père guettant derrière l'une des hautes fenêtres et s'attendait au pire, ne s'étonnant qu'à demi de sa réaction violente. N'avait-elle pas trahi sa confiance ?

Soudain plus calme, Antoine Baïgorry s'avança vers sa fille et l'enlaça. Néréa se trouva enserrée contre la vaste poitrine. Il l'embrassa sur le visage, dans le cou, respirant avec force. Elle résista en se contorsionnant, mais il était le plus fort et la maintint contre lui.

— Pardonne-moi, souffla-t-il, la bouche dans ses cheveux. Je ne veux pas qu'il t'abîme, si fraîche, si jeune. Tu es à moi, à moi seul. C'est pour cela que je t'ai appelée Néréa, « mienne » en basque. Mienne, tu entends !

Incrédule, elle eut un mouvement accru de répulsion. Ainsi avait-il déjà une arrière-pensée en lui donnant ce prénom. Le monstre ! Révoltée, elle tenta une nouvelle fois de sortir de ses bras. Il ricana tandis qu'il la pressait encore plus fort, avec dans le regard une étrange lueur. Cette violence contre laquelle elle ne pouvait lutter lui faisait de plus en plus peur et lui donnait envie de vomir. Elle finit par céder, serrant les dents, la rage au cœur, comme à chaque fois qu'il la touchait.

La première fois, elle avait huit ans. À sa grande surprise, il s'était glissé un soir dans son lit. « J'ai du mal à dormir, avait-il soufflé en guise d'excuse, je regrette de t'avoir battue hier au soir. Tu ne m'en veux pas, dis ? Je te promets que je ne le ferai plus. » Il avait parlé d'une voix douce, chuchotant dans l'ombre de la chambre. Néréa, tout endormie, s'était tournée du côté du mur. Antoine, collé à elle, l'avait caressée, se frottant contre son dos, balbutiant des mots sans suite en basque, la voix émue, la respiration saccadée jusqu'à émettre de sourds grognements en s'agitant avec frénésie. Étonnée, inquiète, elle lui avait demandé s'il souffrait. Il n'avait rien répondu et avait quitté la chambre rapidement. Elle s'était demandé pourquoi sa chemise était mouillée, s'était levée et en avait changé. Le lendemain, il avait évité son regard. Elle n'avait pas cru bon de parler à quiconque de cet étrange comportement. Sans doute aurait-elle dû, car il avait renouvelé son manège... souvent. « Elle ne dit rien, pensait de son côté Antoine, donc elle consent et elle aime ça. » Le silence de

Néréa le confortait dans l'idée de sa tacite approbation. Elle lui était soumise, contrairement à son épouse qui dictait sa loi. Ce pouvoir inhabituel, cette force silencieuse, le grisait, au propre comme au figuré puisqu'il accompagnait sa coupable relation d'une forte prise d'alcool. Maintenant, il était trop tard pour le dénoncer à sa mère qui la traiterait d'effrontée menteuse, la chasserait de la maison, peut-être. Quelle solution à sa déroute intime sinon garder à tout prix cette façade lisse, dérisoire et fragile rempart qu'elle maintenait malgré son humiliation ?

Parfois, il sanglotait contre elle et Néréa, en dépit de sa douleur et sa répugnance, avait presque pitié de lui. Pourquoi était-il si malheureux ? Quel réconfort cherchait-il auprès de sa fille dans ces furtives étreintes nocturnes ? À l'âge de treize ans, il l'avait forcée à enlever sa chemise, pétrissant son corps, ses seins menus, cherchant à forcer avec ses doigts l'orifice d'où s'écoulait parfois du sang. Épouvantée par ces gestes qui violaient son intimité, elle avait cherché à fuir mais il l'avait maintenue coincée sous une de ses jambes, son genou l'empêchant de respirer. À nouveau incohérent, le visage déformé par des spasmes, il l'avait abandonnée, affolée et salie par un liquide chaud et gluant qu'il avait laissé sur son ventre. « Aime-moi, aime-moi », suppliait-il. L'adolescente égarée n'y comprenait rien. Bien sûr qu'elle l'aimait. Lui infligeait-il cette épreuve parce qu'il en doutait ? Antoine était devenu pour Néréa synonyme de père-mensonge. Il la rendait sale. Après les attouchements, tremblante de dégoût, elle se rinçait la bouche, se lavait l'entrejambe profané, les mains, la poitrine… Elle en avait perdu le sommeil, maigri, évitant de parler de peur de se livrer. Sangloter d'impuissance, supporter sa honte, disparaître, tel devait être son châtiment. Recroquevillée dans son lit, chaque nuit, elle appréhendait le glissement des pas feutrés.

Rompre le silence, se confier, mais à qui ? Sa mère ? Impossible. Une femme si froide, si peu maternelle, si perdue dans une constante recherche du parfait qu'elle semblait inabordable. Magdalena, sa grand-mère ? Confite en dévotion, elle n'admettrait jamais la dure réalité d'une aussi dégradante et honteuse accusation portée contre son fils. Iñaki, son terrible grand-père ? Elle pressentait le climat de violence que sa confession déchaînerait. Une seule certitude, s'il avait quelques doutes sur l'infâme inconduite de son fils, il l'étranglerait sans hésiter de ses propres mains. Justine ? La domestique, terrifiée, ferait la sourde oreille. D'ailleurs, ne jouait-elle pas déjà à l'aveugle puisqu'elle restait impassible devant les draps souillés, s'empressant de les changer sans mot dire ? M. Bidarray, son précepteur ? Sans doute la croirait-il, mais il défaillirait d'être le dépositaire d'un tel secret. Bixente ? Apprendre de la bouche aimée qu'elle était régulièrement profanée, risquait de provoquer chez lui un rejet, somme toute bien compréhensible. Pauline, sa chère tante consolatrice ? Peut-être serait-elle la seule à la comprendre et chercherait-elle à l'aider, mais elle n'était pas certaine de sa réaction, la sachant tributaire de la famille. Une fois de plus, apeurée par les terribles conséquences, elle avait reculé devant l'aveu sordide.

Seule, elle était seule… déroutée, inquiète. Où donc était passé l'âge d'or de sa petite enfance où elle avait connu le bonheur de se laisser vivre ? Elle se disait « Aujourd'hui, je refuse ». Mais *aujourd'hui* devenait *hier* sans qu'elle ait osé. Le goût de rire, s'amuser, s'instruire, vivre en somme, la quittait peu à peu sans qu'elle sache vers qui se tourner. L'effroi glacé de son quotidien prenait la place de cette époque bénie où son père lui avait offert un adorable poney, partant avec elle dans la montagne à la recherche de plantes rares pour étoffer son herbier. Le cauchemar avait continué. Ses nuits étaient devenues un véritable enfer. Son tortionnaire n'hésitait pas à se faire de plus en plus pressant, la cajolant dans le noir, l'abreuvant de mots d'amour.

— N'aie pas peur, petite fleur, je ne vais pas te faire mal, tu vas voir, c'est si bon…

Il lui avait pris la main et l'avait posée sur une chose dure, là entre les jambes. Puis, il s'était hissé sur son frêle corps et l'avait peu à peu introduite en elle dans un lent mouvement de va-et-vient. Raidie et terrorisée, l'adolescente avait senti une vive douleur comme si l'horrible chose butait sur un obstacle qui lentement, à chaque secousse, se déchirait un peu plus. Oppressée, elle tentait une fois de plus de se libérer de l'odieuse étreinte.

— Aïe, aïe, aïe, j'ai mal, Père, oh ! que ça fait mal. Arrêtez-vous, s'il vous plaît.

S'arc-boutant, elle avait tenté de le repousser. En vain. Lui, perdu dans le plaisir, n'écoutant pas la supplique, s'était soudain redressé en grondant, le souffle court, puis s'était affalé sur elle. Son bourreau parti, elle s'était péniblement levée, saisie de nausées violentes, était tombée à genoux et avait vomi sur la carpette. Il régnait dans la chambre une odeur d'étreinte fade et forte à la fois. Le reste de la nuit n'avait été que souffrance tandis qu'elle tentait de faire disparaître les traces de l'ignominie. « Ça brûle, ça tape, ça pulse entre mes jambes comme si mon cœur s'y était déplacé. Pourquoi m'a-t-il fait ça ? » songeait-elle, tout en nettoyant le sol. Une brûlure cuisante et intime l'avait empêchée de marcher normalement pendant plusieurs jours.

— Tu as souffert, c'est naturel la première fois, mais ce sera de mieux en mieux par la suite, avait-il dit en rajustant son pyjama.

La première fois ! Par la suite ! Mots, ô combien inquiétants, signifiant pour elle la fin de l'enfance, terre privilégiée de l'insouciance où son père était la clef de voûte de son existence. Pour la blesser ainsi, il ne l'aimait pas ! Elle se sentit coupable de ce non-amour. Qu'avait-elle fait pour mériter cette humiliante punition ? Cette remise en question la bouleversa au plus profond d'elle-même, lui ôtant d'un seul coup ses vues ingénues sur le monde extérieur. Affolée, elle en avait d'autant plus redouté sa venue, épiant les bruits annonciateurs de son arrivée mais il l'avait laissée tranquille deux nuits durant. Toutefois, le lendemain de cette douloureuse expérience, il s'était arrangé pour la prendre à part, contre une des fenêtres du salon.

— Tu ne dois rien dire à personne, personne tu entends, de ce que nous faisons tous les deux – sa voix était menaçante – sinon, je me débarrasserai de toi.

Troublée, elle s'était tue, intimement convaincue que si la mère se devait à l'époux, la fille, en aucun cas, n'appartenait au père. Oserait-elle interroger ses petites cousines Camille ou Sophie sur leurs relations intimes paternelles lorsqu'elles viendraient pour les fêtes ? Oui. Mais sans doute éveillerait-elle ainsi leur curiosité, et les conséquences pourraient s'avérer plus terribles que le silence. Pourtant cette inconduite se devait d'être dénoncée. Après bien des hésitations, elle se disait que si c'était le dur prix à payer pour être libre de revoir Bixente, elle ne ferait pas obstacle à ce désir contre-nature. Elle se prit à rêver qu'elle pourrait même en faire une arme contre lui.

*

Ce matin-là, Justine, levée aux aurores, gagna la cuisine. Coiffée d'un grand mouchoir immaculé dont les coins croisés sur la nuque se rabattaient au sommet du crâne, la taille serrée dans un grand tablier à carreaux bleus et blancs, chaussée d'espadrilles à semelle de chanvre, elle se déplaçait en silence dans la demeure encore endormie. Après avoir battu le briquet, elle alluma une à une les chandelles, se débarbouilla sommairement dans l'évier et tisonna les cendres où sommeillaient encore des braises rougeoyantes. Jetant dessus un fagot de brindilles de bois qui se mit à crépiter allègrement, elle se redressa, satisfaite, et déposa une bouilloire remplie d'eau sur le feu. Se dirigeant vers la *manka*, grand coffre contenant le linge de table brodé au monogramme de la dynastie Baïgorry, elle attrapa une grande serviette en toile de lin, puis elle prit dans le vaisselier un bol blanc en faïence tout simple, qu'elle déposa sur la table. Ses bords étaient ébréchés, sa couleur ternie et fendillée mais il avait survécu au temps. Iñaki son maître l'adorait, car il l'avait depuis l'enfance, précieux souvenir de ce père potier, trop tôt disparu. D'ailleurs, il n'avait pas failli à la tradition familiale et en avait confectionné un de ses propres mains pour son fils Antoine et un autre pour la naissance de son unique petite-fille, Néréa. Se dressant sur la pointe des pieds, la servante atteignit le moulin à café posé sur le rebord de la cheminée, déverrouilla la petite porte, saisit une boîte en fer, l'ouvrit et, la penchant, elle en déversa une partie du contenu odorant dans l'habitacle puis s'assit. L'appareil bien serré entre ses cuisses, elle se mit à tourner la manivelle avec application, forçant le geste lorsque des grains se bloquaient entre les rouages de la crémaillère. Un parfum subtil monta jusqu'à elle tandis que l'eau commençait à chanter dans la bouilloire. Le maître pouvait venir, elle était prête à l'accueillir.

Chaque jour, elle le précédait d'une large demi-heure, guettant son pas reconnaissable entre mille. Il aimait le café venu du Brésil, portant le bol à son nez, fermant les yeux, le humant longuement avant d'en savourer chaque gorgée. Il buvait, le regard le plus souvent absent, ressassant des innombrables tracas posés par sa fabrique de céramique.

— Bonjour, Justine, dit Iñaki en poussant la porte de la cuisine. J'ai regardé par la fenêtre en me levant et je n'ai pas vu le sommet de la Rhune. Qu'en penses-tu ?

Elle rosit de plaisir. C'était un rite entre eux. Demander à la domestique quel temps il allait faire la haussait vers une certaine intimité, une sorte de complicité quotidienne, loin des regards de Magdalena ou d'Oïhana, ses maîtresses, dont elle redoutait le caractère ombrageux.

— *Alba gorri, hegoa edo uri,* « aube rouge, vent du sud ou pluie », fit-elle, doctement. Pour sûr qu'il va pleuvoir en fin de matinée. Un coup de brouillarta qu'il a dit le Gabriel en allant soigner les chevaux. Au mois d'août, c'est un peu normal. Il a fait trop chaud hier et ça a tout détraqué. Monsieur veut-il que je l'installe sur le *züzülü* ?

— Oui. Coupe-moi donc deux tranches de pain et amène-moi la motte de beurre.

La domestique s'affaira, déplia le plateau du banc de foyer qui servait de tablette et y installa le petit déjeuner de son maître. Ah ! comme elle l'admirait ce bel homme ! Entrée à son service alors qu'il venait de prendre épouse, elle se serait jetée au feu s'il le lui avait demandé. Il était dur mais juste. Elle comprenait son humeur souvent taciturne car, comment ne point s'irriter face à la légendaire paresse de son fils Antoine et à l'indolence de sa bru Oïhana. Seule Néréa, qu'elle avait vue naître, la comblait. Elle chérissait cette enfant, adorable substitut de ceux qu'elle n'avait pas eus, vivant dans l'ombre d'Iñaki, le bien-aimé. Bien sûr, de temps en temps, elle laissait le cocher s'essouffler sur elle mais ne pensait qu'à lui…

— Je n'ai pas le temps de le voir mais tu diras à Gabriel d'aller à la métairie et de me ramener ce sacripant de Junes. J'ai deux mots à lui dire !

— Oui monsieur, j'y vais.

— Attends, pas si vite, fit Iñaki en riant, s'il soigne les bêtes, il en a pour un moment. D'autant plus que je lui ai demandé hier d'arranger la toiture de l'écurie. Plusieurs tuiles se sont soulevées côté ouest et il y a une fuite dans le grenier. S'il pleut aujourd'hui, ça va finir par pourrir le fourrage.

Les Baïgorry possédaient, comme tout bons notables, une ferme à Acotz, le plus vieux quartier de Saint-Jean-de-Luz, approvisionnant leur table en viande, fruits et légumes variés. Iñaki laissait son métayer, sa femme et ses enfants profiter du surplus qu'ils vendaient au marché. Il se doutait que son employé le bernait dans les chiffres et trafiquait avec les Espagnols convoyant au-delà de la frontière son propre bétail. Lors des comptes de fin d'année, beaucoup de têtes du troupeau de bœufs manquaient à l'appel. « Mort subite », s'excusait le fermier, laconique, mais faute de preuves irréfutables sur ce trafic supposé, le maître se taisait. Une épouvantable épizootie avait décimé des troupeaux entiers à l'aube du XIXe siècle mais, en cette année 1890, ce grave problème était désormais résolu. Il voulait prendre Junes la main dans le sac. La meilleure façon de coincer le malhonnête était de voir le cadavre du bovin, car où passaient les dépouilles lorsque la présumée mort avait fait son œuvre ? Mystère. Le métayer restait d'ailleurs fort évasif sur l'endroit de l'enfouissement. Cependant, grâce au suspicieux Gabriel, il avait eu la preuve que ce dernier disparaissait de temps à autre, parfois pendant un mois, sans donner d'explication valable à son retour, laissant femme et enfants s'occuper tant bien que mal de la ferme. Pour une fois qu'il avait eu la faiblesse de faire confiance, il était doublement déçu mais il manquait de temps pour s'occuper de l'intendance. Un seul mot d'ordre : la fabrique d'abord ! Cependant, il se rendait compte, non sans amertume, qu'à l'approche de ses soixante-dix ans, elle devenait une lourde charge pour lui tout seul.

Un instant contrarié, il replia la tablette du *züzülü*, se leva en s'essuyant la bouche, saisit au passage son béret accroché à une des patères du portemanteau et sortit. Comme à l'accoutumée, ses pas le menèrent au fond du parc d'où il contempla la baie de Saint-Jean-de-Luz. Peu de vagues. Les nuages cachaient le soleil levant, noircissant l'eau. En face de lui se profilait le fort de Socoa où les treuils déjà à l'œuvre déchargeaient, jour après jour, d'énormes moellons et blocs de pierre provenant de la carrière d'Axérixils, située sur la commune d'Urrugne. Cette force inerte devait atténuer les assauts furieux de la mer. Au milieu, la digue de l'Artha était presque terminée et, du côté de Sainte-Barbe, les travaux de maçonnerie touchaient à leur fin. Quelle sécurité après tant de malheurs ! Louis XVI et Napoléon III avaient compris l'impératif de ces modifications et les avaient en partie financées. Il se souvenait du récit de son père, qui le tenait lui-même de ses parents. En janvier 1749, des membres de sa famille s'étaient noyés, emportés par les flots. Malgré la présence du perré de garantie qu'on avait pris soin d'édifier afin de protéger les maisons de la baie, rien n'avait résisté à l'effroyable tempête qui avait submergé et détruit ce rempart, ravageant aussi près de deux cents maisons. Avec courage, les Luziens en avaient construit un nouveau, beaucoup plus en arrière. Peine perdue, la mer se moquait comme d'une guigne de tous ces efforts pour lui résister. Trente ans après, l'océan avait mis à mal la plage, annihilant ainsi les bateaux posés sur cale pour être calfatés et radoubés. Et pour clore cette infortune à répétition, le 2 mai 1782, l'eau furieuse avait carrément englouti le quartier de la Barre avalant maisons, habitants, jardins, y compris le couvent des Ursulines qui datait de 1639 ! D'ailleurs, son grand-père lui avait affirmé que les soubassements de l'édifice religieux se trouvaient désormais au beau milieu de la baie. Disparues les rues de la Cageotte, du Caquet, des Cyclopes, celles du Vieux chantier, de la Belette et bien d'autres...

Adolescent, lors des grandes marées qui découvraient la plage plus que de coutume, il venait y rôder dans l'espoir de trouver les soubassements des maisons et les restes d'un puits annoncés par les anciens. Et là, frissonnant, soudain mal à l'aise, il sentait flotter autour de lui les âmes des trépassés. Prenant alors ses jambes à son cou, il remontait vers Acotz, comme si tous les noyés de la baie étaient pendus à ses trousses. Un brin nostalgique, Iñaki sourit à l'évocation de sa puérile faiblesse, puis, se détournant, il s'engagea sur le chemin qui menait à la fabrique, SA fabrique ! Lorsqu'il prenait cette direction, une satisfaction jubilatoire l'animait. Il était fier d'avoir réussi, et cela, contre vents et marées. Une nouvelle journée commençait.

*

La famille Baïgorry habitait depuis plus de deux siècles – la date 1624 gravée au-dessus de la porte en faisait foi – une vaste maison ancrée sur la colline de Sainte-Barbe, patronne des artilleurs, là où, pendant des années, s'était maintenue une batterie de canons de défense face à l'océan, couplée à la petite chapelle des Portugais, hélas ! foudroyée en 1731. Bien qu'elle tournât le dos à la mer – seul, un œil-de-bœuf permettait de jouir de la vue sur le large – la demeure vivait dans le perpétuel fracas des vagues contre la falaise et des vents qui soufflaient souvent en rafales. Celui du sud, tyrannique et violent, déplaçait les tuiles, encerclait les cheminées de sa voix grondante tandis que le vent d'ouest annonciateur d'une forte tempête, prenait le relais. Iñaki, comme presque tous ses ancêtres, y avait vu le jour. Peu à peu, il y avait apporté des modifications, au fur et à mesure que grandissait sa descendance. Elle s'appelait *Goicoetchea* « la maison d'en haut » et la devise gravée sur le linteau de la porte d'entrée révélait une profonde sagesse : « *Lehen hala, orai hola, gero ez jakin nola* », « hier comme cela, aujourd'hui comme ceci, demain, je n'en sais rien... ».

La dynastie des Baïgorry avait grimpé avec persévérance dans l'échelle sociale. En des temps reculés, pauvres pêcheurs de baleines, exilés en Terre-Neuve, ils s'étaient taillé une solide réputation d'intrépides. Sillonnant les flots durant trois siècles, poussant jusqu'aux Caraïbes et l'océan Indien, ils avaient ainsi protégé les rivages rattachés à la couronne de France. À l'époque, les mers étaient aux mains de pirates, flibustiers et boucaniers qui dépouillaient sans vergogne les navires marchands, tuant et violant tout ce qui avait le malheur de se trouver à leur portée. S'imposa alors la fameuse guerre de course, légitimée par le roi de France, lui-même. Accrédités par des lettres de marque, animés d'un farouche esprit de conquête, combattant pour garder la maîtrise des eaux, face à l'ennemi de tout bord, les Baïgorry devinrent ainsi des aristocrates de la mer se livrant, eux aussi, et ce, en toute impunité, aux mêmes forfaitures ! Audacieux et fort habiles, ces héroïques corsaires réduisaient à leur merci, et à la barbe d'autres adversaires médusés, navires et galions, les arraisonnant avec panache, se colletant souvent avec la flibuste, où les marins de sac et de corde défendaient dans le sang leur butin impie.

Désormais à la tête d'une fortune non négligeable, assagis, ils devinrent d'importants armateurs de la cité luzienne. Iñaki se souvenait des récits imagés de son grand-père Peio, propriétaire d'une des belles demeures jouxtant l'église et le port où il avait ses bureaux. Surmontée d'une chambre de vigie donnant sur la baie, l'aïeul y guettait le retour de ses bateaux. Quelle fierté alors, d'apercevoir là-bas, sur la ligne d'horizon, une silhouette sombre rehaussée par la blancheur de la voilure déployée. Hélas ! sa flotte entière fut un jour décimée par des Anglais en mal d'escarmouches. Ruiné du jour au lendemain, il n'eut d'autre solution que de vendre le lieu de ses activités portuaires. Recherchant dès lors une occupation sans risque, il se livra à son passe-temps préféré : la poterie. Il se mit à façonner des objets en terre glaise qu'il revendait après cuisson à des marchands ambulants ou des colporteurs. C'est ainsi que naquit un petit atelier avec un tour rudimentaire que son fils s'attacha à développer. Aussi têtu que créatif, Iñaki n'eut de cesse de faire prospérer l'héritage paternel. Ainsi, la fabrique de faïence « *Le Palissy* », hommage au potier-émailleur qui alla jusqu'à brûler ses propres meubles pour arriver au bout de son rêve, prit-elle corps peu à peu. Elle eut pour effet de fixer sur place une population jusque-là campagnarde, pour être le plus près possible de son lieu de travail. Un nouveau quartier en bas de la colline de Sainte-Barbe émergea de terre. L'apparition de l'usage de la porcelaine, fine céramique, favorisa un art nouveau qu'Iñaki s'empressa d'adopter après maints échecs et tâtonnements. En 1880, la vogue des bains de mer permettant de développer l'industrie hôtelière, apporta de lucratives commandes de vaisselle. Iñaki se frottait les mains qui ne restaient pas pour autant inactives, travaillant aussi dur que celles de ses ouvriers. Il exportait maintenant en Finlande, Norvège, Pays-Bas, souhaitant élargir ce juteux marché. Il allait prendre livraison du kaolin à *Louhossoa*, où la découverte d'un gisement en

1834 avait permis d'affiner la qualité de ses produits. Il portait lui-même sur son dos les sacs poussiéreux au char et convoyait la précieuse denrée à son usine qu'il contemplait avec fierté. Il faisait naître de cette matière, fine, transparente, douce aux doigts, maints délicats objets qui ornaient les salons huppés de la région.

Cantonné de prime abord dans les cruches, jarres à huile, l'atelier, sous la poussée novatrice de son actif propriétaire, prit un nouveau tournant. La production d'assiettes, plats, soucoupes et tasses, tous en céramique blanche, s'étoffa. Ces dames de la bourgeoisie luzienne les avaient adoptés. Déjà, celles de Biarritz, d'Hendaye et de Bayonne se laissaient tenter par ces formes et motifs nouveaux, venant d'abord par curiosité puis, très vite, par effet de mode, en acquérir plusieurs pièces ou services. L'opportuniste Iñaki, flatté, mais conscient des nouveautés attendues par une clientèle de plus en plus exigeante, voulut améliorer le rendement, embaucha des dessinateurs. Naquit ainsi l'ère des pièces artistiquement fleuries. L'envie d'agrandir encore le tenailla mais le nouveau maire, Martin Guilbeau, émit quelques réserves sur l'utilité d'empiéter sur les terrains annexes appartenant à la ville. Iñaki fit le dos rond, mit en avant les promesses de l'ancien magistrat de la ville, Vincent Barjonnet atteint par le virus de l'aménagement de Saint-Jean et qui avait vu dans la manufacture un atout supplémentaire. Le succès aidant, la pression du rendement montait, et Iñaki harcelait ses employés, indisposant les hommes par la brutalité de ses propos, terrorisant les femmes par sa rudesse. Lorsque tout s'apaisait, il redevenait aimable et courtois. Cette alternance de chaud et de froid laissait tout de même son personnel sur ses gardes.

*

Après l'office du dimanche à l'église Saint-Jean-Baptiste où il avait pu apercevoir Néréa serrée de près par ses parents, Bixente décida de monter vers le col d'Ibardin. Il connaissait par cœur tous les sentiers de contrebande qui menaient à l'Espagne, les ayant maintes fois arpentés de jour comme de nuit, des marchandises sur le dos. La longue marche lui permettrait d'éteindre sa rage d'être dédaigné par une famille qui, pourtant, devait à la sienne d'avoir sauvé la petite d'une mort certaine : Oïhana, si peu mère de Néréa, prise de langueur, ne pouvait ni ne voulait la nourrir. Ne supportant pas le lait de vache, Néréa s'était abreuvée à celui que lui offrait avec générosité Martha Ustaritz. « Tous pareils ces bourgeois, grondait-il, amer, lorsqu'ils ont fait leur trou, plus de pitié pour ceux qui les ont aidés à arriver là où ils sont parvenus. Comportement méprisable ! » Le jeune garçon, sensible à cette aversion dont il avait du mal à admettre la teneur, la trouvait injuste. Qu'avait-il fait de si terrible pour mériter une telle attitude ? Entré à la fabrique contre son gré, il maudissait les corvées journalières. Enfant de la mer, habité d'un esprit aventurier, son seul désir était de voguer sur l'océan, même si souvent, il avait payé cher ce puissant souffle de liberté. La moindre incartade, le plus petit haussement de sourcil à un commandement étaient punis d'une douloureuse raclée au moyen du cruel chat à neuf queues ! Il préférait cela à la sourde animosité, au mépris des Baïgorry. « Riche de biens, pauvre de liens », disait son grand-père. Comme le vieil homme avait raison ! De quel droit s'arrogeaient-ils le pouvoir de disposer ainsi de lui ! Sans nul doute celui de l'argent. Il frémissait d'indignation mais se contenait car, sur cette terre d'inégalité, son seul soleil était Néréa. D'ailleurs, quel mal y avait-il à la rencontrer ? En quoi cet attrait naturel était-il si répréhensible ?

L'unique membre de cette famille haïe qui trouvait grâce à ses yeux était Pauline, la parente pauvre et orpheline, cousine d'Oïhana, son faire-valoir et son souffre-douleur. Elle seule lui paraissait humaine et d'une grande bienveillance à l'égard de Néréa. Armé d'un *makila* [1], furieux d'être ainsi rejeté, il fouettait les bruyères en avançant d'un pas vif. Le paysage était superbe bien que nimbé d'une légère brume. Un vallonnement de collines effaçait l'horizon à coup de pics et d'entailles rocheuses sur lesquelles se dressaient les palombières cachées dans les arbres. Partout régnait le calme, l'enveloppant d'une bienfaisante cape d'oubli. Ce n'était pas le cas deux fois par an, lorsque les palombes déferlaient en rangs serrés sur les Pyrénées. À

1. Bâton ferré qui cache sous le pommeau une redoutable lame.

l'automne, munis d'appeaux, les Luziens s'embusquaient, cachés dans les huttes de fougères dominant la vallée, et les tiraient au fusil. Bixente préférait les capturer à l'aide de pantières, immenses filets qu'il plaçait avec son père entre deux cols étroits de la montagne. Les cris des guetteurs affolaient les volatiles qui plongeaient vers le sol, se prenant ainsi dans la traîtrise des mailles serrées. Ses coins préférés se situaient à Sare ou à Etchalar. Il chérissait de toutes ses fibres son pays, si vert, si beau et son attachement à ses vivantes coutumes lui procurait une immense fierté. Être basque ! Une religion en soi, à laquelle il se prêtait volontiers. Il croisa des moutons musardant dans les prés, écouta la joyeuse *tzintzarrada* issue de leurs bruissantes sonnailles, admira des troupeaux de pottoks en liberté, hennissant de joie, caracolant, crinière folle au vent. Proche de lui dans un champ, deux grands bœufs roux tiraient un soc fendant la moire de la glaise tandis que le paysan, tête baissée, surveillait la rectitude des sillons.

Au bout d'une heure de marche, essoufflé, il s'arrêta dans une clairière. Jetant sa veste à terre, il s'allongea dans l'herbe, croisa les bras derrière la tête et contempla le ciel. Sur sa gauche, s'élevait un piton à moitié recouvert de végétation. Un faucon immobile, figé sur son roc, guettait une probable proie. Soudain, le prédateur déploya des ailes immenses et prit son envol. Intéressé, Bixente se redressa, inspecta les alentours mais ne vit rien. À l'instant même, une volée de tourterelles piaillantes rasa la cime des sapins pour s'abattre en catastrophe sur les rameaux les plus bas. Mais, le faucon n'avait pas foncé au hasard. Capable de discerner sa victime à une très grande distance, il avait observé, détecté, choisi l'esseulée. Déjà, agrippée par les longues serres, elle entrait en agonie. Revenu à son point de départ, le funeste rapace l'acheva, lui brisant les cervicales d'un coup sec. « Bel exemple, pensa le jeune homme, il ne faut jamais être la victime et à l'inverse de ce pauvre oiseau, savoir se défendre. »

Deux préoccupations l'agitaient et il fallait prendre une décision grave. Pour échapper au service militaire, long et fastidieux, il avait déjà trouvé la parade : s'expatrier, partir à l'étranger. Mexique, Pérou, Argentine, Uruguay ou les États-Unis d'Amérique l'attiraient. Tout plutôt que perdre son indépendance et être reclus pendant toutes ces années dans une caserne sombre soumis à des ordres discutables. De toute façon, c'était trop de temps perdu et beaucoup de ses amis s'étaient éclipsés dans la nature, la désertion devenue de ce fait une sorte de pied-de-nez à l'administration. Ce n'était pas renier son pays bien-aimé, car il y reviendrait, mieux armé et aguerri. Combien l'avaient fait avant lui ! Les nouvelles qui parvenaient quelques mois après leur départ étaient tellement exaltantes qu'elles entraînaient d'autres exodes... Bixente s'était mis en tête de rejoindre au Mexique Kazko Gorri, l'un de ses cousins qui y avait fait fortune, intendant d'une immense hacienda. La loi de 1889 sur la conscription stipulait qu'il suffisait de résider à l'étranger à moins de dix-neuf ans, c'était son cas, et de rentrer à plus de trente ans pour échapper au service obligatoire. Bah ! Une douzaine d'années absent, c'était peu ! Le goût de l'aventure le tenaillait. Enfin, il pourrait se frotter à l'inconnu, retrouver ainsi l'alchimie des départs de ces courses lointaines, vivre enfin à son rythme au lieu de végéter, d'être sans cesse humilié. Habitué dès la petite enfance à la mer et à la vie au grand air, travailler à la fabrique était vite devenu pour lui un supplice. Enfermé pendant de longues heures entre ses hauts murs, au milieu d'une chaleur humide, oppressante, entouré d'une poussière blanche qui le faisait tousser, il n'avait qu'une hâte, revoir la lumière du jour, se jeter dans les vagues, courir sur la plage, et surtout, délice d'entre les délices, y retrouver Néréa.

Les nuages cachèrent le soleil, et soudain il eut froid. Il se leva, ramassant veste et canne et reprit sa marche à travers la forêt. Sa seconde préoccupation était la jeune fille. Ils avaient pu échanger un regard, tout à l'heure, à la sortie de l'église Saint-Jean-Baptiste. C'était peu et il brûlait de la tenir à nouveau dans ses bras, de la faire virevolter rien que pour entendre son rire frais et heureux. Il ne l'avait qu'entr'aperçue à la sortie de l'usine et lorsqu'elle passait par la fabrique, il n'arrivait jamais à lui parler, avec son père toujours sur ses gardes. Quel sale bonhomme d'ailleurs ! Son projet de départ en tête, il espérait, en insistant un peu, la convaincre de partir avec lui loin d'une famille qui, apparemment, ne la rendait pas très heureuse. Mais comment supporter le coût d'un second billet ? En dehors des piécettes données par sa mère pour la quête et la chaisière à l'église, la jeune fille ne disposait jamais d'argent. À ce constat, s'ajoutait un autre élément fort inquiétant : lors de leur dernière rencontre, elle lui avait glissé un billet qu'il avait déchiffré tant bien que mal, lui annonçant un complot contre eux doublé d'un mariage forcé. La fuite lui avait alors semblé le seul moyen de tirer sa révérence à une mère inexistante, un père étouffant et des grands-parents autoritaires. Son autre cousin Mauléon, berger au Texas, n'avait jamais été aussi heureux. Il prendrait comme lui un grand transatlantique à Bordeaux en troisième classe et se laisserait porter de l'autre côté de la terre. Lorsque la ferme avait brûlé, ses économies cachées sous sa paillasse s'étaient consumées avec elle. En avait-il passé des nuits semées d'embûches, à narguer les douaniers ! Son seul but était de mettre de l'argent de côté tandis qu'il portait sur son dos de lourds ballots de sucre, chocolat, café ou tissus. Tout ça pour rien ! Après des marches harassantes où, tous les sens aux aguets, il avait connu l'ivresse de berner les gendarmes lancés à ses trousses, il s'était retrouvé aussi démuni qu'auparavant. La jeune fille était alors intervenue pour lui trouver un emploi à la fabrique. Comment avait-elle influencé son terrible grand-père et amadoué son fils pour qu'ils consentent à l'embaucher ? Il l'ignorait, mais il sentait sourdre sur son dos comme une lave brûlante, l'injuste aversion du père de l'adolescente, redoutant de commettre un faux pas qui lui coûterait cette place inespérée, et par là, son voyage outre-Atlantique.

Néréa… Il l'aimait depuis toujours, elle était comme un prolongement de lui-même. Si elle ne pouvait le suivre, il reviendrait la chercher dans quelques années, et même peut-être avant. Il serait riche alors et rien ne serait trop beau pour elle. Peut-être pourrait-il même se payer le luxe de racheter la fabrique et d'en devenir le maître. Les hasards de la vie étaient parfois si curieux. Il se mit à rire de cette éventualité. Mais, la jeune fille l'attendrait-elle aussi longtemps ? La jalousie, la peur de la perdre, lui mordit soudain le cœur.

Ses craintes s'envolèrent comme par magie lorsqu'en arrivant au sommet, il découvrit la baie de Saint-Jean-de-Luz, Sainte-Barbe où habitait son amour et la mer scintillant sous un soleil retrouvé. La ville méritait bien le fameux dicton célèbre depuis le mariage de Louis XIV : « Saint-Jean-de-Luz, petit Paris, Bayonne, ses écuries, Ciboure, sa poissonnerie. » *Donibane Lohitzun !* Saint-Jean-des-Marais. De père en fils, ils avaient tous navigué entre Terre-Neuve et Canada, connaissant comme leurs poches l'embouchure du Saint-Laurent, traquant des bancs de morue à défaut de baleines. Puis, ils revenaient vers leur pays, la joie au cœur. Chez les Basques, ce sentiment d'appartenance était viscéral. Il écouta les bergers s'interpeller de sommet en sommet, poussant le long cri guttural de l'*irrintzina*. Tout le charme du Labourd, l'une des sept provinces basques, étalé sous ses yeux, se concrétisait : derrière lui les monts verdoyants, devant lui l'océan avec ses colères, ses douceurs. Au loin, des bateaux de pêche, des voiles blanches sur un fond d'horizon bleuté... Il secoua la tête, honteux de ses doutes. Oui Néréa l'aimait et l'attendrait. Un mariage forcé ? Il la connaissait. Elle ne se laisserait pas faire. Beaucoup plus jeune, et parce que la petite fille d'alors le demandait avec insistance, il avait souvent assisté à des cours de ce bon M. Bidarray. Grâce à lui et à sa patience, il savait à peu près lire et écrire, parlait l'espagnol couramment. Souvent le précepteur plongeait dans le passé antique. Il avait raconté aux deux enfants l'histoire de cette femme, dont le nom étrange lui échappait aujourd'hui, qui attendait fidèlement son mari parti sans donner de nouvelles à l'autre bout du monde, faisant et défaisant chaque nuit sa tapisserie afin d'éviter une union forcée. N'avait-elle pas promis à un soupirant empressé qui tablait sur la disparition définitive de l'époux, qu'elle consentirait au mariage quand son ouvrage serait terminé ? Néréa, à l'aide d'un subtil subterfuge de ce genre, trouverait bien le moyen de se soustraire à la pression familiale pour échapper à des noces insipides avec l'un de ces stupides godelureaux aussi pédants que niais qui lui faisaient les yeux doux. « Pénélope, c'est ça, Pénélope, la femme d'Ulysse ! » La mémoire lui revenait. Il exulta ! Néréa serait sa Pénélope, et ils triompheraient.

2

Le serment de Saint-Jean-de-Luz

Hommes ou femmes, tous les Baïgorry se ressemblaient : bruns, grands, carrés d'épaules, le nez basque droit et fort, le menton volontaire, des yeux noisette. Seule, la future héritière de l'empire Baïgorry était rousse aux yeux verts, au grand étonnement de chacun. De quelle lointaine ancêtre avait-elle hérité cette flamboyante crinière ? Nul ne savait. Magdalena disait en se moquant un peu de sa petite-fille, que dans la Bible, Madeleine, la pécheresse, essuyait les pieds du Christ de sa « gerbe rousse ». Le roux, c'était le feu, la passion, mais aussi la perversion. « Prends garde à toi, petite fille, ajoutait la grand-mère, mi-figue, mi-raisin, on raconte que ceux qui naissent roux ont pactisé avec Satan dans une autre vie et que la luxure est leur vice préféré. » Néréa n'en avait cure et le soleil allumait dans sa chevelure des rayons rouges, auburn, orange ou violine selon les moments. L'effet était superbe. Si la jeune fille avait hérité de la grâce fragile de sa mère, elle se sentait forte comme le plus grand chêne du parc. Luttant contre les assauts paternels, elle avait de plus en plus de mal à le regarder en face comme aujourd'hui où, les yeux baissés, elle évitait de lui parler. « Au secours ! hurlait-elle intérieurement. Fuir n'importe où pour arrêter ce voleur de jeunesse, mourir, disparaître, m'anéantir dans un sommeil éternel et libérateur. Arrêtez de m'avilir, me traîner dans la boue de ce lit que j'exècre, qui brûle de ma rage, de ma honte ! ! ! Regardez-moi, tous autant que vous êtes, ce que j'endure devrait vous crever les yeux, surtout toi, Justine qui as changé mes draps ce matin. Ces taches de sperme et de sang ne dénoncent-elles pas le sacrilège ? Aidez-moi, je vous en supplie, je n'en peux plus. »

Le déjeuner s'achevait en silence. Magdalena, déjà debout, servait une infusion à son mari, assis dans son fauteuil.

— Justine, c'est le jour de l'argenterie, dit-elle en se tournant vers la servante qui, inconsciente des reproches muets de Néréa, fourrageait dans l'âtre.

— Oui, oui. J'ai vu en me levant la croix que madame a faite sur le calendrier pour que je m'en souvienne.

— Tu mettras deux cuillerées d'alcali dans trois litres d'eau tiède dans le kaïku. Ça suffira.

La domestique leva les yeux au ciel, agacée. Comme si elle l'ignorait ! Depuis le temps qu'une fois par mois, elle sortait de leurs écrins les beaux couverts argentés de Magdalena et de sa bru... Après les avoir trempés dans le mélange du baquet, elle les frottait à l'aide d'une petite brosse en crin, s'attardant sur les fines ciselures des lettres entrelacées du monogramme, puis les rinçait avec soin, les essuyant d'abord avec un linge fin puis avec une peau de chamois, douce comme de la soie, qui les rendait étincelants.

— J'ai acheté hier du blanc d'Espagne et de la poudre rouge d'Angleterre, pour que tout brille encore plus, renchérit Pauline qui, se levant de table, se dirigea vers le buffet.

— Surtout fais bien attention de ne pas tremper mes couteaux dans de l'eau trop chaude, dit Oïhana d'un ton acide. La dernière fois, les viroles se sont décollées de plusieurs manches.

« T'as qu'à le faire toi-même, si t'es pas contente ! » pensa la servante. Elle prenait un malin plaisir à lui répondre dans sa tête en la tutoyant, marque suprême de mépris, et s'en amusait. Avec l'épouse d'Antoine, rien n'allait jamais. Non seulement cette mijaurée ne participait pas à la bonne marche de la maison, mais elle critiquait sans cesse son travail. Cela devenait horripilant.

— Lorsque tu auras fini, tu feras les cuivres. Applique-toi. Certains ont des taches de vert-de-gris et c'est dangereux pour la santé, ajouta la jeune femme.

— Je t'ai préparé *la serviette magique*, fit Pauline, s'affairant à débarrasser la table, dans un froufrou discret de jupons.

— Qu'est-ce que c'est que ce charabia, s'étonna Iñaki, le nez dans son journal.

Pauline se mit à rire.

— Oh ! c'est simple. J'ai plongé un grand carré de laine dans un bain composé de savon de Marseille dissous dans un peu d'eau, additionnée de tripoli [1] en poudre. Une fois sec, avec ce molleton imbibé du produit, Justine devient la reine des cuivres rutilants !

— Ah, ces recettes de bonne femme ! soupira le maître détendu. Magdalena, fais-moi donc un autre café.

Oïhana, le visage fermé, s'essuyait la bouche tout en fixant l'horloge en face d'elle. Antoine se versa un dernier verre de vin tandis que Néréa, l'air absorbé, finissait de peler une pomme verte à la peau vernissée et craquante, s'efforçant de ne pas briser la boucle qui se formait en spirale. Elle fit un vœu : toujours le même, revoir Bixente. Si l'épluchure cassait avant la fin, elle ne le verrait pas, sinon ce serait une joie sans borne de le retrouver et de se blottir dans ses bras, le velours de sa bouche contre la sienne. Concentrée sur son défi, elle ne remarqua pas le rapide coup d'œil que lui lança son père. Il trouvait avec sa fille, malgré la forte répugnance qu'elle lui opposait, une intensité si accomplie dans l'acte, qu'il n'arrivait plus à s'en passer. Après tout, Oïhana était en partie responsable de cette substitution... L'inceste s'était enraciné en lui et il l'alimentait d'images, de fantasmes, puisqu'il avait l'objet de tous ses désirs en permanence sous les yeux. Était-il malhonnête ? Il éprouvait la tentation inique de justifier son immonde comportement pour se donner le droit d'agir, étouffant son malaise malgré la réaction épouvantée de sa propre fille. Les gestes imposés à Néréa, les touchers intimes, la pénétration la troublaient, il en était quasi certain, d'ailleurs, après l'avoir repoussé, elle se laissait faire. Mais s'il l'avait voulu, il aurait pu faire l'amour avec la plupart des filles et des femmes de la fabrique. Il en connaissait qui n'attendaient que cela. Dès son apparition, lascives, elles se ployaient, bombaient la poitrine pour

1. Roche siliceuse dont on tire la poudre.

exciter son envie. Il n'en avait cure, la soif de sa fille le tenait en haleine toute la journée, dans l'attente de la nuit où il pourrait se tenir, juste quelques sublimes secondes, aux bords ultimes du plaisir.

La lame argentée du couteau taillait avec précaution dans la soie de la chair juteuse. Arrivée presqu'à terme, la pelure cassa. La jeune fille, déçue, soupira. Sa lèvre inférieure se mit à trembler, elle leva les yeux et rencontra ceux de sa mère, agacée.

— Dépêche-toi de terminer ton repas. M. Bidarray arrive dans dix minutes et tu n'as pas révisé tes leçons.

Le vieux précepteur enseignait à sa jeune élève à déjouer les arcanes redoutables du français et des mathématiques, ainsi que des « humanités » et surtout de la musique. Virtuose de l'orgue à l'église Saint-Jean-Baptiste, il l'initiait au piano. C'était une part du programme beaucoup moins rébarbative que le reste ! Néréa l'appréciait, tout en se moquant gentiment de lui. Très lunatique, le précepteur oubliait souvent ce qu'il voulait lui apprendre. Il lui racontait alors les fastes créés autour de l'impératrice Eugénie à laquelle, pour son plus grand bonheur, il avait été présenté un soir de concert à Biarritz. L'adolescente, fascinée, l'écoutait sans l'interrompre. Elle aimait la présence de ce doux rêveur, calme et souriant, oublieuse, un temps, de son calvaire. Cultivé et discret, il était admis dans les salons bourgeois et on lui demandait souvent son avis sur les lectures. Pendant que la jeune fille terminait une dissertation, Odilon Bidarray, nostalgique, lisait le journal conservateur à tendance monarchiste et religieuse, *Le Vrai Basque*, soutien fidèle des royalistes menés par le docteur Albert Goyenetche. Mais, éclectique, l'érudit ne dédaignait pas la lecture du *Courrier de Bayonne*, bonapartiste. Ses articles au vitriol faisaient florès au temps de la guerre carliste où Saint-Jean-de-Luz, devenu un important centre maritime d'armes de contrebande, se heurtait à la marine gouvernementale espagnole qui n'arrivait pas à l'endiguer.

La cloche de la porte retentit et Justine alla ouvrir au précepteur. Il entra, petit et rondouillard, serré dans un costume sombre, le chapeau à la main, s'essuya les pieds sur le paillasson. Le visage congestionné, il sortit un mouchoir de sa poche tamponnant les rigoles de sueur qui dégoulinaient de son front.

— Ah ! quelle chaleur ! soupira-t-il. Un peu de pluie serait la bienvenue.

Justine faisant mine de le précéder dans l'escalier, il sourit en s'épongeant le cou.

— Ne vous dérangez pas, je connais le chemin.

— Je vais avertir mademoiselle de votre venue.

Quelques minutes plus tard, Néréa entra dans la pièce et lui tendit la main.

— Bonjour monsieur. Vous avez l'air d'avoir très chaud. Voulez-vous que j'ouvre la fenêtre en grand ?

— Au contraire, il vaut mieux que tout reste calfeutré.

Il la regarda et lui trouva mauvaise mine.

— Êtes-vous souffrante ? Je vous trouve pâle et amaigrie.

La jeune fille baissa la tête pour lui cacher la détresse de son regard. Fallait-il le mettre au courant ? Pouvait-il l'aider ? Était-ce le moment ? Elle poussa un profond soupir de résignation et se dirigea vers le bureau. Il lui paraissait impossible de lui décrire sa situation.

— Non, non, pas du tout. Je suis comme vous, je supporte fort mal ce temps. Il m'oppresse.

Rassuré, le précepteur sortit une liasse de papiers et de journaux de son cartable.

— Aujourd'hui, chère enfant, je vous donne un texte du philosophe Denis Diderot : *Lettre sur les aveugles à l'usage de ceux qui voient*, pamphlet qui lui a d'ailleurs valu un court emprisonnement à Vincennes. Vous prenez les deux premières pages. J'attends vos commentaires avec impatience.

La jeune fille esquissa une grimace, soupira, puis, attentive, se mit à lire tout en prenant des notes. C'étaient les seuls moments pour elle d'oubli de la profanation de son corps, de sa révolte intérieure, de son impuissance. Satisfait de la docilité de son élève, Odilon Bidarray se cala dans un fauteuil confortable et entama sa revue de presse. Après avoir épluché longuement les divers articles des gazettes, le brave homme prit connaissance des chroniques de *L'Avenir*, hebdomadaire républicain anticlérical. Il s'agita sur son fauteuil, se mit à pousser forces exclamations indignées. Ses hochements de tête et ses mimiques outrées distrayèrent Néréa de sa tâche.

— Tiens, commenta-t-il à haute voix, les catholiques viennent de se rallier au président Sadi Carnot. Grand bien leur fasse !

Loin des remous politiciens, séduite par le souvenir de Napoléon III et surtout celui de son épouse, l'élégante Eugénie, la jeune fille aimait revivre par ses lectures les moments inoubliables des fastes et apparats de Biarritz, l'impériale cité. Là s'arrêtait son engouement pour la politique.

— Avez-vous terminé ma chère ? Je voudrais vous lire un entrefilet cocasse, même si la situation ne s'y prête guère.

Néréa, ravie d'échapper à l'ennuyeux Diderot, opina du chef.

— Lorsque la semaine passée je vous ai décrit chaque quartier de notre belle capitale, je vous avais longuement parlé de l'atmosphère particulière qui régnait au cimetière du Père-Lachaise situé dans le XXe arrondissement. Souvenez-vous. Il y a une quinzaine d'années, le tunnel de chemin de fer qui passe en dessous s'étant éventré, certaines tombes avaient atterri sur les rails ! Eh bien, ça a recommencé ! Nouvel éboulement, nouvelles chutes ! À croire que les défunts veulent prendre la tangente ! La tombe de Thiers a été, une nouvelle fois, maculée de peinture et d'inscriptions malveillantes.

— Eh bien moi, je comprends, s'exclama avec vivacité Néréa. Après ce qu'il a fait, c'est normal. Je trouve déplacé qu'il soit enterré près du mur des fédérés où les soldats ont fait un si terrible tableau de chasse.

Décontenancé, le maître reconsidéra sur-le-champ l'apparente neutralité de son élève.

— Moi qui vous croyais indifférente !

— Je ne peux pas l'être lorsqu'il y a massacre d'hommes dans des conditions aussi épouvantables de répression. C'est encore trop frais et de toute façon, inacceptable. Je déteste la guerre, et encore plus lorsqu'elle est civile.

— Bon, je l'admets, fit-il, conciliant. Laissons cela, donnez-moi ce que vous venez d'écrire sur Diderot et prenez votre cahier de mathématiques. Hier, vous n'aviez pas fini vos exercices.

— Oh ! non, pas ça. J'ai une sainte horreur des chiffres. Que voulez-vous qu'ils m'apportent dans ma vie de tous les jours ?

— Néréa, la connaissance, c'est le pouvoir. N'oubliez jamais cela. Tout, vous m'entendez, tout peut vous servir un jour.

Dubitative, elle leva les yeux au ciel. Elle ne connaissait rien à la valeur de l'argent puisque ses parents pourvoyaient à toutes ses dépenses. Il y avait fort à parier que par la suite, son futur époux prendrait le relais. Furtivement, elle consulta la pendule.

— C'est l'heure de la pause, monsieur.

— Alors reposez-vous cinq minutes. Je viens de terminer un des nombreux ouvrages de Victor Hugo et j'en suis encore tout retourné.

Curieuse, elle leva un sourcil interrogateur.

— Quel est-il ?

— *Notre-Dame de Paris*. Je vous prêterai volontiers ce roman. Quel écrivain ! Quel talent ! Il possède avant tout l'art de brosser le caractère de personnages humbles et opprimés dans des situations rocambolesques. Savez-vous, Néréa, que j'ai eu le grand bonheur de le rencontrer ici, à Saint-Jean ?

Bouche bée, l'adolescente attendait la suite avec un intérêt non dissimulé d'autant plus qu'elle n'avait nulle envie de se replonger dans des calculs imbéciles !

— Vous a-t-il parlé ? souffla-t-elle.

— Oh non. Je passais le long de la maison de *Lohobiague* comme il en sortait. Je l'ai reconnu instantanément. Tête nue, la barbe au vent, il se dirigeait vers la mer. Je n'avais qu'une envie : évoquer avec lui l'une ou l'autre de ses œuvres mais je n'ai pas osé l'importuner.

— Savoir s'il a dormi dans la chambre du roi, murmura, Néréa, songeuse. Amaxi [1] m'a raconté que Louis XIV y avait séjourné trois mois et passé sa nuit de noces.

— C'est fort possible. Au fait, avez-vous commencé la lecture de *Voyages* ?

— Oui. Je suis presque à la moitié du livre. Je trouve qu'Alexandre Dumas raconte lui aussi des histoires passionnantes avec des personnages très attachants.

---

1. Grand-mère en basque.

Odilon tira sa montre du gousset de son gilet et poussa une exclamation.

— Ah ! je suis très en retard sur le programme. Bon, cessons ces digressions et reprenons le problème à son début. Ouvrez votre livret à la page dix-sept. Nous sommes donc en présence de conversions qui…

Docile, la jeune fille se pencha sur sa feuille et tenta de ne pas s'embrouiller dans les kilogrammes, grammes, hectogrammes, centigrammes. Même si tout cela était fastidieux, elle n'oubliait pas ce qui la rongeait de l'intérieur. Omniprésent, le visage menaçant de son père s'intercalait entre la page et elle. Comment l'empêcher de pénétrer dans sa chambre ? Il n'y avait pas de clé sur la serrure de sa porte mais sa grand-mère en conservait dans un des tiroirs du buffet. La sienne se trouvait peut-être là. Elle s'en assurerait dès aujourd'hui. Mais pourquoi son père la traitait-il aussi honteusement alors qu'il était marié à une si jolie femme ?

Oïhana était belle. Grande, bien proportionnée, un visage à l'ovale irréprochable, une peau claire rehaussée par une chevelure noire abondante et brillante. Une distinction naturelle, beaucoup d'allure. Sans doute s'était-elle, dès le début de leur mariage, montrée froide, distante, insaisissable, repoussant ses avances. Pire, elle paraissait dénuée de caractère, répondait « oui ou non » selon ce que l'on attendait d'elle, ne donnait jamais d'ordre aux domestiques, restait secrète, repliée sur son monde intérieur, aussi mystérieux que la forêt dont elle portait le nom. Cette attitude lointaine devait peser sur le couple, entraînant la dérive de l'époux envers sa fille.

Magdalena, l'*etcheko-andere* [1], voyait d'un mauvais œil sa belle-fille, la tête penchée sur une éternelle broderie, tirer l'aiguille d'un air appliqué et rêveur. Pleine de bon sens, active, elle passait son temps à ses conserves et à ses confitures, dans le seul but de faire plaisir. Ah ! comme son fils l'avait voulue la fille du château, comme on appelait alors la très séduisante Oïhana-Arrantza. Ignorait-il que ce prénom signifiait « bois et épine » ? Héritière de Zacharie Ahetze, riche tisserand qui menait grand train à Biarritz,

1. La maîtresse de maison.

fort courtisée, elle avait pourtant l'embarras du choix. Au premier regard échangé lors d'une grand-messe à l'église, Antoine s'était senti comme aimanté. Il lui fallait coûte que coûte obtenir sa main.

Elle serait sans conteste le fleuron de sa maison, et porterait loin le renom de la faïencerie. Oïhana, flattée par tant d'intérêt, n'était pas restée insensible à la cour effrénée de ce beau jeune homme pendant près d'un an. Lui qui n'avait plus rien d'un tendre, se mit en quatre pour amuser cette enfant de seize ans – il en avait vingt-deux –, déposant à ses pieds une foule de cadeaux qui la faisaient battre des mains : foulards chamarrés, gants de soie, lumineuse capeline qui seyait à merveille à son port de reine. La ravissante jeune fille n'aurait pas déparé à la cour de l'impératrice Eugénie lorsqu'elle séjournait à Biarritz ! L'enfant qu'elle était encore succomba aux multiples attentions d'Antoine. Il lui offrait des boîtes enrubannées de Xocolalt issu du cacao dont elle se régalait avec une mine de petit chat heureux. Cette gourmandise fut le prétexte à maintes sorties en calèche, accompagnée de sa mère. Ils allaient les chercher à Ustaritz à la maison *Dunatte* dont la pâtisserie datait de 1848, ou à celle de *Daranatz* à Bayonne. C'est au cours d'un de ces périples qu'elle accepta de devenir sa femme.

D'abord sur le qui-vive, la famille Ahetze qui songeait à un séduisant parti de la haute noblesse, avait tout mis en œuvre pour empêcher cette union jugée trop disparate. Un simple potier ! Sans beaucoup d'avenir ni fortune. Jugé mou et sans envergure, il avait été éconduit, Oïhana fut éloignée chez une cousine à Bordeaux, mais Antoine s'y était rendu plusieurs fois avec la complicité de la duègne, charmée par le romantisme de la situation. Devant tant de ténacité amoureuse, les parents d'Oïhana avaient fini par céder à cette impardonnable mésalliance. Le mariage s'était alors concrétisé, somptueux, dans l'église Saint-Jean-Baptiste où Louis XIV avait épousé Marie-Thérèse d'Autriche. Les orgues avaient retenti et la mariée, pendue au bras d'Antoine, était sortie, radieuse, échangeant avec lui de tendres regards énamourés. Hélas ! Confirmant les craintes familiales, l'idylle n'avait duré que le temps d'un déjeuner de soleil.

La désapprobation de Magdalena envers sa bru était fort bien cachée par égard pour son fils mais elle était convaincue que cette femme n'était pas pour lui. Chez les Baïgorry, il n'y avait pas de place pour les mijaurées. La dot et le rang social bien établi d'Oïhana ne suffisaient pas à effacer sa nonchalance et son profond désintérêt pour les tâches ménagères. Une épouse normale se devait d'avoir, sous une allure simple, un esprit raisonnable, les deux pieds dans le même sabot au lieu de fins escarpins faits sur mesure par un chausseur biarrot à la mode. La jeune femme, avant et après la venue de Néréa, subit plusieurs fausses couches confirmant qu'elle était incapable de mener une grossesse à terme. Elle avait aussi donné naissance à des avortons « indignes de vivre ». Autrefois, chez les Baïgorry, les femmes accouchaient dans les champs, s'arrêtant à peine de travailler et les nouveau-nés poussaient comme des champignons, pendus aux tétons de leurs mères. Ainsi Oïhana s'était-elle mis à dos toute la famille, dont les sous-entendus teintés de fiel la laissaient s'enfoncer un peu plus dans la désillusion et le malheur. Oisive, elle avait entrepris de décorer, comme elle se plaisait à le dire, l'ancestral logis. Magdalena, furieuse de ces prérogatives inusitées, s'était plainte auprès de son fils. Depuis trois générations, aucune femme présente au foyer ne s'était mis en tête de perdre son temps à de telles balivernes. Elle avait mieux à faire. Mais Antoine avait apprécié qu'Oïhana apportât avec ses meubles précieux et ses bibelots cette touche raffinée qui le faisait rêver dans sa somptueuse résidence familiale à Biarritz. Elle avait du goût, et la maison s'était peu à peu transformée sans perdre pour autant le cachet et la patine acquise tout au long des siècles.

Puis, les parents de la jeune femme étaient morts dans un accident. Les chevaux de leur coupé s'étant emballés, le fragile attelage s'était retourné, les traînant sur une longue distance. Oïhana, fille unique, ne s'était jamais remise de cette double disparition. Une coutume basque considérait que celle ou celui qui entrait par mariage dans une famille remettait sa quote-part à ses beaux-parents. Les Ahetze s'y étaient pliés autrefois lors du mariage de leur fille et leur mort ne changeait pas la donne. L'héritage de la jeune femme aurait dû revenir de plein droit aux Baïgorry, faisant du jeune ménage les copropriétaires du domaine, de ses dépendances et de la fabrique. Iñaki, à qui répugnait de légaliser cet acte, s'y était farouchement opposé. Il comptait bien rester le maître. Mais les derniers événements où des soucis financiers ternissaient son ciel lui faisaient regretter cette attitude et il ignorait comment pousser son exécrable belle-fille à lui verser ce qu'elle devait toujours moralement à la famille.

*

Néréa se tenait derrière un paravent dans la lingerie, essayant un jupon confectionné par Pauline, lorsqu'elle entendit des pas et reconnut les voix de son père et de son grand-père Iñaki. Une fois de plus, ils se querellaient. Ils s'arrêtèrent devant la porte entrouverte, et elle ne put échapper à ce qu'ils se disaient. Tremblante à l'idée d'être découverte, elle s'accroupit, les observant au travers des interstices laissés entre les battants.

— Père, puisque vous vous mêlez sans cesse de ma vie privée, sachez qu'Oïhana ne veut plus que je la touche depuis longtemps déjà.

Abasourdi, Iñaki regarda son fils, comme s'il venait de lui annoncer qu'il partait vivre sur la lune.

— Rentrons là, dit-il en s'assurant que la pièce était vide. Les murs ont des oreilles et les domestiques n'ont pas à connaître nos pauvres histoires de famille. Comment elle ne veut plus ! Ça veut dire quoi ça ? Depuis quand les femelles dictent-elles leur loi en matière de lit !

La voix était cassante et ne tolérait aucune rébellion.

Gêné, Antoine baissa la tête tandis que Néréa se tassait de plus en plus derrière son paravent.

— Un gosse sur six… c'est peu ! Quelle incapable ! Moi qui comptais sur elle pour renforcer notre race !

— Ce n'est pas une jument, Père ! ironisa Antoine.

— Certes ! Mais quelle improductivité totale et nous pondre une fille en plus. Ne peux-tu la forcer et faire un garçon tant qu'il est encore temps afin de perpétuer le nom et assurer ainsi la succession de la fabrique ?

Néréa, troublée, écoutait le plaidoyer de son père. Elle s'efforçait de respirer tout doucement pour ne pas éveiller leurs soupçons.

— Oïhana a quand même eu cinq garçons, riposta Antoine, défendant l'honneur de sa femme.

— Tu parles ! Tous au cimetière avant d'avoir su dire un mot ou tenir sur leurs jambes. Belle performance. Ah ! Si tu avais épousé la fille Etchegoienberry ! Quelle plante magnifique. Solide, travailleuse. Ton caprice nous coûte cher. Pas d'héritier mâle. Ça me navre.

— Père, vous savez très bien que c'est à l'aîné d'hériter, garçon ou fille. Néréa est donc mon héritière quoi qu'il advienne.

— Ttt, pas si sûr, si elle démérite. De toute façon, ta femme, en ne pondant que des morts, s'est arrangée pour que ta fille n'ait pas de concurrence ! ricana-t-il, méchamment.

Antoine haussa les épaules, le visage crispé par l'effort qu'il faisait pour se maîtriser.

— Vous ne pouvez pas dire aussi du mal de ma fille. Elle tient de moi. C'est tout le contraire de sa mère. Vous devriez être content.

Néréa baissa la tête, enfouit son visage dans le jupon qu'elle froissait entre ses paumes humides d'angoisse. Les larmes lui montèrent aux yeux.

— Tenir de toi ! s'écria son père en s'esclaffant. Tu as décidément une haute idée de toi-même. Permets-moi de te dire que si Néréa a hérité de ta colossale paresse, on peut mettre illico la clef sous la porte de la fabrique. Toutefois, je ne le pense pas. Sous une apparence fragile, elle a du caractère, mais, physiquement c'est tout le portrait de ta femme, ça je te l'accorde : elle est ravissante.

— Ah ! Vous avez remarqué, fit le père, fier de la comparaison laudative.

— Sauf pour la couleur des cheveux ! se moqua l'irascible. Enfin ! Bidarray m'a assuré que notre patronyme venait d'*ibai gorri*, la rivière rouge car la Nive des Aldudes se colore parfois d'oxyde de fer. Ça a dû déteindre sur la petite !

— Il nous est difficile de savoir de qui elle tient, fit Antoine, content de faire diversion. Puis-je vous faire remarquer, Père, que je suis fils unique et que Mère mériterait les mêmes reproches de votre part.

Surpris par cette audace inaccoutumée, Iñaki se racla la gorge et se moucha bruyamment.

— Tu ne manques pas de toupet, mon fils, de me parler sur ce ton ! Je n'ai pas à me justifier mais sache que nous n'avons jamais rien fait ta mère et moi pour ne pas avoir d'autres enfants. Et puis, dit-il, impatient, tout ça ne te regarde pas.

Antoine, heureux d'avoir porté un coup à son père, se demanda s'il ne cachait pas, lui aussi, quelque triste secret d'alcôve.

— Honnêtement, vois-tu un jour ta fille à la tête de la fabrique ? attaqua le vieillard avec hargne.

— Son précepteur me fait de grands compliments sur sa capacité à étudier et il m'assure qu'elle a beaucoup de talent en dessin et au piano, affirma le père, avec prudence.

— Certes, mais cela ne fait pas tout ! Je l'imagine mal mettre la main à la pâte. Il va falloir lui trouver un mari sans trop tarder qui nous aidera à conserver la fabrique. J'ai d'ailleurs à ce sujet ma petite idée – le ton était ironique. Mon pauvre garçon, que ton stupide mariage nous met tous dans l'embarras. Ta mère fait des efforts pour supporter ta femme mais elle lui lancerait avec joie ses pots de confiture à la tête. Tu n'as pas une épouse mais une icône, une vraie gravure de mode et on n'a pas besoin de ça ici.

Antoine défia son père du regard et dit, la voix sourde.

— Père, je l'aime telle qu'elle est. Si vous trouvez à redire sur sa présence, et quoiqu'il m'en coûte, je partirai avec elle.

Il y eut un silence. L'aveu de l'amour de son père pour sa mère tomba sur les épaules de Néréa, doux comme une pluie tiède de printemps.

— Elle se remet mal de la mort de tous ses chers petits disparus et c'est pour cela qu'elle ne souhaite pas que je la touche.

Iñaki ricana.

— J'espère que tu as ce qu'il te faut sous la main pour te vider le corps à défaut de l'esprit.

— Ne vous en faites donc pas pour moi. Je suis comblé.

Amusé par cette révélation – il n'aurait jamais cru son fils capable de tromper son épouse – il le regarda, goguenard.

— Sois le plus discret possible, conseilla-t-il, magnanime, car tu sais ce qui t'attend, si quelqu'un a vent de ce que tu fais. Au fait, c'est qui ? Panchika ? Bertille ? Gachina ?

Antoine, secoua la tête.

— Ce sont mes affaires, pas les vôtres, Père et je ne vous dirai rien. Rassurez-vous, je suis très prudent. Je n'ai pas envie de me retrouver marqué et mis au ban par la ville et les employés de la fabrique !

Lors de la découverte d'un adultère au pays, la coutume relevait d'une sanction morale et populaire consistant à joncher le sol de ramures et de feuillage pendant la nuit entre les maisons des deux coupables, même si elles étaient fort éloignées. L'aube naissante révélait alors aux yeux des lève-tôt la honteuse faute commise par les amants et la nouvelle se répandait alors aussi vite qu'une traînée de poudre. Antoine soupira d'aise. Ça ne risquait pas de lui arriver ! Qui pourrait soupçonner un seul instant qu'il lutinait sa propre fille !

Néréa, les yeux écarquillés d'horreur et de honte, perçut ce soupir révélateur, sentit une rougeur envahir son visage et se retint pour ne pas éclater en sanglots. Ce père qu'elle haïssait et redoutait, elle le découvrait à la fois menteur et lâche, mais aussi tendre, amoureux, souffrant du rejet de sa femme. Elle comprenait soudain pourquoi il venait la rejoindre dans son lit, faisant resurgir le passé où sa très jeune femme et lui s'aimaient sans retenue. Mais malgré cette découverte, elle ne pouvait admettre ce qu'il lui faisait subir. S'il revenait ce soir, elle se refuserait même si elle devait en payer le prix fort et ferait fi de ses menaces. D'ailleurs, après avoir en vain recherché la clef de sa chambre, elle venait de subtiliser un couteau à la cuisine, se promettant de le cacher sous son matelas et de l'en tirer à l'occasion, afin de couper court à ses honteuses velléités. Du même coup, elle avait retrouvé un moral d'acier, d'autant plus que Bixente lui avait fait passer un message par la marchande de poissons, venue livrer des soles à la maison. La pauvre femme ne risquait pas de la trahir car elle ne savait pas lire ! Il l'attendrait demain à la tombée de la nuit au fond du parc. C'était dangereux. Mais l'enjeu le valait bien.

— Père, fit Antoine, conciliant, je vais faire un tour à la fabrique, m'accompagnez-vous ?

— Pas tout de suite, il faut que je passe d'abord par les écuries. Jason le poulain est malade. Je te rejoins ensuite.

La porte claqua sur un Iñaki ulcéré. La poitrine de son fils se gonfla alors, laissant échapper en expirant un cri de souffrance. Pendant combien d'années devrait-il encore faire allégeance à ce père autoritaire qui imposait sa loi, fouillant sans vergogne dans son intimité ! La fortune de sa femme les mettait à l'abri du besoin mais il serait de très mauvais goût de quitter le toit ancestral. Comme il ne voulait pas se fâcher avec ses parents, il attendait. Un jour, même à son corps défendant, il serait le maître des lieux et de la fabrique. Sans nul doute, son père âgé et diminué se trouverait enfin à sa merci et il lui ferait payer ces années de mépris. S'il avait été autrefois un enfant doux et rêveur, l'éducation terrible infligée par son père l'avait aguerri. Iñaki, homme froid, colérique, égoïste et taciturne lui avait mené la vie dure. Amoureux de la mer, il souhaitait partir sur un bateau afin de lui échapper. Lorsqu'il comprit que jamais ses aspirations ne se réaliseraient, il s'enferma dans un mutisme résolu. Répugnant aux tâches manuelles, rien que l'idée d'hériter un jour des rênes de la fabrique le révulsait, il s'y rendait en traînant les pieds. Son père, déçu par ce peu d'entrain, s'acharnait sur lui. Son fils était un parasite, un incapable. Souvent à table, lieu de réunion familiale, où ses parents l'ignoraient, Antoine prenait la mesure de ce désamour et souffrait en silence. Il observait son géniteur, indifférent à ses états d'âme, pérorant devant une tablée soumise. « Regardez-moi, Père, suppliait-il en lui-même, je suis là, face à vous, intéressez-vous à moi. Aimez-moi. » Mais rien ne se produisait.

La peur d'être oublié, renié, mis de côté le tenaillait sans cesse. L'impression terrible que ses parents l'avaient extirpé d'un néant pour mieux le déposer dans un autre sans lui offrir le droit d'*être*, tout simplement, le terrifiait. En fait, né de personne, rien ne semblait le distinguer des meubles ! Cet état de fait pesait lourd sur sa vie. Seule, son union avec Oïhana l'avait tiré un temps de son scepticisme et lui avait donné le goût au bonheur. Grâce à elle, il avait cru enfin trouver une identité. Mais tous les « anges » issus de leur amour le replongèrent dans son indicible amertume. Au lieu de donner la vie, ils donnaient la mort... L'échec l'attendait une fois de plus. La naissance de Néréa fut pour lui à la fois une source d'inquiétude – vivrait-elle ? – et une joie immense. Jusqu'à la pré-adolescence, il lui voua un amour déraisonnable que la petite fille lui rendait au centuple. Mais il s'aperçut à la puberté que ses caresses le troublaient, et s'en inquiéta. Belle, douce et lumineuse, sa fille dotée d'un corps bien fait l'attirait de plus en plus. C'était le portrait de sa mère au même âge. L'attraction devint si forte qu'il franchit le pas de l'inceste, emporté par un désir fou, sans se rendre compte que saccager ainsi une enfant, son enfant, revenait à saccager l'adulte de demain. Antoine savait depuis le début combien son attitude envers Néréa était ignoble. Il tentait de se justifier par la haine sourde qu'il vouait à son père. Tout était de sa faute ! Il l'avait toujours rudoyé, ridiculisé en public parce qu'il n'était pas de sa trempe. Humilié, battu, malmené, il ne savait plus quoi faire pour gagner l'estime et l'amour paternels. Sa mère, témoin de ces outrances, se taisait par crainte d'une scène et il vivait très mal cette trahison. Ce manque d'amour l'avait rendu incapable de mener à bien une relation intime normale avec sa jeune épousée. Le germe incestueux était en lui. Antoine savait pertinemment qu'il abusait de l'innocence de Néréa mais il minimisait ces odieux écarts, rejetant la faute sur l'incapacité de sa femme à le satisfaire. Avaient-ils tous pitié de ses souffrances, eux ? Non. Alors... Sa conscience étouffée, il tentait de survivre avec ses obsessions. Car le corps de sa fille l'attirait, troublant, doux, chaud. Il y vivait des instants magiques où il oubliait le reste du monde. « Je t'aime », criait-il au paroxysme de la jouissance. « Aime-moi » balbutiait-il, repentant...

Néréa, tête basse, attendit un moment puis sortit avec précaution de sa cachette. Ah ! si elle avait pu se boucher les oreilles ! Mais au moins elle connaissait maintenant une des raisons du comportement de son père. Émue, elle éprouva, un instant, une tendre pitié pour le drame que vivaient ses parents puis se ressaisit. Le visage soudain durci, elle remonta dans sa chambre. Non, aucune faiblesse ne devait l'atteindre, ils ne le méritaient pas, ils lui gâchaient sa pauvre vie.

*

En ce jeudi 15 août, c'était fête, et Dieu seul savait combien cette notion ludique était chevillée à l'âme et au corps de chaque Basque ! Avec elle perdurait la tradition depuis des siècles. Religieuses ou profanes, les festivités célébraient leur appartenance ancestrale, doublée d'un fort attachement aux sept provinces sœurs. Jeux d'adresse et de force, exploit, goût du défi, dépassement de soi, tout était bon pour se glorifier d'appartenir à l'élite basque. *Orga-Joko*, lever de charrette sur son axe, *lasto-altxari*, lever de bottes de paille au moment des moissons, *soka-tira* où les participants divisés en deux équipes tiraient sur une corde de toute la force de leurs bras, l'*antzara-jokua* où, monté sur un cheval lancé au galop, le cavalier tentait de décapiter une oie déjà trucidée, pendue à une corde. Mais l'un des jeux chéris était sans conteste la pelote. Il demandait agilité, adresse, jugeote et doigté. Presque tous les villages possédaient un trinquet intérieur où chacun pouvait s'exercer et parfois un extérieur qui rassemblait un très nombreux public atteint par un chauvinisme exacerbé. Souvent une confrontation entre villages s'imposait. Aujourd'hui, l'équipe de Saint-Jean-de-Luz se mesurait à celle d'Ascain, ravissant village situé à quelques kilomètres du port basque.

Lorsque Néréa, accompagnée de Pauline, parvint sur les lieux de la joute, il y avait foule. Les autochtones apportaient leur chaise et la municipalité fournissait les bancs. En se faufilant, elles accédèrent à une travée où il restait encore quelques places. Bixente jouait et pour rien au monde, elle n'aurait manqué l'événement. La partie était commencée et le chanteur de points psalmodiait *ados jaunak, ados*, « à égalité, messieurs, à égalité ». Parmi les pilotaris en action, Néréa reconnut son amour secret. Il était le plus grand, bondissait le plus haut, avait du génie et de la grâce pour renvoyer la balle. D'emblée, elle ressentit de la fierté. Vêtu comme les autres joueurs d'un pantalon et d'une chemise blanche rehaussée d'une ceinture rouge à pans flottants, il tenait l'équipe adverse en haleine. À côté de Néréa, un Luzien tentait d'inculquer à un estivant béotien règles et subtilités des nombreuses disciplines de ce jeu très prisé.

— Comme ici, vous avez la partie à main nue, mais il y a encore le *rebot*, le *joko-garbi*, le *grand chistera*, la *pala, paleta, pasaka, xare* et *cesta-punta*.

L'autre, effaré, tentait de suivre la trajectoire de la balle, roulant des yeux surpris, perdu dans le labyrinthe de ces noms étranges.

— N'est-ce pas ce qu'on appelait au Moyen Âge le jeu de paume ? demanda-t-il, afin de jouer au connaisseur.

Surpris par tant d'à-propos, le Luzien acquiesça.

— Oui, il en est à la base. Tout se joue soit en plein air, soit à l'intérieur d'un trinquet à quatre murs dont un, que les joueurs frappent avec la balle.

— J'ai remarqué que celle-ci allait à une incroyable vitesse. En quoi est-elle faite ?

— Son cœur est formé d'une boule de buis enrobé de gomme, elle-même recouverte de fils de laine. Enfin, l'ensemble se termine par une peau de chèvre cousue main. La plus rapide est celle dont se servent les joueurs de *cesta-punta*.

— Y a à peu près trente ans, grâce à Jean Diturbide, dit l'autre voisin du visiteur qui suivait malgré lui l'initiation.

— Ah ! le grand Gainchiki Harotcha, interrompit le Parisien, montrant qu'il suivait et qu'il avait quelques rudiments.

— Oui, c'est cela. Je disais donc qu'il en avait assez de se blesser la main. Il souffrait le martyre et la douleur dans sa paume l'empêchait de jouer. Ici, on appelle cette inflammation « le clou ». Alors, il a eu l'idée de se servir d'un petit panier à fruits pour rattraper la balle, fixé à sa main. C'est comme cela que la *txistera* est née.

Intéressé l'homme hocha la tête, ne perdant pas une once de la partie endiablée qui se jouait sous ses yeux.

— Il y a trois ans, Melchior Gurucéaga qui vit à Renteria, s'est fait une belle fracture au poignet. Comme c'est un mordu de la pelote, il a imaginé un chistera plus long et creux. Comme ça, il peut s'aider de l'autre main. C'est le chistera *Mauser*.

Agacée par le bruit incessant de ces bavardages, Néréa demanda à Pauline à changer de place. Allait-elle pouvoir parler à Bixente après le jeu ? Le doute l'étreignait. À chaque fin de partie, comme il marquait le plus de points, le jeune homme, très courtisé, était si entouré qu'elle n'arrivait pas à l'atteindre. Elle en ressentait une terrible jalousie.

— *Bota*, but, chantait le compteur.

— *Eni*, à moi, clamait l'un des joueurs.

Le rythme était vif, la balle tapait sur le ciment peint en ocre clair. Le ballet des corps, leur vélocité, les cris de la foule, tout était impressionnant.

— *Zuri*, à vous.

— *Jokoa*, jeu.

Des encouragements fusaient de partout. Grisée par l'ambiance, Néréa observait passionnément chaque mouvement de Bixente.

— Le garçon qui se remue comme un beau diable, là-bas, à droite, n'est-ce pas le fils Ustaritz ? demanda Pauline.

Le visage de la jeune fille s'empourpra.

— Si. Je trouve qu'il joue très bien.

— Je l'ai connu lorsqu'il avait une dizaine d'années. Il ne promettait pas d'être aussi grand à l'époque.

Néréa sourit et ne répondit rien. Non loin d'elles, des vieux discutaient des affaires du village, préoccupés par des larcins, régulièrement commis dans les basses-cours et mettaient au point un plan pour démasquer au plus vite le voleur de poules. Les femmes, heureuses d'échapper pour un temps à leurs sempiternelles charges, se régalaient du spectacle tandis que les enfants couraient sans retenue sur la *cancha* en terre battue, imitant leurs aînés en tapant de leurs petites mains sur une balle.

La partie terminée dans un grand charivari, les gens assis continuaient de bavarder tandis que Néréa suivait des yeux Bixente qui s'essuyait la figure et le cou, tout en discutant des points avec les autres pilotaris. Elle se leva et suggéra négligemment à Pauline de se rapprocher d'eux.

— Depuis quand t'intéresses-tu autant à la pelote ? plaisanta sa tante, un sourire ironique aux lèvres.

— Là, vous exagérez. J'y assiste depuis que je suis toute petite. Soit avec Papa, soit avec Ataxi [1]. Alors, ce n'est pas une nouveauté.

1. Grand-père.

— Ne prends pas la mouche comme ça, tu vois bien que je te taquine. Je suppose que rencontrer ce beau garçon là-bas ne te déplairait pas.

Néréa, étonnée par tant de perspicacité, regarda Pauline et se mit à rire.

— Allez, viens, on y va.

Le garçon qui, malgré le jeu, avait aperçu de loin sa crinière rousse, la vit s'avancer vers le groupe et feignit de ne pas y attacher d'importance en tournant la tête vers le fronton. Déçue, elle fit mine de partir, lorsque, n'y tenant plus, il se retourna et croisa son regard. C'est Pauline qui sauva la situation.

— Bixente, vous me reconnaissez, n'est-ce pas ? Je venais vous féliciter de l'excellente partie que vous venez d'accomplir sous nos yeux.

Il n'eut pas à répondre, car elle fut alors accostée par un ami des Baïgorry. Cet aparté permit aux deux amoureux de se parler un bref instant. Tétanisés, ils se sentaient gauches, peu habiles à déclarer leur flamme devant témoins

— Madame, dit-il, s'adressant à Pauline, délivrée du fâcheux, ne partez pas maintenant. Il y a une épreuve de *soka-tira* avec deux équipes aussi fortes l'une que l'autre dans dix minutes.

La jeune femme jeta un bref regard vers sa petite cousine et vit son regard attaché à Bixente, admiratif et... amoureux.

— Chérie, ta mère et Amaxi nous attendaient pour le thé. C'est ennuyeux.

— Oh ! je vous en supplie, ne partons pas. Ça m'amuse tellement de les voir s'affronter. D'ailleurs Maman ne s'inquiétera pas puisque je suis avec vous.

La voix était si implorante que Pauline céda facilement.

— Retournez vous asseoir sur les bancs, fit Bixente ravi, sinon vous allez être obligées de rester debout. J'arrive tout de suite.

Tandis qu'un arbitre traçait à la craie une marque au sol, délimitant le milieu de la corde de trente mètres, les équipes se mirent en place. Huit hommes par cordée s'apprêtaient à tirer leurs adversaires sur au moins quatre mètres pour être déclarés vainqueurs en deux manches et en trois catégories de poids total. Il noua un foulard rouge à la moitié du cordage le signalant ainsi aux yeux des spectateurs. Les jeunes femmes trouvèrent difficilement des places mais chacun se poussa sur le banc dans la bonne humeur.

Bixente ne tarda pas à les rejoindre. Néréa était aux anges ! Mais elle était surtout plus attentive à la pression furtive de la main de son amoureux assis à ses côtés qu'aux exploits qui se déroulaient sous ses yeux. Pourtant, il y avait de quoi frémir et applaudir car ils n'étaient pas à la portée de tout le monde. De vifs encouragements fusaient de la foule excitée. C'était un vrai régal. Pauline, debout, souffrait avec les tireurs au visage convulsé de douleur, les mains accrochées à la corde, le corps touchant presque terre. Ce fut l'équipe d'Ascain qui gagna sous un concert d'applaudissements. Au cours de l'*orga joko*, l'un des participants luziens souleva à bout de bras une charrette de trois cent quatre-vingts kilos et la fit pivoter sur son axe jusqu'à ce que son bras crie grâce, un autre hissa une botte de paille de quarante-cinq kilos à une hauteur de huit mètres et la fit descendre, puis la remonta plusieurs fois encore en deux minutes, c'était le *lasto altxatzea* et le clou du spectacle fut l'*harri altxatzea*, où un imposant labourdin fit tourner une énorme boule de cent kilos autour de son cou, donnant l'impression que pour lui c'était un geste tout à fait ordinaire. Chacun, les yeux rivés sur ces étonnants défis, ne voyait pas les mains des amoureux s'étreindre, les corps se rapprocher, épaule contre épaule, muets de bonheur et d'extase partagés.

— Pourquoi n'es-tu pas venue à mon rendez-vous l'autre soir ? murmura-t-il à son oreille. Je t'ai attendue jusqu'à minuit.

Le visage de Néréa se contracta : comment lui avouer que l'incestueuse arrivée de son père l'en avait empêchée ?

— Pardonne-moi, je me suis stupidement endormie et lorsque je me suis éveillée, le jour se levait.

— Alors, ce soir ?

Soudain la foule enthousiaste se leva d'un seul bond, applaudissant les athlètes à tout rompre. La jeune fille en profita pour lui glisser sa réponse à l'oreille.

— Oui, mais tard, parce que je vais à la retraite aux flambeaux à la gloire de la Vierge Marie. Je viendrai te rejoindre sous la barre rocheuse quand tout le monde sera endormi.

— Je t'attendrai. Je t'aime, glissa-t-il, tendrement.

Ils se quittèrent, enchantés, tandis que le jeune garçon rejoignait la chorale. Car au pays Basque, tout le monde chantait : son âme à l'église, sa joie au bistrot ou au fronton après la victoire de son équipe, pendant les mariages et les fêtes, personne ne pouvait se passer de chansons. Bixente faisait partie d'un chœur qui excellait lors des enterrements ou autres cérémonies et dont le répertoire varié et considérable illustrait la force basque ailleurs que dans les muscles !

*

Après s'être créé une sorte de nid confortable avec la couverture et l'édredon, Néréa se tourna dans le lit dans sa position favorite. À la fois brisée de chagrin et follement heureuse de ce qui venait de se passer, elle tentait désespérément de trouver le sommeil. Ce soir même, sortie en catimini de la maison, elle avait appris de la bouche de Bixente qu'il ne tarderait point à s'embarquer pour le Mexique. Il avait eu beau faire, ce coup de canon dans sa vie déjà tourmentée l'avait mise à terre. Elle s'était sentie abandonnée, trahie. Tout le bonheur engrangé dans l'après-midi s'était enfui. Lui, accablé devant ce désespoir qu'il redoutait, l'avait entraînée sur la plage. Le ciel clouté d'étoiles resplendissait au-dessus d'eux. La lune se levait au-dessus de l'océan et seul le bruit des vagues effleurant le rivage troublait le silence. Un léger parfum les avait enveloppés. Une odeur proche et douce d'herbe un peu sucrée, d'effluves iodés d'algues et de mer... Ils s'étaient dévisagés sans proférer une parole. Le sang battait à leurs tempes. Elle était dure et ferme contre lui, ne ressentant aucune gêne, aucune répulsion comme lorsqu'elle subissait les étreintes de son père. Mais lorsqu'il avait accentué ses caresses, troublée par des souvenirs dégradants, elle s'était soudain écartée de lui.

— Qu'as-tu ? N'aie pas peur...

La phrase avait tonné dans sa tête. Ainsi les hommes avaient-ils tous le même langage dans les transports de la passion. Un instant, submergée par le dégoût, elle avait eu envie de fuir. Puis elle s'était reprise, et il l'avait étreinte avec une telle tendresse qu'il avait fini par l'apprivoiser. La bouche contre la sienne, Néréa, étonnée, avait senti un drôle de bouleversement dans son corps, éprouvant un désir incontrôlable, un élan qu'elle n'avait jamais ressenti lors des honteux attouchements paternels. Alors, submergés par le désir, mus par la crainte d'être bientôt séparés, ils s'étaient aimés. La jeune fille connut ainsi son premier éblouissement charnel entre les bras de Bixente. Gage d'amour pour l'un, engagement pour l'autre, ils s'étaient juré de s'attendre coûte que coûte, avant de repartir, heureux, la main dans la main. Le sable glissait sous leurs pieds. Arrivés sous les rochers de Sainte-Barbe, ils s'étaient assis. Le jeune homme avait frotté sa joue contre la tendre épaule. Des frissons l'avaient parcourue à nouveau et l'attirant à lui, il l'avait embrassée avec passion. Elle s'était dessaisie du scapulaire qu'elle portait à même la peau et le lui avait passé autour du cou.

— Ce simple morceau de tissu est sacré. Avec lui, rien ne peut t'arriver. C'est pour te protéger quoi qu'il advienne.

— Mais d'où vient-il ? s'étonna Bixente.

— De Lourdes. Tu sais, c'est une bergère de là-bas qui a vu la Vierge lui apparaître ! Il a été trempé dans l'eau du miracle.

— Qui te l'a donné ?

— Justine. Gabriel le lui a rapporté tout droit de la grotte de Massabielle.

— Mais elle va s'apercevoir que tu ne le portes plus.

— Je lui dirai que je l'ai perdu.

— Je n'ai rien à t'offrir de semblable mais je te fais le serment que tu seras mienne un jour.

Elle avait sursauté au mot « mienne », qui lui rappelait, hélas ! la mainmise de son père. Ils s'étaient quittés sur une sensation d'injustice, et c'est triste et inquiète qu'elle avait regagné sa couche.

Soudain un bruit furtif l'alerta. Elle tressaillit. Non, non... pas lui ! Pas ça. Pas ce soir béni où elle avait appartenu à Bixente. Elle se dressa, écouta, pâlit, cherchant à tâtons le briquet pour rallumer la bougie. Le loquet bougea et l'huis s'ouvrit avec lenteur. La haute silhouette redoutée s'encadra dans l'ouverture, nimbée du halo diaphane prodigué par la lune. La jeune fille rampa vers le fond de l'alcôve où elle avait caché le couteau subtilisé à la cuisine entre le bois du lit et le matelas. Prendrait-il peur lorsqu'il s'apercevrait de sa détermination à se défendre ? Elle en doutait. Son père referma la porte avec précaution. La main impatiente de Néréa recherchait à tâtons l'arme tranchante sans la trouver. Le cœur battant, désespérée, elle sentit soudain le manche en corne du coutelas et s'en saisit. Oserait-elle s'en servir ? L'angoisse l'étreignit. Une lame de parquet grinça, puis une autre l'avertissant de l'imminence de son supplice. Elle retint son souffle. Non, elle ne pouvait pas le tuer, le blesser peut-être. La peur la submergea, gommant toutes velléités de vengeance. Seule comptait l'esquive. En se refusant, son attitude ferme l'obligerait à revenir vers sa femme. Ainsi, aiderait-elle le couple désuni à se reformer. Un élan la porta vers sa mère. Comme elle la comprenait ! Subir ces étreintes, en attendre un enfant, sans doute pas désiré dans de telles conditions, pour le voir mourir ou être infirme…

— Néréa, chuchota-t-il en tâtant le lit sans la trouver.

Grise de peur et de dégoût, elle se taisait. Tandis que les mains paternelles parcouraient les draps avec fébrilité, elle écoutait ce souffle court, annonciateur du désir qu'il avait d'elle.

— Je sais que tu es là, dit-il en s'agenouillant sur le rebord du lit.

Ses yeux habitués au noir, il distingua une forme claire accroupie, tassée contre le mur et s'avança vers elle. Pour la première fois, brandissant le couteau, elle trouva enfin la force de s'insurger.

Antoine lui saisit le bras sans se rendre compte qu'elle était prête à frapper.

— Laissez-moi Père. Je vous en supplie, laissez-moi… Je ne veux plus que vous me touchiez.

Elle criait presque. Interdit, il cessa de tirer.

— Pourquoi ?

Sa voix implorante tremblait d'appréhension et du désir contenu de passer à l'acte.

— Parce que je ne veux pas. Je sais que l'honneur d'un père se doit de ne pas toucher à sa fille. Demandez à – elle hésita – votre femme. C'est son rôle de vous satisfaire, pas le mien.

— Allons, Néréa, ne fais pas ta mauvaise tête. J'ai besoin de te caresser, de t'aimer. N'es-tu pas ma petite fille chérie, mon unique amour ?

Soudain, inquiet, il discerna l'éclat d'une lame.

— Ne me dis pas que tu as l'intention de te servir d'une arme contre moi, fit-il, haineux. Lâche-la ou je t'assomme.

Connaissant la force terrible de son père, la jeune fille abdiqua et ouvrit la main, laissant retomber le couteau entre le mur et le lit. Elle tremblait, claquait des dents. Saisissant le rebord de la couverture, elle l'attira vers elle comme un dérisoire rempart.

— Ça suffit la comédie, gronda-t-il soudain moins conciliant et d'un geste brusque, il l'empoigna par les cheveux et se mit à tirer. Tu as osé me défier ! Quelle audace ! Je suis ton père, et tu dois m'obéir.

Cette rébellion inattendue décuplait son désir. Sous la poussée énergique, la jeune fille, terrorisée, se retrouva coincée sous lui, suffocante, tenta de se dégager, se débattit, puis, impuissante, se laissa faire, les yeux noyés de larmes, la rage au cœur. Elle subit une fois de plus le saccage de son corps tandis qu'elle se raccrochait à l'image de Bixente, revoyant le visage du jeune homme penché sur elle, éclairé par la lune, décuplant son attente, doux, tendre, attentif à ne pas la brusquer. Il avait su passer sur sa répugnance, l'avait amenée au plaisir peu à peu et cette fabuleuse révélation l'avait laissée tout étourdie de bonheur et de reconnaissance. Une seule échappatoire pouvait sans doute la sauver de ce maudit engrenage : la fuite avec lui, afin d'éviter le cruel mariage. Elle avait entendu son grand-père en parler pas plus tard qu'hier... évoquant le comte Josselin de Montaury, un riche veuf quasi sexagénaire. Elle en avait frémi ! Que penser de ce vieux barbon à l'haleine de cheval qui la regardait avec concupiscence ! Comment osait-il croire une seule seconde qu'elle accepterait d'être sa femme ! Il ne doutait de rien – quarante-deux ans d'écart –, un siècle pour elle, un abîme... Mais depuis ce soir, où elle s'était donnée à Bixente, comment admettre qu'un autre que lui pose ses mains sur elle !

La fuite ? Oui, mais avec quoi, comment ? Au-dessus et en elle, Antoine Baïgorry, le bien-pensant, son propre père s'agitait attendant l'arrivée d'un plaisir fulgurant qu'elle ne lui devait pas. Dieu ! que l'existence était laide. Malmenée par les soubresauts bestiaux, de toutes ses forces, la jeune fille recomposait la scène où elle avait appartenu à son jeune amant. Comme elle aimait son corps musclé qu'elle avait osé caresser, sa peau à l'odeur d'iode, sa bouche... Elle gémit. Se méprenant sur son cri de détresse, son père accentua son rythme.

— Allez ma belle, allez. C'est bon, c'est si bon ! Aaah... Aaah...

Antoine se mit à jouir de façon convulsive puis s'abattit à ses côtés, reprenant peu à peu une respiration normale. Il partit sans un mot, refermant la robe de chambre en foulard qu'il n'avait même pas pris la peine d'ôter. Le visage bouffi de larmes, elle regagna le haut de sa couche, tenta de reprendre ses esprits, cherchant à nouveau une conclusion pour mettre fin à cette honteuse emprise... À qui se confier ? Soudain, une solution s'imposa : Monsieur le curé, seul dépositaire de toutes les vilenies de ses ouailles. Au moins, lui l'écouterait-il, et, lié par le secret, ne pourrait ni la compromettre, ni la trahir. La confession la délivrerait ainsi de ce pesant secret et le saint homme, tout en la bénissant, la conseillerait. Ce n'est qu'au petit matin, alors que les coqs célébraient la naissance du jour que, recrue de fatigue, d'écœurement et de chagrin, elle s'endormit.

3

Projet de fiançailles

La confession avait lieu tous les samedis vers cinq heures du soir à l'église Saint-Jean-Baptiste. Au dernier moment, Oïhana, très lasse, confia sa fille à Pauline et M. Bidarray. Néréa se cogna à son grand-père alors qu'il pénétrait dans la maison.

— Où vas-tu ?

— À l'église.

Il haussa les épaules, levant les yeux au ciel.

— Ah ! les femmes et leurs bondieuseries ! Tiens, avant de partir, cueille donc un bouquet pour garnir l'autel et n'oublie pas d'offrir mes salutations au curé. Mais où est ta mère, elle ne t'accompagne donc pas ?

Il connaissait déjà la réponse mais la posait avec une once de méchanceté.

— Non, elle est souffrante aujourd'hui.

Aujourd'hui était de trop, cette femme avait toujours un pet de travers. Pauvre Antoine ! Il méritait mieux que cette mijaurée. Sans doute son peu d'enthousiasme au travail reflétait-il sa désillusion d'être l'époux d'une pareille névrosée.

Pensif, il regarda sa petite-fille s'éloigner vers le jardin avec sa compagne. Vêtue d'une jupe blanche et d'une ravissante guimpe tuyautée, coiffée d'une légère capeline en paille, la taille fine, bien prise dans une ceinture en cuir marquée de croix basques dorées, elle avait de l'allure. Sa magnifique chevelure rousse l'auréolait de feu. Il se frotta les mains mentalement : elle ignorait qu'elle allait sous peu devenir comtesse. Le contrat était fin prêt. Son ami le comte de Montaury, amoureux fou de ce tendron, ne saurait rien lui refuser, et l'avenir de Néréa s'avérait lumineux. Bien sûr, Josselin n'était plus tout jeune, mais, qu'importe ! Il valait mieux une vie dans le luxe que de rester à se morfondre près des fumées de l'usine dans l'attente d'une hypothétique rencontre avec le prince charmant ! Elle allait habiter Biarritz et la vie mondaine lui ferait vite oublier le désagrément d'appartenir à un homme... – il sourit – mûr. Sans doute cette flatteuse alliance l'aiderait à rencontrer les relations importantes du comte, et les riches espagnols réfugiés au pays depuis les guerres carlistes, qui y faisaient la pluie et le beau temps. Enfin, elle accéderait aux salons de l'aristocratie et de la haute bourgeoisie en y entrant par la grande porte. Un rêve qu'il caressait depuis que sa famille ruinée avait perdu son lustre d'antan.

*

Néréa, absorbée par l'approche de la confession et tracassée par l'imminence de son aveu, ignorait la beauté du paysage. Pourtant la baie scintillait sous le soleil tandis que des bateaux de pêche rentraient au port décharger leurs prises, au cri aigu des mouettes qui se chamaillaient en suivant leur sillage. La Rhune, hiératique, trônait en majesté, veillant sur les falaises et les plages sablonneuses. Prudent, le cocher retenait dans la pente les chevaux attelés à l'élégant coupé. Pauline, respectueuse du silence de la jeune fille, se taisait. Depuis quelque temps, elle la trouvait taciturne, renfermée, le contraire de ce qu'elle était en réalité. Pâle, des cernes mauves accentuant son regard, elle chipotait dans son assiette et avait maigri. Quelque affaire inavouée semblait la tracasser, lui ôtant cette fraîche spontanéité rieuse qui faisait tout son charme. À cet âge, seul un chagrin d'amour pouvait la rendre ainsi. Bixente ? Elle esquissa une grimace. Certainement, la famille avait d'autres projets pour elle... À ses côtés, le précepteur, congestionné, bien loin des noires pensées de l'adolescente et des tracas de sa voisine, s'agitait sur la banquette, passant et repassant deux doigts dans le col rigide qui lui serrait de plus en plus les bourrelets du cou. La table des Baïgorry à laquelle il était souvent convié, trop bonne pour lui, le poussait à manger plus que de raison et il avait engraissé depuis son arrivée dans cette excellente maison. Mais comment résister à tous ces plats succulents ? À ce propos, il lui fallait s'en confesser car la gourmandise faisait partie, hélas ! des sept péchés capitaux. Voyons, quels étaient les six autres ? Les doigts sur son pantalon, il comptait en pianotant ce qui pouvait relever de la faute face à l'être suprême. Avarice ? il ne pouvait guère être avare, ne recevant qu'une bien mince rétribution pour ses leçons. Colère ? il ne se départait jamais de son flegme laissant cela aux sanguins comme Iñaki. Envie ? mais de quelle sorte ? Si c'était son goût pour la bonne chère, alors oui ! Orgueil ? certes non. Paresse ? Parfois. Mais il avait l'excuse d'être un peu las de toutes les inepties entendues de la bouche de ses élèves et par les effets d'un excellent dîner. On en revenait toujours à cette satanée gourmandise ! Luxure ? Seigneur ! Ayant vécu pendant très longtemps auprès de sa mère infirme, il n'avait jamais cédé à un élan libidineux. Enfin... juste une ou deux fois, où, curieux, il était allé voir les filles de petite vertu à Biarritz. Fort déçu du résultat, il n'avait pas réitéré cette gymnastique rythmée qui lui avait rompu le dos. Parfois, il louchait sur des décolletés provocants et s'attendrissait devant la jeune poitrine de Néréa mais, était-ce vraiment lascif ? Il fit la moue, se jugea. Non, ce sentiment découlait simplement de l'admiration esthétique pour la beauté. Rasséréné, il se félicita de n'avoir pas grand-chose à confesser. L'attelage descendait cahin-caha le Chemin de Sainte-Barbe qui, faute d'entretien, devenait de plus en plus cahoteux. Une secousse le projeta contre Pauline. Il s'excusa.

— Comme l'océan est calme aujourd'hui, dit soudain Néréa, sortant de son mutisme.

— Vous savez bien qu'il ne faut pas s'y fier. Ses colères sont imprévisibles et terribles. J'aperçois sur la ligne d'horizon une barre noire, prémice de l'arrivée d'un orage. Ce soir, il éclatera ici à moins que les vents ne le poussent vers la côte espagnole.

— Monsieur, vous devriez raconter à ma tante le naufrage de l'impératrice à l'entrée de Ciboure, fit Néréa qui renouait les rubans de sa capeline.

— Cela paraît incroyable, s'écria Pauline, qui, native de Bretagne, connaissait plus l'histoire des Chouans que celle de la famille impériale. Que s'est-il passé ?

— Le couple régnant était monté à Biarritz sur l'aviso à roues *Le Chamois* en partance pour Fontarabie. Mais, comme je le soulignais à l'instant, la mer a des caprices que même les marins ne peuvent pas toujours prévoir et au retour, l'impératrice et son fils montèrent dans un canot près du port de Saint-Jean pour éviter la tempête. Il faisait nuit noire et la noble femme, terrorisée, ne le montrait pas au prince. Les vagues étaient si hautes que le pilote du bateau fut projeté contre un rocher près de Ciboure et disparut dans les eaux furieuses. Il se nommait Larretche. C'était quelqu'un de très méritant. Père de sept enfants, il travaillait dur pour élever sa famille. Eugénie, très éprouvée par cette mort, en regagnant la terre ferme, se promit de ne point abandonner la veuve et tint parole. Elle fit verser une rente d'État à ses enfants dont certains, d'après ce que je sais, ont bien réussi puisque Paul, l'aîné, est déjà un militaire gradé dans le génie et un de ses frères, ingénieur des ponts et chaussées à Bayonne.

— Cette histoire aura au moins permis à ces garçons de poursuivre des études que leur mère n'aurait sans doute pas pu prendre à sa charge, commenta Néréa, les yeux clos. J'aime la bonté de l'impératrice, monsieur Bidarray. C'est une femme qui a beaucoup souffert de la méchanceté et de la calomnie. N'est-ce pas ?

— Oui. Et croyez-moi, le souvenir que j'ai d'elle au moment de l'excursion de la Rhune m'a marqué. J'avais déjà vu le couple impérial en août 1854 qui visitait en calèche notre bonne ville. C'est là, au milieu d'une foule considérable que le maire d'antan, Gratien Goyenetche, évoqua la situation de la ville face aux terribles tempêtes. Eh bien, voyez-vous, l'empereur fit aussitôt des dons importants au bureau de bienfaisance et à la musique et quelques années plus tard, il versa de substantielles subventions pour la route de la baie, le port de Socoa et la construction des digues.

L'attelage arrivait en bas du chemin. Sur la droite, se profilaient la baraque des bains et les tentes en coutil de toile à voile, ornées d'un galon rouge, dont se servaient les estivants sur la plage. Enchantés de se plonger dans une eau si claire, ils roulaient dans les vagues avec des cris de joyeuse frayeur, vêtus d'un costume de bain sombre ou à rayures. Néréa s'éventait d'une main, tenant de l'autre le magnifique bouquet d'hortensias roses et bleus.

— Dieu ! qu'il fait chaud, soupira-t-elle, ces gens-là ont bien de la chance de se baigner.

— Ce n'est guère ta place et tu le sais bien, répondit d'un ton aigre Pauline, emprisonnée dans une robe grise et stricte. Cet étalage de corps à moitié nus est d'une grande vulgarité.

Elle aussi souffrait de la chaleur mais plutôt mourir, pensait-elle, que de s'exhiber, dénudée, vautrée sur le sable. Quelle inconvenance ! Ces baigneurs n'avaient décidément aucune pudeur, pire, aucune morale. Imperturbable, le précepteur, jambes écartées, s'appuyait sur sa canne au pommeau d'argent ciselé. De grosses gouttes de sueur dévalaient de son front, jusqu'à son col et son cou sans qu'il songe à s'éponger. Les yeux fixés sur le sommet de la Rhune, il était passé à un autre registre : la musique sacrée. Il composait mentalement une partition pour orgue. Les notes s'ordonnaient dans sa tête sur une portée imaginaire et il battait la mesure de son pied droit tout en chantant mezza-voce. Le buffet d'orgue de l'église était si beau, rendait des sons si forts, si puissants, qu'à l'écouter, il atteignait souvent un état second bien supérieur à l'orgasme humain.

— On m'a dit que dans la baraque, il y avait des baignoires pour prendre des bains à bonne température, fit Néréa, curieuse de tout.

— Tu ne trouves pas cela stupide ! Aller sur la plage pour barboter dans un tub ! Comme si tous ces gens ne pouvaient pas le faire chez eux. Non, vraiment, c'est inepte et je n'en vois pas l'utilité.

Néréa, adepte du progrès, aurait pourtant bien tenté l'expérience. Qui sait, un jour ou l'autre, elle se risquerait peut-être dans les vagues, mais alors, quelle toilette adopter ? Elle convaincrait sa mère de lui faire tailler un maillot chez Mme Lafitte, dont l'atelier était réputé pour le chic de son savoir-faire.

— Mais pourquoi ne puis-je aller au bain comme ces gens-là ?

Pauline prit un air indigné.

— Mais c'est ridicule et indécent de s'exhiber ainsi. Je me demande comment tu peux même y penser ! s'écria-t-elle avec véhémence. Exposer ton corps au regard des autres, voir ton costume de bain mouillé plaqué contre tes formes ! Seigneur ! Quelle horreur ! Quel comble de la vulgarité !

Néréa, déçue, jeta un regard bizarre à sa tante qu'elle trouvait vieux jeu. Flâner sur la plage, jouer comme dans son enfance, tremper ses pieds dans l'eau, bien ancrés dans le sable, les voir disparaître sous l'écume, sentir la force de l'aspiration du reflux, changer de place parce que son équilibre devient chancelant... Pourquoi pouvait-elle accomplir tout cela lorsqu'elle était petite et plus maintenant ? Elle leva les bras d'un geste gracieux, remit en place une épingle à cheveux, puis s'étira, cambrant les reins avec insolence. Tout son corps était une invite, une promesse délectable. Pauline, consciente de la volupté que dégageait sa petite cousine, se dit que sa mission de surveillance allait être mise à rude épreuve dès le premier bal, quand les jeunes gens découvriraient cette merveille faite femme. Les prétendants n'allaient pas manquer.

— Regarde ta mère, crut-elle bon d'ajouter, jamais elle ne ferait une chose semblable. C'est bon pour les grisettes, et encore !

Le coupé, après avoir pris la Grande Rue, approchait de l'église Saint-Jean-Baptiste. Le cocher tira sur les rênes.

— Oh ! fit-il d'une voix forte, oh ! – puis se tournant vers ses passagers, il ajouta : la rue devient trop étroite et je ne peux guère aller plus loin.

Les chevaux, dociles, s'arrêtèrent. Il sauta à terre, déplia le marchepied, ôta son chapeau et, galant, tendit son poing pour que Néréa et Pauline y prennent appui pour descendre.

— Gabriel, attendez-nous ici. S'il n'y a pas trop de monde, je pense que nous en avons pour une petite heure.

Il acquiesça, un léger sourire aux lèvres, trop heureux de cet espace de liberté qui allait lui permettre de rejoindre l'estaminet de ce bon vieux Louis Urdax, près du port, siroter quelques verres d'Izarra devant une joyeuse partie de *muss* [1]. D'un geste gracieux, Néréa souleva le bas de sa jupe et se dirigea vers le porche, suivie de sa tante, trottinant sur ses talons tandis qu'Odilon Bidarray montait les

1. Prononcer mouche.

marches de l'escalier extérieur menant aux orgues. Une miséreuse, accroupie devant la porte, leur demanda l'aumône. La jeune fille ouvrit son réticule, déposa quelques piécettes dans la main crasseuse, se félicitant de cet acte charitable tout empreint de généreuse spiritualité et pénétra dans l'église. Dans ce beau temple de la foi, elle retrouvait intactes ses impressions de petite fille. Que ce magnifique refuge de prières respirait la sérénité ! Elle enleva un de ses longs gants, trempa le bout de ses doigts dans le bénitier, se signa, se rendit à la sacristie afin d'y déposer son bouquet, puis, suivie de Pauline, alla s'asseoir près du confessionnal. Il y avait déjà cinq rangées de fidèles attendant leur tour. Elle soupira, imitée par son accompagnatrice. L'imminence de l'aveu au prêtre la taraudait et elle s'interrogeait sur le bien-fondé de cette affreuse confidence. Mais elle ne doutait pas un seul instant de son soutien. La nef baignait dans une clarté diffuse, une vague odeur de marée flottait dans l'air, tout concourait à l'apaisement. Ses préoccupations s'estompèrent. Son regard accrocha le magnifique retable orné de statues en bois doré dont son précepteur lui avait maintes fois raconté l'histoire. Elle observait les saints et le visage des anges dans la lumière tremblotante des cierges. Elle fut soudain distraite par l'arrivée d'Odilon Bidarray qui prit place auprès de Pauline. Pourquoi le Père éternel était-il surmonté d'un pélican ? Elle se pencha vers son professeur et l'interrogea à voix basse.

— Je vous l'avais pourtant déjà dit, tête de linotte, chuchota-t-il en la regardant par-dessus ses besicles non sans une certaine bonté, c'est le symbole de l'amour paternel.

Néréa se rejeta vivement en arrière, le visage soudain altéré. Amour paternel ! Ces deux mots lui entrèrent dans la chair comme lorsque… Les larmes lui montèrent aux yeux, des images impies se télescopèrent dans sa tête. Dans ce lieu saint et calme, elle mesurait l'ampleur de l'acte abject de son père. Les premiers rangs s'étant peu à peu dégarnis, ce fut bientôt son tour. Elle aimait beaucoup monsieur le Curé Jean-Pierre Elissague, mais, absent ce jour-là, il était remplacé par l'abbé Grégoire Bonetbeltz qui l'avait baptisée. C'était à ses yeux un très vieil homme qui, un peu sourd, ne comprenait pas toujours très bien ce que lui avouaient les pécheurs. Dans une immense mansuétude due à son infirmité, il ignorait la litanie des transgressions à l'échelle humaine et les absolvait avec générosité, distribuant à tout un chacun de bien légères pénitences. Rassérénée un instant, elle s'agenouilla, prenant soin de ne pas chiffonner le bas festonné de sa jupe. Le prêtre tira sur le léger panneau en bois qui fermait le guichet à croisillons et la jeune fille aperçut dans la pénombre le profil du religieux. Elle s'inclina, croisa les mains et murmura « Bénissez-moi mon père, car j'ai péché ».

— Je vous écoute, ma fille, répondit-il, jetant un bref coup d'œil sur sa paroissienne et reconnaissant en elle la petite-fille d'Iñaki Baïgorry.

Néréa, troublée, ne savait par quoi commencer.

— J'ai été plusieurs fois désobéissante envers mes parents, insolente aussi mais seulement dans ma tête.

Elle releva le front et regarda le prêtre. Il avait fermé les yeux, semblait somnoler. Que ressentait-il à s'immerger ainsi dans les errements des autres et s'en faire le seul juge ?

— J'ai été gourmande et paresseuse, vaniteuse aussi.

— Quel genre d'insolence ? l'interrompit-il soudain, avec un temps de retard.

Surprise, Néréa chercha ce qu'elle pouvait bien dire.

— Quand mon père m'ordonne d'exécuter une tâche dont je n'ai pas envie, je lui réponds « oui » pour avoir la paix mais je pense en même temps qu'il peut toujours courir, car je n'en ferai rien.

Le prêtre imperturbable se taisait, accordant peu d'importance à ces fautes vénielles. Un peu las, il s'apprêtait à lui donner l'absolution et une légère pénitence – elle était tellement désarmante cette jeune fille, avec ses petits péchés de rien du tout – lorsque d'un seul coup, il prêta l'oreille car ce qu'il entendait heurtait sa sensibilité. L'adolescente venait de se lancer dans une narration scabreuse de ce qu'elle endurait sans oser l'avouer à quiconque depuis des années. Il en resta coi. Suffoqué, il se colla contre l'entrelacs de bois pour ne pas perdre un mot de l'incestueux récit, sentant le rouge lui monter au front. Soudain, il interrompit le flot de paroles en tapant contre la grille.

— Malheureuse, murmura-t-il en se contenant. Honte sur vous. Je connais votre père depuis l'enfance. Il est incapable de vous faire subir de telles horreurs ou alors – sa voix se fit menaçante – vous avez dû le séduire et il n'a su résister à vos avances.

Les yeux agrandis par l'épouvante, Néréa, abasourdie, frissonna.

— Oh non ! non, s'insurgea-t-elle. Jamais je n'ai eu une attitude équivoque. C'est lui qui…

Elle perçut la respiration soudain oppressée du curé.

— Sotte, taisez-vous, dit-il, la voix altérée, votre pénitence va être à la mesure de votre impertinence. N'oubliez pas, Dieu vous regarde et vous juge. Je ne suis que son très humble intermédiaire. Puisse-t-il, dans sa grande mansuétude, vous accorder un jour son pardon miséricordieux pour ce terrible mensonge…

Il semblait à Néréa que tous les autres paroissiens assis dans son dos entendaient l'injuste condamnation du prêtre. Elle se retourna mais ne vit que des gens absorbés dans leur prière ou captivés par la contemplation des personnages bibliques du retable.

— Vous ferez à partir de ce soir, continuait la voix implacable, et ce, pendant un an, dix dizaines de chapelet et dix actes de contrition à genoux, les mains sur votre tête. Amen.

Le curé, agacé, secoué par la monstruosité de ce qu'il aurait préféré ne pas entendre, donna une rapide absolution de circonstance et referma le clapet du confessionnal d'un geste sec. Même si la jeune fille disait vrai, il ne lui convenait d'entendre la vérité que de la bouche de son père. Mais il en doutait car, si Antoine Baïgorry venait à l'office du dimanche par pure convention et non conviction, il ne communiait jamais, sans doute pour éviter une confession gênante. Lui parler en personne ? Ce serait contraire au principe de la confession qui se voulait protégée par le secret et puis, il fallait bien l'admettre, il ne souhaitait pas, en prenant parti, se couper d'un généreux donateur, fâcheux inconvénient pour les deniers de la paroisse. Il fallait donc ignorer ce péché de chair qui, somme toute, ne sortait pas de la famille ! Rasséréné, il rouvrit le guichet, se signa, s'apprêtant à écouter les sempiternels travers humains. Quel fardeau ! Néréa s'éloigna, bouleversée par l'injuste algarade du prêtre, croisa Pauline qui prenait sa suite et s'effondra sur un prie-Dieu, la tête dans les mains pour cacher sa honte et sa peine. Traitée de menteuse et de provocatrice ! Quel affront !

Pourquoi le mal s'acharnait-il ainsi contre elle ? Qu'avait-elle fait au Seigneur pour être aussi peu considérée ? La culpabilité la submergea. Le Tout-Puissant connaissait pourtant ce qu'elle endurait depuis si longtemps. Sans doute voulait-il la mettre à l'épreuve. Incapable d'aligner une seule prière de façon cohérente, elle se rassit en attendant Pauline, constatant la disparition d'Odilon Bidarray. Soudain, les orgues se mirent en marche. Les accents de la musique tremblaient de ferveur, s'envolaient vers la nef en forme de carène de navire, frôlaient les murs, s'enroulaient autour de la quille du bateau-miniature qui pendait du plafond, offrande de l'impératrice Eugénie après son naufrage, caressaient les balcons de bois où les hommes venaient chanter et prier. Des vibrations intérieures soulevaient l'être, c'était sublime. Néréa eut un pâle sourire car elle reconnut l'air que son précepteur chantait à mi-voix dans le coupé. Quel talent ! Elle releva la tête, serra les poings, se tança d'avoir éprouvé un tel découragement et se mit au défi : elle allait réagir. Comment ? elle l'ignorait encore, mais sa vie prendrait une autre tournure. De cela, elle en était certaine.

*

La coutume du *five o'clock* venait-elle des Anglais ? Certainement, puisqu'ils avaient imprimé leurs sceaux à Bayonne pendant trois siècles, déteignant sur la région environnante. Mais la mode parisienne s'en était emparée, et il était devenu bon ton dans la société huppée de se retrouver autour d'une tasse de thé ou d'un verre de porto. Chaque dame de la bourgeoisie faisait donc salon de quatre à sept heures et avait son « jour ». Le jeudi était celui d'Oïhana. Mais son cercle d'amies, témoins de sa jeunesse et de ses amitiés restées à Biarritz, ses seules relations, pouvait aussi lui rendre visite la semaine. Tirée pour un temps de sa solitude, elle jouait son rôle de maîtresse de maison à la perfection, oubliant les tracasseries de sa belle-famille et le naufrage de son couple. La toilette devenait alors le seul objet de ses préoccupations. Dès le petit matin, elle sautait à bas du lit et courait vers son dressoir où régnait une débauche de couleurs et de tissus plus attrayants les uns que les autres. Elle essayait un grand nombre de robes avant de se décider vers midi. Pauline, dotée d'un goût très sûr, la conseillait. Élégantes robes de faille, de poult de soie, de velours et de moire, toutes brodées, soutachées et parementées, rivalisaient avec des fichus de crêpe rose pâle ou vert d'eau garnis de malines, de point breton, de chantilly ou de valenciennes. Sur une étagère, des jacquettes d'astrakan et de vison, des pelisses en loutre et vigogne, voisinaient avec des mantes couleur lilas et prune, agrémentées de flots de dentelles blé. Tout concourait à un choix difficile. Les chapeaux perchés sur leur pied de bois composaient à eux seuls un étonnant spectacle : l'un d'eux se distinguait par son chic. En paille ciselée, orné d'un marabout de lophophore aux plumes très colorées, venu d'Himalaya, il constituait le dernier cri de la collection.

— Antoine te gâte, ma chérie, remarqua Pauline en faisant dégringoler une pile de sous-vêtements de soie.

— Tu sais très bien que c'est avec mes deniers que j'achète tout cela, répondit-elle, froidement. Ce n'est pas avec le salaire que lui donne son père que je peux m'offrir tous ces falbalas.

Fouillant dans un des nombreux cartons à la recherche d'une écharpe d'organza, elle dissimulait son visage pour que sa cousine n'y décelât point son mépris à l'égard d'un mari incapable de la faire vivre sur le pied qu'elle méritait. Mais ce n'était pas le plus grave. Elle avait dû batailler ferme pour qu'il modère ses pulsions sexuelles et lui laisse désormais la paix du corps, si ce n'était celui de l'esprit. Ce rejet provenait des grossesses non désirées, qui provoquaient en elle l'horreur de la mort.

— Tiens, prends ça, je pense que cela devrait t'aller, fit-elle en tendant à sa cousine un chapeau à voilette, surmonté d'une plume d'aigrette.

Pauline posa sur sa tête le ravissant couvre-chef, toujours froissée de n'être que la parente pauvre, et se regarda dans la glace.

— Oui, il me va bien, concéda-t-elle, mais je n'en ai pas l'utilité pour le moment.

D'un geste vif, elle le remit à sa place. Ces aumones offertes du bout des lèvres l'humiliaient, mais elle n'avait guère le choix. D'ores et déjà cataloguée vieille fille à trente-huit ans, elle possédait à son arrivée à *Goicoetchea*, en tout et pour tout, une capote à brides qu'elle portait à longueur d'année, deux robes, l'une en tissu épais pour l'hiver, l'autre plus légère pour l'été. Pour rien au monde elle n'aurait voulu mendier une des nombreuses toilettes de sa riche cousine mais, Oïhana, soucieuse qu'elle ne soit pas ridicule auprès de ses amies, lui permettait d'emprunter quelques-uns de ses vêtements. Parfois, elle en mettait de côté, les oubliait pour finalement les lui offrir. Très douée en couture, la jeune femme s'empressait de les retailler et les mettait au goût du jour, au point que sa donatrice, perplexe, regrettait presque sa générosité.

En cet après-midi de début septembre 1890, elle recevait quelques amies dans l'intimité de son boudoir à la décoration raffinée dont la seule vue provoquait les cris d'orfraie de sa belle-mère. Insensible au désaveu de Magdalena, elle persévérait dans ces réceptions pour se persuader qu'elle était toujours vivante et non prisonnière de la famille Baïgorry. En dépit de sa répugnance à écouter des conversations insipides, Néréa était venue saluer les amies de sa mère et, malgré son tourment intérieur, leur faire bonne figure. Chacune avait apporté un ouvrage. L'une tricotait, l'autre brodait un délicieux motif floral sur un fin linon tendu par un tambourin, la troisième faufilait un jupon tandis que la dernière collait avec d'infinies précautions des fleurs séchées sur un herbier. Si les mains étaient occupées, les langues marchaient bon train. Ces dames échangeaient entre elles les derniers potins qui couraient et parlaient surtout de mode.

— Savez-vous ma chère que les volants et la crinoline sont détrônés ? À Paris, les élégantes ne portent que des jupons plats sur les hanches et terminés en pointe derrière, car les robes sont relevées devant.

— Il va donc falloir montrer nos bottines alors ?

— Oui, et j'en ai vu à Biarritz chez le chausseur Garrat. Elles sont toutes lacées au cou-de-pied avec des œillets de métal.

Néréa, jetant un coup d'œil distrait par la fenêtre, tressaillit. La silhouette de Bixente, debout près d'un sapin, se détachait dans la lumière du jour. Que faisait-il là, au lieu d'être à l'usine ? Lorsqu'il la vit, il agita les bras pour attirer son attention. Comment faire pour sortir de la pièce sans que sa mère la rappelle à l'ordre ? Ne devait-elle pas aider Pauline à servir la collation prévue, Justine étant occupée à la lessive ? Elle mordit sa lèvre supérieure, fort contrariée tandis que la conversation futile se poursuivait.

— Ma couturière me prépare une redingote en taffetas noir irisé, ornée de nœuds en dentelle du même ton.

— Ah ! ma chère amie, ma belle-sœur revenue hier de la capitale en a ramené de somptueuses provenant du fameux magasin *Persan*. Son mari était furieux car cela lui a coûté une fortune.

Néréa se déplaça, passant dans le dos de ces dames pour gagner petit à petit la sortie.

— Chérie, veux-tu me passer ma boîte à couture, fit Oïhana, observant le mouvement de retrait de sa fille.

— Bien sûr Mère. Où est-elle ?

— Dans le deuxième tiroir de la commode. Ensuite, tu iras à l'office chercher l'eau chaude pour le thé.

La jeune fille poussa un soupir de soulagement intérieur. Elle allait pouvoir rencontrer Bixente. Son cœur battait la chamade.

— Moi, dit une ravissante dame brune au doux visage, j'ai trouvé une mercière dans la rue Serpente qui vend pour une bouchée de pain de la dentelle Monard imitant à s'y méprendre la Chantilly. Regardez, je vous en ai apporté un échantillon.

Toutes les têtes se penchèrent dans un même élan et Néréa en profita pour s'éclipser. Elle dévala l'escalier, se précipita dehors, contourna la maison et regarda vers le parc.

— Bixente, appela-t-elle doucement.

— Viens, je suis là, répondit-il.

Il l'étreignit, fou d'un bonheur teinté de désespoir. Il allait partir, la perdre pour un temps, mais son choix était fait.

— Pourquoi n'es-tu pas à l'usine ? murmura-t-elle.

— Je viens de surprendre une conversation entre ton père et ton grand-père et j'en ai été si bouleversé qu'il fallait que je te voie pour te mettre en garde.

Inquiète, elle s'écarta de lui et le regarda.

— Je me tenais derrière le four et ils ne m'ont pas vu. Ton grand-père a dit qu'un accord était prêt pour que tu épouses le vieux Montaury le plus tôt possible.

Néréa eut un haut-le-corps. Ses doutes se confirmaient.

— Quoi ! ce noceur, cet horrible barbon lubrique ! Un accord dis-tu ?

Elle était blême. Il lui prit les mains.

— Que comptes-tu faire ?

— Mais je ne veux pas, je ne peux pas, tu sais bien que je t'aime. Comment peux-tu penser une seule seconde que l'on va me marier de force !

Il la reprit contre lui, la serra très fort, la berçant comme un petit enfant.

— Tu connais la valeur de notre serment. Qui veut, peut. Je vais sans doute partir bientôt. Si tu en as le courage et la volonté, attends-moi.

Il se pencha sur le visage plein de larmes de la jeune fille et lui baisa les lèvres avec une infinie douceur.

— Je t'en fais le serment, souffla-t-elle.

— Mademoiselle Néréa, où êtes-vous ? Néréa ! appela soudain Justine de la buanderie. Votre mère demande que vous remontiez avec la boîte de thé au jasmin.

La jeune fille, inquiète, lui rendit son baiser, se dégagea de l'étreinte, essuyant ses pleurs d'un geste de la main et se mit à courir. Bixente, navré de la voir partir aussi vite, tendit le bras, tenta de la retenir mais elle était déjà loin. La bouilloire et le coffret à thé à la main, elle arriva, essoufflée dans le boudoir où régnait toujours une ambiance sans soucis.

— Où étais-tu passée ? interrogea sa mère, les sourcils froncés.

Néréa, malgré sa douleur, prit un air désinvolte et sous-entendit qu'elle était là où personne ne pouvait aller à sa place.

— Oïhana, votre fille est de plus en plus ravissante.

— Bonne à marier, renchérit une autre.

Néréa eut un haut-le-corps. Savait-on déjà ou était-ce une remarque tout à fait fortuite ? Elle se prenait à détester son grand-père qui la vendait, oui, c'est cela, la vendait à un vieil homme réputé pour ses frasques. Sans doute parce qu'il était comte et que cela justifiait le honteux marché.

Lorsqu'elle serait encore en pleine jeunesse, en possession de sa beauté, il ne serait plus qu'un vieillard souffreteux. Elle compta mentalement : dans vingt ans, il en aurait soixante-dix-huit et elle juste trente-six ! Quelle horreur ! De plus, comme le voulait la coutume au pays Basque, elle aurait droit au *volant* ou au *charivari* qui attirait une foule considérable de gens qui voulaient s'amuser aux dépens des époux mal assortis. Elle en frissonna à l'avance. Comment supporter d'être ainsi humiliée en public ! Était-ce sa faute si on l'obligeait à épouser un homme qui pouvait être son grand-père ? Non sans déplaisir, elle se rappelait la comédie burlesque qui avait suivi le mariage de son très jeune voisin avec une femme riche qui pouvait être sa mère : accompagnée de Justine, elle avait beaucoup ri en escortant, dans un vacarme assourdissant, le cortège de jeunes gens déguisés et peinturlurés. Ils portaient des mannequins immenses à l'effigie des mariés, huant le couple contre-nature, sans savoir qu'un jour elle deviendrait leur victime. Elle commença à servir le thé, comme un automate. Fuir, c'était le moment, mais où et chez qui, puisqu'il n'y avait pas d'issue côté Bixente ? Ses mains tremblaient et le bec de la théière s'entrechoquait avec le rebord des tasses. Elle s'ébouillanta, poussa un léger cri.

— Fais donc attention, morigéna sa mère, tu verses à côté. Quelle maladroite ! Va chercher un chiffon pour éponger. Regarde, l'eau coule sur le tapis.

— Je descends à la cuisine et je le ramène, dit-elle, pressée d'en finir avec ce rôle de jeune fille de la maison qui l'agaçait au plus haut point.

Elle profita de ce sursis pour regarder si le jeune homme était encore là mais ne le vit plus. De toute façon, ce mariage ne pouvait pas se faire de sitôt, il fallait respecter les convenances et se fiancer d'abord. Ce laps de temps lui donnerait le loisir de trouver une solution pour échapper à cette infamie. Les ouvriers de l'usine surnommaient Iñaki « *Otsua* », le loup. Elle avait trouvé de l'exagération dans ce vocable mais finalement, cela lui allait comme un gant : carnassier sans pitié. Mais qu'en pensait son propre père ? Se plierait-il à la volonté paternelle ou empêcherait-il cette fâcheuse union ?

Lorsqu'elle revint, tous les regards se portèrent sur elle.

— Chérie, montre ta robe à Marie-Josèphe. Elle souhaite que sa couturière reproduise ce modèle que tu as créé.

Néréa portait, non sans élégance, une simple robe de barège gris, garnie de petits falbalas roses, aux manches larges et tombantes, agrémenté d'un ravissant paletot de taffetas noir passe-poilé de fuchsia. Elle se prêta de bonne grâce à la prise de ses mesures tout en se demandant avec angoisse ce qu'elle allait devenir. Gagner du temps, surtout gagner du temps.

— Néréa, d'où tenez-vous ce bon goût ? Vous êtes toujours aussi divinement parée chaque fois que je vous rencontre.

— De ma mère sans nul doute, répondit-elle, tout en étendant son bras devant elle afin que la jeune femme puisse y poser son mètre-ruban.

— Voilà, c'est bon. Je note. Maintenant pliez le coude, s'il vous plaît. Là ! c'est bien.

— Ma fille dessine tous ses modèles, annonça Oïhana fièrement, elle a un excellent coup de crayon. C'est vrai que j'adore certaines de ses créations.

Surprise de ce compliment inattendu, Néréa se tourna vers sa mère dont l'intérêt pour elle était rare et la regarda, mais celle-ci évita son regard.

— Qui réalise la façon ? demanda Pauline.

— J'ai une fée de la couture à côté de chez moi, Mlle Etchegarray. Pour être à la page, elle se rend souvent à Bordeaux ou Paris et en ramène des idées neuves qu'elle a glanées, ici ou là. Sa boutique ne désemplit pas.

Néréa, encore sous le coup de ce qui se tramait dans son dos, éprouvait un profond ennui à écouter toutes ces fadaises et n'avait qu'une envie : fuir !

— Mère, s'il vous plaît, puis-je me retirer car j'ai pas mal d'exercices à mettre au propre pour demain. M. Bidarray n'apprécie guère lorsque je ne les ai pas terminés.

D'un geste indifférent, sa mère la congédia. Trop heureuse de pouvoir enfin s'esquiver, la jeune fille tourna les talons non sans avoir salué les amies de sa mère d'un léger plongeon du buste.

— Quelle délicieuse enfant sans souci avez-vous là, ma chère ! s'exclama dans son dos celle qui faufilait un jupon.

— Suit-elle une scolarité normale ? s'inquiéta la brodeuse. Ce précepteur lui enseigne-t-il tout ce qu'il faut pour pouvoir briller dans les salons ?

— Absolument, se rebiffa Oïhana qui supportait mal la critique. De concert avec mes beaux-parents et mon époux, nous avons pris la décision de ne jamais la mettre à l'école. L'actualité nous a donné raison puisque, comme vous ne l'ignorez point, la laïcisation de l'enseignement en quatre-vingt n'est pas faite pour atténuer nos craintes sur le bien-fondé de leur totale maîtrise de l'éducation.

— D'accord, mais moi je crois dur comme fer que les *Ikastola* [1] remplissent bien leur rôle.

La maîtresse de maison poussa un cri horrifié.

— Mais vous n'y pensez pas, Clarisse ! Ma fille ne s'exprimer qu'en basque ! C'est d'un vulgaire ! Il n'y a que les domestiques pour se livrer à ce genre de dérive.

— Mes enfants sont à cette école, protesta la jeune femme d'un air pincé, et je vous assure qu'il est bon de garder notre langue et de faire perdurer ainsi nos traditions !

— Je n'ai qu'à me louer des services d'Odilon Bidarray depuis qu'il a pris Néréa en main, affirma Oïhana, le visage fermé. Quant à briller dans les salons, ma fille a autre chose à faire que d'étaler sa culture devant des benêts, plus soucieux de danser avec elle et de la tripoter que de connaître l'étendu de ses acquis !

— Oh ! firent ces dames en chœur, choquées par ce langage cru.

Chacune baissa la tête sur son ouvrage, cherchant un autre sujet qui ne mette pas à mal le caractère ombrageux de leur hôtesse à qui il tardait de son côté que ces poseuses retournent chez elles au plus vite...

1. Écoles où l'enseignement n'est donné qu'en langue basque.

4

Le sacrifice

Magdalena, d'apparence fluette, trompait bien son monde car, sans cesse en mouvement, elle tenait en main la maison d'une poigne de fer. Sa bru ne participait pas à l'intendance et ma foi, cela lui convenait fort bien ! Seule Justine avait le droit d'empiéter sur son royaume, les jours où elle devait se rendre à Bayonne ou Biarritz avec son mari. Le garde-manger, très vaste, regorgeait de tentations multiples bien à l'abri des mouches. Tourtes, gâteaux et biscuits mettaient l'eau à la bouche des gourmands rien qu'en les regardant à travers le grillage. Sur les étagères, s'alignaient des bocaux de confitures aux étiquettes et couleurs alléchantes tandis que des guirlandes de jambon garnissaient les poutres de la cuisine en de savoureux colliers. Gabriel lui rapportait souvent du gibier braconné qu'elle accommodait de sauces savoureuses dont elle n'aurait, pour rien au monde, dévoilé son inimitable tour de main. Aujourd'hui, la poissonnière qui courait pieds nus, le couffin sur la tête, rempli d'une odorante marée, avait vendu de la morue fraîche. Elle décida de préparer un *zurrukutuna*, soupe à la morue relevée de piment d'Espelette. Elle se mit à l'ouvrage en chantonnant. À l'étage, debout dans l'escalier, face à l'œil-de-bœuf ouvert, Néréa regardait l'océan. Une barre sombre soulignait l'horizon annonçant la tempête. Déjà, de lourdes vagues se cassaient sur la falaise et refluaient, mousseuses, sapant la base des suivantes. Le grondement s'amplifiait, eau et vent mêlant leur colère en une mutuelle et forte respiration. Les rageurs coups de boutoir de la mer provoquaient des déflagrations telles que l'on aurait dit l'œuvre d'un puissant canon.

Néréa referma la vitre, descendit les marches et prit le couloir qui menait à l'office. Elle apparut, dolente, un livre à la main.

— Qu'est-ce qui t'arrive, ma poulette. Tu as une mine bien chiffonnée ! Viens m'embrasser.

— J'ai mal dormi, Amaxi. Le vent cognait contre mes fenêtres et la mer grondait si fort que je n'arrivais pas à l'oublier.

— Tu as du travail à faire ? remarqua l'aïeule tout en faisant tinter ses casseroles.

— Oui, il faut que j'apprenne par cœur un poème de Victor Hugo.

— Ça fait marcher la mémoire, petite. Tiens, attrape-moi donc trois ou quatre piments.

Néréa se dirigea vers la cheminée où pendait en guirlandes cramoisies le « feu-au-cul », comme le surnommait irrévérencieusement Gabriel, et le déposa près de Magdalena.

— Comme il paraît inoffensif ! s'écria la jeune fille tout en caressant la peau brillante.

— Ça tu peux le dire, rétorqua sa grand-mère, mais dès qu'il entre en contact avec l'humide, il se déchaîne. Toute ta bouche s'enflamme, ta langue et ton palais deviennent des volcans, demandant grâce et, comme je te l'ai appris, il ne faut surtout pas penser éteindre l'incendie avec de l'eau car c'est encore plus terrible ! Tu te jettes sur du solide, du pain par exemple, que tu mastiques rapidement pour panser les brûlures.

— Amaxi, savez-vous qu'Ataxi veut me marier au comte Josselin de Montaury ?

Magdalena baissa la tête, s'activant pour préparer le poisson. Bien sûr qu'elle savait ! Elle avait même eu à ce propos une belle scène avec son mari. Vendre sa petite-fille ! Accepter de mettre cette chair fraîche entre les mains d'un monsieur, si aristocrate fût-il, qui avait plutôt l'air d'être son aïeul et qui avait déjà eu dans son lit la plupart des courtisanes rouées de la région et de Paris ! Une honte. Mais, le têtu tenait bon et avançait des arguments solides pour la convaincre. « Les pieds au chaud », disait-il, mais un jeune de Saint-Jean, tiens, comme Matthieu Irraty, ferait aussi bien l'affaire. Le comte était toujours d'une élégance sans fausse note, vivait dans un château à Biarritz et sa fortune était reconnue sur tout le littoral. La particule ajoutait... du piment au projet. Bien sûr, trop âgé, malingre, affligé d'un physique ingrat, il n'inspirait pas la passion de prime abord, mais, il ne fallait pas s'attarder sur ces disgrâces, il savait se montrer si généreux ! Néréa de Montaury ! Cela sonnait bien. Tout ça pour une histoire de vieille dette dont le comte exigeait maintenant le remboursement, grossie des intérêts, ce qui faisait une somme rondelette. Iñaki, venant d'investir dans de nouveaux fours à feu pour cuire la porcelaine, d'embaucher d'autres employés, n'avait d'autre issue que de consentir à ses exigences. Sinon, par un simple alinéa au contrat signé depuis belle lurette, l'usine revenait de plein droit à son créditeur. Le seul moyen d'empêcher cet horrible sacrilège qui lui arracherait le cœur était de céder aux instances du vieil homme. Une fois les dates des fiançailles et du mariage fixées, de Montaury avait juré d'abandonner ses prérogatives sur *Le Palissy*.

— Qui te l'a dit ?

La jeune fille rougit.

— J'ai surpris une conversation entre Ataxi et mon père.

— Tu écoutes aux portes maintenant ?

— Oh ! non. C'est tout à fait par hasard. Amaxi, je vous en supplie, ne laissez pas faire ça.

— Tu sais très bien, ma pauvre chérie, que je n'ai aucune influence sur ton grand-père. D'autant plus, s'il s'agit de questions touchant à la fabrique.

— Qu'est-ce qu'elle a à voir avec ce mariage ? s'étonna-t-elle.

Magdalena confessa alors le but de l'horrible marchandage. Néréa éclata en sanglots, la tête dans les mains, pleurant tout son saoul sur son bonheur enfui.

— Je me sens vendue comme une esclave, sans que l'on me demande un seul instant ce que je ressens, dit-elle, soudain amère. Je ne veux pas épouser ce quasi-vieillard. En plus, j'ai une bonne tête de plus que lui. Vous souhaitez donc me ridiculiser ?

— Ta mère doit te l'annoncer cet après-midi. Essaye de transiger, gagne du temps, mais je sais déjà que c'est peine perdue. Je crois même que Montaury a fixé la date de vos fiançailles. Allez, viens me voir, petite chérie que je te câline. Écoute, ce n'est pas si terrible. Tu vas mener une vie mondaine trépidante, connaître des têtes couronnées, être reçue partout, tu es si belle que tu oublieras vite que tu es mariée à un monsieur plus âgé que...

Néréa se leva brusquement, fit tomber la chaise qu'elle ne ramassa point et se précipita dehors.

Elle croisa sa mère qui, le visage apaisé, rentrait d'une promenade dans le parc. Lorsqu'elle aperçut Néréa, elle changea de couleur mais ne recula pas devant le heurt inévitable.

— Ma fille, veux-tu venir, il faut que je te voie.

— Ce n'est pas la peine, Mère, je suis au courant et ce que vous pensez ne m'intéresse pas puisque vous laissez faire.

— Néréa, ne sois pas injuste et ne me parle pas sur ce ton. Tu sais bien qu'ici je suis encore moins que la cinquième roue de la charrette ! Je me doute de ton ressentiment, mais comment m'affronter avec ton grand-père ? Il ne tiendrait absolument pas compte de mon avis.

Elle poussa un long soupir, ôta sa capeline tandis que ses mains papillonnaient dans ses cheveux. La jeune adolescente crut discerner dans ses yeux une montée de larmes. Un instant elle eut pitié d'elle. Ce beau visage cachait un secret qu'elle connaissait. Et si elle se confiait maintenant, comment sa mère le prendrait-elle ? Troublée, elle baissa la tête mais se reprit. Non, elle ne devait pas avoir pitié des états d'âme de sa mère qui encourageait par son silence cette détestable union. Oïhana, consciente de l'amertume de sa fille, tenta de se disculper à ses yeux.

— Je ne pense pas que tu sois de taille à t'opposer à lui. Tu sais très bien qu'avant et après toi, et d'ailleurs ton grand-père ne se fait pas faute de le rappeler à tout vent, j'ai eu cinq garçons qui n'ont pas survécu. Tu es, pour ton père et moi, tout ce qui nous reste. Comme tu n'es pas encore capable de diriger l'usine, il faut bien trouver un compromis.

Les yeux de Néréa lançaient des éclairs mais elle se contint.

— Ce n'est pas dans ma nature d'être courageuse, poursuivit Oïhana, tristement. Je suis pourtant contre ce mariage et s'il se fait j'en aurai honte. Mais qu'y puis-je ?

— Personne, vous entendez, Mère, personne ne pourra me mener à l'autel par les cheveux ! Je m'enfuirai s'il le faut.

— Viens près de moi et calme-toi. On n'obtient rien de bon par la force. Je vais te faire une confidence : je suis allée voir ton grand-père malgré ma répugnance. J'ai plaidé ta cause comme si c'était pour moi. Il n'a rien voulu savoir. Ses intérêts d'abord, le reste ne semble pas le concerner ! Grâce à toi, il a trouvé le moyen de se sortir d'une mauvaise passe et ne te laissera pas bouleverser ses projets. Il est vindicatif, rancunier et je me sens incapable de te protéger.

— Et que dit Père ?

Oïhana eut un geste vague qui irrita encore plus sa fille.

— Oh ! tu sais, ce qu'il pense, ton père n'en a cure. À l'annonce de ce mariage, un moment il a été furieux, puis, j'ignore pourquoi, il a lâché du lest et il a dit qu'après tout, une union de convenances avait autant de chance de réussir qu'une autre. Allez, va t'habiller pour le dîner. Nous avons de la visite.

— Si c'est le comte, je ne sortirai pas de ma chambre.

— Ne fais pas la mauvaise tête. Tu sais, tu es très jeune et il ne me paraît pas être en bonne santé. Il peut encore vivre entre dix et vingt ans, ce qui ferait de toi une bien jolie veuve, voyons – Oïhana sembla réfléchir – de vingt-six ou trente-six ans ! À cet âge-là, une femme est loin d'être finie, c'est même celui de la plénitude.

Horrifiée, meurtrie par ces calculs sordides et cette incompréhension de sa propre mère, Néréa sut qu'elle ne pouvait compter sur aucun soutien. Tournant les talons, elle se précipita dans sa chambre, se jeta sur son lit et se mit à sangloter. Dieu ! que la vie était triste... Ce que cachait Oïhana à sa fille, c'est qu'elle avait refusé à son beau-père d'injecter dans la fabrique de l'argent frais qu'elle détenait depuis la mort de ses parents. Il l'avait pourtant suppliée mais elle n'avait pas cédé d'un pouce, trop heureuse d'avoir, pour une fois, barre sur lui. Une vengeance s'imposait contre cet homme qui la traitait en paria, ne respectant rien ni personne, et encore moins son propre fils qu'il humiliait en permanence. Sans doute au moment opportun, choisi à son gré, l'aiderait-elle afin d'empêcher cette union qu'elle réprouvait. Mais, faire languir l'exécrable tourmenteur l'amusait et elle se gargarisait de le voir ainsi déstabilisé, enfin à sa merci, même si sa propre fille devait en faire les frais... Elle détestait cette famille. Ah ! si elle avait pu écouter les conseils de ses parents, elle ne serait pas si malheureuse aujourd'hui. Ses grossesses répétées et non désirées après d'âpres assauts l'avaient meurtrie et dégoûtée des échanges physiques, la vue de ces bébés violacés et glacés que la sage-femme emportait, furtive, déjà roulés dans un linceul, lui avait arraché le cœur. Elle méprisait Antoine de l'avoir ainsi soumise à ses envies sans tenir compte de ce qu'elle ressentait, elle. Mécontente, elle secoua la tête pour se débarrasser de ces visions macabres et se dirigea vers la maison. Après tout, Néréa pourrait toujours prendre un jeune amant !

*

Ce soir-là, Josselin de Montaury arriva dans un élégant tilbury tiré par deux étalons. Néréa, en partie cachée par les rideaux de sa chambre, épia l'effrayant bonhomme que sa famille lui destinait. Il descendit, aidé par le cocher, raide, son corps décharné surmonté d'un visage grisâtre, le crâne dégarni, l'air souffreteux. Elle ne put s'empêcher de penser à la réflexion de sa mère. Avec une telle apparence, le comte ne ferait pas long feu et elle pourrait alors vivre ! Cette sobriété quasi ecclésiastique laissait deviner une vie monacale. Comment la rumeur publique pouvait-elle lui imputer d'être un libertin dénué de scrupules ? Vraiment, si c'était le cas, il cachait bien son jeu ! Lorsqu'elle rejoignit sa famille, il se leva comme un ressort du siège où il était ramassé sur lui-même, la salua en s'inclinant très bas. Mais Néréa avait eu le temps d'apercevoir un regard si brûlant qu'elle eut le sentiment qu'il n'était pas aussi collet monté qu'il le paraissait. À bien y regarder, la coupe de son habit au tissu coûteux était irréprochable. Le petit gilet barré d'une lourde chaîne en or se fermait par des boutons de prix et à ses mains osseuses, brillaient une bague et une chevalière massive gravée à ses armoiries. Mais ces signes de richesse apparente masquaient-ils la véritable nature intéressée de cet homme ? Elle le pensait et le trouva répugnant. Comment osait-il jeter un œil sur elle, si jeune, si fraîche et prétendre se faire aimer ! Des frissons de dégoût lui parcoururent l'échine. Jamais, elle ne pourrait se soumettre aux caprices libidineux de cet être repoussant. À tout prendre, elle préférait les attouchements de son père. Pendant ce temps-là, ses grands-parents papotaient, faisant semblant de ne pas voir ce qui se tramait autour d'eux, tandis que sa mère parlait chiffons avec Pauline. Voilà donc tout ce que leur inspirait leur odieuse machination. D'un bloc, elle les détesta. « Bixente, mon amour, délivre-moi de cet abominable cauchemar. Où es-tu ? Il faut absolument que je te voie, tu me diras ce qu'il faut faire pour leur échapper. » Elle chercha son père du regard. Le dos tourné à la scène, il contemplait le parc d'un air sombre. Ainsi c'était cet horrible bonhomme qui lui prenait sa fille. Il allait la toucher, caresser cette peau tiède et soyeuse, embrasser ce corps qui lui appartenait en propre. Au moins, à l'âge qu'il avait, il ne risquait pas de lui faire un enfant ! Ils se mirent à table. L'atmosphère était pesante mais le comte, conscient du malaise, pérorait, racontant les dernières frasques mondaines du tout Biarritz et comment il avait gagné une somme folle au casino, réalisé un parcours sans faute au *Biarritz-Golf-Club*, ouvert depuis deux ans sur le plateau du Phare, au nez et à la barbe d'un concurrent anglais célèbre pour ses prestigieux résultats. Tout en mastiquant, il jetait de fréquents regards vers Néréa, quêtant son approbation, mais elle resta de marbre.

— J'ai rencontré Charles Terront, vous savez le grand champion de vélocipède qui est le détenteur du fameux record de 3 h 28 aux 100 km, eh bien je lui ai demandé de me conseiller pour en acheter un. Son magasin au quartier Saint-Esprit ne désemplit pas. S'il n'y avait pas la côte de Guéthary, je viendrais vous rendre visite avec cet appareil !

Il rit, découvrant une rangée de dents jaunâtres.

— Je le connais par le prince Soltikoff, remarqua Iñaki, soucieux de montrer qu'il avait lui aussi de brillantes relations. C'est un mordu de ce sport, mais je trouve cela dangereux. Descendant à tombeau ouvert du Phare vers le Palais, il s'est blessé à la tête en chutant.

Le prétendant persévérait dans sa constante envie de plaire. N'ignorant rien de la cupidité de son hôte, il s'empressa de décliner tous les intérêts qu'il additionnait dans des routes, des mines de charbon, la construction d'immeubles de rapport ou de villas ici ou là en bordure de littoral. Antoine Baïgorry émiettait de la mie de pain en silence, enveloppant sa fille d'un regard inquiet, hochant la tête, l'air préoccupé.

Pauline et Oïhana, indifférentes à ces échanges masculins, projetaient une excursion pour le lendemain, tandis que Néréa, silencieuse, pensait à Bixente.

— S'il fait beau, vous pourriez pique-niquer au sommet de la Rhune, s'interposa Magdalena.

— Quelle bonne idée.

Se tournant alors vers Néréa, la grand-mère ajouta :

— Tu devrais te joindre à elles, ma chérie. Cela te ferait le plus grand bien de prendre l'air.

— Ah, oui ! s'écria la jeune fille, soudain joyeuse. M. Bidarray a fait l'ascension et m'a raconté son escalade. La vue, selon lui, est tout à fait imprenable.

— Chère jeune fille, lança le comte de Montaury, je vous entends parler de la montagne sacrée comme l'appellent nos concitoyens. Puis-je me joindre à vous ? Je serai ravi de vous accompagner. Mon valet portera le nécessaire pour que ce pique-nique soit un moment des plus délicieux.

Le visage de Néréa s'assombrit aussitôt. Un coup d'œil à sa grand-mère qui détourna le regard, et elle comprit qu'elle venait de se faire piéger.

— Monsieur, il ne m'appartient pas d'en décider, fit-elle d'un ton aigre. Demandez plutôt cela à mon père ou à mon grand-père.

Chacun se récria.

— Vous nous faites un grand honneur de vouloir partager notre promenade, assura Antoine Baïgorry, fielleux, et vous constatez combien mon épouse et ma fille sont heureuses à l'idée de votre présence.

Oïhana penchée sur son assiette ne daigna pas lever la tête. D'accord le prétendant était riche, titré, occupait une position sociale élevée mais pouah ! Néréa lui adressa un sourire crispé que le comte reçut comme une acceptation. Ah ! que finissent ces stupides ronds de jambes et ces hypocrites réunions. Il n'avait qu'une hâte, mettre la belle enfant dans son lit et la caresser à satiété jusqu'à ce qu'elle demande grâce ! Depuis le temps qu'il convoitait son jeune corps de vierge, il était sur le point d'exploser. Mais, Iñaki lui avait promis un aparté après le repas où il pourrait faire sa demande en mariage. Les fiançailles dureraient l'espace d'un déjeuner de soleil. À son âge le rituel des conventions n'étant plus de mise, il épouserait au plus vite cette ravissante sylphide au teint de nacre. Il jubilait, regardant à la dérobée sa poitrine ronde et ferme que laissait deviner son corsage entrouvert. Le repas se poursuivit, un peu plus détendu pour certains, désolant pour d'autres. Le comte affectait une ouverture d'esprit, un allant dans ses propos, justifiant son désir d'être en toutes circonstances du côté du plus fort, ce qui ravissait le maître de maison en osmose avec lui. Après le dessert, Iñaki se tourna vers sa petite-fille.

— Néréa, veux-tu nous jouer quelques airs au piano, s'il te plaît, demanda-t-il d'un ton qui n'admettait pas de réplique.

Agacée, la jeune musicienne obtempéra et s'installa sur le tabouret face au bel instrument. Par dérision, elle aurait volontiers choisi une musique funèbre mais cette pitrerie n'aurait pas été du goût de l'assistance. Elle opta pour un morceau qu'elle maîtrisait bien grâce aux leçons d'Odilon Bidarray.

— Ah ! Bach ! La Tocata et fugue en fa mineur, fit le comte avec suffisance ! Dieu ! que j'admire cet homme, quelle musique, quel talent ! Je trouve que Néréa l'interprète à merveille, mais il manque tout de même la puissance des orgues.

— Son précepteur est organiste, crut bon d'indiquer Iñaki, en se penchant vers lui, et il a tendance à préférer le répertoire des compositeurs dont c'est le maître-instrument. Il est évident que le piano-forte ne rend pas les mêmes sonorités, mais c'est tout de même bien agréable.

— Avez-vous remarqué que Néréa joue de tête ? chuchota Pauline.

— Oui, et sans partition comme repère, quel mérite. Je suis admiratif !

Josselin de Montaury scandait la mesure avec sa main, tapait le sol en cadence, visiblement sous le charme. Décidément, il ne faisait pas une mauvaise affaire en épousant ce tendron. Les doigts de Néréa couraient sur le clavier tandis que les notes montaient, superbes, véritable hymne à la beauté. Elle fixait son image reflétée dans le vernis du couvercle et se dégoûtait de céder si facilement à un odieux marché. Car, en quoi était-elle coupable ? Il fallait coûte que coûte qu'elle trouve une échappatoire. Oui, mais laquelle ?

Chacun s'extasia sur le talent de la jeune pianiste.

— Bravo ! s'exclama le comte en applaudissant. Un dernier, s'il vous plaît.

— Je compose aussi, annonça-t-elle d'une voix neutre. Ce morceau s'appelle *La Défaite de l'ogre Tartaro*.

Allusion directe à Josselin de Montaury, elle fustigeait bien sûr l'appétit féroce qu'il ressentait pour elle. Néréa plaqua les premiers accords et chacun, surpris, fit silence. Ils arrivaient, forts et durs, d'un pays glacé, morbide où il n'y avait aucune place pour l'amour. Le salon s'emplissait de notes discordantes, le chaos s'était emparé du mangeur de chair fraîche, le détruisant peu à peu dans d'extrêmes souffrances. Ses cris sauvages s'élevaient dans le salon au milieu de tourbillons et des lamentations d'âmes perdues. Une dernière tempête de sons graves éclata en un énorme fracas, qui fit tinter le cristal des verres rangés dans le bahut, puis il n'y eut plus que le silence et les visages figés par l'étonnement. Néréa referma d'un coup sec l'abattant du piano alors que les cordes torturées résonnaient encore aux oreilles abasourdies des convives. Son visage paraissait atone mais dans ses yeux brillait une lueur de triomphe. Avaient-ils bien saisi le message de son improvisation ? Ils se levèrent tous sans mot dire, étourdis face à cette tonitruante violence, laissant Néréa, seule, avec le distingué mélomane un peu dégrisé.

— Monsieur votre grand-père m'a conseillé d'aller visiter sa nouvelle serre avec vous, susurra-t-il d'un air précieux. Consentez-vous à me suivre ?

— Si c'est ce qui est prévu, répondit-elle, pincée, eh bien, allons-y.

Le comte fit semblant d'ignorer le ton peu aimable de sa future promise. Il était si près du but. Ses mains se mirent à trembler et ses jambes le portaient à peine. L'émotion, sans doute... Dès l'entrée dans la serre, le comte ressentit des vertiges. L'odeur puissante que dégageaient plantes et fleurs le prit à l'estomac. Bientôt nauséeux, il se dit que l'endroit n'était pas le bon pour faire sa déclaration. Il sortit sa pochette et la passa sur son front. À ses côtés, Néréa attendait, stoïque, qu'il parle enfin.

— Chère, si chère petite fille, se lança-t-il en lui saisissant les mains, vous n'ignorez point l'intérêt que je vous porte, je souhaiterais que...

Son obstination à la traiter en gamine devenait exaspérante.

— Cessez de m'appeler petite fille. À votre âge, ce n'est pas très sérieux, fit-elle, cinglante.

Il la considéra avec surprise. L'exquise créature dont il souhaitait faire sa chose se rebellait. Un désir violent s'empara de lui. Il voyait la poitrine de Néréa se soulever rapidement, les mains agrippées aux montants d'une échelle contre laquelle elle s'appuyait, le visage blanc, les yeux étincelants de colère réprimée. Devant cette révélation, il eut un haut-le-corps mais se reprit.

— Je dis cela uniquement par affection pour vous, Néréa, loin de moi de vous manquer de respect en faisant référence à vos jeunes années. Vous êtes déjà si femme ! Si désirable. Je vous ai vue grandir et maintenant que le moment est venu, je voudrais vous avouer combien je tiens à vous. Avec l'accord de votre famille, Néréa, voulez-vous m'épouser ?

La voix était implorante. Elle aurait pu savourer ce succès si le visage désespéré de Bixente ne s'interposait sans cesse entre elle et celui du comte, tout proche, hélas.

— Mais je m'explique mal cette demande. Pourquoi ne pas la faire à ma tante qui serait mieux assortie avec vous ?

— Je n'ai cure de Pauline, même si je la trouve jolie. C'est vous, et vous seule que je veux. Chère Néréa, dites oui, oh ! dites oui. Je vous comblerai de cadeaux et ne vous refuserai rien. – Il en bégayait – Vous serez la reine de Biarritz.

— Après l'impératrice Eugénie, fit-elle, narquoise, je vais avoir du mal à m'imposer !

— Cessez de me faire souffrir.

En un tel moment de soumission, la plupart des jeunes filles dans la même situation perdraient la tête. Un mot de plus, un geste, un acquiescement inconsidéré et leur vie basculait. Elle se recula afin de cacher son visage dans l'ombre d'une plante.

— Vous exigez de moi une réponse immédiate, je ne me sens pas capable d'un tel engagement si rapide. Je vous la donnerai dans une quinzaine de jours. Comprenez-moi, je n'avais pas encore songé au mariage. Il faut m'habituer à cette idée. S'il vous plaît, laissez-moi réfléchir.

— Mais pourquoi tout ce temps ? gémit-il, je suis prêt. Tout à vous.

— *Ezkont eguna aise izanaren biharamuna* ! énonça-t-elle, d'une voix lugubre, « le jour du mariage est le lendemain du bon temps ».

Le constat était cruel car de toute évidence pour Néréa, il n'y aurait même pas d'état de grâce avant le sacrifice !

— Pas avec moi, plaida-t-il. Je saurai faire perdurer ce bonheur.

Il s'avança d'un pas vers elle. « Il va m'embrasser », se dit-elle, horrifiée. Elle recula à nouveau, mais se retrouva coincée par une rangée de pots de fleurs. Les bras tendus vers elle, l'air pathétique, le comte avait une telle figure qu'elle pouffa de rire. Ridicule, ce pauvre homme. Ridicule ! Et il voulait l'épouser ! Quelle cocasse tartuferie. Elle observait la déconfiture de son prétendant à travers ses longs cils mais comme il l'avait saisie dans ses bras, elle prit le parti de simuler un évanouissement, chancela, glissant peu à peu à terre. Ce malaise prit le comte à l'improviste. Étourdi lui-même par la chaleur et le parfum capiteux des fleurs, il mit un genou en terre, passa un bras sous les frêles épaules et de l'autre main tapota les joues de Néréa. Elle garda les yeux clos, la respiration à peine perceptible. La couvant du regard, il se dit que l'occasion était trop belle pour la laisser s'enfuir. Abaissant son visage vers le sien, il déposa un furtif baiser sur le front. Néréa ne broncha pas. Elle préféra prolonger son hypothétique syncope plutôt que de subir encore les jérémiades de cet horrible vieillard. Mal lui en prit car, jetant autour de lui un coup d'œil rapide, sûr de ne point être surpris, il s'enhardit, baisant les lèvres closes, les paupières fermées, le cou, la gorge et la naissance des seins, là où le sillon prometteur annonçait une poitrine si désirable. Déjà, il sentait monter en lui la sève prometteuse de ses jeunes années. Un regain !

Néréa, après un bref frisson d'intense dégoût, fut prise d'un tel tremblement, qu'elle ouvrit les yeux et trouvant devant elle le visage convulsé par le plaisir du comte, se mit à hurler.

*

Étendue dans son lit, Néréa, désespérée, se demandait depuis combien de temps on l'y avait déposée. Dans son souvenir flou, elle devait à Gabriel de l'avoir ramassée et reconduite au salon. Ensuite ses souvenirs se brouillaient. Elle sentait encore sur elle l'étreinte et les baisers mouillés du barbon qui n'avait pu s'empêcher de la toucher alors qu'elle était à terre. Tous pareils ! son père, cet avorton... Non, pas Bixente. La maison silencieuse reposait. Les bras croisés sous la nuque, elle tentait de remettre de l'ordre dans ses idées. Il lui était physiquement impossible de céder au diktat des siens, tout ça pour leur confort personnel. L'haleine de Josselin de Montaury était comme lui : rance, aigre. « Que m'offre-t-il au bout du compte ? Un titre ? Bien sûr en d'autres circonstances, il ne me serait pas désagréable d'être comtesse. On me conduirait à table la première et il faudrait que les convives attendent mon bon plaisir pour la quitter, j'aurais la préséance sur tout le monde, un château, un parc, une écurie de pur-sang, un vélocipède, sans doute une automobile d'avant-garde, des pluies de bijoux et des toilettes somptueuses achetées à Paris chez le plus grand des couturiers. Sans compter les bals huppés où je ne pourrais que rencontrer les grands de ce monde. » Tout cela était bien séduisant, mais que faire de l'encombrant mari ? L'idée d'une funeste fin lui allait comme un gant. Alors elle serait veuve, jeune, riche et libre d'épouser qui bon lui semblerait. Bixente, bien sûr. Ils quitteraient le pays ou s'installeraient dans un village des Pyrénées. « Je vais accepter, sans doute », se dit-elle, soudain plus conciliante. Elle revit en pensée le pauvre homme se déclarant et un fou rire nerveux la secoua. Non, elle ne pourrait jamais se vendre, il ne fallait pas y compter, quitte à fuir n'importe où. Être libre de choisir n'avait pas de prix. Elle lui dirait non, une fois pour toutes. Il y a des renoncements qui s'appellent courage et honneur. Puis comme il faisait nuit et que la journée avait été ô combien éprouvante, elle tourna la tête vers le mur et s'assoupit.

Le lendemain matin, elle se sentait lasse. Elle avait de plus en plus de mal à se lever, refusait une fois sur deux le copieux petit déjeuner que lui portait Justine, prévenante, avait des haut-le-cœur inexpliqués, une envie de dormir à tout bout de champ et de drôles d'élancements dans les seins. Que penser de cette fatigue ? Un matin, en posant le pied par terre, tout tournoya autour d'elle, s'obscurcit et elle s'affaissa sur le parquet. Elle était encore étendue là, lorsque la servante vint l'avertir que M. Bidarray l'attendait au salon depuis une bonne demi-heure.

— Que vous arrive-t-il, mademoiselle Néréa ? interrogea-t-elle, soucieuse, tout en la relevant.

— Je ne sais pas. J'ai mal au ventre.

— C'est pas le *ttoro* du dîner d'hier, s'inquiéta-t-elle, le poisson sortait presque de la mer. Ah ! j'y suis ! Les coupables sont sans doute les coquillages. Vous avez dû en manger un avarié.

— Oui, ce doit être cela, admit-elle, conciliante.

— Vous ne souffrez pas de coliques ?

— Non, non, pas du tout.

— Je vais avertir votre grand-mère. Débarbouillez-vous et descendez si vous le pouvez. Il faudrait voir le docteur. Ça doit être votre foie qui fait des siennes. D'ailleurs, votre teint est un peu jaune.

Justine se dirigea à pas pressés vers la porte puis se retourna d'un bloc, l'air soudain suspicieux.

— C'est curieux, à y bien réfléchir, vous avez tous les signes du mal-joli.

— Le mal-joli ? s'étonna la jeune fille. C'est quoi ?

— Ah ! c'est ce qu'attrapent les mauvaises filles quand elles font de vilaines choses avec les garçons. Un bébé, si vous préférez. Mais ça ne peut être votre cas !

Néréa frémit, revit en un éclair son étreinte passionnée avec Bixente et la même nuit, le viol de son corps par son père.

— J'ignore ce dont tu parles, dit-elle avec un petit rire forcé.

— Je vous crois sur parole ! Dans un milieu aussi protégé que le vôtre, je me demande bien comment vous pourriez être enceinte ! Allez, dépêchez-vous, votre professeur bat la semelle. Inutile de faire votre lit ce matin.

La tradition basque voulait que l'on laissât son lit défait durant la matinée pour que les anges puissent l'occuper. Une bonne excuse pour ceux qui rechignaient à le faire, précisément comme Néréa. Mais elle n'avait pas envie de s'amuser et tentait de supporter le choc. Sans le savoir, Justine venait de lui apporter la terrible confirmation de la gravité de son état. Dans la rue, en promenade, elle avait remarqué à diverses reprises le ventre proéminent de quelques femmes. Ingénue, elle avait interrogé sa grand-mère sur l'origine de cette énorme bosse, apprenant ainsi qu'elle contenait un bébé. Abasourdie, elle s'était demandé par quel miracle il était entré et comment il pouvait en ressortir. Mais Amaxi, contrariée par son imprudente révélation, n'avait pu lui fournir d'autre explication. Justine lui livrait enfin la clé du mystère. En joignant bout à bout la somme de ses pauvres connaissances sexuelles, elle comprenait obscurément par quelle alchimie la substance que l'homme déposait dans la femme devenait un enfant. Enceinte ! mais de qui ? Son père ? Bixente ? Elle se mit à gémir, se tordant les mains, animée d'un profond désespoir. Quelle horrible révélation... Qu'allait-elle faire ? Lorsqu'elle gagna le salon en titubant, Odilon Bidarray fut surpris de voir son visage dévasté.

— Qu'avez-vous, Néréa ? demanda-t-il, inquiet en lui prenant les mains.

— Les coquillages, murmura-t-elle d'une voix sans timbre.

— Les coquillages, répéta-t-il, sans comprendre.

— Je me suis sans doute empoisonnée avec des coques avariées.

— Remontez dans votre chambre. Vous êtes incapable de travailler. Reposez-vous, je reviendrai demain.

— Oh, s'il vous plaît, implora-t-elle, accompagnez-moi et lisez-moi des histoires comme vous le faisiez lorsque j'étais petite.

Apitoyé, le précepteur la précéda dans l'escalier, se demandant s'il était bien correct de faire cela maintenant qu'elle avait grandi. Il ouvrit la porte et attendit derrière qu'elle se soit remise au lit.

— Je suis prête, souffla-t-elle.

Il prit une chaise, ouvrit sa sacoche de cuir noir et chercha dans ses livrets ce qui pourrait intéresser la jeune malade sans la fatiguer.

— J'ai trouvé, fit-il, triomphant, la pêche à la baleine des Terres-Neuvas.

— Oh non, s'indigna-t-elle. Je connais ça par cœur.

Souhaitant la détendre, il tenta un retour vers le passé où Néréa, petite fille, adorait les légendes du pays Basque.

— Alors si je reprenais l'histoire de *Basa Jaun*, le seigneur des bois et de *Basa Andrée*, la dame sauvage ? Vous adoriez cela.

— Je vous rappelle que je disserte sur des textes philosophiques, dit-elle, mi-amusée, mi-déçue. Alors, retomber en enfance !

— Voyons, celle de..., *Mari Gaiztoa*, la maligne ou *Behigorri*, la vache rouge ou bien encore celle de *Tartaro* le géant et les petits *Larminak*.

— Monsieur Bidarray, cessez de plaisanter, fit-elle, l'air sévère. J'ai passé l'âge de rêver sur ces contes. Je ne suis plus une enfant !

— C'est dommage, soupira-t-il, j'aimais bien ce temps-là.

La tête rousse roulait sur l'oreiller, l'air si las que le précepteur cessa de la contrarier.

— S'il vous plaît, parlez-moi de l'impératrice Eugénie, de la vie à Biarritz, de l'histoire du naufrage dans la baie.

— Mais cela fait aussi plusieurs fois que je...

— Vous n'avez jamais pu la terminer, car vous avez été sans cesse interrompu par mon grand-père.

— C'est vrai.

Odilon n'ignorait pas la vive admiration de la jeune Basque pour l'impératrice.

— Soit, fit-il, conciliant et il se cala le dos contre le dur dossier.

« Tu as une horreur dans ton ventre, scandait une petite voix dans sa tête, tu as une horreur dans ton... assez ! assez. » Elle fixa le plafond, fébrile, se passa la main devant les yeux, les referma.

— Ça ne va pas ? s'enquit le brave homme.

— Si, si. Allez-y.

Il se racla la gorge et se cala dans le fauteuil.

— Vous n'ignorez point combien Napoléon III et son épouse se sont montrés généreux pour notre pays. Ils descendaient à Biarritz dans la très belle villa offerte par l'empereur à son épouse qui adorait séjourner ici...

Il s'arrêta, se pencha vers le lit. Néréa semblait assoupie mais dans sa tête roulait, impitoyable, une phrase destinée à son père et à son grand-père : « je vous hais, je vous hais ». L'un était pervers, vicieux, immature, l'autre, implacable, égoïste, balayant sur son passage tout ce qui ne lui convenait pas. Comment allait-elle sortir de cette impasse ? Odilon se leva et sur la pointe des pieds, se dirigea vers la porte. Néréa se dressa sur son séant.

— Ne partez pas, restez, supplia-t-elle.

— Mais je vous croyais endormie.

— Non, je ferme les yeux pour mieux vous écouter.

Docile, il reprit sa place.

— Maintenant que je vais sans doute habiter Biarritz, racontez-moi plutôt la façon de vivre de ses habitants.

— Eh bien, ce qu'il y a de curieux, Néréa, c'est que finalement, depuis le départ de l'impératrice, rien n'a beaucoup changé dans l'étonnant rituel des mondanités.

La malade redressa son oreiller, le tapota, puis se cala contre lui, prêtant une oreille attentive au récit de son précepteur.

— Votre futur époux a la réputation d'accueillir du beau monde à sa table et à mon avis, il vous faudra donner des ordres au chef cuisinier à moins que le majordome ne le fasse à votre place. Après une promenade en ville en milieu de matinée au bras de monsieur le comte, vous effectuerez quelques emplettes rue Mazagran et dans les boutiques chics, place de la Mairie où il convient d'être vue. Vous vous rendrez ensuite au Port-Vieux, puis, à la Grande Plage pour rejoindre des dames à l'élégance reconnue, assises sur des chaises, qui tout en observant d'intrépides baigneurs, se laissent admirer par une foule de badauds.

— Tout cela me paraît bien frivole, commenta la jeune indolente. Je vais m'ennuyer à mourir. Et après ?

— Ayant changé de toilette, vous irez déjeuner. À la fin du repas, vous papoterez au salon, tandis que ces messieurs joueront au billard ou au backgammon jusqu'en milieu d'après-midi qui signe l'heure d'un savoureux goûter à la pâtisserie *Miremont*.

— Est-ce un rite ? murmura Néréa, d'une voix lasse.

— Oui, une sorte de tacite protocole auquel personne ne souhaite vraiment échapper. Une visite s'impose alors au Casino pour un éventuel concert et un retour à la plage en fin d'après-midi. Vos soirées seront, elles aussi, fort animées.

Les yeux clos, Néréa frémissait sur cet emploi du temps vide de sens. Comment supporter dans de telles conditions celui à qui on la destinait ? Elle imaginait déjà le vide de sa vie, vouée aux fanfreluches, aux inutiles parlotes avec d'insipides femmes plus occupées à entretenir un culte sur l'autel de leur beauté qu'à discuter de problèmes métaphysiques. La vieillesse serait là sans qu'elle ait seulement vu la vie, *sa* vie passer... Mais dans l'instant, seul le problème du bébé à venir la préoccupait. Le doute la torturait. *Assez, assez*, scandait une voix suppliante en elle. Une seule obsession l'accaparait : se détruire, disparaître, anéantir ainsi cette chose qui se développait en elle un peu plus chaque jour, vivant d'elle, se nourrissant d'elle.

— Je me sens un peu mieux, fit la jeune fille en se redressant. Quel âge aviez-vous lorsque vous avez vu l'impératrice la première fois ?

Il lui semblait qu'Odilon était aussi vieux que Mathusalem, mais moins que... ce pitoyable pantin maigrelet qu'on voulait lui mettre dans les bras.

— Vingt-six ans ! Ah ! J'étais encore jeune. Le couple avait beaucoup d'allure et je vous jure qu'ici, tous les deux étaient très aimés. Ils apportaient par leur seule présence ce petit plus qui classe un endroit. Ensuite, j'avais trente-deux ans lorsque je reçus l'autorisation de faire partie des personnes accompagnatrices de l'impératrice à l'ascension de la Rhune.

— Mais pourquoi cet honneur ? s'étonna Néréa.

Modestement, le précepteur baissa les yeux.

— Parce que la noble femme aimait se réfugier parfois seule à l'église et sans que je le sache, m'écoutait jouer de l'orgue. C'est ainsi que je lui fus présenté et qu'elle m'invita fort gracieusement à l'escalade du 30 septembre 1859. Ce fut pour moi une journée de rêve, un de mes plus beaux souvenirs.

— Oh ! racontez-moi, s'il vous plaît.

— Partie de bonne heure et conduite par M. Dihursubéhére, qui avait d'ailleurs déjà guidé Don Carlos en Espagne, la lente procession est parvenue au sommet vers midi. L'impératrice s'est laissée aller à esquisser quelques pas de fandango avec la troupe de danseurs qui lui a fait une ovation. À mes côtés, il y avait l'écrivain Prosper Mérimée, intime de la cour qui l'appelait affectueusement madame de la Rhune, ce qui la faisait rire aux éclats.

— Si je me marie, soupira Néréa, il faut que vous me suiviez dans ma nouvelle demeure. Je ne pourrai me passer de vous, de vos histoires et de la façon dont vous me faites évoluer spirituellement.

Flatté, le précepteur hocha la tête.

— Si votre époux tolère ma présence à vos côtés, je serai le plus ravi des hommes, fit-il en se levant et replaçant la chaise à côté de la fenêtre.

— Mon époux ! Il faudra bien qu'il le veuille, monsieur, car ma vie en dépendra.

— Seigneur ! répondit le brave homme, levant les yeux au ciel, que la jeunesse est excessive !

— Et la vieillesse, triste ! fit-elle, l'air ennuyé, revoyant en un éclair le visage jaunâtre du sire à qui elle était vendue. Je connais votre âge, et je ne permettrai pas de dire cela contre vous. Mais vous devez savoir que ma famille m'envoie à l'abattoir, et pour moi c'est terrible.

Il fit semblant d'ignorer ce qu'il savait déjà, farfouilla dans sa sacoche pour se donner une contenance, toussota puis osa la regarder en face.

— Si votre famille a décidé ce mariage, je ne vois pas comment vous pourriez vous dédire. Allons, ma chère petite, du courage. J'ai aperçu ce monsieur l'autre jour, il ne m'a pas paru si dur que cela.

— Qui vous parle de dureté ? dit-elle sourdement, je dénonce la vieillesse, monsieur Bidarray, vous entendez, la vieillesse. Je me sens encore tellement jeune...

— Savez-vous qu'à Paris au siècle dernier, le duc de Soubise qui affichait une soixantaine d'années épousa une jeune veuve de dix-neuf ans ? Il la gâta outrageusement, redécora pour elle les magnifiques appartements de l'hôtel en style rocaille et...

— Tout cela m'est bien égal, l'interrompit-elle, agacée.

La porte s'ouvrit sur Magdalena portant un magnifique bouquet de tubéreuses, dont le parfum entêtant envahit la chambre.

— Si ces fleurs viennent de M. de Montaury, vous pouvez les mettre ailleurs, s'il vous plaît Amaxi.

La grand-mère échangea un rapide coup d'œil d'impuissance avec Odilon et recula vers la porte, vaincue.

— Tu as raison, elles sentent trop fort et pourraient te donner la migraine. Je vais les mettre au salon. Tu veux la carte qui va avec ?

— Non, vous pouvez la lire, la déchirer, la brûler, la jeter. Peu me chaut ! Ce que ce monsieur écrit ne m'intéresse absolument pas.

Elle prit une mine boudeuse, se tourna vers le mur et rabattit son drap sur sa tête. Il lui fallait un peu de temps pour prendre une décision mais une fois prise, elle serait définitive. Le précepteur se leva et partant sur la pointe des pieds, suivit Magdalena, affligée. Iñaki allait avoir bien du mal à convaincre sa petite-fille de devenir comtesse !

*

Ce jour-là régnait dans l'atelier une grande fébrilité, et chacun s'affairait à son poste. Dans une des loges, un ouvrier fabriquait des assiettes. Sur son tour, il déposait une galette de pâte dans un moule, puis l'égalisait à l'aide d'une éponge, avant de procéder au calibrage avec un instrument, sorte de profil en acier de la taille de la pièce qu'il souhaitait obtenir. À son contact, ébauchée, elle s'évidait et prenait son apparence définitive : celle d'une assiette à dessert. Il devait en produire encore plus d'une centaine afin d'honorer la commande du bel *Hôtel d'Angleterre* où se pressait une clientèle cosmopolite. Plats et grandes assiettes étant déjà prêts, il manquait encore tasses et soucoupes. Iñaki aimait tenir ses engagements, aussi était-il fébrile au plus léger retard.

— Je t'avais promis huit centimes par pièce, dit-il à Léon, son plus vieil ouvrier. Si tu peux accélérer ton débit, je t'en donnerai dix.

— Mais, c'est impos… commença l'artisan.

— Ça va ! coupa-t-il, d'un ton agacé, fais comme tu peux mais fais-le bien. Ensuite tu t'occuperas des soucoupes. Nous sommes le 21, eh bien dans huit jours, tout doit être terminé et livré.

Le visage de Léon se rembrunit tandis que le patron s'éloignait. Il haussa les épaules et reprit en main le calibre.

— Je voudrais bien l'y voir, gronda-t-il entre ses dents. Je n'ai que deux mains et une journée pour tout faire. Si en plus je l'ai sur le dos...

Indifférent aux aigreurs de ses employés, Iñaki redescendit l'escalier en bois pour se diriger vers l'atelier de coulage. Il était de très mauvaise humeur car son fils qui devait arriver à huit heures n'était toujours pas là. Si ces perpétuels retards, certainement causés par les jérémiades de sa bru, se renouvelaient sans cesse, il prendrait les sanctions voulues en le jetant à la porte. C'était trop facile d'empocher une rétribution en regardant travailler les autres, indécent aussi vis-à-vis de son personnel. Qu'adviendrait-il de la fabrique, s'il disparaissait ? Une angoisse le tenailla. Tous ces efforts anéantis, ces années de labeur intense foulées aux pieds, tout ça parce qu'Antoine était un paresseux, marié à une incapable qui, au lieu de le pousser au travail, le rendait encore plus improductif. « Comme elle d'ailleurs, pensa-t-il en ouvrant la porte. Quelle garce ! Elle refuse d'investir dans l'affaire familiale, alors qu'elle est pleine aux as ! » oubliant du même coup que c'était lui qui avait refusé l'apport du solide héritage. Il n'était même pas pensable que Néréa devenue comtesse se salisse les mains ici. À moins qu'un jeune héritier Montaury vienne prendre la relève, grâce à elle. Mais où serait-il dans vingt ans ? Au fond du trou sans nul doute ! Et si, par malchance, sa petite-fille était aussi inefficace que sa mère ! Après tout, son fils était peut-être en rendez-vous galant, comme il l'avait sous-entendu l'autre jour et ça, c'était bien fait pour Oïhana. Il salua à la cantonade. En réponse, les ouvriers, fort occupés, hochèrent la tête. N'étaient traités ici que les tasses, petits vases et sucriers dans des fontaines en zinc accolées, remplies de barbotine. Iñaki se posta près d'elles tandis qu'un ouvrier saisissait, sur des étagères cloisonnées de centaines d'alvéoles étiquetées, un moule en plâtre d'un récent modèle de tasse à café.

— C'est la commande de l'*Hôtel du Golf ?* interrogea le patron.

— Oui monsieur.

L'employé s'approcha de l'une des cuves sous laquelle se tenait un seau pour recueillir l'excédent et ouvrit le robinet. Un liquide blanc se mit à couler, remplissant la tasse. Le plâtre absorba l'eau de la barbotine. D'un geste vif, le manœuvre vida alors le moule, laissant à l'intérieur une infime pellicule de pâte qu'il décolla tout autour du bord à l'aide d'un couteau. Opération délicate n'admettant aucune maladresse, elle s'accomplissait en silence, sous l'œil implacable d'Iñaki. Il extirpa de sa poche sa montre-gousset : dix heures.

— Philémon, tu retireras le moule à midi et tu me feras le plaisir de le jeter. Il a déjà servi huit fois, c'est suffisant.

— Oui monsieur, fit l'homme, le visage incliné dans une attitude déférente.

Il était le préféré du patron. Installé sur la frontière espagnole du côté de Béhobie, il avait vendu pendant des années ses propres modèles dont il établissait lui-même les gabarits. Rapide, efficace, il possédait un doigté de soie, comme disait le contremaître. Iñaki l'avait pressé de venir s'installer à Saint-Jean. L'autre rechignait mais s'était laissé convaincre lorsqu'il avait fait une simple soustraction entre ce qu'il gagnait et ce qui lui était promis. De plus, il avait reçu l'assurance que son fils serait engagé comme garçon de course, et sa femme pour faire le ménage des ateliers. Alors ! 720 francs par an au lieu de 156 pour lui, 360 pour elle et 69 pour le gamin, l'aubaine ne pouvait se laisser passer… Ils avaient donc emménagé non loin de la fabrique. Au début, Philémon s'était montré maladroit et il y avait eu beaucoup de bris de tasses, et la manœuvre s'avérait délicate, plus que celle de tourner un vase. La pose du pied, puis celle de l'anse demandait une grande adresse. Si pour la vaisselle ordinaire, les potiers les ébauchaient tout d'abord au tour, puis les tournassaient, il n'en était pas de même pour les services de prix. Têtu, il était resté des heures à son établi à la lueur de bougies et ce en dehors des horaires de travail, pour enfin trouver l'astuce qui produirait une pièce parfaite. Iñaki, penché vers la table, observait sa façon de poser l'anse après en avoir tracé l'emplacement au crayon. Il la collait avec une once de barbotine posée sur un petit os plat de jambonneau !

— Arrête, elle est de travers, ordonna-t-il.

L'ouvrier avait bien du mal à cacher son agacement. Il soupira.

— C'est normal, patron. Si je mets le bas très légèrement incliné sur la gauche, à la cuisson tout va rentrer dans l'ordre. La chaleur la redressera vers la droite et elle se trouvera alors au bon endroit.

C'est à ce moment-là qu'Antoine pénétra par une petite porte dont Iñaki connaissait le fatal grincement. Le père, courroucé, se retourna d'un bloc, l'air peu engageant.

— De qui te moques-tu ? dit-il entre ses dents, remarquant que le brouhaha avait baissé.

— Je suis désolé, Père, mais Néréa avait très mal au ventre et j'ai dû appeler le docteur Guilbeau qui d'ailleurs sort d'ici.

Indifférent à ces nouvelles, Iñaki, se dirigea vers l'établi de son fils.

— Toi et tes femelles maladives ! ironisa-t-il. Ça commence à me porter sur les nerfs ! *Le Café de la Mairie* attend sa livraison d'urgence. Encore une fois, si tu ne te soumets pas au même règlement que les autres, va-t'en.

— Mais Père…

D'un geste péremptoire, il lui désigna le tas de pièces qui depuis le début de la matinée s'entassaient sur son pupitre.

— Tu as intérêt à mettre les bouchées doubles. Regarde ce que ton coéquipier a déjà abattu comme travail. Tu peux même te passer de déjeuner pour rattraper le temps perdu. De toute façon, la privation ne peut que te faire du bien, tu es assez gras comme cela. Ton bedon tombe de plus en plus sur tes cuisses.

Vexé mais incapable de répondre car il se savait dans son tort, Antoine s'installa et commença à travailler. Assis devant la grande baie d'où l'on apercevait la mer, il s'occupa les mains, ce qui lui demanda de l'attention, l'empêchant de penser à ses multiples problèmes familiaux. Il était réparateur, s'attachant à faire disparaître les défauts à peine apparents de chaque pièce, car l'habileté des ouvriers n'était pas infaillible ! Son œil exercé détectait la moindre aspérité ou la présence d'une malencontreuse bulle d'air éclatée. Il s'appliquait alors à cacher, poncer, masquant les minuscules trous à l'instar du marouflage qui rendait à un tableau abîmé sa beauté d'antan. Mais, tracassé par ce que lui avait dit le médecin, il reposa le vase qu'il tenait. Après avoir examiné Néréa, le praticien l'avait pris à part et, ne sachant comment tourner la chose, lui avait demandé à brûle-pourpoint, si la jeune fille n'avait jamais eu de rapports sexuels. Le sang d'Antoine n'avait fait qu'un tour. Il avait joué au père horrifié, exigeant que le médecin lui livre derechef le fond de sa pensée. « Eh bien, votre fille, si ce n'est pas quelqu'aliment qui lui a fait mal, présente toutes les caractéristiques de la femme enceinte : nausées, vomissements, vertiges, langueur, perpétuelle envie de dormir, poitrine douloureuse. » Une véritable bombe avait éclaté dans sa tête mais il avait feint un ahurissement si plausible que l'autre s'était excusé de ces pensées bien peu orthodoxes. « Ce qui me semble curieux, avait ajouté le docteur Guilbeau avant de s'éclipser, c'est qu'elle est fort dépressive et j'ai eu l'impression qu'elle voulait m'avouer quelque chose mais que votre présence l'a retenue. Qu'en pensez-vous ? » En lui, tout s'était télescopé et il avait eu du mal à garder sur le visage cet air profondément alarmé qui démontrait sa terrible inquiétude. « Je vais lui parler, si j'en sais un peu plus, je ne manquerai pas de vous le faire savoir. Au revoir, cher ami. À bientôt. » Le cabriolet parti, il s'était épongé le front, catastrophé par les doutes du médecin. Puis, faisant fi de l'horaire, il était remonté quatre à quatre pour supplier sa fille de ne jamais dire la vérité à quiconque. Mais sa femme et sa mère étaient au chevet de la malade et il s'était contenu, croisant le regard de Néréa, chargé de reproches teintés de terreur. Inquiet, il avait tourné les talons.

— Tu m'as l'air préoccupé, fit son père soudain à ses côtés.

Seigneur, faudrait-il toujours que l'auteur de ses jours le surveille comme un gamin. Il n'en pouvait plus de subir ce régime, humiliant pour un quadragénaire. Mais que faire d'autre ?

Antoine risqua un œil vers les autres stalles, mais les ouvriers absorbés par leur tâche délicate ne se préoccupaient pas de ce qui se disait à leurs côtés.

— Non, non, ça va, répondit-il, l'air le plus enjoué possible. Je pensais qu'il était sans doute temps de marier ma fille. Elle s'ennuie ici. Est-ce que l'offre de Josselin de Montaury tient encore ?

— Plus que jamais et je constate que tu as fait du chemin pour l'admettre parce que la dernière fois que je t'en ai parlé, j'ai cru que tu allais me sauter à la gorge.

— Alors il faut dès maintenant arrêter une date pour les fiançailles. Néréa est mûre pour s'engager. Vous rendez-vous compte du changement radical d'existence ! La joie de vivre ne peut que lui revenir.

— À ce que je vois, tu fais fi de l'âge du prétendant, ricana le père. Ton revirement est louche et cache une embrouille.

— Pas du tout, protesta Antoine en regardant ailleurs. Oui, bien sûr, cette différence m'a tracassé un moment. Mais le comte est un homme honorable et il la protégera.

— Toi, ta femme t'a converti à ses désirs, répliqua-t-il, ironique. Enfin, si ça lui arrive d'en avoir ! Vous préférez tous les deux sacrifier la jeunesse de Néréa, plutôt que de m'aider ! Bravo ! Belle mentalité.

— Je ne vois pas ce que vous voulez dire, fit Antoine, surpris. Oïhana ne me tient au courant de rien.

— Eh bien, si vous en êtes là tous les deux, je me demande ce que vous faites encore ensemble !

— Il serait bon que l'on se parle, Père, j'ai l'impression d'être toujours mis de côté.

— Quand j'aurai le temps, répondit Iñaki, laconique. Je vais m'arranger pour prévenir Montaury que les affaires avancent et, à mon avis, il va en être fort heureux. Allez, travaille, tu as encore beaucoup de pain sur la planche.

Antoine poussa un ouf de soulagement. Impossible d'être démasqué. Comme la petite ne pouvait être enceinte que de ses œuvres, ce mariage tombait à pic pour détourner l'attention, échappant ainsi à la découverte de son abominable forfait. Il allait veiller à ce que les futurs fiancés restent seuls le plus souvent possible, malmenant ainsi le savoir-vivre qui déconseillait ce genre de tête-à-tête avant le mariage. Ces rencontres non surveillées favoriseraient l'acte charnel. Il en était d'autant plus sûr qu'il connaissait par ouï-dire la réputation sulfureuse du comte, jugé pervers et lubrique. Après quoi, l'affaire jouée, le pot aux roses serait vite découvert en voyant la taille de Néréa s'arrondir. Il se dirait alors dans la bonne société, qu'elle avait juste fait passer la charrette avant les bœufs, mais qui pourrait lui en vouloir ! Un si bon parti, une si belle occasion, devaient se laisser caresser dans le sens du poil.

*

Une table de fête avait été dressée dans la grande salle à manger. Les invités commençaient à arriver et les fiancés furent bientôt pris sous une avalanche de félicitations, toutes plus hypocrites les unes que les autres, de congratulations, de baisemains, qui semblaient satisfaire le condescendant Josselin de Montaury, habitué qu'il était que l'on fît allégeance à sa particule. Debout près de lui, Néréa, statufiée, un sourire de circonstance sur les lèvres, répondait par monosyllabes aux compliments. Vêtue d'une simple robe grège, les cheveux retenus par un filet du même ton, elle était pâle et se sentait abandonnée. Le visage de Bixente lui tenait compagnie dans ces instants affreux où elle devait singer le bonheur. Elle revoyait le menton volontaire, le nez aquilin et surtout le bleu intense de ses yeux qui forçait le regard. Très grand, il la dominait d'une tête, carré d'épaules, il bénéficiait surtout de l'impression immédiate de droiture qu'il dégageait lorsqu'on le rencontrait.

Magdalena passa auprès de sa petite-fille et lui demanda de venir voir dans la cuisine si le gâteau était décoré à son goût avant de l'amener. En fait, ce n'était qu'un prétexte pour lui parler.

— Je te remercie de t'être montrée raisonnable. Tu as pris une sage décision, et ça va nous simplifier la vie ici. J'ose te dire que ton grand-père n'avait qu'une seule crainte, c'est que tu fasses un esclandre aujourd'hui.

— Mais, Amaxi, la journée n'est pas finie et je n'ai peut-être pas dit mon dernier mot, railla la jeune fille, heureuse d'avoir provoqué la crainte de son tourmenteur.

— Ah ! ne me fais pas peur, ma chérie, ce serait terrible et j'ignore comment il te punirait.

— Je vais au supplice, répondit l'adolescente, et vous vous en moquez totalement. Je ne compte pas. Je suis entre vos mains une marionnette dont vous tirez tous les ficelles à votre convenance. Personne, vous entendez, personne ne s'est soucié un seul instant de mes sentiments. Vous me dégoûtez.

Laissant sa grand-mère interdite, elle regagna la salle à manger avec au fond du cœur un tout petit air de triomphe. Désormais, elle saurait leur tenir tête et leur dire le fond de sa pensée. Un peu en retrait, son père, l'air revêche, jetait des coups d'œil agacés vers la porte en attendant l'arrivée de plus en plus hypothétique de son épouse, éternelle absente. Magdalena revenait du vestiaire, trottinant sur le beau parquet, les mains encombrées de cadeaux qu'elle déposa sur la table d'exposition, recouverte d'une somptueuse nappe damassée de fils d'or.

— Avant de passer à table, trinquons à l'avenir de ce nouveau couple, s'exclama Iñaki d'une voix de stentor.

Le brouhaha diffus s'estompa. Gabriel, en livrée pour l'occasion, déboucha une première bouteille de champagne, tandis que Justine offrait les coupes sur un plateau.

— Je porte un toast au futur époux de ma petite-fille, fit-il, en élevant son verre le plus haut possible, et qu'il soit le bienvenu dans notre famille.

Il y eut beaucoup d'autres toasts où Josselin ne cacha pas sa joie d'épouser une aussi jolie jeune fille, qui serait à coup sûr une merveilleuse compagne pour lui. Ce disant, un air comblé irradiant son visage, il porta à sa bouche la main glacée de Néréa. Après moult applaudissements, Iñaki souhaita à nouveau la parole.

— Je porte un autre toast à Néréa, mon héritière, clama-t-il, en la regardant droit dans les yeux.

Les regards stupéfaits se posèrent sur son fils. Bouleversé, il accusa l'affront, levant son verre, comme si de rien n'était. Ce cuisant désaveu public était sans doute le châtiment de son manque d'enthousiasme au travail mais surtout de son union malheureuse avec une incapable, mal élevée, qui se permettait de bouder une cérémonie dans laquelle sa fille unique était impliquée ! Demain, il se renseignerait discrètement auprès d'un notaire afin de savoir si cette donation était bien légale. Il haussa imperceptiblement les épaules. Après tout, que lui importait les simagrées paternelles ! Sa femme était riche et il n'avait pas besoin de son père pour vivre dans l'opulence. Néréa, elle, se demandait quel rôle son insupportable grand-père voulait lui faire tenir. Ce n'était guère le jour des règlements de compte familiaux. Héritière, elle ! Elle s'interrogeait sur la raison de ce subit retournement de situation car, jamais auparavant il n'avait été question de spolier les droits de son père. Encore des combines, où, à son corps défendant, elle servait d'otage et de monnaie d'échange. Iñaki, content de son effet, marcha vers sa petite-fille et la serra dans ses bras.

— Pourquoi ta mère n'est-elle pas présente ? chuchota-t-il, menaçant, la bouche dans ses cheveux.

— Je l'ignore mais elle ne va sûrement pas tarder.

Elle avait répondu d'une voix si glaciale qu'il la maintint face à lui pour détecter la raison de ce changement de ton fort inhabituel. Puis, cessant de scruter son visage, il tourna les talons. Un souffle de gêne pesa sur l'assemblée.

— Nous pouvons passer à table, s'écria Magdalena pour faire diversion.

Cet Iñaki, quel caractère ! À manier avec des pincettes ! Qu'avait donc pu faire son fils unique pour être ainsi traité ? Les questions se bousculaient dans les esprits mais sans réponse pertinente. Seul le comte connaissait la finalité de cette décision. En plus de l'abandon de ses propres visées sur *Le Palissy* lors de la reddition de Néréa, il avait souhaité qu'elle devienne l'héritière de la dynastie Baïgorry. Méprisant son futur beau-père, il ne désirait à aucun prix s'encombrer d'un tel boulet, et avait intrigué auprès d'Iñaki pour l'éliminer afin d'avoir les coudées franches dans la gestion de l'entreprise. Iñaki hésitant, tergiversait encore, se demandant s'il n'avait pas commis une erreur en refusant la fortune de sa belle-fille, puis avait cédé devant les exigences du comte. Il était encore temps de changer d'idée, les papiers posés sur le bureau restaient vierges de toute signature. D'ailleurs, pas plus tard qu'hier, il avait laissé entendre à sa bru qu'il n'était pas contre un accord avec elle. Un léger sourire insolent sur le visage, elle l'avait regardé, mais n'avait rien répondu.

Les fiancés prirent place côte à côte, raides et guindés, au milieu de la grande table que présidait en bout l'implacable maître de maison. Josselin, penchée sur sa promise, l'interrogea aussi sur l'absence de sa future belle-mère.

Néréa, au supplice, lui répondit qu'elle avait dû avoir un malaise. Pauline d'ailleurs était auprès d'elle. Ce n'est qu'à la fin du repas qu'elles apparurent, dans l'encadrement de la porte, comme si de rien n'était.

— Oïhana, s'écria Antoine, à moitié soulagé, où donc étiez-vous passée ?

Pauline raconta comment, en rentrant d'une promenade sur la plage, sa cousine avait éprouvé des vertiges qui l'avaient contrainte à s'allonger sur la pelouse. Obligée de remonter dans sa chambre pour changer de robe, salie par l'herbe grasse, elle avait pris du retard, s'excluant, hélas ! d'une partie du repas. Aucun des convives ne fut dupe et l'atmosphère se chargea à nouveau d'électricité.

— Si vous vous étonniez de ma disparition, vous auriez pu venir aux nouvelles, s'écria Oïhana. Je n'ai vu personne s'enquérir de la raison de mon retard. Alors, de grâce, ne m'en veuillez pas. Je vois, ajouta-t-elle, dans un grand sourire, que vous avez déjà fait honneur au délicieux repas préparé par ma belle-mère, vrai cordon-bleu. Je voudrais aussi remercier Pauline d'être à mes côtés, toujours aussi fidèle, mais – elle se tourna vers son futur gendre – acceptez, monsieur de Montaury, qu'elle soit pour un temps le chaperon de ma fille. Je souhaite lever ma coupe au futur bonheur de Néréa, s'il reste un fond de champagne bien sûr.

Interloqués par ce ton badin, les invités observaient le visage durci d'Iñaki, se demandant à quel moment il allait ruer contre cette belle femme qu'il détestait, visiblement. Mais rien ne se produisit et les coupes s'entrechoquèrent, célébrant la félicité de la jeune fiancée, puis les conversations reprirent là où elles en étaient restées. C'est ce jour-là que Néréa découvrit la force redoutable de sa mère, qui, sous des apparences fragiles, menait la vie qu'elle voulait, comme elle l'entendait. Par son absence, elle avait voulu montrer combien cette union lui déplaisait. Hier, elle avait perçu une faille dans la défense de son beau-père et l'avait trouvé pour une fois, indécis. Sans doute bientôt, céderait-elle, lui apportant l'argent dont il avait besoin et qu'il ne s'aviserait plus de refuser, permettant ainsi à Néréa de se libérer du joug de cette sordide mascarade. Mais serait-il d'accord lorsqu'elle lui imposerait sa condition : devenir l'unique propriétaire de la fabrique ? Elle en doutait. Sinon quelle belle claque à son ego lui infligerait-elle, le réduisant à sa merci, gommant l'orgueil démesuré de ce vieil ours ! Sans doute, l'affreux bonhomme préférerait-il décliner son offre plutôt que de se voir aliéné à cette bru qu'il haïssait, sacrifiant sa petite-fille sur l'autel de l'égoïsme. C'était un risque à courir. Oïhana, si souvent prise pour quantité négligeable, entrait ainsi en insurrection. Très maîtresse d'elle-même, elle jubilait dans l'ombre. Néréa, loin de se douter de se qui se tramait, tourna vers sa mère un visage plein d'espoir. Comme elle adorerait qu'elle affiche enfin ses sentiments, la prenant dans ses bras, l'embrassant, la cajolant ? Blottie contre elle, elle savourerait ces instants magiques de se sentir aimée en public ! Mais, face à Oïhana, impassible, son élan filial retomba. Il n'y eut entre elles, hélas, rien qui ne puisse ressembler à de l'amour. Ligotée dans un étouffant corset de discipline imposée, sa mère, murée dans une sorte de solitude glacée, refusait tout compromis qui aurait pu l'alléger. Néréa ne pouvait que constater l'abîme qui la séparait d'elle et ne comprenait pas du tout pourquoi cette femme luttait ainsi contre l'émotivité, comme si, avoir du sentiment pour ses proches, allait la mener à un désaveu d'elle-même.

Le comte de Montaury se leva alors, inconscient du désespoir de sa future et fit un discours élogieux de la lignée Baïgorry, respectée dans la région, connue grâce à la fabrique *Palissy* bien au-delà des frontières mais aussi par son intrépidité lors des guerres de courses.

— J'étais dernièrement à Moscou chez un de mes amis. Il y avait du Sèvres, du Limoges mais devinez quelle était la griffe du très beau service à café ? *Palissy*, bien sûr.

Puis, se tournant vers Néréa, il sortit de la poche de sa veste un écrin qu'il lui tendit.

— Chère enfant, je vous offre la bague que ma mère a portée toute sa vie depuis ses fiançailles, en gage de l'amour que mon père lui vouait. Ils ont été fort heureux ensemble et j'espère que notre union ressemblera à la leur.

Il la couvait du regard, tandis que, maussade – n'avait-il pas encore dit « chère enfant ! » – Néréa ouvrait la boîte découvrant un somptueux diamant, brillant de mille feux, couché sur un lit de satin rose.

— Prenez-le, Néréa, je vais le mettre à votre doigt avant de vous passer bientôt l'alliance qui concrétisera nos épousailles.

Elle se laissa faire, impavide, tendit son annulaire gauche, ferma un instant les yeux, pâle et désespérée, puis d'un geste fataliste de la main richement parée, remit en place une mèche rebelle. Se sentant observée, elle saisit le regard appuyé de son père, visiblement soulagé. « C'est à cause de lui que j'en suis là, pensa-t-elle, amère. Ses actes dégoûtants me coûtent l'amour de Bixente et un mariage forcé. Je le hais ! » Les odieux souvenirs lui revenaient en foule. Soudain, une nausée la prit. Elle porta la main à sa bouche. Bousculant sa chaise sous l'œil surpris des convives, elle se précipita dans le vestibule pour courir vers le cabinet de toilette, et y vomir.

*

La fabrique résonnait de mille bruits et chacun s'activait. Néréa chercha Bixente du regard, bien décidée à le trouver. Elle était prête à fuir avec lui et il fallait qu'il le sache dans l'instant avant d'apprendre, si ce n'était déjà fait, ses maudites fiançailles. Vendre le diamant était l'idée lumineuse qui l'avait assaillie dès qu'elle l'avait eu au doigt. Elle le tenait maintenant dans le creux de sa main, souhaitant s'en débarrasser au plus vite. Bien sûr, sa démarche n'avait rien de glorieux mais comment faire lorsque c'était le seul moyen de monnayer sa liberté et son intégrité physique ? Elle avait vaguement entendu parler d'usurier, mais elle ignorait s'il y en avait un à Saint-Jean et si c'était le cas, comment le trouver ? Bixente pourrait se charger de cette délicate mission, n'étant pas, comme elle, ligotée à *Goicoetchea*. Les potiers se tenaient tous dans leur stalle, actionnant leur tour avec les pieds tandis que leurs mains s'activaient dans la glaise. Ils travaillaient devant de larges baies qui dispensaient une lumière crue ou diffuse selon le temps. Malgré son angoisse, Néréa n'oubliait pas que déjà, toute petite, elle s'installait sagement près d'un potier et l'observait. Ce dernier, absorbé par sa tâche, ne levait les yeux de son tour que lorsque la pièce était terminée. Fascinée, l'enfant regardait, sans perdre une miette de la naissance d'un objet. À l'âge de dix ans, elle avait supplié son grand-père de la laisser faire mais, après plusieurs tentatives décevantes, très mortifiée, elle comprit qu'elle était loin d'être prête. La terre qui, sous les doigts agiles du potier, s'élevait en spirales humides pour former une jarre pansue, restait collée entre les siens, informe et triste magma de glaise inutile. « T'as pas le tour de main, mignonne, lui lançait, goguenard, le tourneur, il faut t'appliquer plus que ça et mettre de l'ardeur dans tes pieds pour activer ou ralentir le tour. Regarde, comme ça. » Pendant qu'il la conseillait, il saisissait une amphore et s'appliquait à tracer autour de son col des filets et moulures à l'aide de son tournassin, petit outil très tranchant qui laissait des empreintes nettes sur l'objet traité. « Ça, on ne peut le réaliser que lorsque l'argile est sèche, sinon ça fait des bavures », commentait-il, soucieux de ne point déplaire à la petite-fille de son employeur, même s'il trouvait qu'elle le gênait dans son travail. « Regarde, comme c'est beau », disait-il, content du résultat. Il soulevait l'œuvre et la mettait sur un plateau pour la laisser sécher un peu plus. Puis, lorsqu'il avait terminé, infatigable, il reprenait une autre tâche, pétrissant une nouvelle boule de pâte, la posait sur le tour et la magie opérait de nouveau.

— Ah ! Mademoiselle Néréa, que je suis content de vous voir aujourd'hui, fit le vieux Léon.

— Vous n'avez pas aperçu… – elle hésita – mon grand-père, s'il vous plaît ? se moquant de la sincérité de l'ouvrier.

— J'crois ben qu'il est à la cuisson.

Elle tourna les talons, courant presque sous les yeux étonnés du manœuvre. Comment oser demander Bixente ! Ce serait mettre leur belle histoire d'amour sur la place publique. Oh ! comme c'était bon d'être les seuls à partager leur secret. Mais où était-il donc ? Une sourde angoisse l'étreignait. Comment allait-il prendre la nouvelle de ses fiançailles qu'elle s'était efforcée de taire ? Mais ce qui la tourmentait le plus était le désaveu qu'il éprouverait devant elle, devenue parjure. Elle arriva à l'atelier de cuisson où quatre employés travaillaient torse nu, dans une chaleur insupportable. Ici se trouvait le grand four, sorte de grosse cloche en briques réfractaires occupant la majeure partie de la pièce pour se terminer à l'étage au-dessus. C'était là que les pièces, léchées par le sommet des hautes flammes, se colletaient avec la chaleur qui les cuisait à demi. Lorsque le responsable les sortait, elles étaient fin prêtes pour l'émaillage. Mais ce jour-là, Néréa, qui s'intéressait d'habitude à toutes ces manipulations, n'en avait cure. Une seule chose comptait : voir Bixente. Une seconde elle pensa qu'il pouvait être caché derrière la massive stature du four en train de ranger un service. Fébrile, elle en fit le tour mais en vain. Le préposé à la cuve, ceint d'un grand tablier blanc, lui adressa un sourire tout en versant le feldspath, mélange de pegmatite calcinée et broyée avec du quartz, qu'il se mit à brasser à l'aide d'une grande spatule en bois afin de le rendre homogène.

— Ça va comme vous voulez, mademoiselle ?

— Oui, merci, mais n'auriez-vous pas vu mon grand-père ?

— Si, il était là, à l'instant. Il a dû se rendre à l'atelier du soufflet.

— Merci, fit-elle, désappointée.

Tout en faisant semblant de se diriger vers la salle – elle ne tenait aucunement à le rencontrer – elle jetait des regards circulaires, cherchant la silhouette aimée sans se douter qu'elle attirait l'attention sur elle. Iñaki, ignorant la présence de Néréa, pénétra dans la petite pièce chaulée de blanc où quatre ouvrières travaillaient, debout devant de larges établis. Il s'amusa in petto de leur curieux accoutrement pourtant nécessaire pour remplir leur mission. Épaules et têtes recouvertes d'un léger voile de gaze blanche, à l'aide d'un soufflet, elles envoyaient de l'air sur les pièces alignées, dans le seul but de les débarrasser de leur poussière afin que l'émaillage soit parfait. Tout en s'activant, elles n'avaient pas remarqué la présence de leur patron et se racontaient les dernières histoires qui couraient à Saint-Jean sur les dames de petite vertu qui œuvraient vers les casinos et la gare. Iñaki sourit légèrement, frappa dans ses mains. Elles se turent, effrayées.

— Assez de jacasseries, dit-il avec une rudesse feinte, concentrez-vous sur votre tâche. Si vous cassez un de ces objets, j'enlève chaque fois dix sous sur votre paye. Adeline et Bertille, suivez-moi. Mettez sur le chariot tout ce qui est prêt pour l'émaillage.

Les jeunes femmes s'empressèrent d'ôter leur voile et déposèrent avec précaution vases, assiettes, plats et tasses dans une voiturette, la poussant jusqu'à un vaste baquet posé sur une estrade autour de laquelle, dociles, elles se rangèrent. Iñaki, passé maître ès-émailleur, démontra son savoir-faire acquis tout au long de ces années. D'un geste preste, il saisit une tasse tendue par l'une des jeunes femmes, la plongea en un tour de main vif et précis dans le bain de pegmatite tandis que l'autre la prenait du bout des doigts pour la déposer sur une des clayettes où elle aurait l'opportunité de sécher.

— Vois-tu, fillette, juste le temps pour la revêtir de la quantité d'émail nécessaire. Bertille, tu enlèveras les bavures et tu remettras un peu d'émail au pinceau, là où il y a des traces de doigts. J'ai vu que vous aviez préparé le service de Mme Irrouleguy. Surtout, ne vous trompez pas, elle le veut en biscuit.

Les jeunes filles hochèrent la tête et regardèrent partir ce patron à la fois aimé et redouté. Conscient de leur émoi, il s'essuya les mains avec un chiffon doux tout en se dirigeant vers l'escalier qui menait au globe, lieu de la délicate opération de l'enfournement. S'il s'écoutait, il ferait bien une petite fête à la jolie Adeline dont la frimousse éveillée et quelque peu libertine lui rappelait les fougueux élans de sa jeunesse, mais ce serait mettre à mal une autorité dont il avait tant besoin pour mener sans faiblir son équipe. Un doute l'assaillit un instant. Et si c'était avec elle qu'Antoine trompait son ennuyeuse épouse ? Il se promit d'être vigilant. C'est au moment où il observait trois ouvriers s'affairant autour du four en triant les pièces destinées au feu de moufle qu'il aperçut Néréa en train de parler au vieux Léon. « Tiens, que fait-elle là ? pensa-t-il en fronçant les sourcils. Je croyais qu'elle devait descendre en ville avec Pauline. »

— Néréa, appela-t-il, du haut de la rambarde, viens me voir.

L'interpellée leva la tête vers l'étage. Son visage était crayeux.

— Je m'en vais, cria-t-elle, pressée de quitter les lieux, c'est l'heure de ma leçon de piano.

En s'éloignant, elle lui fit un petit geste de la main. Elle avait eu le renseignement qu'elle voulait. Bixente s'était embarqué sur un transatlantique en partance pour l'Amérique latine ce matin même à Bordeaux. Effondrée, désespérée, anéantie par la nouvelle, elle titubait dans l'allée, se demandant pourquoi il n'avait pas daigné la prévenir et la revoir une ultime fois. Son départ la condamnait à épouser l'affreux comte aux dents jaunes.

*

— Néréa, ma chère amie, si cela vous dit, je vous invite à une pastorale à Tardets. Maintenant que nous sommes fiancés, vos parents n'y voient aucun inconvénient.

— Ah ! je n'y ai jamais assisté, admit Néréa, toujours aussi réticente, face au comte. Pauline pourra-t-elle nous accompagner ?

— Cela va sans dire ! Elle est la garante de votre vertu, dit-il en souriant.

À demi soulagée, la jeune fille se disait que faire des kilomètres avec ce vieux barbon quinquagénaire alors qu'elle ne tenait pas debout, était plutôt un pensum pour elle.

— Vous verrez, vous serez surprise par la qualité du spectacle. C'est une tradition qui remonte au Moyen Âge. Parfois c'est un peu long, mais si émouvant dans l'ensemble. Vous serez transportée par les chants.

— Vous savez, la chorale de Saint-Jean-Baptiste est très bien aussi, et me remplit de joie chaque fois que je l'entends.

— Mais chère âme, ne prenez pas aussi vite la mouche, je ne mets pas en doute la qualité de vos chanteurs, s'écria-t-il en riant.

Elle fit la moue, esquissa un sourire.

— Figurez-vous que mon valet est souletin et il me rebat les oreilles avec ses mascarades et ses pastorales. Je lui accorde sans cesse des congés car c'est lui le régent qui s'occupe de la mise en scène sur l'estrade. Comme il est parfait, je ne prends guère ombrage de ses nombreuses absences. Il me laisse son neveu en gage ! Dressé par lui, il le remplace avec autant de zèle.

Alors qu'il parlait encore, Néréa porta la main à sa bouche, devint livide, se plia en deux. Alarmé, le comte fit un pas vers elle.

— Qu'avez-vous ? Êtes-vous souffrante ?

Il devenait impératif pour elle de le provoquer pour qu'il lui fasse l'amour. Sinon, il ne comprendrait rien à cette maternité tombée du ciel ! Il y avait bien un précédent de taille pour la Vierge Marie, mais il était céleste et unique, échappant ainsi à toute pesanteur terrienne. Elle releva la tête, lui dédia un sourire désarmant. Comment avait-elle pu descendre si bas ! L'idée de se venger de son père la taraudait. Le tuer ? Pourquoi pas. Mais la punition des hommes serait terrible et sa jeune tête tomberait injustement dans une de ces panières où les pêcheurs mettaient d'habitude leur poisson. Le dénoncer publiquement était sans doute la solution, mais elle engageait sa famille entière et savoir comment tous ses membres réagiraient… Aurait-elle ce courage ?

— Je pense que le déjeuner était trop copieux, avoua-t-elle en se redressant. J'aimerais visiter le château, dit-elle pour faire diversion. Je serais ravie d'apprécier les charmes de ma future demeure.

Rassuré, il lui offrit galamment le bras, tandis qu'elle réajustait sa jupe qui lui serrait la taille. La bâtisse se révéla être à l'image de son propriétaire : sombre, vétuste, humide, comme les baisers baveux qu'il laissait sur sa main. Jamais elle ne pourrait passer à l'acte, mais à tout prendre, serait-ce pire qu'avec son propre père ? Bâtie en pierre, la gentilhommière présentait un corps de logis flanqué de deux tourelles pansues. Trop trapue, elle manquait d'élégance. À l'intérieur, tout se compliquait. Des pièces en enfilade, des couloirs mal éclairés, des meubles sans grâce. « Je suffoque déjà, pensa-t-elle, jamais je ne pourrai vivre ici. » Au dîner, le comte redoubla d'attentions. Il se tint derrière sa chaise, aidant Néréa à s'asseoir, le visage congestionné prouvait son trouble, lui d'habitude si gris. Si elle n'avait pas été directement concernée, elle aurait trouvé tout cela comique, mais, comme disait son père, elle était « en première ligne ». Pauline, assise en face d'elle, minaudait, racontait les derniers potins de Biarritz. Quelle sotte écervelée ! À la fin du repas servi par un valet au visage impassible, Néréa se plaignit à nouveau de douleurs ventrales.

— Allez vous coucher ma chère amie, fit le comte, déçu mais conciliant. Je veux que demain, une fois rétablie par une bonne nuit de sommeil, vous vous prépariez pour *le Bal de la mer* afin d'être le joyau de cette brillante réunion au casino, et ainsi me faire honneur.

Cérémonieux, il se courba sur sa main, et, se relevant, lui tapota la joue.

— Allez en paix. Si votre état ne s'améliore pas, je préviendrai le docteur Aïnhoa qui se fera un plaisir de venir vous examiner. Jean, accompagnez mademoiselle jusqu'à sa chambre.

Pauline se leva, fit le tour de la table et embrassa Néréa.

— Dors bien ma chérie, tes vilains cernes disparaîtront vite. Je viendrai te voir tout à l'heure pour m'assurer que tu n'as besoin de rien.

Le valet passa devant Néréa, un bougeoir à la main. La lumière tremblotait sur les murs, faisant apparaître des formes étranges. Elle frissonna. En entrant dans sa chambre tendue de velours cramoisi, elle apprécia le grand feu dans la cheminée, seule façon de vaincre l'humidité qu'elle retrouva hélas ! dans les draps. Tandis que Jean rajoutait deux énormes bûches, elle regarda autour d'elle. Le décor était sinistre. Si elle cédait au comte, elle aurait fort à faire pour redonner à cette demeure lugubre un petit air pimpant. Ça l'occuperait ! Sur le lit, était posée une très jolie robe du soir dont le corsage brodé de pierreries étincelait sous l'effet des flammes, avec un mot épinglé dessus « À Néréa, ce cadeau pour mettre en valeur sa juvénile beauté. Josselin. » Elle était l'œuvre d'un couturier de Biarritz fort connu. D'un geste las, elle la mit sur une des bergères, se déshabilla et se coucha, se demandant sous quelle latitude se trouvait Bixente, perdu au beau milieu de l'océan. Très agitée, elle ne put trouver le sommeil. Tout n'était en elle que confusion. « Je n'ai pas pris la bonne décision. Il faut que je me sauve. Je ne peux pas, non, je ne peux pas. Mais je n'ai guère le choix si je veux m'en sortir. Depuis que Bixente m'a abandonnée, l'espoir m'a quittée. Je sais, j'ai rompu le serment qui nous liait, mais, est-ce vraiment ma faute ? »

Pauline sans le savoir lui apporta la volonté de s'extraire au plus vite de cette dégradante situation. Elle frappa à la porte puis entra.

— Comment te sens-tu ?

Néréa reposait, le teint pâle. Seule sa flamboyante chevelure, étalée sur l'oreiller, faisait illusion.

— Pas très bien. Oh, Pauline, je n'ai pas envie de ce mariage. Josselin est répugnant et je suis bien trop jeune pour lui.

Émue, sa tante se pencha sur elle avec sollicitude, lui caressa la joue avec douceur.

— Chérie, il ne peut te faire grand mal, il est totalement impuissant !

Néréa, retrouvant en un éclair de la vigueur, se redressa.

— Qu'entendez-vous par là ?

Pauline se troubla, se racla la gorge, toussota. Avait-elle le droit de dire cela ? N'était-ce pas inconvenant pour une si jeune fille ?

— Eh bien – elle hésita – que du côté sexuel, tu ne risques rien du tout. On murmure qu'il serait aussi stérile.

— Stérile ?

— Ça veut dire qu'il ne peut pas avoir d'enfant.

Le visage de Néréa devint cireux, anéanti par la révélation.

— Comment savez-vous tout cela ?

— Josselin, grâce à son immense fortune et son titre, a eu un nombre incalculable de maîtresses bavardes. Lassées par son incapacité à les satisfaire, elles sont toutes parties. D'où ni remariage, ni héritier.

— Oh ! mon Dieu, c'est épouvantable, articula la jeune fille, l'air égaré.

— Je ne devrais pas te le dire mais, il vaut mieux que tu le saches – un silence. J'ai été l'une de ces femmes-là, et j'ai fui. C'est un vieux pervers qui te fera subir maintes humiliations, mises en scènes et parodies de l'amour pour racheter sa faiblesse physique. Il aime le vice...

Néréa, affolée, saisit la main de sa tante, s'y cramponna.

— Oh, non, non, s'exclama-t-elle, les yeux brouillés de larmes.

Tentée de confesser enfin son affreux secret, la jeune fille était au bord de l'aveu.

— Pauline, il m'arrive quelque chose de terrible, je suis...

Le mot n'arrivait pas à sortir.

— Tu es quoi, chérie ?

— Je suis... malheureuse.

— Oh ! je m'en doute et je vais dès demain parler à ton grand-père, à tes parents. Ne pleure pas. Je leur dirai ce qu'ils ignorent et ton cauchemar va s'arrêter là. Essaie de dormir un peu. Veux-tu boire un peu d'eau ?

— Non merci. C'est vrai, vous allez faire ça ?

Elle rejeta la couverture et tenta de se lever. D'un geste, la jeune femme la força à se recoucher.

— Oui je vais le faire et nous partirons dès demain matin.

Néréa pleurait de soulagement. Mais il ne pouvait être total. Que faire de l'enfant qu'elle portait et qui se développait en elle chaque jour un peu plus ?

— Pauline, pourquoi êtes-vous si bonne pour moi ?

— Parce que je suis seule, que j'ai pitié de ton désarroi et que ma pauvre existence est un échec total. Tu vois bien que je vis à la remorque de tes grands-parents, dans l'ombre de ta mère. D'ailleurs, elle non plus n'est pas heureuse. Je n'ai pas envie de te voir confrontée au même malheur.

— Merci, merci.

Pauline caressait les petites mains moites. Néréa retournait dans sa tête toujours la même question. Avouer, ne pas avouer ? Quelle torture !

— Voulez-vous savoir pourquoi j'ai accepté ce mariage contre-nature ?

— Je m'en doute un peu… Tu aimes Bixente et il est parti. C'est ça, hein ?

— Oui, mais il y a pire. Jurez-moi que vous vous tairez car c'est très très grave.

Surprise, la jeune femme regarda ce visage lisse qui reprenait peu à peu des couleurs.

— Pauline, il faut m'aider, me sauver, sinon je vais me tuer.

La stupeur se peignit sur les traits de la jeune femme.

— Que dis-tu petite folle ! Te tuer ! À ton âge ! N'as-tu pas honte avoir d'aussi vilaines pensées…

Alors la confession commença, entrecoupée d'exclamations outrées, de sanglots, de silences incrédules. Néréa ne garda pour elle que son étreinte passionnée avec Bixente sur la plage.

— Quelle honte, Dieu, quelle honte ! scandait Pauline toute retournée. Comme tu dois souffrir. Comment ton père peut-il se comporter aussi bassement ! Je n'en reviens pas. Il y a de quoi vomir. Ainsi tu es enceinte et tu allais à l'abattoir pour que personne ne devine la vérité.

— Que faire maintenant que vous savez ?

— Écoute, mon expérience m'a conduite à résoudre plusieurs fois ce genre de difficulté. Laisse-moi un ou deux jours pour réfléchir, prendre des contacts et surtout trouver une somme pour régler au mieux le problème. Depuis quand es-tu dans cet état ?

— Je l'ignore. Un mois ou deux peut-être.

— Enfin tu sais bien quand tu... ou plutôt quand il...

— C'était si souvent que j'ai du mal à me souvenir exactement.

— Tu sais bien, fit doucement Pauline penchée sur elle, qu'une femme chaque mois a des menstrues.

— Des quoi ?

— Seigneur ! Tu ignores donc tout. Ta mère et Magdalena t'ont vraiment laissée à l'abandon.

Elle expliqua alors posément à la jeune fille le processus des règles et ce que leur absence signifiait.

— Tu comptes à partir du moment où tu ne les as pas eues et le repère t'indique de combien tu es enceinte.

Néréa pleurait sans retenue, hoquetant, cramponnée à la main de sa tante.

— Pauline, j'ai entendu dire qu'il ne fallait pas se débarrasser d'un enfant que l'on attend. L'église condamne cet acte. C'est un crime.

La jeune femme se mordit la lèvre, hésita avant de répondre.

— C'est vrai et tu me poses un terrible cas de conscience mais sais-tu aussi qu'issu d'une union consanguine, le bébé ne peut être que débile, infirme, difforme. Que sais-je encore ! Aurons-nous tous autant que nous sommes la force d'accepter un tel châtiment pour une faute dont tu n'es absolument pas responsable ? Songe aux conséquences.

— J'ai peur. Oh ! j'ai si peur, aidez-moi, je vous en supplie, aidez-moi. Je suis si malheureuse.

— N'aie crainte, je suis avec toi. Malgré ce qu'il m'en coûte, il faut absolument t'en débarrasser. Oh ! mon Dieu ! Pardonnez-moi.

Elle se leva du lit, tapota sa jupe froissée, replaça d'une main tremblante quelques mèches échappées de son chignon, les traits encore décomposés par l'incroyable nouvelle.

— Je n'en reviens pas. Te faire ça. Antoine ! Qui l'eût dit ! Je comprends mieux ta petite mine, tes maux de ventre, tes nausées et ta perpétuelle envie de dormir. Le foie ! Ce médecin n'y a vu que du feu. Tous les détails que tu viens de me donner sont clairs comme de l'eau de roche ! Mais c'est mieux comme cela. Je vais pouvoir agir dans l'ombre. Je vais me coucher mais sache que je ne te laisserai pas tomber. Personne ne saura. Personne.

Penchée sur sa petite cousine, Pauline embrassa le front chaud, borda les couvertures et partit sur la pointe des pieds. Soulagée, Néréa poussa un profond soupir. Épuisée par toute cette tension, elle n'arrivait pas à dormir. Soudain elle sursauta, se redressa sur son séant, saisit le diamant qu'elle avait à l'annulaire, l'enleva et le déposa à tâtons sur la table de nuit. Pour elle, la comédie était terminée. Son grand-père pouvait rugir, tempêter, la menacer, elle tiendrait bon. Le spectre affreux de son immolation sur l'autel des Baïgorry s'éloignait. Elle trouva la force de prier, d'implorer le pardon de ce Dieu qui avait pourtant laissé faire, sans doute pour la mettre à l'épreuve. Rassérénée, elle put enfin trouver le sommeil.

5

Départ pour le Mexique

Bordeaux ! Grand vaisseau immobile, ancré sur la majestueuse Garonne, n'avait d'yeux que pour son fleuve qui lui apportait à la fois rêve, exotisme et richesses. L'ambitieuse cité, autrefois port d'escale des cap-horniers, avait servi de tête de pont au trafic d'esclaves avant de devenir le premier port de France au XVIIIe siècle. Mais l'époque houleuse de la Révolution et de l'Empire lui avait fait perdre ce titre envié au profit de Marseille. Un temps, Bixente avait projeté d'y travailler. L'oïdium, le mildiou et le phylloxéra, trio dévastateur du vignoble, responsables d'une forte baisse dans le commerce du vin de la ville, ne l'avait guère incité à y chercher un emploi. L'appel insistant de la sirène des Amériques avait été le plus fort.

Il descendit de la malle-poste, un léger bagage à la main, l'autre armée du makila sans lequel il ne se déplaçait jamais. Quai de la Paludate, élégants phaétons et grossières pataches se côtoyaient dans un bruyant charivari d'appels, de cris, d'odeurs fortes de jusant, tandis que dans son dos, la belle façade hiératique du palais Descas, somptueuse propriété du riche négociant, observait le tumulte du haut de son toit singulier, où belvédères et paratonnerres haussaient leur col gracieux, enivrés d'effluves de vanille et de parfums des îles. Devant les chais et la maison de commerce familiale, se pressaient carrioles, chasse-marée, fardiers, coches et haquets, où s'entassaient dans un désordre indescriptible tonneaux, pipes [1] et denrées diverses en partance pour les quatre coins de l'Aquitaine. Le jeune Basque continua sa route vers le quai de la Douane où était amarré le paquebot à destination des Amériques. Il longea le quai de la Monnaie, celui des Salinières, admirant au passage la belle porte faisant face au pont de pierre qui enjambait le fleuve, atteignit le quai Richelieu. Tout le long des rives, régnait une grande agitation. Sacquiers, rouleurs de futailles, de pipes et de bordelaises pansues, débardeurs, s'affairaient, déchargeant les attelages, coincés entre gabares, lougres et bricks gréés d'une voilure carrée, dans l'attente d'être délestés de leurs marchandises venues des terres lointaines, encore à l'abri dans leurs flancs. Au loin, se profilaient les voiles d'un cotre élancé et celles d'un schooner rentrant de la pêche. Cochers et rouliers échangeaient des jurons, cherchant à se dégager de la foule de curieux qui, comme à chaque arrivée d'un transatlantique, encombrait les quais, gênant ceux dont c'était l'unique gagne-pain.

Bixente chercha du regard le môle où patientaient les grands navires. Il se fraya un passage parmi des charpentiers de marine qui gagnaient un des radoubs où se dressaient des bateaux en cours de réparation, croisa un homme basané avec un sajou perché sur l'épaule. Le singe, indifférent aux remous surpris qu'il provoquait, cherchait des poux dans l'épaisse chevelure de son maître. Enfin il atteignit *La Belle Bordelaise* qui s'apprêtait au départ. S'amoncelaient pêle-mêle, dégorgés du ventre matriciel, sucre de canne, épices odorantes, cacao, arachides, café, rhum, coton et ballots de tissus chatoyants. Dans un bruit de tonnerre, venant en sens inverse, les rouleurs poussaient sur les pavés bombés leurs barriques de vin, muids, foudres et fûts dont le contenu enchanterait bientôt les gosiers des Amériques et du Mexique. Soudain l'émotion le saisit. Il aimait les ports, il en avait connu beaucoup dès le plus jeune âge et celui de Bordeaux l'enchantait. Il y retrouvait cette atmosphère à nulle autre pareille, faite d'émois multiples et du désir puissant de lever l'ancre pour rencontrer d'autres cieux, s'aliénant un temps la terre pour mieux la savourer à chaque escale. À Bordeaux, ce n'était pas

1. Barriques de vin.

vraiment la mer comme à Saint-Jean-de-Luz où le bateau dès sa sortie du port se confrontait aux vagues, non, c'était autre chose d'impalpable, de secret, d'aristocratique. Il fallait gagner l'océan, dans le sens de le mériter et ce détail l'excitait. Fini l'enfermement entre les murs de la fabrique, face à l'intraitable maître des lieux, fini les injustes humiliations du père de Néréa, fini... Sa pensée un instant se brisa et il eut un haut-le-cœur en apercevant, debout devant la passerelle du navire, une silhouette de jeune fille rousse qui envoyait des baisers à un marin.

*

Pensif, Bixente, accoudé au bastingage de *La Belle Bordelaise,* regardait s'éloigner les quais du port de la Lune, envahi par une profonde tristesse. Néréa ! quand la reverrait-il ? Il pensa à la peine de la jeune fille lorsqu'elle découvrirait sa fuite. Mais comment survivre alors qu'elle allait appartenir à un autre ? Et quel autre ! L'insistante rumeur de ses fiançailles l'avait décidé à partir plus tôt. N'était-elle pas fautive en lui cachant l'imminence de cette alliance ! Elle avait bien vite bafoué le serment qui les liait. En fait, Néréa l'avait déçu. Comme il s'était trompé sur son compte ! Il l'avait de tout temps hissée sur un piédestal, tout auréolée de naturel et de simplicité, incapable d'une mauvaise action. En fait, elle était à l'image de toutes les autres jeunes filles de sa caste : imbue d'elle-même, hypocrite, insignifiante et frivole, nantie d'une cervelle d'oiseau, incapable de tenir une promesse ! Et lui, pauvre dupe, ne voyant pas plus loin que le bout de son nez, l'avait crue. Sa brutale prise de conscience n'en avait été que plus rude. C'était injuste. Il lui restait cependant l'infime espoir que cette union ne tienne pas ou que le vieux barbon disparaisse prématurément rongé par une affreuse maladie. Toucher, caresser ce corps sans défaut qu'il avait tenu contre lui, blanc et ferme, à la peau de soie. Une fois de plus l'évocation de cette infamie le fit frémir. Comment l'imaginer entre des mains impies ! Quel sacrilège ! Avait-il raison de s'exiler ainsi ? Ne valait-il pas mieux se résigner à perdre son temps sous les drapeaux ? Reviendrait-il ? Le visage éploré de sa mère sur le pas de la porte lui broya le cœur. Son père s'était montré digne, comprenant que son fils dissimulait au fond de lui d'autres raisons et que son départ ne reflétait pas que l'envie de découvrir d'autres cieux. Comment lui avouer qu'il se sentait un paria parmi d'autres, qu'il aimait Néréa, la petite-fille du maître et qu'en fait, il se sauvait pour oublier cet impossible amour !

Il se détourna, contemplant les chais, les maisons bourgeoises aux belles façades blanches qui bordaient la rive gauche du fleuve. Côté rive droite, le quai de Queyries à l'intense activité abritait *Les Chantiers et Ateliers de la Gironde* où la construction des paquebots et navires de guerre occupait une importante main-d'œuvre. À l'entrée du quai des Chartrons, défila sous ses yeux la façade imposante de l'hôtel particulier de Fenwick, consul des États-Unis, dont les pavillons carrés surplombaient un beau toit d'ardoise, lui permettant de suivre l'activité du port et de surveiller ainsi les entrepôts de son commerce. Suivaient de belles demeures appartenant à des riches négociants hollandais qui s'enorgueillissaient d'avoir ainsi pignon sur rue. Il existait à Bordeaux des maisons d'armement de navires qui enrôlaient des marins avec des salaires honnêtes, proposant des voyages au long cours à la destination exotique. Les frères Denis faisaient commerce avec l'île de la Réunion, la Chine et le Viêt-nam. Monter un commerce à Saïgon l'avait tenté. Les maisons Ballande, Bordes, Tandonnet et Le Quellec, recherchaient des équipages pour la Nouvelle-Calédonie, les Hébrides. Les frères Maurel, Devès et Chaumet implantés au Sénégal, recrutaient pour le commerce actif de l'arachide. Vraiment, il n'avait eu que l'embarras du choix. Seule l'idée de retrouver son cousin au Mexique l'avait décidé.

*

Plus de quinze jours de traversée jusqu'à New York et encore, si tempêtes et orages ne sévissaient pas, ralentissant ainsi la marche lente du bateau. Ensuite, il serait obligé de s'armer de patience avant d'atteindre le port de Tampico où l'aventure commencerait pour lui. Sept cent cinquante kilomètres à parcourir, seul... Il mit la main dans sa poche, tâta le plan du précieux itinéraire tracé par Kazko Gorri. Ce contact le rassura. Ensuite, à pied ou avec des moyens de transport de fortune, il s'acheminerait vers l'État de Durango où l'attendait son riche cousin, traversant ainsi des contrées désertes, survivant grâce à la chasse et à l'hospitalité des Indiens placés sur sa route. Dieu merci, il parlait l'espagnol, cela faciliterait son immersion dans le pays. Il se détourna et gagna la coursive crasseuse. Des havresacs posés sur de mauvaises couvertures lui signalèrent l'appropriation des couchettes par d'autres occupants de la minuscule cabine. L'une d'entre elles étant vide, il y déposa son paquetage. Situé en dessous de la ligne de flottaison, sans hublot, éclairé par une torche fumeuse, le réduit n'avait rien d'hospitalier et ne ressemblait en rien aux spacieuses cabines situées sur le pont supérieur. Là, les dames, vêtues comme des princesses, allongées sur des chaises-longues attendaient que retentisse la cloche les avertissant de l'imminence d'un savoureux déjeuner. « Toujours ce déséquilibre », nota-t-il, furieux. « Pourquoi eux et pas moi ? » Payait-on ses origines chaque jour ? Pourquoi le papier-monnaie, qui n'était en fait qu'un vulgaire amalgame de tissus broyés, représentait-il le nombril du monde et le seul moyen de partager l'univers en tranches d'élus ou de laissés-pour-compte ? « Naître sous une bonne étoile » comme disait sa mère. Tout était là. La sienne devait encore l'attendre, quelque part, perdue dans l'immensité céleste. Une odeur de cambouis lui souleva le cœur et le bruit des machines était si intense qu'il comprit aussitôt quelle serait la nature de ses nuits. La cabine d'entrepont servant de salle à manger, simple carré de trois mètres de côté sur deux, contenait une table et deux bancs. Une vieille lampe-tempête accrochée à la cloison jetait une faible lueur, ajoutée à celle du jour dispensée par deux hublots sales et visqueux.

Des relents âcres de graisse et de vêtements malpropres flottaient dans l'air. Contrarié de constater tant d'incommodités, il retourna sur le pont. Pourtant *La Belle Bordelaise* lui avait plu dès l'arrivée sur le quai. Longue de cent mètres, tirant à seize nœuds, elle avait une certaine allure et sa haute cheminée fumante rappelait l'essor et la récente maîtrise de la vapeur grâce au charbon. Des voyageurs aisés bavardaient avec des officiers, d'autres visitaient le pont-promenade, conduits par des marins empressés. L'accueil pour ceux de la troisième classe était moins chaleureux et Bixente avait découvert les bas-fonds du navire sans grand enthousiasme. Le bateau, insensible au cours de ses idées et encore plus à ses états d'âme, suivait la ligne du fleuve, se dirigeant vers la haute mer, s'apprêtant à affronter à la fois le mascaret et les vagues redoutables des passes. Au loin, s'annonçaient des navires marchands, toutes voiles dehors. Il soupira, mal à l'aise. Qu'allait-il faire de tout ce temps perdu, n'ayant d'autre choix que de regarder l'immensité houleuse ou plate. Comment alors endiguer ce flot de pensées qui le ramenait sans cesse à son infortune qui prenait le visage de Néréa, ses parents, son pays bien-aimé... Deux jeunes gens s'approchèrent de lui, le distrayant de sa funeste méditation. Vêtus tous les deux de la *xamara* noire des paysans basques, du *mil rayas*, pantalon bleu à très fines rayures, un *mukanesa* rouge, rituel foulard noué autour du cou, chaussés d'*abarkak* à lacets, sans nul doute, c'étaient des compatriotes.

— Holà ! *ongi ethorri*, bienvenue, s'exclama l'un d'entre eux tout souriant. Ne serait-ce pas toi qui partages notre luxueuse cabine ?

Il était grand et roux, le visage constellé de taches de rousseur. L'autre, brun et plus trapu, devait approcher de la trentaine car son visage paraissait moins juvénile que celui de son compagnon.

— Je m'appelle Ortzi et je suis d'Irrouleguy, ajouta-t-il, jovial.

Cette couleur de cheveux peu commune lui rappela dans l'instant celle qu'il cherchait à oublier.

— Est-ce la treize ? répondit-il, mis en confiance.

— C'est bien cela. Eh bien, nous sommes ensemble pour un bon bout de temps. Je te présente mon ami, Paul.

— Bonjour, fit celui-ci, laconique, le visage fermé, gardant ses mains dans les poches.

Le Luzien fit mine de ne point s'en apercevoir.

— Bixente, pur Basque de Saint-Jean-de-Luz, répondit-il, je vois avec plaisir que je suis en pays de connaissance.

— Alors, tu dois savoir jouer au *muss* et avoir un jeu sur toi. Le temps va être long et il va falloir s'occuper !

Bixente hocha la tête.

— Bien sûr. J'ai d'ailleurs emporté bien d'autres choses pour penser au pays. Où allez-vous ?

— En Amérique, répondirent-ils en chœur. Et toi ?

— Au Mexique.

— Eh bien, tu n'es pas encore arrivé ! reprit Ortzi, faisant une drôle de grimace. D'après mon voisin qui a pris le même chemin, *La Belle Bordelaise* fait d'abord escale à New York, puis repart pour Norfolk, s'arrête ensuite à Jacksonville avant d'atteindre les côtes du Mexique. Tu en as encore pour au moins dix à douze jours de plus que nous. Je te plains.

— Mais pourquoi descendez-vous à New York ?

— Mon oncle de Bayonne y a ouvert une boulangerie-pâtisserie, spécialisée dans le chocolat. Ce succès lui a valu un travail supplémentaire qu'il ne peut plus fournir seul. L'Américain adore aussi le « *french-bread* », le pain français, comme il l'écrit dans sa dernière lettre. Il a besoin de plus de bras et va nous apprendre le métier. Et toi, le Mexique ?

Bixente haussa les épaules.

— Bof ! C'est un peu comme vous. Mon cousin a réussi. Il est maintenant à la tête d'une hacienda et a besoin de moi pour le seconder.

— C'est où ?

Le jeune Basque fit un geste large.

— Au centre du pays dans l'État de Durango, sur les hauts plateaux propices au bétail.

— Alors là ! bon courage ! Tu vas y subir des alternances de froid ou de forte chaleur, s'exclama Ortzi.

— Je m'adapterai. De toute façon, je n'ai plus le choix.

Bixente remarqua que Paul le taciturne détournait la tête, toujours aussi replié sur lui-même. « Quel ombrageux caractère », pensa-t-il tout en regardant le rivage. Le navire longeait les berges où des gabares, venues de la Dordogne, déchargeaient leurs marchandises, ancrées face aux respectables demeures des négociants en vin. Plus loin, des barques pleines de filets aux mailles fines s'apprêtaient à partir à la pêche à l'alose. Chacun se tut, le cœur étreint, regardant s'éloigner ses attaches, son pays, livré à l'angoisse d'un avenir en forme de point d'interrogation. Le fleuve gagnait en majesté, au fur et à mesure que le navire avançait. Il s'élargissait, déroulant son ruban ocre et beige. L'eau vira soudain au jaune.

— C'est le mascaret qui s'annonce, murmura Paul, le front plissé, observant le phénomène. La Dordogne et la Garonne se rejoignant non loin d'ici au Bec d'Ambès, l'eau douce et celle de la marée montante qui arrive de l'océan s'affrontent. Ça remue les fonds et la vase se lève. Il ne fait pas bon pêcher !

Il avait une voix rauque et basse et il fallait se pencher vers lui pour bien l'entendre. Curieux bonhomme...

Le bateau avançait, fendant les ondes, retournant des sillons d'écume qui s'en allaient mourir en friselis mousseux sur les rives opposées, longeant les îles qui parsemaient l'estuaire. Certaines portaient des vignes, des maisons de maître et leurs dépendances.

— L'île Verte, fit un des passagers, en montrant une langue de terre qui se profilait à gauche à la sortie du Bec d'Ambès. Nous allons trouver ensuite Fort-Pâté qui croise ses feux avec Fort-Médoc construit par Vauban et la belle citadelle de Blaye. Tout le long de ces berges, se cachent des vignes blotties dans les jalles.

— Je les connais à peu près toutes ainsi que les châteaux du Haut-Médoc, avoua Paul, le regard perdu, j'ai travaillé pendant trois ans à Pauillac.

— Pourquoi pars-tu alors ? dit naïvement Bixente.

Le visage du jeune homme se ferma instantanément.

— Cela me regarde, grommela-t-il.

Au loin, par une légère échancrure du paysage, on distinguait des rangées de vignes, tirées au cordeau.

— Pourquoi sont-elles taillées aussi bas ? demanda Ortzi pour faire diversion. Au pays Basque, elles sont presque à hauteur d'homme. C'est plus pratique pour vendanger.

— Bof ! se moqua Paul, l'air narquois, comme si l'on pouvait comparer les vins basques à ceux du bordelais !

Bixente se pencha vers l'eau qui éclaboussait les flancs du bateau.

— Mon grand-père m'a raconté qu'il y avait eu par le passé de graves inondations ici et qu'en regagnant son lit la Gironde avait laissé des alluvions mêlées au gravier, emmagasinant ainsi la chaleur pendant la journée, la restituant la nuit, ce qui protégeait les vignes des gelées printanières.

Ils devisèrent ainsi, à bâtons rompus, appuyés contre le bastingage, regardant les bateaux aux flancs chargés de denrées, battant pavillon français ou anglais, gagner le port de Bordeaux, sans doute pour mieux oublier ou cacher l'angoisse qui les envahissait au fur et à mesure que le navire avançait. Ils croisèrent un quatre-mâts qu'escaladaient de jeunes matelots aussi agiles que des singes. L'un d'eux, tout en haut de la vergue de misaine, tenait le hauban entre ses jambes, le corps suspendu au-dessus du vide. Paul jetait de fréquents regards aux personnes qui arrivaient sur le pont, semblant redouter un événement intempestif.

S'échelonnèrent bourgs et villages jalonnant l'estuaire. Alors que le bateau passait à quelques encablures du Verdon, Bixente pointa du doigt sur une embarcation qui se dirigeait vers eux. C'était sans doute celle qui venait chercher le pilote bordelais qui avait aidé à descendre le fleuve. Après un abordage, long et difficile, en raison de la proximité des passes, des gendarmes montèrent à bord pour une vérification d'identité des passagers. Bixente entendit l'un d'entre eux dire qu'ils recherchaient un criminel qui pouvait se trouver ici afin d'échapper à la justice. Dociles, Ortzi et Bixente présentèrent leurs papiers lorsque ce fut leur tour. Paul manquait à l'appel mais il avait dû être contrôlé lorsqu'il était descendu dans la cabine. Les pandores repartirent bredouilles, ce qui permit au navire de gagner la haute mer.

Appuyé contre un canot de sauvetage bâché, Bixente s'autorisa à se rouler une cigarette. Il en proposa une à Ortzi.

— Attends, fit celui-ci, j'ai un peu mal au cœur.

Le vent s'était levé et le soleil commençait à décliner. À part eux, il ne restait plus personne sur le pont.

— Brrr... Je me gèle, remarqua Bixente en frissonnant. Je descends chercher un tricot.

Ortzi s'assura de son départ, puis soulevant un coin de la bâche, souffla :

— Tu peux sortir. Fais vite, le Luzien va revenir.

La tête de Paul apparut, puis le haut du corps. Il se coula contre le bat-flanc de l'embarcation et sauta à terre.

— Ouf ! j'ai eu chaud, fit-il en réajustant ses vêtements.

— Tu penses qu'ils en avaient après toi ?

— Pour sûr. Mais comment leur prouver que c'est pas moi l'assassin de la châtelaine ? Ils m'auraient embarqué de force et tout était fichu. Un jour, je reviendrai et je leur prouverai qu'ils se sont trompés en s'en prenant à moi. Crois-moi, je retrouverai le salaud qui me fait porter le chapeau.

Agrippé au bastingage, le visage mouillé par les embruns, Paul fixait la silhouette hiératique du phare de

Cordouan. Dressé sur un rocher séparant la Grande Passe de celle de Grave, il était l'ultime point semi-terrestre avant la plongée vers la haute mer. Les remous se firent plus denses et le bateau se mit à gîter fortement.

— Vois-tu, lorsque j'étais gardien de ce phare, j'étais plus heureux. La mer était mon domaine. Certes, elle me dominait, me flanquait la frousse lorsqu'elle se mettait en colère, mais j'étais tranquille, plus que dans les vignes.

— Pourquoi n'y es-tu pas resté ? demanda Ortzi.

— Je suis tombé un jour dans l'escalier en redescendant de la chambre de veille et je me suis cassé la jambe. J'ai été aussitôt remplacé.

Déjà, le crépuscule marquait le pas sur la clarté du jour. Le navire, ivre de liberté, bondissait sur la crête des vagues mousseuses.

— Ça commence à tanguer, s'exclama-t-il. J'aime ça !

La Belle Bordelaise laissa le phare à bâbord tandis que sa lanterne s'allumait et les éclats de ses feux alternatifs blancs et rouges balayaient la côte, y faisant naître de curieuses ombres chinoises.

— Ici, murmura Paul en soupirant, c'était mon paradis. Un vrai petit palais. J'ai même couché dans l'appartement royal !

— Allez, c'est du passé. Ne sois pas nostalgique. Regarde, tu es en route pour un nouveau départ.

— Peut-être mais il n'empêche. J'étais à l'égal du roi ici... Te rends-tu compte, Ortzi. Les jours de grande tempête, j'allais prier dans la chapelle et, sous la grande coupole, j'admirais ses vitraux magnifiques. Il y avait une devise que j'ai retenue : « Un Dieu, un Roy, une Foy, une Loy. » Je ne me suis jamais autant approché du bonheur qu'à cette époque. Mais, je l'ignorais...

Il s'interrompit soudain, la tête tournée vers la porte de la coursive. Bixente venait d'apparaître, chaudement vêtu. Alors qu'il s'approchait des deux hommes, la cloche du dîner retentit et personne ne se fit prier pour gagner la cantine. Ils y retrouvèrent quelques pauvres hères peu fortunés qui, comme eux, pensaient qu'en quittant leur pays, ils allaient gagner le fameux Eldorado, terre promise des crédules. Bixente se poussa pour laisser une place à Ortzi tandis que Paul s'asseyait en face de lui. Un marin bougon déposa avec bruit une cafetière sur la table, accompagnée d'une assiette de biscuits épais et secs qui avaient en bouche un épouvantable goût de rance.

— Eh bien, il ne fait pas bon manquer de sous, ironisa Paul. Je suppose que dans la belle salle à manger que j'ai aperçue en montant sur le bateau, le menu est autrement attrayant !

— Et que l'eau pour se laver ou pour boire n'est pas rationnée comme ici, rétorqua, Ortzi, amer.

Bixente lui donna une tape amicale dans le dos.

— Au retour, nous serons là-haut, assis et servis comme des coqs en pâte, fumant le cigare, vêtus de beaux costumes.

— Dieu t'entende, l'ami, fit Paul, le front barré d'un grand pli. Si c'est notre ordinaire, nous allons crever de faim pendant quinze jours.

Vers vingt heures, le vent fraîchit puis monta en puissance, le ciel prit une teinte féreuse, signes annonciateurs d'un grain. Les lames soulevèrent l'étrave, se fracassant contre elle dans de rauques rugissements. Ballottée entre des montagnes liquides et des creux abyssins, *La Belle Bordelaise* tenait le cap.

Le soir, alors que des flots d'une musique douce provenant du pont des riches leur arrivaient aux oreilles, les garçons, nostalgiques, ne purent s'empêcher d'évoquer les jeux, les fêtes, l'ambiance du pays. Bixente sortit son jeu de *muss* de la poche de son pantalon.

— Alors, on y va pour une partie ?

— D'accord, j'espère que tu ne triches pas comme ma mère, fit Ortzi en riant. Elle n'a pas son pareil pour nous tromper, mon père et moi.

Le *muss* était un jeu d'origine espagnole dont les cartes ressemblaient comme deux gouttes d'eau à celui de l'antique tarot. Ornées d'épées, de bâtons, d'écus et de coupes, elles libéraient une force étrange.

— Ma grand-mère affirmait que le tarot répond à toutes les questions avec netteté et surtout infaillibilité, dit Bixente.

— C'est bien possible. Moi, j'aime pas bien toucher à ce truc-là. L'avenir c'est l'avenir et personne ne doit savoir comment il sera, répondit Paul, l'œil sombre.

Le jeu avait largement débordé la frontière espagnole, faisant rage dans les cafés basques et dans les familles, où même les femmes y participaient activement. On n'abattait son jeu qu'à la fin des débats, à moins qu'un imprudent parie en cours de route toute la partie par une sorte d'*hordago* ou va-tout. Jeu de bluff, de calcul, il demandait de la part des joueurs culot, intuition et surtout esprit d'à-propos pour mieux tromper l'adversaire sur la réalité du contenu de son jeu. Chacun se demandait qui avait en main le plus de points ou le meilleur jeu. Les mimiques étaient drôles et les joueurs se composaient une attitude propre à semer le doute. Après une partie fort disputée avec un vieux Basque roublard, aux traits burinés, qui s'était joint à eux, où rires et exclamations fusèrent sans retenue, Paul, détendu, se joignit enfin à eux, parlant de Biriatou, joli village dont il était issu. Comme personne n'avait sommeil, ils s'amusèrent au *chikito*, qui consistait en un échange humoristique où s'entrecroisaient de malicieuses attaques. Ils finirent par gagner leur couche, et Paul, le dos moins voûté et les traits du visage apaisés, leur souhaita une bonne nuit. Bixente nota ce changement et s'en félicita. Il aimait si peu les désaccords. Allongé sur le ventre, la tête posée sur ses bras croisés, il ferma les yeux. En un éclair, le beau visage de Néréa lui apparut, nimbé d'un halo lumineux. En vain, il tenta de le chasser. Il devait l'oublier, même s'il y mettrait le temps. Se mentir à soi-même, c'était remettre à plus tard l'inéluctable. Pauvre fou qu'il avait été de croire une seule seconde au serment de la jeune fille. Levant la tête, il demanda d'une voix mal assurée si Ortzi pouvait souffler sur la flamme de la bougie, souhaitant à chacun une bonne nuit. Au-dehors, le vent s'était levé et les vagues tapaient, inlassables, contre les flancs du bateau.

*

Bixente, après de longs jours passés sur le navire, s'était déjà fait de nombreux amis. Ils échangeaient des informations sur les pays dans lesquels ils se rendaient, lorgnaient les filles, nouaient des intrigues, chantaient a cappella les beaux chants basques. Comme il avait amené avec lui sa flûte *txistu* à trois trous et son tambourin, il en jouait tous les soirs à la plus grande joie des passagers. Paul, qui se découvrait peu à peu, avoua qu'il était *bertsolari*, véritable poète, à la veine, tantôt romantique, tantôt épicurienne. Il s'avéra être un virtuose de la rime. Les Basques et les passagers tombèrent sous le charme. Bixente tenta de rivaliser avec lui sans atteindre sa faconde ni son imagination débordante. Peu jaloux de son talent et enfin détendu, Paul lui apprit l'art de la rime sur une mélodie et un thème choisis. Ils se stimulaient, entonnant une ode au pays tout en versifiant alors qu'au dehors la tempête malmenait le bateau. Il y eut des jours et des nuits où les ponts étaient sans cesse inondés, où les embruns piquaient le visage comme un vent de sable, où, confinés dans leur étroite cabine, ils se morfondaient tout en évoquant sans cesse leurs attaches affectives. Alors que le bateau se trouvait au beau milieu de l'Atlantique, les passagers du pont inférieur, désœuvrés, discutaient avec des matelots.

— Tu vois, dit l'un d'eux à un gamin qui se trouvait à ses côtés, on va bientôt arriver non loin de Terre-Neuve. Heureusement qu'il fait froid car, si le temps se réchauffait, on risquerait de tomber sur des icebergs, grands comme une île, qui nous réduiraient en pièces comme un rien. Pulvérisée *La Belle Bordelaise* ! Pfft, disparue ! Et nous, tous au fond pour servir de pitance aux poissons.

— Regarde, qu'est-ce qui fonce sur nous ? répondit le gosse, inquiet. C'est pas une tempête ?

Le marin se retourna et vit s'avancer une inquiétante masse noire.

— T'as bigrement raison, fiston, dit-il, soudain soucieux. Y a un sacré coup de tabac en préparation, ça va secouer dans pas longtemps. Va donc retrouver tes parents et reste bien tranquille à l'abri. Après tout, ce n'est qu'un sale moment à passer.

Apeuré, le gamin disparut dans la coursive sans demander son reste.

— Je vais caler les affaires dans la cabine, dit Bixente qui avait tout entendu.

Le navire avait déjà subi maints coups de vent, mais jamais l'horizon n'avait semblé si menaçant. La houle mauvaise s'emparait des vagues et les dressait contre les flancs du navire. Paul, les mains dans les poches, fumait son éternelle pipe en terre cuite, représentant la tête d'un vieux Basque, coiffée d'un béret, lorsque deux marins, l'air décidé, s'avancèrent dans son dos et le ceinturèrent sous les yeux ébahis des rares curieux qui lorgnaient vers la mer houleuse. La pipe tomba à terre et se brisa en trois parties. Le prisonnier se débattit, poussa quelques jurons mais fut bientôt terrassé sous le poids des autres.

— Ça y est, on te tient, exulta l'un des deux. Tu croyais t'en tirer en te moquant de nous.... C'est raté ! Même si on semble loin de tout, on t'avait à l'œil dès ta montée à bord.

Ortzi vint à la rescousse de son ami et s'interposa.

— Que lui reprochez-vous pour l'arrêter ainsi ? demanda-t-il, furieux de la brutalité du procédé.

— Toi, tu te mêles de ce qui te regarde, aboya un des marins. Bien content si on ne te fout pas au gnouf avec ce bâtard pour complicité !

— Ah ! tu ne t'attendais pas à celle-là, ricana l'autre, en lui tenant solidement le bras. Tu avais cru échapper à la police lorsqu'elle est montée à bord. Perdu !

— « À malin, malin et demi », renchérit le premier. La liste des passagers a été cochée au fur et à mesure que les pandores vérifiaient leur identité. Un seul manquait à l'appel : toi. Et encore, t'avais trouvé le moyen de t'inscrire sous un faux nom.

Soudain d'une rude bourrade alors que l'étrave du bateau s'enfonçait dans un creux de vague, Paul envoya promener ses deux gardes et sans que personne ne puisse intervenir, sauta par-dessus bord.

— *Geldi hadi*, hurla Ortzi en basque, arrête-toi, arrête-toi.

Mais il était trop tard. Bixente qui arrivait sur le pont se précipita vers le bastingage, une bouée de sauvetage à la main. Déjà, Paul était loin. De la passerelle supérieure, le commandant de bord qui avait tout vu donna l'ordre d'arrêter les moteurs et de mettre un canot de sauvetage à la mer. Penchés au-dessus de l'eau, les jeunes Basques, désespérés, scrutaient en vain les alentours. Une femme s'écria d'une voix stridente qu'elle l'apercevait sur la droite, sur la crête d'une vague immense. La tête de leur ami apparaissait puis disparaissait au gré du flux.

— Si on ne le repêche pas tout de suite, il est fichu, commenta un homme à leurs côtés. L'eau est très froide et il va vite s'ankyloser.

Quatre matelots prirent place dans la chaloupe et deux autres tirèrent sur les chaînes pour la mettre à l'eau. Quasi désert cinq minutes auparavant, le pont grouillait de curieux appâtés par l'événement insolite. Il y en avait si peu à bord !

Ce voyeurisme devant un geste désespéré provoqua la colère de ses amis. Enfin, l'embarcation toucha la mer après s'être cognée à plusieurs reprises contre le flanc du bateau. Les hommes torturaient les rames pour tenter de se rapprocher de Paul. Trempés jusqu'aux os, ils essayaient de suivre la progression du fuyard pris dans la mouvance de l'océan déchaîné. Malgré tout, solidaires du fuyard, ils mettaient toutes leurs forces en jeu pour lui éviter la noyade.

Ortzi sanglotait sans retenue, tout en se tordant les mains et Bixente retrouvait au fond de lui l'accent d'une prière. « Seigneur, je vous en supplie, faites qu'ils le sauvent. Après, ce sera un jeu d'enfant de prouver son innocence. »

— Ah ! les immondes salauds, gémit-il, ils vont finir par l'avoir. Un si brave type. Un *bertsolari* bercé de rêves et de si belles histoires ! Ce sont eux les criminels ! Misérables ignorants...

— Mais qu'a-t-il fait pour mériter un tel châtiment ? interrogea Bixente, mal à l'aise.

Ortzi n'hésita pas une seule seconde.

— L'homme à tout faire de la propriété vinicole où il travaillait l'a accusé d'avoir tué sa patronne alors que c'était lui l'auteur du crime. Comme cet infâme type, engagé depuis peu, a trouvé une comparse qui a assuré qu'il se trouvait à mille lieues de là, et que Paul n'avait aucun alibi solide, c'est lui qui est recherché. Tu vois l'injustice. Il pensait renouer avec une vie meilleure à New York et oublier ce drame. Attends, où est-il ? Je le distingue à peine.

Aveuglés par les incessants paquets de mer, les marins progressaient à grand-peine et le sommet de la tête du nageur n'était plus qu'un petit point noir, là-bas, loin devant eux. Elle disparaissait et chacun retenait son souffle avant de la voir reparaître, dérisoire signe que le désespéré était toujours en vie. On avait même l'impression qu'il s'éloignait le plus loin possible pour leur échapper. Soudain, une lame immense fondit sur la yole qu'elle retint quelques instants à son sommet, parut s'amuser de ce jouet minuscule maintenu en un dérisoire équilibre avant de le culbuter dans un fracas d'eau et de vent. À demi asphyxiés par le déluge d'eau, remontés à la surface grâce à leur gilet de sauvetage en liège, les marins étaient à leur tour devenus naufragés. *La Belle Bordelaise* à l'arrêt tanguait dangereusement. Les rafales de vent augmentaient en intensité. Cinq hommes à la mer ! Le commandant, soucieux, fit mettre une baleinière à l'eau, nantie de six autres matelots. Quille en l'air, l'autre esquif servait de refuge aux hommes qui s'y accrochaient avec l'énergie du désespoir. Sur le pont, des membres d'équipage, un œil angoissé sur leurs amis, l'autre sur la foule, la firent reculer et regagner les cabines à grands coups de sifflets et d'ordres tranchants. Bixente et Ortzi se plaquèrent derrière une porte et restèrent là, la peur au ventre, observant les manœuvres. Courbés sur les avirons, les cols bleus n'en menaient pas large. Un mousse, assis à croupetons devant le banc de nage, cherchait entre les paquets de mer à distinguer ses congénères pris dans une étourdissante masse mouvante. Enfin, ils arrivèrent près du canot renversé. Les naufragés s'agrippèrent comme ils le purent entre deux creux, deux ascensions éprouvantes et, tant bien que mal, se hissèrent dans le bateau salvateur. Ils repartirent, doublement chargés, tirant sur leurs bras, le visage convulsé par l'effort tandis que le moussaillon les réconfortait. Le retour fut long et pénible. Personne ne songea à regarder en arrière et lorsqu'ils furent à bord, un souffle de soulagement gonfla toutes les poitrines.

— Et l'autre type, qu'est-il devenu ? s'enquit une femme, curieuse.

Un des marins lui jeta un regard dur, la bouche mauvaise.

— Noyé ! perdu corps et âme ! Enfin, en avait-il une ? De toute façon, c'est tout ce qu'il méritait.

Telle fut l'épitaphe à la mémoire de Paul. Les deux jeunes gens, unis par le chagrin, regagnèrent leur cabine, tête basse. Longtemps, Ortzi sanglota avant de sombrer dans un mauvais sommeil peuplé de cauchemars où il voyait distinctement le corps de son ami flotter entre deux eaux, le visage grimaçant. Le véritable meurtrier pouvait désormais dormir sur ses deux oreilles.

Rien qu'à l'évocation de l'arrivée à New York, Bixente se sentait fébrile. Il monta sur le pont dès cinq heures du matin. L'air frais lui piqua le visage. Il releva son col et mit ses mains dans les poches de son caban. Il voulait assister au lever du soleil sur le Nouveau Monde, célébrant ainsi l'annonce d'une autre vie. Comme la présence de Néréa lui manquait... Malgré ses bonnes résolutions pour la gommer de sa vie, il ne pouvait se départir d'une once d'espoir que tout n'était pas fini, qu'il la reverrait d'une façon ou d'une autre. La mer chahutait un peu le navire mais ce n'était rien à côté des tempêtes subies tout au long de la traversée. Tête levée, il contempla le ciel clouté d'étoiles. « Les mêmes qu'au pays Basque, se dit-il, reconnaissant la Grande Ourse, comme le monde est petit ! Si Néréa le regarde aussi, elle est sans le savoir en communion avec moi. Mais non, c'est stupide, il y a ce fichu décalage horaire qui change tout. Voyons, six heures nous séparent. C'est ce que m'a indiqué ce cher M. Bidarray. » Il compta mentalement. Midi ! il était midi, l'heure bénite entre toutes où sa mère mettait la table après avoir préparé le repas, l'heure où son père revenait de la borie, son panier débordant de fromages et de caillé, l'heure où Néréa terminait ses devoirs et se lavait les mains avant de passer à table, après avoir brossé sa flamboyante chevelure, l'heure où... Des larmes de détresse montèrent, débordèrent de ses yeux, coulèrent sans pudeur sur son visage déformé par le chagrin. Il serra les poings et se reprit. Il fallait être fort, tenir sa promesse, ses engagements envers lui-même et les autres. Sa pensée vogua vers la belle âme de Paul, qui, depuis sa disparition, accompagnait le bateau dans sa course vers un autre ailleurs...

Vers sept heures, une lueur très pâle venant de l'est éclaira faiblement l'horizon. Transi, le jeune Basque, campé sur ses pieds, attendait que l'astre se manifeste enfin. C'était comme l'éclosion d'un poussin... D'abord des craquelures sur la coquille, puis plus rien avant des poussées patientes et vigoureuses perçant peu à peu l'obscurité, atteignant enfin la lumière. Des barres de nuages rouges, chimériques archipels aussi incandescents que des coulées de lave, s'effilochaient au gré du vent. Peu à peu, une boule écarlate émergea de l'eau. Un instant ébloui, il ne vit rien, puis peu à peu, au fur et à mesure que l'astre s'élevait dans le ciel, il distingua des masses confuses imprimées sur le lointain. « Les gratte-ciel », jubila-t-il. M. Bidarray lui avait parlé de ces constructions novatrices qui piquaient le ciel avec insolence. Soudain il y eut des hourras et une clameur admirative. *La Belle Bordelaise* passait devant l'imposante statue de la Liberté éclairant le monde, bras et torche dressés vers le ciel, signes avant-coureurs de la démesure du pays qui les attendait. Aveuglé, Bixente ferma les yeux, gardant un moment cette vision d'ensemble imprimée sur la rétine, savourant cet instant si souvent rêvé. Les ponts peu à peu s'animaient, des exclamations fusaient, des rires et des cris montraient l'impatience de chacun de débarquer. Un petit remorqueur vint prendre en charge le navire pour le guider sans encombre jusqu'au port. Ortzi, solitaire, le baluchon sur l'épaule, visage figé, devait se souvenir du mauvais sort réservé à Paul. Bixente lui passa un bras autour des épaules.

— Écoute, si tu reviens avant moi, recherche le type qui a coûté la vie à Paul. Si c'est le contraire, c'est moi qui m'en charge. Promets-le-moi.

Le visage d'Ortzi, contracté l'instant d'avant, s'illumina. Il poussa un soupir.

— Ah ! t'es un chouette ami, Bix. J'aime ta confiance. Ne t'inquiète donc pas. J'avais déjà dans l'idée de faire la peau à cette ordure.

— Non, pas comme ça. On peut l'avoir autrement. Il avouera et la justice lui coupera le cou ! Patience et longueur de temps...

Ortzi fouilla dans ses poches et tendit à Bixente, ému, la pipe du disparu dont il avait recollé les morceaux un à un.

— Tiens, je voulais la garder, mais je te la donne. Tu la mérites. J'ai emporté tout ce que Paul possédait mais souhaites-tu que je te laisse un de ses vêtements ?

— Oui, sa *lekeitiera*. Lorsque je la porterai, je penserai à lui encore plus fort.

Ortzi ouvrit sa grande besace, fouilla au fond, tirant à lui une blouse bleu marine foncé.

— Elle est un peu chiffonnée mais en très bon état.

— Merci, dit Bixente, ému. Il faut absolument nous revoir. Je t'ai donné mon adresse à Durango. Même si je n'y suis plus, tu sauras où je suis parti.

— Toi aussi, frérot. Tu as la mienne. N'hésite pas à me contacter si tu passes par ici dans quelques années ! Tu vas me manquer, dit-il, pudique. Mais je suis certain que nous nous reverrons au pays. Adieu...

Le bateau s'approchait du quai. Une voix grave et puissante s'éleva alors, entonnant la Marseillaise, reprise en chœur par d'autres. L'hymne national, vibrant hommage à la Mère Patrie, abandonnée souvent à contrecœur, lancé tel un défi à la face du Nouveau Monde, leur donnait le courage de descendre. L'émotion était palpable. Le navire tremblait de toutes parts lorsqu'il se rangea le long du môle. L'effervescence parvenue à son comble, les ordres fusaient, brefs et secs, les marins s'affairaient tandis que les passagers, les yeux embués de larmes, s'agglutinaient vers les pôles de débarquement. Le futur apprenti-boulanger, grave et tendu, scrutait le quai pour y apercevoir le visage familier de son oncle. Il fit ses adieux à Bixente et s'approcha de la passerelle. Bientôt, sa silhouette ne fut plus qu'un point dans la mouvance de la foule compacte.

Le bateau repartit quelques jours après sans que le jeune Basque, fébrile, ait obtenu l'autorisation de descendre. Dix jours supplémentaires ! Paul ne s'était pas trompé. Que c'était long. Livré à lui-même, il réfléchissait. Trop peut-être, car un jour, le doute le submergea. Et s'il avait fait fausse route en s'expatriant ? Si cet exil lui avait coûté son amour ? Il avait beau s'interdire de penser à Néréa, son esprit y revenait sans cesse. Pourquoi avoir mis tant de distance entre eux, au plus mauvais moment pour elle, au lieu de lutter côte à côte afin d'empêcher ce malencontreux mariage ? Il aurait dû l'épauler, faire front ensemble. Il connaissait son caractère entier et redoutait ses agissements incontrôlés par bravade, fierté ou abandon, elle était capable du pire. Fuir ! Oui, ils auraient dû fuir tous les deux, sans doute de l'autre côté de la frontière, là où il pouvait compter sur l'aide de ses nombreux amis espagnols. Attendre ainsi avec elle que l'orage passe dans leur famille, puis revenir. Furieux contre lui, il se morigénait. N'avait-il pas agi par jalousie, manque de confiance en lui, en elle aussi, ce qui, vu sous un angle nouveau, lui paraissait inique. Pauvre petite Néréa, livrée à elle-même, sans soutien, où en était-elle et surtout que faisait-elle ? Une peur irraisonnée le saisit. Et si, se sentant abandonnée, elle avait cédé aux instances de son grand-père, appartenant désormais au comte de Montaury. Cette question lui taraudait le cœur. Comment avait-il été assez fou pour partir et la laisser sans explication ? Il se promit de cesser de penser à Néréa pour son salut. Enfin, les côtes du Mexique furent en vue. L'éprouvant voyage touchait à sa fin.

*

Le port de Tampico, situé à l'embouchure du Pánuco, État de Tamaulipas, fut atteint. Il y avait foule. L'arrivée d'un bateau suscitait comme partout ailleurs un très fort intérêt. La mer de cobalt sentait un fort mélange d'algues, de cordages et d'amarres rouillées. Accoudé au bastingage, Bixente observait le manège de ce peuple inconnu qui grouillait sur le quai. Des cris fusaient en espagnol et dans une langue indigène qu'il ne comprenait pas. Beaucoup d'hommes et d'enfants mais peu de femmes levaient la tête vers *La Belle Bordelaise*. Tous très bruns, ils se distinguaient par leur petite taille. Teint basané, imposantes moustaches, vêtements colorés, le spectacle était partout. L'ancre, délivrée de sa cache, cogna contre l'étrave, déroulant sa chaîne avec un bruyant cliquetis. Elle tomba à la mer, provoquant d'immenses cercles concentriques. Le regard intéressé du jeune Basque glissa sur une forêt de mâts d'élégants bricks et sloops alignés non loin de vapeurs trapus. Un peu plus loin, une importante flottille de bateaux de pêche lui rappela les thoniers bleus luziens dont il guettait le retour, les traînières à voile, et celles mues par les bras vigoureux des rameurs. « Toujours la même odeur de vase tiède », pensa-t-il, nostalgique, évoquant le petit port si pittoresque de Saint-Jean-de-Luz. Tandis que les marins arrimaient la passerelle, le jeune homme s'imprégnait des premières impressions de son pays d'accueil pour plusieurs années. Le visage frais de Néréa lui apparut, si distinct qu'il aurait pu le caresser en tendant la main. Il soupira, puis haussa les épaules. Il avait pris une décision, si dure soit-elle, il devait s'y tenir.

La curiosité en alerte, il regarda autour de lui. Les maisons au crépi de couleurs fanées s'alignaient le long du port, ponctuées de linge bariolé se balançant sur des cordelettes attachées aux balcons, les murs des jardinets croulaient sous le mauve des bougainvilliers et le rouge ardent des poinsettias. Partout des charrettes alourdies de fardeaux se frayaient un passage entre des rangées de marchandises en attente tandis que des livreurs tractaient des voitures à bras, dans un infernal vacarme émaillé de jurons, cris, grincements de roues, hennissements de chevaux apeurés et bruit de sabots. L'atmosphère était saturée des piaillements agacés de mouettes, se disputant le menu fretin rejeté à la mer par des bateaux de pêche. L'air était doux même si décembre approchait. Avant l'arrivée au port, il avait aperçu au loin de longues et prometteuses plages de sable fin, lui rappelant celles des Landes qu'il observait à la jumelle du bateau sur lequel il travaillait. Mais, l'instant n'était plus à la nostalgie. Une nouvelle vie s'offrait à lui en attendant le retour au pays. Était-ce le dépaysement, la vue de jolies filles rieuses, l'air parfumé d'épices ? Soudain, ses craintes disparurent et le doute qui le tenaillait au sujet de la fidélité de la jeune fille à son serment s'évanouit. Elle était trop fine pour ne pas avoir inventé un subterfuge. Cette idée le réconforta et c'est d'un pas alerte qu'il s'engagea sur la passerelle et prit pied sur la terre mexicaine. Un marin avec lequel il s'était lié d'amitié – l'offrande des cigarettes roulées et du tabac de Bergerac à priser y était pour quelque chose – lui avait conseillé d'aller plutôt sur Veracruz pour trouver sur- le-champ un emploi. Là, se tenait en plus des florissants comptoirs de vanille, un juteux marché de ramassage d'ananas, d'oranges et de piments, d'autant que la vaste ville portuaire était des plus agréables à vivre. Bixente avait secoué la tête en souriant, bien décidé à gagner les hauts plateaux de Durango afin d'y retrouver son cousin, intendant de l'immense hacienda *l'Étoile du berger*.

Un peu désorienté, une fois à terre, il s'arrêta, regarda autour de lui. Les quais fourmillaient d'une foule dense qui se pressait, curieuse, dévisageant les voyageurs. Le jeune Basque, attentif, scrutait les visages, levés vers le navire, surpris par tant de faciès nouveaux. Mélange de métis entre sang indien et espagnol, africains amenés comme esclaves au XVIIIe siècle, Indiens de pure souche, ils s'agitaient dans la plus grouillante des cohues. À peu près tous vêtus d'une sorte de camisole chamarrée portée sur des pantalons blancs, enfin, qui avaient dû être blancs, car chacun, y compris les quais, ne respirait guère la propreté, ils attendaient dans un désordre indescriptible que la manne leur tombe du bateau sous forme d'offrandes qu'ils s'empressaient de revendre au plus vite. Il pensa à sa mère, si maniaque, houspillant son père lorsqu'il salissait le carrelage de ses bottes crottées. Une femme le bouscula, l'empêchant de trop s'apitoyer, tandis qu'un gamin l'accostait en tendant une main crasseuse. « Je n'ai rien », dit-il, exhibant ses poches vides. Désappointé, l'enfant lui tourna le dos, se dirigeant vers les passagers des ponts supérieurs dont les malles s'empilaient sur le quai. Tout ce brouhaha l'étourdit un moment. Une main tira sur sa manche, le sortant de son hébétude.

— Où vas-tu ? interrogea un homme d'un certain âge, pieds nus, effroyablement sale.

— Dans l'État de Durango.

— Et comment comptes-tu t'y rendre car c'est bien au-delà des montagnes ?

— À pied.

— Seul ?

— Oui.

L'homme parut soucieux, fit la moue, hocha la tête.

— Ce sera long et dangereux. As-tu de l'argent sur toi ?

Méfiant, Bixente, se demandait où il voulait en venir.

— Non, rien, répondit-il, prudent. Je travaillerai au fur et à mesure de mes besoins.

— Si tu veux commencer tout de suite, je connais quelqu'un qui cherche un plongeur dans une taverne tout près d'ici. Il a l'habitude d'aider des étrangers. Qu'en dis-tu ?

Après tout, autant ne pas toucher au pécule caché dans sa ceinture et qui devait lui servir pour repartir. Il acquiesça et suivit l'énergumène qui claudiquait vers une sombre ruelle.

Le troquet que Bixente découvrit était à l'image de son bienfaiteur : repoussant de saleté ! mais l'accueil chaleureux. Un accord fut vite conclu avec le cabaretier, dans un indescriptible brouhaha. Il serait logé, nourri, blanchi et toucherait pesos et pourboires pendant tout le temps qu'il voudrait. Bixente avait l'impression d'évoluer dans un autre monde, sur une autre planète. D'emblée, il trouva le pays magnifique, d'une envoûtante beauté. Fasciné par ses habitants, mi-indiens, mi-métis, fortement marqués par leur passé où l'Espagne dominante leur avait imposé à jamais son sceau, il engrangeait chaque jour des souvenirs. Religion, cuisine, langage, mœurs, nés d'une alchimie profonde entre l'homme de *Tenochtitlán* et du fier hidalgo, se mélangeaient dans une heureuse union. Dans une salle enfumée, peuplée d'ivrognes sympathiques, il apprit une foule de rites et coutumes sur cet envoûtant pays. De fréquentes bagarres éclataient entre les buveurs, la tequila coulant à flots. Il se gardait bien d'y prendre part, tenant à conserver son intégrité physique. Une profonde nostalgie pour son pays, sa famille, l'étreignait. Ce n'était pourtant pas la première fois qu'il était loin d'elle à cette période, mais sur le bateau de pêche, il ne se sentait jamais au bout du monde comme cette fois-ci. Il revoyait en pensée ce qu'était au pays la veillée de Noël, au caractère sacré et grave. Ses parents, lui et d'autres membres de sa famille attendaient minuit en jouant au *muss* et en se racontant des histoires. Puis, ils se mettaient en route pour l'église à la lueur des torches composées de pieds de maïs desséchés en chantant le long du chemin. Dans chaque famille basque, la veillée de Noël était très importante. Saint-Jean-Baptiste était illuminée, ses travées et ses balcons remplis de ferveur et les beaux chants basques s'élevaient sous la grande nef. Les enfants recevaient une orange, fruit merveilleux du pays des Rois Mages et les plus âgés quêtaient de porte en porte en chantant *Gora Birjina Maria*, vive la Vierge Marie ! Les plus chanceux recueillaient ainsi des poulets et des fruits, appréciés des parents mais, hélas, peu de friandises pour eux.

Au petit matin de Noël, après une nuit exténuante passée à empêcher des bagarres et à jeter dehors les ivrognes, étendu sur son grabat, les mains derrière la nuque, Bixente regardait le soleil se lever par une ouverture aménagée dans le toit de sa soupente. Il recomposa les souvenirs des rites de l'*Olentzero*, nom que les enfants basques donnaient au bonhomme Noël, le visage noirci de fumée, tirant derrière lui un âne, venu en barque de la Soule en suivant le cours de la Nive. Combien de fois, grimé, accompagné de joyeux lurons, avait-il cogné aux portes accueillantes, demandant des victuailles et du vin : « *Zeru goieko izar argia, piztutzeakin batean...* », Quand l'étoile apparut dans le ciel, un bel enfant naquit... D'ailleurs, n'avait-il pas été reçu à *Goicoetchea*, sous le regard bienveillant de Justine et de Néréa, charmée, heureuse de pouvoir lui offrir des douceurs à profusion ? Il sortit et se promena dans la ville, nimbée de soleil, participant à la liesse et à la ferveur de ce peuple qu'il découvrait, avec la nostalgie terrible de son pays ancrée en lui.

Il décida de partir le jour même et c'est sans regret qu'il quitta la ville, pesos en poche. Il n'avait pas plus tôt tourné le coin de la ruelle, que trois gars lui sautèrent dessus. Il reçut un tel coup de gourdin sur la tête, qu'il perdit connaissance. Mais il avait reconnu le vieux qui l'avait accueilli lors de son arrivée. Le traître ! Ainsi se jouait-il de pauvres naïfs qui lui tombaient sous la main. Avec patience, il attendait que l'autre s'enrichisse, sans doute de mèche avec le cabaretier et lorsque c'était fait, il le délestait de ses économies. Lorsqu'il s'éveilla, il était adossé contre un mur, et des gamins curieux jouaient autour de lui. Il se massa le crâne, y trouva une énorme bosse, se releva en grimaçant, épousseta ses vêtements puis ramassa ses affaires éparpillées sur le sol. Ses poches avaient été fouillées mais il avait toujours sa ceinture où des billets dissimulés lui permettraient de voir venir ! Dieu merci, ces gredins lui avaient laissé ses instruments de musique et son jeu de cartes.

*

D'étranges constructions s'offraient maintenant au regard de Bixente, sortes d'œufs coniques recouverts de chaume, sans ouverture, hormis un orifice obstrué le soir à l'aide d'une claie par lequel on accédait à l'aide d'une échelle grossièrement taillée. La base était composée d'un énorme tronc d'organo, chapeautée par une toiture élémentaire en forme de V renversé. À leurs pieds, une foule bruyante s'affairait, crasseuse, colorée. Le jeune Basque nota les larges sourires éclairant des faces hâlées par le soleil, protégées par des chapeaux de paille tressée. Les femmes aux longs cheveux noirs, vêtues de jupes et corsages aux couleurs vives, portaient avec grâce sur leur tête des cruches ou des paniers, et contre leur dos, le dernier-né ficelé dans un châle. Elles échangeaient des propos qui les faisaient rire aux éclats et fixaient le nouveau venu avec aplomb. D'autres, le front ceint du *mecapal*, lanière de cuir supportant le poids de leur fardeau, arrivaient au marché pour vendre leurs produits qu'elles alignaient avec méticulosité. Non loin de là, chapeaux, sandales et cierges s'amoncelaient dans un ordre tout aussi rigoureux que les légumes. « Bizarre, pensa Bixente, observant cette débauche de denrées et ce souci de présentation, ils ont tous l'air d'être très brouillons, et c'est tout le contraire. » L'ordre régnait dans un désordre apparent. Les étals de fruits et légumes rivalisaient de teintes virant au rouge avec celles des fleurs harmonieusement disposées. À côté des vendeurs, des tas de coton, laine, feuilles de tabac séchées, rubans de soie, tissus chatoyants, attiraient une clientèle toute féminine, tissant elle-même les vêtements de la famille. Ravi, il passa près d'un brasero où grésillaient des morceaux de copal, résine issue des arbres tropicaux dont le parfum capiteux embaumait l'air matinal, offrande rituelle faite aux saints et aux ancêtres. Assis à même le sol ou sur de mauvaises chaises bancales, les hommes, la lèvre supérieure barrée d'une fine moustache, palabraient à l'infini tout en buvant de la tequila. Des mules circulaient, chargées de matériaux hétéroclites, houspillées par des gamins hilares qui leur fouettaient sans ménagement le postérieur et les pattes. Séduit par ce spectacle inusité pour lui, Bixente s'enivrait de ces découvertes, si loin de son monde à lui plus policé, plus routinier. Avisant un homme petit et noiraud, il lui demanda son chemin pour sortir de la ville. Volubile, le métis tenta de lui vendre d'abord des souliers, lui en démontrant l'utilité avec forces gestes et grimaces. Visiblement, la paire avait déjà servi et ne correspondait pas à sa pointure. Aussi, déclina-t-il l'invite à l'achat en lui montrant ses grands pieds. L'autre partit en courant vers une échoppe et revint comme l'éclair portant une paire de taille supérieure. Agacé, le Basque fit à nouveau un signe de dénégation, sortant les espadrilles qu'il avait emportées de Saint-Jean. Puis il se tourna vers un autre compère, demandant la route de Durango. Ce dernier, d'un geste large, lui montra la direction du nord.

— Veux-tu manger un tamal chaud ? proposa avec gentillesse un gamin qui tirait une charrette à bras sur laquelle s'entassaient des pyramides de petits pains de semoule de maïs garnis de viande pimentée, enroulés dans une feuille de bananier.

Bixente, dont la faim tiraillait le ventre, accepta sans se faire prier. Il suivit l'adolescent qui le mena auprès d'une femme accroupie devant un feu de bois qu'elle alimentait sans cesse afin que l'eau dans sa marmite bouillonne et produise de la vapeur. Cette dernière fusait par les trous d'une passoire posée dessus, réchauffant ainsi les pains. Il en acheta deux et mordit dedans avec gourmandise. Prévoyant, il fit l'acquisition de quelques tacos à la viande grillée, de tortillas encore chaudes qu'il plia avec soin dans une serviette, y ajoutant quelques avocats assez durs qui tiendraient ainsi plus longtemps si les vivres venaient à manquer. De toute façon, le long de la route, il trouverait bien des paysans trop heureux de lui vendre ou de troquer de la nourriture.

Jetant un regard autour de lui, il pivota dans la direction indiquée, se frayant un passage dans la foule. Commença alors l'étourdissante série de montées bordées par d'immenses cactus candélabres, de lacets, de rampes et virages surplombant des précipices où coulaient les eaux sombres d'un torrent, d'impressionnantes falaises et de monts parfois coiffés d'une calotte neigeuse. Paul, qui était un érudit, lui avait indiqué qu'au Mexique, le volcan *Popocatépelt* faisait souvent des siennes. Il l'entendait encore lui parler, comme si c'était hier, de cette voix grave qui séduisait son public lorsqu'il se lançait dans une éblouissante versification. « Tu vas au pays de la terre qui tremble, comme disaient les Aztèques. » Il lui avait alors raconté la fabuleuse histoire de ce peuple et de sa destinée liée à l'Espagne. « Hernán Cortés, le conquistador, prié par le roi Charles Quint de décrire la nouvelle Espagne, demanda une feuille de papier. Il la froissa dans sa main et la tendit au souverain étonné. "Sire, voilà l'aspect de ce magnifique pays qui est désormais le vôtre." Vois-tu, Bixente, tu dois t'attendre à trouver les deux sierras, la Madre et l'Occidentale. D'après ce que j'ai lu, il y a très peu de zones plates, beaucoup de profonds défilés, de parois accidentées et il va falloir t'armer de courage pour affronter ce curieux pays. » Comme il avait raison !

Alors que la première journée s'achevait, le jeune Basque commença à ressentir les premiers effets de sa longue marche sur les sentiers accidentés. Mais, ni les nombreuses ampoules ni les courbatures ne vinrent à bout de l'immense élan qui le portait.

6

La fuite

Au-dehors, le vent s'était levé, annonçant la pluie tandis que la Rhune, vigie sombre et silencieuse, clé de voûte des sept provinces basques, veillait sur la ville. Bien à l'abri dans son lit, Néréa n'arrivait pas à se faire à l'idée que demain, elle serait débarrassée de l'enfant-sacrilège et qu'elle retrouverait le refuge de sa chambre lorsque son père ne venait pas la profaner. Elle l'occupait depuis presque dix-sept ans, et peu d'améliorations y avaient été apportées. Excepté le dessus de lit de piqué blanc confectionné par Magdalena et son abécédaire brodé qu'elle venait de terminer, il y avait toujours la même table de toilette avec son dessus en marbre veiné de vert, son pot à eau et sa cuvette fleuris de bleu et le miroir piqueté de son, comme son visage, et grâce auquel elle faisait sa raie bien droite avant de tresser ses cheveux. Justine prétendait qu'il ne fallait pas trop se regarder dans une glace, cela encourageait la vanité, péché qui était l'apanage du diable en personne. Mais elle exécrait l'immense lit à baldaquin, reflet de trop de souvenirs odieux et d'insomnies. Au même instant, le souvenir aigu de Bixente surgit. Alors qu'elle tentait en vain de trouver le sommeil, elle entendit une latte du parquet grincer, juste là, devant sa porte. Le loquet tourna en silence et l'ombre de son père apparut, sombre et menaçante. Justine avait oublié de fermer les persiennes et une clarté lunaire éclairait la chambre.

— Si vous vous approchez, je hurle, menaça-t-elle.

— Tu peux bien faire ce que tu veux, grinça-t-il, les traits marqués par le désir. Quoi que tu dises, personne ne te croira.

Néréa n'ignorait pas qu'il avait raison. Comment être crue par les siens s'il l'accusait de raconter des monstruosités ? Seule Pauline savait. Il avait atteint le lit, étendant la main vers elle.

— Allez, une dernière fois. Tu vas te marier et je ne pourrai plus te voir nue. Ça va me manquer.

Il ricanait, cherchant à ôter sa chemise. Elle le repoussa de toutes ses forces.

— Laissez-moi, je ne veux pas que vous me touchiez. Vous m'avez déjà fait assez de mal. Allez-vous-en.

Elle criait presque. Antoine lui mit la main sur la bouche puis la fit basculer sur le lit. Ahanant sur le corps de sa fille qui se débattait pour tenter de lui échapper, il n'entendit pas la porte s'ouvrir. Iñaki, surpris de percevoir des bruits bizarres provenant de la chambre de sa petite-fille, passa la tête dans l'entrebâillement. Il éleva avec lenteur le bougeoir qu'il tenait à la main, découvrant l'infâme spectacle. Son fils, de dos, besognant Néréa ! Soudain, il comprit l'origine de la solitude d'Oïhana, les regards appuyés sur sa fille, sa répugnance à la laisser quitter la maison pour épouser le comte. Soudain, l'idée que les nausées de sa petite-fille puissent être le signe d'une grossesse découlant d'Antoine le terrassa. Quelle ordure ! Son fils, son propre fils ! Ses oreilles se mirent à bourdonner, son cœur à battre de façon désordonnée, ses yeux se révulsèrent. Il tenta de crier mais aucun son ne sortit de sa bouche, ses bras battirent l'air tandis que le bougeoir tombait à terre. Il s'écroula. Antoine, ignorant le drame qui se jouait dans son dos, poussa de longs soupirs d'extase tandis que Néréa se soulevait pour échapper à l'étreinte finale. Terrorisée, elle avait aperçu une ombre démesurée au plafond accompagnée d'une lueur, mais, gênée par la carrure paternelle, elle n'avait pu se dégager. Ce fut l'odeur de la mèche éteinte qui l'alerta. D'un coup de rein, elle bascula sur le côté et repoussa le corps repu. Ce qu'elle vit la fit chanceler. Iñaki, son grand-père, son Ataxi, gisait à terre, recroquevillé sur lui-même. Elle sauta du lit et se précipita, l'appelant, le secouant, tandis que son père, éberlué, remettait de l'ordre dans ses effets.

— Ataxi, Ataxi, sanglotait-elle. Mon Dieu, il a tout vu, il sait !

Mais le vieillard, inerte, le visage cyanosé ne bougeait pas. Elle colla son oreille contre son cœur et l'entendit battre faiblement.

— Aidez-moi, mettez-le sur mon lit, supplia-t-elle.

Elle criait maintenant sans se soucier de lui. Il se baissa, ramassa le vieil homme et le déposa sur la couche qu'il venait une fois de plus de souiller. Magdalena accourut, les cheveux défaits, pieds nus, vêtue d'une longue chemise blanche.

— Que se passe-t-il ? dit-elle, affolée. Mais pourquoi Iñaki est-il ici ?

La stupéfaction se peignait sur son visage.

— Je l'ignore, répondit Antoine avec aplomb. J'ai entendu Néréa appeler et je suis venu tout de suite. Père gisait sur le sol et je l'ai posé là.

Le visage blanc de colère et de profond dégoût, la jeune fille expliqua qu'elle dormait lorsqu'elle avait été réveillée par un bruit de chute au pied de son lit. Elle s'était levée d'un bond pour trouver son grand-père dans cet état. Soudain, alertée par le remue-ménage inhabituel, Oïhana surgit, une lanterne à la main, suivie de Pauline.

— Il faut appeler le docteur. Il va lui faire une saignée. Mère, que faisait Père ici ?

— Mais je n'en sais rien, répondit Magdalena en se tordant les mains. Il n'arrêtait pas de se tourner dans le lit en se plaignant d'avoir mal au ventre. Je savais bien qu'il aurait une indigestion d'escargots. Il en a mangé deux douzaines au dîner. C'est trop lourd.

Les paupières du vieillard soudain se soulevèrent, fixant un point dans la pièce tandis que Justine pénétrait dans la chambre.

— Il revient à lui, s'écria Magdalena, saisissant ses mains roides.

Iñaki roulait des yeux effarés, tentant de parler mais la surprise de ce qu'il avait découvert l'avait à jamais privé de la parole et de ses mouvements. Il était paralysé mais personne dans la pièce ne se doutait encore de la gravité de l'attaque cérébrale. Justine, le regard halluciné, allait de son maître à la jeune fille, comprenant soudain l'origine des taches suspectes et nombreuses dans les draps de

Néréa qu'elle évitait de montrer à Magdalena. Iñaki ! son amour vénéré ! il avait dû perdre la tête... Toucher à sa petite-fille ! Le monstre. S'en prendre au sacré ! Éperdue de douleur, elle vacilla et fit un rapide signe de croix. « Mon Dieu, pria-t-elle, terrifiée, faites que pour la petiote, ce ne soit pas le mal-joli qui la rende malade. » L'horreur du doute et ses conséquences se glissa dans son esprit pour ne plus le quitter. Elle dévisagea Néréa, la trouva encore plus blanche que d'habitude mais avec, au fond des prunelles, une lueur d'implacable défi.

— Viens avec moi, Néréa, décida Pauline. Nous allons essayer d'avoir l'opératrice et de téléphoner au médecin mais je doute qu'il y ait une garde la nuit.

Elle entraîna la jeune fille dans le vestibule.

— C'est la faute de ton père, n'est-ce pas ? Ainsi il a recommencé. Pourquoi l'as-tu laissé faire ? Je t'avais recommandé de te défendre.

— Je n'en ai pas eu la force et puis il m'a menacée. Je ne pouvais que subir comme d'habitude. Oh ! Pauline, je suis si malheureuse.

La jeune femme la prit dans ses bras avec tendresse et pitié et la serra contre elle.

— L'immonde, ah, l'immonde ordure ! Ton grand-père a surpris cette saleté et a eu une attaque. Vois-tu, petite fille, tu devais partir ce matin. Il va falloir attendre et remettre ce départ à demain. Je ne peux pas t'accompagner.

— Non, non, supplia Néréa, il m'est impossible de manquer ce rendez-vous, il est trop important pour moi.

— Tu as sans doute raison. Profite donc de l'agitation que va provoquer l'attaque de ton grand-père pour disparaître. Je vais inventer je-ne-sais-quoi pour justifier ton absence et appeler un fiacre pour qu'il te descende au relais de la malle-poste. Tu m'attendras sur la place du Théâtre demain soir à cinq heures.

— J'ai peur ! balbutia la jeune fille.

— Allez, du courage ma chérie. Je vais coincer ton père et le menacer de tout révéler. Crois-moi, il a intérêt à se tenir tranquille. D'ailleurs, j'ai pris une décision : désormais, je partagerai ta chambre.

— Pauline, tu es un amour. Si je ne t'avais pas, que deviendrais-je ?

— J'agis selon ma conscience, et puis, Néréa... je t'aime !

Elle l'embrassa tout en lui caressant les cheveux et se dirigea vers le mur où était accroché ce merveilleux engin qui permettait de parler aux gens sans avoir à se déplacer. La voix courait le long d'un fil de façon tout à fait mystérieuse, et l'incroyable prodige s'accomplissait.

*

Lorsque Néréa ouvrit avec mille précautions la porte de sa chambre, le loquet se bloqua un instant puis se détendit d'un coup sec. Le bruit, amplifié par le silence nocturne de la maison, se répercuta comme un coup de fusil. Affolée, elle retint sa respiration, écouta. Mais aucun son ne provint des autres chambres. Elle fit trois pas, s'arrêta, prêta l'oreille, jeta un regard sur l'œil-de-bœuf dont la vitre froide luisait dans l'ombre, s'agaça de ne pouvoir avancer plus vite. D'une main, elle repoussa le battant, l'huis grinça, inamical. « Reste calme, pensait-elle, fébrile, reste calme. » Son cœur cognait si fort qu'elle avait l'impression que, de leur lit, tous pouvaient l'entendre. Mais personne ne se manifesta. Après les vives émotions de la soirée, rompues de fatigue ou de chagrin, Oïhana et Magdalena dormaient. Antoine aussi sans doute, couché dans une chambrette au fond d'un petit couloir latéral isolé par une porte vitrée, se félicitant de l'incapacité de son père à révéler la vérité. Seule la fidèle Justine veillait sur celui qu'elle vénérait. Pauline, profitant de la confusion générale, avait pu lui chuchoter, tout en lui fourrant une liasse de billets dans la main, qu'un cocher l'attendrait à cinq heures trente non loin du portail de l'entrée. La nouvelle l'avait soulagée. Elle mit de longues minutes à descendre l'escalier, chaque marche gémissant sous ses pieds comme un reproche à sa fuite. Vêtue d'un long manteau à capuchon, destiné à gommer sa silhouette, tenant un petit sac de voyage dans lequel elle avait hâtivement jeté quelques effets, elle avait les traits tirés et se sentait nauséeuse. Prudente et furtive, elle sortit par la cuisine, dont la porte était plus facile à manier, l'ouvrit et la referma avec mille précautions. Une fois dehors, elle s'éloigna sur la pointe des pieds. Il faisait encore nuit, l'air était frais et l'herbe mouillée. Nostalgique, elle jeta un coup d'œil par-dessus son épaule vers la demeure, comme si elle redoutait qu'au premier étage, un rideau ne s'écarte, laissant apparaître un visage connu. Puis, elle s'en fut à pas rapides, courant presque vers un phaéton garé près du portail et dont les lanternes luisaient faiblement dans l'obscurité. Le cocher, en l'entendant venir, sauta lestement à terre, descendit le marchepied et lui ouvrit la portière. Un peu essoufflée, Néréa le salua, monta et s'installa sur la banquette.

— Serai-je à temps à la gare ? questionna-t-elle, inquiète tandis qu'il couvrait ses genoux d'une couverture bariolée.

— Mais oui ! dit-il, rassurant. Il n'est que cinq heures et quart. Je connais bien le postillon de la malle-poste. Il ne part jamais avant six heures et demie. Et vous pouvez me croire, il est toujours ponctuel !

Assurant un service dimanche et fêtes compris, la famille Lacarra s'était consacrée aux voyages à courte distance. Leurs malles-poste relayaient Bayonne, Sare, Ascain et Saint-Pée chaque jour, charriant, outre des voyageurs encore effrayés par le train, des marchandises diverses et du courrier. À demi rassurée, Néréa se rencoignit, tandis que le léger attelage s'ébranlait, houspillé par l'homme. Saint-Jean-de-Luz reposait dans l'ombre, peu de becs de gaz étaient allumés, treize sur cent trente ! La municipalité veillait au grain, protégeant ainsi ses finances. « Ce sont des économies de bout de chandelle », plaisantait son grand-père mais en l'occurrence, cela l'arrangeait bien car quelle attitude adopter si l'héritière de la dynastie Baïgorry était reconnue ? Le trajet ne prit guère plus d'une demi-heure. Enfin, le cocher tira sur la bride du cheval et l'arrêta non loin de la diligence où un des fils Lacarra finissait d'arrimer des bagages sur l'impériale. Elle régla sa course et, pénétrant dans l'habitacle, eut un mouvement de recul tant l'air ambiant sentait l'ail et le vin. Il n'y avait que des hommes. L'un d'eux lui fit place tandis que les autres la jaugeaient avec insolence. Sous le feu d'allusions grivoises et de propositions malhonnêtes, serrant son sac contre elle, Néréa rougit, tourna la tête vers la fenêtre et fit mine de s'intéresser à une locomotive immobilisée sur les rails. Une jeune personne à une heure aussi matinale se devait d'être accompagnée, sinon, c'était une catin ! Leurs regards éloquents convergeaient vers elle, supputant leur chance de la faire descendre au prochain arrêt afin de l'honorer brièvement. N'était-ce pas d'ailleurs l'unique but de sa présence parmi eux ? Malgré sa mise et une certaine allure, elle n'était qu'une de ces gourgandines peu farouches, habituées à voyager et séduire le client là où il se trouvait. Le visage fermé et l'attitude froide de la jeune voyageuse finirent par avoir gain de cause, ils feignirent de l'ignorer et se remirent à parler du cours du bétail, du temps et de la pêche au gros. Soulagée de ne plus être leur point de mire, elle se mit soudain à douter du bien-fondé de sa fuite. « Mon Dieu, protégez-moi, pria-t-elle, faites que mon grand-père aille mieux et que je puisse revenir à la maison. » Pauline, entre-temps, fidèle à sa promesse, aurait sans nul doute acculé son père à reconnaître l'infamie, lui apprenant du même coup la raison de sa courte disparition. Elle imagina la tête qu'il ferait se voyant découvert, mis au pied du mur. Tout s'était précipité avec l'attaque cérébrale de l'aïeul et elle ignorait ce qu'elle allait dire en revenant pour justifier son absence. Sans doute sa tante, imaginative, avait-elle déjà trouvé une parade.

Enfin la diligence s'ébranla et quitta la ville. Attelée de puissants chevaux, sa vitesse rassura la jeune fille. Les arrêts s'égrenèrent dans le soleil levant, barrant l'horizon de rouge. La malle-poste longeait parfois le bord de la mer. Néréa apercevait, dans une semi-obscurité, l'ourlet d'écume des brisants. À Bidart, deux des hommes descendirent tandis que montait une forte matrone chargée d'un panier de légumes frais qu'elle devait amener au marché de Biarritz. Les regards masculins convergèrent vers son opulente poitrine, puis à nouveau sur Néréa, ne dissimulant ni le mobile, ni le résultat de leur comparaison ce qui eut le don de l'agacer. Elle commençait à mieux comprendre combien une jolie silhouette agrémentée d'un ravissant minois coûtait en compliments, mais surtout en affronts et sous-entendus obscènes. Biarritz ! Elle se vit à son premier bal, parée d'une robe somptueuse, offerte aux regards d'hommes du monde qui ne l'abaissaient pas comme ceux des occupants du fiacre. Cette vie lui sembla loin, presque irréelle. Elle somnola jusqu'à Bayonne, brisée par les derniers rebondissements auxquels elle venait d'être confrontée. Seul, le souvenir éblouissant de son amour pour Bixente lui permettait de supporter l'insupportable.

*

En sortant de la halte-routière Néréa s'engagea dans la Grande Rue, longeant les maisons aux façades hautes et étroites, ornées de colombages et de magnifiques balcons en fer forgé, orgueil de la ferronnerie bayonnaise. Son grand-père, qui aimait cette ville et l'y amenait souvent en promenade, lui avait raconté que sous la domination anglaise du XIIe au XVe siècle, la ville était restée fidèle à la couronne d'Angleterre ce qui lui avait permis de se développer plus vite que d'autres, devenant ainsi une puissance militaire et navale. Comme sa petite-fille s'étonnait, il avait ajouté que, rentrée dans le giron du roi de France, elle avait fait preuve du même loyal attachement. Mais, l'épreuve qui l'attendait enlevait toute poésie à la cité bayonnaise. Une forte odeur de marée portée par le vent dénonçait la présence toute proche de la Nive qui se jetait sans façon dans l'Adour, là-bas, vers le théâtre municipal où son père l'avait une fois conduite pour entendre une pièce de Victor Hugo. Son père ! Elle pensa à lui, forte de son aversion. N'allait-on pas la torturer dans sa chair par sa faute, afin d'extraire d'elle le fruit abhorré de l'inceste ! Sans doute était-elle coupable aussi de ne pas avoir su le repousser à temps ou se confier beaucoup plus tôt à Pauline. Mais, un doute lui broyait le cœur : si le germe qu'elle portait en elle provenait de Bixente, elle supprimait alors le fruit de leur amour. Impossible de savoir...

Elle marchait vite, soucieuse de ne point être reconnue. C'était jour de marché et une forte animation régnait déjà un peu partout. Ces réunions ponctuelles apportaient avec elles une attraction vive et colorée où il n'était pas rare que vendeurs et acheteurs se collettent dans un grand mouvement d'humeur. Le makila, canne en apparence inoffensive, selon les desseins obscurs, se muait soudain en une dangereuse épée et la foule s'agglutinait alors autour des belligérants, curieuse de voir les hommes s'étriper. Une forte bourrasque lui gifla le visage, plaquant ses vêtements contre elle, déplaçant son ample capote qu'elle rabattit un peu plus devant ses yeux. Elle parvint aux abords du cloître et s'engagea rue Luc. « Troisième maison à gauche », avait dit Pauline. Elle fut bientôt devant la porte, hésita, saisit le heurtoir, se ravisa... Elle s'aperçut alors qu'elle était entrebâillée, la poussa et pénétra dans un sombre vestibule.

Montant l'escalier à tâtons, elle posa sa main sur la rampe poisseuse, eut un mouvement de recul. Écœurée, elle saisit le bas de sa robe et le retint contre elle afin d'éviter qu'il ne touche les marches. L'air sentait le moisi mêlé de relents aigres de soupe aux choux et de détritus. Le cœur soulevé par cette puanteur, elle arriva au dernier étage et frappa trois coups discrets à la porte de droite. Elle perçut un léger remue-ménage, puis un bruit traînant de savates. La clef tourna dans la serrure. L'huis s'entrebâilla. Une femme sans âge, vêtue d'une robe-tablier bleu fané, la dévisagea, le sourcil levé, interrogatif.

— Que me voulez-vous ? dit-elle, hostile.

Néréa hésita, mal à l'aise, puis se lança, et donna le mot de passe : « ange » comme Pauline le lui avait recommandé.

Son interlocutrice ne bougea pas d'un pouce.

— Eh bien quoi, ange. Vous ne savez pas vous exprimer ?

Cramoisie, la jeune fille ne sut que répondre. Elle n'avait qu'une envie : fuir. Quitter au plus vite ce lieu sordide.

— Maman, appela une voix plaintive au bout du couloir, j'ai mal.

Les traits durcis de la matrone s'adoucirent aussitôt.

— Qu'est-ce qu'il y a mon ange, roucoula-t-elle.

Néréa tressaillit à l'emploi de ce mot dont la signification était terrible pour elle.

— Je ne peux plus bouger, viens me voir.

— Attends un peu mon bébé, j'ai de la visite. Je descends un petit moment. Bois ton verre d'eau. Je n'en ai pas pour longtemps.

Tout en parlant, la femme saisit plusieurs bougies qu'elle fourra dans ses poches, de l'amadou, prit une lourde clef suspendue à un crochet et referma la porte derrière elle.

— Suivez-moi, ordonna-t-elle d'un ton tranchant. Vous avez de la chance que ma fille soit malade et que je sois obligée de faire ça pour payer le docteur, sinon…

Elle fit un geste significatif de dénégation. Tête basse, Néréa s'appliquait à redescendre les marches gluantes de saleté, le cœur battant à se rompre, mortifiée, humiliée, blessée d'être à la merci de cette marâtre répugnante et mafflue. Elle serra les dents, eut une nouvelle bouffée de haine envers son père et de pitié pour son grand-père qui devait être en ce moment même entre les mains du médecin. Ce soir, elle serait de retour chez elle, dans son univers douillet et, désormais, Pauline devenue son garde du corps, elle n'aurait plus rien à craindre de son tortionnaire.

*

La cave était sombre et fraîche. Un petit vasistas dispensait une maigre lueur. Comme la maison, elle devait dater du XVIe siècle. À Bayonne, de nombreuses demeures en possédaient et on les appelait *sostarrainhs*, contemporaines de la construction de la cathédrale. Celle dans laquelle Néréa pénétra en frissonnant ne dérogeait pas à la règle. La voûte en ogives était portée par un pilier central et son propriétaire y entreposait des barriques de vin. « Aussi longtemps que je vivrai, pensa-t-elle, je me souviendrai de ces horribles moments. »

— Une petite minute, ma jolie, je veux être payée avant de commencer.

Néréa fouilla dans son réticule, en sortit des billets qu'elle déposa dans la main tendue de la femme.

— C'est tout ! maugréa-t-elle, en les comptant. Avec le risque que j'encours, c'est peu cher payé.

— Je n'ai que ça, plaida la jeune fille inquiète de voir une lueur mauvaise passer dans ses yeux.

Fourrant l'argent dans sa poche, la femme commença par allumer des bougies, les disposant autour d'elle puis elle sortit une petite fiole de sa poche et la lui tendit.

— Tiens, bois ça, fit-elle, soudain familière. Ça va aider de l'intérieur à dilater ton col.

Néréa porta le flacon à ses lèvres. L'odeur qu'il dégageait était si insoutenable qu'elle eut un mouvement de recul.

— Fais pas ta mijaurée, clama l'autre, avec sur le visage un air goguenard, allez, cul sec.

Le liquide à l'immonde goût coula dans la gorge de Néréa qui toussa, eut envie de le recracher mais se contint. Un haut-le-cœur la saisit alors et une nausée la secoua.

— Ah ! ces filles de la haute, se moqua la matrone, ça se fait culbuter mais ça se la joue fragile. Tu me fais rire, ma pauvre fille !

— Mais...

Néréa n'en pouvait plus et souhaitait que cet enfer se termine le plus vite possible.

— Enlève donc tes fanfreluches et monte là-dessus, ordonna la faiseuse d'anges, montrant du doigt un châlit surélevé dans un coin de la pièce.

Morte de honte, Néréa ôta ses pantalons bordés de dentelle, ses bas, releva sa jupe tandis que la marâtre sortait des aiguilles à tricoter de l'une de ses poches.

— Allez, fais pas de manière, ouvre les cuisses. Si t'avais pas fauté, t'en serais pas là, ricana la femme en s'approchant du grabat.

Néréa aurait bien voulu protester mais la mégère ne lui en laissa pas le temps. Elle saisit les genoux de la jeune fille terrorisée et les écarta sans ménagement. Une rougeur envahit le visage de l'infortunée qui se cabra lorsqu'elle introduisit en elle une des grosses aiguilles.

— Ah ! on fait moins la fière, hein ! Il est plus là le rigolo qui te donne du plaisir. Laisse-toi faire, ou tu vas repartir avec ton polichinelle encore dans le tiroir.

Néréa se mit à prier, n'écoutant plus les horreurs que lui débitait la souillarde. La tête tournée vers le soupirail, elle apercevait parfois les pieds des passants.

— Putain ! T'es pas foutue comme tout le monde ! j'arrive pas à trouver l'entrée de ton utérus.

Elle s'affairait, rentrant et ressortant l'aiguille. En vain.

— Tu dois l'avoir basculé de l'autre côté ! c'est bien ma veine. Attends ma mignonne, je vais essayer de te mettre un bâton de buis. C'est plus efficace. Nom de Dieu, mais qu'est-ce que c'est que ce machin-là !

— « Je vous salue Marie, pleine de grâce... », psalmodiait la suppliciée.

Quelle honte d'exposer ainsi aux yeux impies de cette odieuse sorcière la partie la plus intime de son être déjà saccagée par son père. Comment se remettre de ce sacrilège et surtout dans quel état ! Les larmes ruisselaient dans son cou, mais elle ne les essuyait pas, les mains agrippées au rebord du galetas, le souffle court, l'horreur au fond des yeux. Si elle tenait encore, c'est parce que le beau visage de Bixente ne la quittait pas et elle se raccrochait à cette vision avec toute la force de l'amour dont elle était capable.

— « ...Et le fruit de vos entrailles est béni... »

Soudain, elle se redressa et se mit à hurler. La femme s'arrêta de la fouailler et se précipita sur elle, lui mettant la main sur la bouche.

— Es-tu folle, sale radasse. Tu veux alerter toute la rue ? Si je me fais pincer à cause de toi, je te jure que je te transpercerai les yeux avec mon aiguille.

Néréa saisit la main crasseuse, la repoussa avec violence et bondit du sordide galetas.

— Ça suffit, laissez-moi.

En un tour de main, reprenant ses habits, elle tenta de fuir mais la tête lui tourna et elle dut s'appuyer au mur. Du sang dégoulinait sur ses jambes en rigoles irrégulières.

— Comme tu veux, ma jolie, mais t'as intérêt à tenir ta langue quand tu sortiras d'ici, sinon...

Elle fit un geste provocant en tenant son aiguille ensanglantée devant les yeux de la jeune fille.

— Avez-vous un chiffon, pour que je m'essuie avant de remettre mes bas ? implora-t-elle.

La femme sortit une guenille à la propreté douteuse et la lui tendit.

— Tiens, attrape ça et débrouille-toi. Tu m'as bien comprise, hein ! pas d'embrouilles. Avec ce que je t'ai fait, si ça se trouve, le môme, il va partir tout seul.

Néréa se nettoya comme elle le pouvait sous le regard agacé de la mégère puis se rhabilla.

— Grouille, il faut que je remonte voir si la petite va mieux. Tu vas où maintenant ?

— Peu vous importe, sanglota l'adolescente. Je vous ai donné de l'argent, beaucoup trop d'ailleurs, puisqu'il n'y a eu aucun résultat. Je souffre et ça saigne encore, s'interrompit-elle, soudain épouvantée de sentir le sang s'écouler d'elle.

— Eh bé, tu devrais être contente, ça prouve que ça fait déjà effet.

Néréa se releva, grimaçant de douleur, trouva un petit mouchoir dans la poche de son manteau et le mit entre ses cuisses pour contenir les saignements puis se dirigea vers la sortie. Elle passa devant l'avorteuse sans un regard et remonta à l'air libre avec un grand soupir de soulagement. Mais que faire désormais ? Il lui paraissait impossible de revenir à *Goicoetchea* dans cet état. L'échec de l'avortement la vouait à la fuite. Dans son petit réticule, il ne restait qu'un peu de monnaie. Désemparée, elle se retrouva dans la rue, ressentit un nouveau vertige, se mordit les lèvres jusqu'au sang. Le chagrin, la honte et le désespoir la submergèrent. Ses pas l'avaient conduite à l'extrémité du port. Elle se pencha, regarda l'eau sombre et sut dans l'instant ce qu'elle allait faire. « Je suis lâche, pensa-t-elle, mais je ne me sens plus le courage de vivre. En partant sans me le dire, Bixente a brisé notre serment. Ma mère ne m'aime pas, mon père me dégoûte au plus haut point... Je n'ai plus le goût de vivre. »

Elle gémit, sentant s'écouler d'elle la vie en même temps que son sang et se laissa tomber, tête en avant, bras le long du corps. Le contact de l'eau glacée la fit suffoquer un instant. Sa vue se brouilla, le liquide emplit sa poitrine, tandis qu'un sourd grondement envahissait ses oreilles. Il lui sembla que ses poumons éclataient. Soudain, la douleur cessa alors qu'elle touchait le fond de la rivière. Elle perdit connaissance. Elle avait enfin trouvé la paix de l'âme et celle du corps.

7

Paris

Éloi Sallaberry habitait la ville haute, à Bayonne, rue Orbe. Ancien marin, il vivotait grâce à des petits travaux de jardinage ou de dépannage en tout genre. Ce jour-là, il pêchait à la ligne sur les bords de la Nive, lorsqu'il aperçut non loin de lui une jeune fille. Le visage défait, elle regardait l'eau avec une telle intensité qu'il comprit sur-le-champ la nature de ses intentions. Il lâcha sa canne à pêche et se mit à courir afin d'empêcher la chute. Arrivé trop tard, il vit le corps descendre lentement, gêné par l'air emprisonné dans les vêtements. En un tour de main, il ôta ses souliers, plongea, la saisit par les cheveux et la remonta à la surface, nageant maladroitement vers la berge. Là, il allongea l'infortunée, écouta les battements rassurants de son cœur, tapota ses joues, puis, la tournant sur le côté, lui fit vomir l'eau qu'elle avait ingurgitée. L'inconnue ouvrit les yeux, toussa, s'étrangla, cracha, battit l'air de ses mains. De nouveau les couleurs rosissaient sous la peau translucide.

— Eh bé, mademoiselle, vous m'avez fait une belle frousse. Si je n'avais pas été là, vous y passiez !

Néréa, à nouveau consciente, s'étonnait d'être encore vivante. Elle grelottait dans ses vêtements mouillés.

— Allez, je vais vous amener chez moi et vous donner des habits secs. Après, on avisera.

Tout en parlant, il se rechaussa, puis la releva tout en l'appuyant contre lui. Inerte, elle se laissait faire, tandis que son sauveur écartait de son visage ses cheveux trempés.

— Avancez vos jambes. Encore un petit effort pour tenir debout. Bon, vous n'y arrivez pas, je vais vous porter.

Il saisit la jeune fille dans ses bras et gagna la rue. Surpris, quelques passants regardaient ce drôle de bonhomme mouillé jusqu'aux os, titubant sur le pont Mayou, encombré par son étrange fardeau.

— Encore deux qui ont dû boire un coup de trop ! ricana un homme poussant une charrette à bras.

— Ils en sont même tombés à l'eau ! Ça va les dessoûler. Surtout que la drôlesse a l'air d'être encore au biberon, rétorqua un autre spectateur. Ah, quelle pitié !

D'autres souriaient de voir l'attelage incongru de ce vieil homme aux cheveux blancs portant cette gigolette sans nul doute hébétée par l'alcool. Lorsqu'il arriva devant chez lui, il la déposa à terre, sortit une clef et ouvrit la porte non sans mal car, chancelante, elle menaçait de tomber. Le vestibule sentait la vase. Il habitait au rez-de-chaussée surtout pour bénéficier du jardin et pour le grand bonheur de son compagnon canin, Poséidon, plus communément appelé Posé, qui, ayant marqué son territoire, n'y admettait guère les intrus. Flairant l'importune, il se mit à aboyer et à sauter derrière la porte vitrée du petit logis, se démenant comme un beau diable.

— Posé, ça suffit, tonna Éloi, la petite est assez mal en point pour que tu l'étourdisses un peu plus.

Il pénétra dans son petit appartement meublé d'un grand coffre de marin, d'un lit, d'une table et de deux chaises. Au mur, une rose des vents, un baromètre et une grosse pendule ronde. Un nostalgique univers de marin. Le seul luxe se résumait en un fauteuil à l'apparence confortable face à une petite cheminée qu'il allumait dès que l'humidité tracassait un peu trop ses vieux os. Assagi, Posé, tout frétillant, reniflait le bas de la robe mouillée de Néréa que son sauveur déposa sur le lit. Soulevant le couvercle de la malle, il la mit sens dessus dessous, tirant à lui un par un des vêtements ayant appartenu autrefois à sa chère femme, morte depuis six ans. « Ma pauvre Gratianne, pensa-t-il, tu étais loin de te douter qu'un jour tes habits resserviraient ! » Néréa, peu à peu, reprenait son souffle. Assise au bord du lit, toujours sans un mot, elle entreprit de délacer ses bottines. Le vieux matelot lui tendit une serviette qu'elle saisit en tremblant.

— Je vais sortir deux minutes chercher du bois pour ranimer le feu. Mettez-vous au sec.

Avec des gestes mécaniques, elle retira un à un ses habits collés au corps. Les saignements s'étant taris, elle rinça ses jambes, se sécha, puis entreprit de se rhabiller. Claquant des dents, grelottante, encore étourdie par ce qu'elle venait de vivre, elle enfila un à un les vêtements un peu larges et démodés, mais elle n'en avait cure. Son sauveteur revint, les bras chargés de bûches, roula du papier journal en boule, le déposa sur les braises, ajoutant quelques brindilles et des feuilles sèches qu'il prit dans un seau près de la cheminée. Soufflant sur l'ensemble, il ranima le feu, mit une bouilloire sur la grille et se retourna en souriant vers sa protégée. Posé observait son maître d'un œil tandis que de l'autre, il veillait au grain du côté de l'inconnue.

— Venez vous mettre ici, ordonna-t-il, gentiment. Vous allez vous réchauffer en attendant que je vous prépare un grog des Antilles à ressusciter un mort !

Il se mordit la lèvre, conscient d'avoir proféré une bourde, mais Néréa, trop occupée à sécher sa longue chevelure, ne la releva pas. S'approchant de l'âtre, elle se laissa tomber dans le fauteuil et fixa les flammes d'un air absent.

— Merci, articula-t-elle, faiblement sans le regarder.

— À la bonne heure, vous parlez ! s'exclama-t-il, heureux. Vous auriez fait pareil à ma place.

Elle ne répondit pas. Posé s'enhardit et, mis en confiance, se dressa sur ses pattes de derrière, posa les autres sur la robe démodée et lui lécha les mains. Néréa se pencha vers lui et découvrit que le chien avait d'étranges pattes palmées ! Éloi vit sa stupéfaction et s'empressa de la rassurer.

— N'ayez crainte. C'est la race qui veut ça, c'est un Ténériffe.

Le chien ayant baissé sa garde frétillait de bonheur.

— Il est gentil, répondit-elle, en lui caressant le col d'un geste machinal.

L'atmosphère lui paraissait surréaliste. Parler des pattes du chien après ce qu'elle venait de vivre ! Tout en préparant la boisson chaude et revigorante, Éloi se demandait s'il fallait ou non évoquer la gravité de son geste à la désespérée.

— Vous habitez Bayonne ? se risqua-t-il après un moment de silence.

Elle secoua la tête.

— Non.

Comme la bouilloire chantait sur le feu, il en saisit la poignée et versa l'eau chaude sur une décoction de plantes à laquelle il ajouta un doigt de rhum. Il lui tendit le bol fumant.

— C'est très chaud. Mais pour que ce soit efficace, il faut le boire tel quel. Ma femme s'y connaissait en plantes et m'a laissé ses recettes.

Si elle n'était pas de Bayonne, d'où sortait-elle ? Elle avait un beau port de tête et son origine aisée ne faisait aucun doute. Une déconvenue amoureuse l'aurait poussée à l'eau dans l'idée d'en finir. Pauvre gamine !

— Vous allez prévenir la police, demanda-t-elle, résignée.

Il sursauta, soudain mal à l'aise.

— Écoutez, je ne souhaite pas vous brusquer. Si vous en étiez à vous détruire, c'est qu'il s'est passé dans votre vie quelque chose de grave. Non, je n'irai pas voir les cognes, ça ne les regarde pas.

La poitrine de Néréa se gonfla de soulagement.

— Pourquoi, fit-il en s'approchant d'elle, vous êtes recherchée ?

Néréa se rembrunit.

— Ça se pourrait bien, admit-elle dans un murmure.

— Vous n'avez pas la tête d'une personne qui a fait du mal mais plutôt celle de quelqu'un qui s'est sauvée de chez elle.

Néréa tressaillit mais ne dit rien de plus. Pourquoi faire confiance à cet homme ? Elle buvait sa tisane à petites gorgées, sentant revenir peu à peu la chaleur et ses forces. Encore étourdie, elle ne savait plus très bien s'il fallait se plaindre ou se réjouir d'être encore en vie ! Car le problème restait entier : l'exécrable petite chose se développait toujours en elle. Le sort en avait décidé ainsi. Elle irait jusqu'au bout de sa grossesse. Malgré le charcutage dont elle avait été victime, elle ne ressentait aucune douleur, aucun signe avant-coureur d'une fausse couche. Juste des petits spasmes par à-coups, à moins que, par chance, les ultimes manœuvres de la faiseuse d'anges aient accompli leurs basses-œuvres.

— Je saurai être discret, reprit Éloi, et tant que vous ne m'aurez pas dit ce que vous souhaitez faire, je me tairai.

Elle leva les yeux vers lui, embués par la fumée du breuvage et le gratifia d'un léger sourire. Il en fut tout ému.

— Il faut nous organiser car vous ne pouvez par repartir dans l'état où vous êtes. Je vais vous donner mon lit et je dormirai dans le fauteuil. Ça m'est déjà arrivé lors de la maladie de ma femme.

Confuse, Néréa ne sut que répondre. Avait-elle le choix ? Désormais, elle voyait tout très clairement, mais avait perdu la faculté et le goût de réagir, envahie par une totale résignation. Elle leva les mains et les observa dans la lueur incertaine. Des mains vides qu'elle n'avait plus envie d'animer. Cette absence de désir lui rappela avec plus d'acuité son geste de désespoir. Enkysté en elle, un noyau de douleur et de chagrin s'affirmait. Bixente était son seul amour, et il l'avait abandonnée. Il n'y avait pas encore si longtemps, tout autour d'elle n'était que promesse et vie. Elle était si jeune, si ardente, si passionnée mais aussi si innocente et naïve. La douleur la terrassa.

C'est dans cet état d'esprit qu'elle resta une semaine, enfermée dans ce petit appartement, elle qui avait l'habitude de pièces spacieuses, le plus souvent assise sur un banc dans le jardinet, à ne rien faire, agitée par des pensées confuses. Une question encore la taraudait. Qu'allait-elle faire de l'enfant lorsqu'il se présenterait ? Elle repoussait de toutes ses forces l'idée de le garder. D'abord, serait-il normal ? La consanguinité donnait vie à de pauvres enfants qui, d'après Pauline, n'avaient pas toute leur tête ! Mais était-il bien de son père ? Et s'il était le fruit de son amour pour Bixente ? Le doute qui demeurait en elle la minait. Éloi, de son côté, ne savait que faire pour l'aider : il sentait qu'elle portait un secret. La seule distraction de la jeune fille était Posé. Le chien s'était pris d'affection pour l'esseulée et ne la quittait pas d'une semelle.

— Je n'avais jamais vu de chien avec des pattes comme ça, confia-t-elle à son maître.

— Ah ! il a toute une histoire. C'est un chien de marin avant tout. C'est un de mes amis, capitaine au long cours qui me l'a offert car il le trouvait trop vieux pour repartir. Il l'amenait souvent avec lui dans ses nombreux périples et Posé n'avait pas son pareil pour repérer les bancs de poissons.

— On voit qu'il est très intelligent.

— Ça oui. Il arrivait à distinguer les thons des bancs de sardines. Quand l'un d'entre eux était repéré, il se taisait pour les premiers et aboyait sans cesse pour les seconds. Ses palmes lui permettent de nager mieux que les autres races. Un jour, les marins ayant détecté un gros banc de poissons, ils le virent aboyer, se taire, aboyer, se taire, parce qu'en fait les bancs s'étaient mélangés. Fougueux, il n'hésitait pas aussi à se jeter à l'eau pour récupérer les maquereaux qui, parfois, tombaient des lignes que l'on relevait.

— Mais comment Posé remontait-il dans le bateau ?

— Le capitaine avait inventé une espèce d'ascenseur, un cageot relié à une corde et on le hissait à bord, le poisson encore dans la gueule. On le lui offrait pour le remercier de ses talents. Il était vraiment la mascotte du navire.

— Cet après-midi, il y a un autre chien qui est venu voir Posé. Ils se sont fait fête.

— Ah ! Oui, c'est une chienne. Elle s'appelle Sara, qui veut dire taillis, et appartient au savetier qui habite non loin d'ici.

Néréa se mit à rire.

— Vous avez de curieuses bêtes à Bayonne. Celle-là n'avait plus de queue !

— C'est à cause des champs de maïs. Avant qu'il ne l'adopte, elle vivait chez un agriculteur. La coutume veut que l'on coupe la queue aux chiens courants afin qu'ils ne brisent pas les jeunes tiges de maïs en poursuivant cailles et tourterelles nichées dans les emblavures. Or, elle fuguait sans cesse, alors, elle a eu droit à la mutilation.

Alors, soudain mise en confiance, Posé couché à ses pieds, elle se lança et raconta sa pauvre vie saccagée par son père.

— Vous comprenez maintenant pourquoi je dois disparaître pendant quelques mois.

Le vieil homme, sidéré par l'aveu, resta pensif de longues minutes, comprenant mieux le geste désespéré de la jeune fille.

— Et – il hésita –, qu'est-ce que vous comptez faire de… heu, l'enfant ?

À cette évocation, Néréa baissa la tête et ne répondit rien. Il n'insista pas, comprenant son désarroi.

— Il m'a été très dur de partir à la sauvette de chez moi. Je pensais revenir le soir même. Avec ce qui s'est passé je ne peux plus retourner dans l'état où je suis. Je me sens piégée ici.

— Vous avez raison, il vaut mieux mettre de la distance entre vous et votre famille, du moins pendant quelque temps.

— C'est dur, dit-elle, les traits tendus. Elle me manque et surtout j'ignore si la santé de mon grand-père s'est améliorée. Il faut absolument que je puisse au moins joindre ma tante pour la rassurer. La maison doit être en révolution.

— Je peux faire passer un mot, si vous le souhaitez.

— Je vais l'écrire tout de suite mais il vous faudra être très prudent pour le lui remettre. Je n'ai pas envie de revenir chez moi avant longtemps.

Pendant qu'elle griffonnait, Éloi se leva et se mit à farfouiller dans son inépuisable malle dont il sortit des papiers qu'il compulsa avec attention. Puis, il releva une adresse qu'il écrivit sur une feuille et la lui remit.

— J'ai une vieille amie à Paris, Noémie Vincent. Elle habite le Faubourg Saint-Antoine, vit seule et a de la place pour loger quelqu'un d'autre. Allez-y de ma part. Je suis sûr qu'elle ne vous refusera pas le gîte. Après, vous chercherez du travail en attendant la naissance de votre petit. Je vais vous préparer une liste d'adresses où vous aurez des chances d'être embauchée.

Pour un peu, Néréa lui aurait sauté au cou.

— Merci, merci. Je ne sais comment vous montrer toute ma gratitude.

— J'ai vécu avec cette personne quelques années avant de rencontrer ma Gratianne, avoua-t-il. De plus, vous vous plairez dans le quartier. Il est fort animé. Il y a un marché pittoresque, des bistrots où vous pourrez sans doute trouver un emploi de serveuse, des Auvergnats qui ont ouvert des magasins de bois et de charbon et de nombreux artisans rue de la Main-d'Or, surtout des ébénistes-marqueteurs qui réalisent un travail de toute beauté.

Un matin, il l'accompagna à la diligence qui partait sur la capitale, régla son billet de transport et lui tendit une enveloppe.

— Néréa, je me doute que vous n'avez pas un sou. Ne repoussez pas mon aide, vous ne pouvez pas arriver dans la capitale sans argent. Faites bien attention à vous. Là-bas, c'est la jungle et chacun pour soi.

La fugitive tenta de repousser l'offrande mais il tint bon et lui fit promettre de lui donner des nouvelles de temps en temps. Elle l'embrassa, le remercia de sa bonté, sanglotant presque, heureuse d'avoir trouvé sur sa route une âme compatissante. Posé, ses yeux vifs et intelligents à l'affût, avait compris que la jeune fille le quittait. Plaintif, il jappait, mettant son museau contre elle pour l'empêcher de monter dans la voiture. Néréa le cajola et lui promit de revenir.

— Soyez prudente et que Dieu vous protège mon enfant ! lui cria son sauveteur, alors que la malle-poste s'arrachait du sol, conduite par un postillon, sans doute pressé d'arriver.

*

La Régie des Diligences et Messageries – créée par Turgot en 1775 –, permettait de voyager en trouvant des relais rapprochés. Néréa, assurée de profiter dès Bordeaux d'une seule route, certes longue, jusqu'à Paris, se rasséréna. Une fois installée, elle sortit de son sac, la feuille annotée par Éloi et la relut : Angoulême, Poitiers, Tours, Orléans, Étampes et enfin la capitale. Cet axe routier n'était qu'un fragile ruban entre des bas-côtés où les malles-poste s'enlisaient souvent. Les routes empruntées par les diligences, composées de pierrailles tassées au rouleau compresseur, parfois pavées ou tout simplement en terre battue le plus souvent ravagées par les intempéries, retardaient les voyageurs de façon considérable. Une ligne de chemin de fer partait de Tours pour la capitale mais son coût s'avéra trop élevé pour Néréa. Des jours et des nuits passés dans de nombreuses berlines inconfortables, cahotée à droite et à gauche, couchant parfois sur de bien mauvais galetas dans des relais, véritables bouges où jamais une honnête femme n'aurait dû se montrer, furent le lot quotidien de la jeune fille qui n'en pouvait plus. Elle vécut l'enfer, de malles-poste surchargées en diligences bondées, nauséeuse, l'esprit vide, encore éberluée par ce changement de vie trop rapide pour elle. Parfois, la haine qu'elle éprouvait pour son père l'envahissait, et les souvenirs dégradants affluaient sans qu'elle ait les moyens de les arrêter. Non content de l'avoir souillée, il l'obligeait à fuir. Mais que pensait sa famille de sa disparition, à part son père, sans doute le seul à comprendre ? Cet Éloi, qui s'était jeté à l'eau pour la sauver, avait-il bien fait ? Ne valait-il pas mieux la laisser mourir ? Elle avait si peu à perdre. Bixente exilé pour des années, exclue par force de sa famille, enceinte des œuvres paternelles ! À quoi bon vivre !

*

Paris, enfin ! elle touchait au but. La diligence venait de la déposer au terminus. Debout, sous un fin crachin, la tête couverte de son capuchon, son petit sac à la main, elle ne savait quelle contenance prendre. Le ciel était lourd et terne. Les pavés gras luisaient sous la pluie. Un jour, elle avait évoqué avec Bixente l'idée d'une escapade à Paris. Ils s'étaient plongés dans des guides et Odilon Bidarray leur avait concocté, pour rire, une merveilleuse promenade dans cette capitale mondialement célèbre pour ses poètes, peintres et écrivains. Comme cette époque heureuse était loin… Elle consulta pour la énième fois la liste d'annotations d'Éloi. « En arrivant, dirigez-vous vers l'arrêt des fiacres à cent mètres sur la droite et donnez l'adresse de Noémie. » Elle chercha l'enveloppe où le généreux Éloi avait glissé une partie de ses économies et ne la trouvant pas éprouva une affreuse crainte. Pendant qu'elle dormait dans les diverses diligences, un voleur avait dû profiter de son sommeil pour la lui soustraire. Affolée, elle mit les mains dans les poches de son manteau, les retourna pour être sûre qu'il n'y avait rien d'autre que son mouchoir, fouilla dans son sac et ne trouva rien, hormis de la monnaie rendue lors de l'achat de nourriture. Elle la déposa dans le creux de sa main, secoua la tête, misérable. Il en restait assez pour prendre une calèche, et encore ! Sans doute le cocher la laisserait-il en cours de route.

— Vous souhaitez aller où ? interrogea-t-il, remarquant sa mine consternée.

— 24, rue de Lappe.

— Combien avez-vous ?

Néréa baissa la tête.

— Bon, vous êtes fauchée, fit-il en lui jetant un bref regard, attendri par sa jeunesse. Donnez-moi ce que vous avez.

Craintive, elle lui tendit ses sous, releva sa jupe et monta dans la voiture. M. Bidarray et sa propre mère lui avaient maintes fois décrit la capitale en des termes élogieux. Étonnée et déçue, elle voyait défiler des rues sales, bordées de maisons aux crépis grisâtres et ne comprenait pas leur enthousiasme. Sans doute était-elle encore dans les faubourgs, loin des monuments qui faisaient sa gloire. Mais lorsque le fiacre franchit la Seine, elle s'émerveilla d'y voir voguer de longues péniches. Le postillon arrêta son cheval et descendit du siège.

— Je vous laisse là, ma p'tite dame. C'est mon terminus. Vous êtes place de la Bastille, à deux pas de la rue de Lappe. Tenez, regardez – il pointa son index devant lui – vous avez la rue de la Roquette, vous la suivez et la première à droite, c'est la vôtre ! Bon courage et amusez-vous bien.

Néréa haussa les sourcils, le front plissé, en une moue interrogative, mais le cocher s'engouffrait déjà dans un café. Perplexe, elle hésita une minute, leva les yeux sur la colonne de Juillet qui se dressait au centre de la place, abritant dans ses soubassements les caveaux des victimes des diverses récentes révolutions. Tout là-haut, trônait, indifférent aux convulsions de la cité, *le Génie de la Liberté*. Il lui semblait singulier d'être là, devant cet édifice qu'elle ne connaissait que sur les images montrées par son précepteur. Il était tôt, mais le quartier s'animait déjà. Tramways et omnibus, chargés d'une foule de travailleurs, passaient devant les boutiques, encore fermées. Seules les devantures exposaient leurs frivolités aux yeux de Néréa, subjuguée par un tel déploiement de luxe. Un peu étourdie, la jeune fille se dirigea dans la direction indiquée et atteignit bientôt la rue de Lappe. Elle passa devant un bistrot auvergnat, où une foule d'habitués buvaient leur café accoudés au comptoir. Cuivres rutilants, étal de galoches voisinaient avec des saucisses sèches et des sacs de charbon. Un peu plus loin, elle découvrit des salles de bals à l'affiche alléchante, *Le Balajo, La Boule Rouge,* bals-musettes où s'encanaillaient des Parisiens avec des filles de petite vertu. Enfin, elle parvint au 24. Haut bâtiment gris, percé en son centre par un passage voûté qui menait à une cour pavée, il ressemblait comme deux gouttes d'eau à de nombreuses maisons qu'elle avait vues défiler lors de son voyage. Elle lut le nom des locataires sur les boîtes aux lettres alignées sur l'un des murs, cherchant en vain celui de Noémie Vincent. Ne le trouvant pas, soudain très inquiète, elle se résolut à frapper à la loge de la concierge attenante aux boîtes. Les aboiements furieux d'un chien lui répondirent avant qu'une vieille femme grisonnante ne consente à ouvrir sa porte.

— Bonjour madame, dit-elle d'une voix tremblante. Pouvez-vous me dire où habite Noémie Vincent ?

La femme, peu amène, la dévisagea, puis partit d'un grand éclat de rire.

— Noémie Vincent, hoquetait-elle, Noémie Vincent. Non, elle n'est plus ici mais je connais sa nouvelle adresse.

Néréa poussa un soupir de soulagement. Elle avait eu si peur car cette femme était son seul recours à Paris. Les autres concernaient des pistes pour un éventuel placement.

— Elle est au Père-Lachaise, carré 127, division V. Si ça vous dit ! ricana-t-elle, méchamment. Et puis d'abord, qui êtes-vous ?

Néréa ne comprit pas tout de suite qu'elle se moquait d'elle. Puis elle se souvint des récits d'Odilon Bidarray sur l'histoire de ce cimetière. Accablée, les yeux pleins de larmes, elle se détourna et s'en fut, poursuivie par le rire rocailleux de l'affreuse mégère. Morte ! la seule personne qui aurait pu l'aider. Comment allait-elle faire pour trouver un logement sans un sou ! Elle reprit la liste d'emplois et la consulta. Son doigt s'arrêta sur une adresse où l'on prenait des blanchisseuses. Soudain fébrile, elle chercha dans son sac la montre-gousset donnée par Éloi et vit sept heures trente au cadran... Elle avait une heure devant elle pour arriver à temps rue aux Ours où se tenait l'embauche. Mais comment y aller ? Elle regagna la place de la Bastille, s'approcha d'une femme emmitouflée dans un châle et l'aborda.

— S'il vous plaît, madame, je voudrais me rendre rue aux Ours. Quel itinéraire dois-je emprunter ?

La dame réfléchit puis se lança dans une explication si embrouillée que Néréa, perdue, ne comprit qu'à moitié. Un homme, curieux, qui s'était arrêté non loin d'elles se mêla à la conversation.

— Écoutez, c'est très simple, soit vous avez ici l'omnibus 23, soit vous y allez à pied mais ça vous fait une petite trotte.

— Je préfère à pied, dit Néréa.

— Alors vous prenez tout droit la rue Saint-Antoine qui débouche rue de Rivoli, puis vous tournez à droite à la Tour Saint-Jacques, boulevard Sébastopol et c'est – il compta mentalement – la quatrième rue à droite. Vous avez saisi ?

— Oui, merci beaucoup.

— De rien, fit l'homme en s'éloignant.

Elle se mit en marche, le ventre tiraillé par la faim. Jamais, non jamais, dans son univers douillet de Saint-Jean, en dehors de ce que lui faisait subir son père, elle n'aurait pu penser une seule seconde que survivre pouvait être une lutte sans merci de tous les jours. En fait, elle ne connaissait rien de l'existence. Peu à peu les boutiques et les demeures aux belles façades devenaient cossues, marquant les limites du quartier résolument populaire de celui des nantis. Elle marchait vite, essoufflée, se demandant si elle arriverait à temps pour être embauchée et gagner quelques sous qui lui permettraient de manger. Elle passa devant des boulangeries où l'odeur de pain chaud lui provoqua des vertiges. S'appuyant contre un mur, elle se demanda si ses forces, déjà mises à rude épreuve, n'allaient pas la trahir. Jamais elle n'aurait cru se retrouver dans la situation des mendiants stationnant sous le porche de Saint-Jean-Baptiste, à qui elle offrait du bout des doigts une dérisoire obole afin de se donner bonne conscience. Soudain, elle saisissait mieux la disgrâce de ces pauvres gens, qui, sans un liard, ne pouvaient subvenir à leurs besoins les plus élémentaires. Elle tourna à droite de la Tour Saint-Jacques et se retrouva boulevard de Sébastopol, passa devant le théâtre de la Gaieté Lyrique pour déboucher rue aux Ours, ancienne rue des Oies-des-Maîtres-Rôtisseurs.

Située près des Halles centrales, la rue était le siège depuis fort longtemps du marché aux blanchisseuses de sept à neuf heures du matin. Une foule de femmes en quête de travail, jeunes et vieilles confondues, se pressait sur ses larges trottoirs bordés de maisons bourgeoises, attendant, non sans anxiété, l'apparition des maîtres blanchisseurs venus pour les embaucher. Certains, ayant l'embarras du choix, se gargarisaient de choisir d'abord une accorte grisette au joli minois, d'autres préféraient la matrone à ample poitrine, nantie d'une expérience sans faille. Hélas ! lorsque la jeune fille arriva au bout de la rue, leur choix était déjà fait. Bien que n'ayant jamais tenu un fer à repasser de sa vie, elle s'était dit qu'elle n'était pas plus bête qu'une autre et que, comme le disait Odilon Bidarray, « il ne faut pas sortir de Polytechnique, pour innover ! ». Elle sentit des larmes d'intense fatigue et de découragement lui monter aux yeux. Elle gémit, hoqueta de désespoir. Une jeune femme qui s'apprêtait à quitter les lieux s'approcha d'elle, lui posa gentiment une main sur l'épaule.

— Allez, sèche tes larmes. Ce n'est pas bien grave. Si tu n'as pas été prise cette fois-ci, rassure-toi, ce sera pour la prochaine. Je suppose que comme moi, tu as besoin de sous ! Il ne faut jamais perdre espoir. D'ailleurs, suis-moi, j'ai une autre adresse.

Surprise, Néréa la regarda. Petite, blonde et potelée, des yeux vifs respirant la bonté, son interlocutrice lui inspira d'emblée confiance. La jeune Basque saisit un mouchoir, essuya ses larmes.

— Je n'ai rien pour vivre, renifla-t-elle et je ne sais où me tourner.

— Tu n'es pas la seule. Si tu te décourages aussi vite, tu ne risques pas de t'imposer.

Elles s'étaient mises en marche.

— Nous allons nous présenter à la Manufacture des Tabacs, quai d'Orsay. Elle cherche des femmes pour effectuer diverses tâches. T'en sens-tu capable ?

Néréa hocha la tête. Tout cela était si nouveau pour elle.

— Oui, bien sûr. Je m'appelle Néréa Baïgorry et je suis basque.

— Avec un nom pareil, j'avais compris, dit la jeune femme en riant. Moi, c'est Fanchon Mourenx, je viens de Pau.

Tout en conversant, la Paloise cherchait du regard un arrêt d'omnibus qui les rapprocherait de leur but.

— Tu as l'air de bien connaître la ville, fit Néréa avec une pointe d'admiration.

Elle avait adopté d'emblée le tutoiement imposé par l'autre.

— Pour sûr ! je suis là depuis trois ans ! j'ai suivi mon homme qui a disparu depuis un an et demi.

— Disparu ?

— Envolé l'oiseau. Il m'a laissée tomber si tu préfères. J'étais enceinte de Pierre. Il m'a dit que ce gosse à venir c'était du chantage pour mieux le coincer et que, de toute façon, il ne voulait pas s'encombrer d'un tube à merde !

Horrifiée, Néréa regardait Fanchon du coin de l'œil, se demandant comment elle pouvait avoir l'air si naturel après un tel désenchantement.

— Il a osé te parler comme ça ?

— Oh oui, et même bien plus violemment. C'était pas un tendre. Je me débrouille aussi bien sans lui et je trouve des petits boulots par-ci par-là.

— Mais qui te garde ton enfant ? s'inquiéta la jeune Basque.

— Une femme qui vend des loques au Carreau du Temple. Elle ne me prend pas très cher et mon petiot voit du monde, mange à sa faim et moi, je sais au moins pour qui je trime ! et quel bonheur, le soir quand je retrouve mon môme ! Et toi, es-tu seule ?

Néréa poussa un profond soupir.

— Oui, toute seule dans une immense ville où, à part toi, je ne connais personne.

Le regard direct de la Béarnaise croisa le sien.

— Que s'est-il passé pour que tu en sois arrivée là ? Je vois bien à ton allure que tu n'es pas une paysanne comme moi.

Le visage de Néréa se ferma aussitôt.

— Je n'ai pas envie de te répondre, enfin pas encore...

Fanchon n'insista pas.

— Tu loges où ?

— Je viens d'arriver, je n'ai plus un sou en poche. On m'a volé le peu que j'avais et maintenant je ne sais plus où aller car la dame chez qui je devais descendre est morte !

— Eh bé, quel tableau ! s'exclama Fanchon. Je suppose que bien évidemment tu n'as rien becqueté depuis des lustres.

Honteuse, Néréa éclata en sanglots, admettant qu'elle mourait de faim.

— C'est le Bon Dieu qui t'a placée sur ma route.

La jeune Paloise sortit alors de son sac un papier contenant du pain et du fromage.

— Tiens, prends, j'ai déjà mangé.

Les pleurs de la jeune Basque devant tant de gratuite sollicitude redoublèrent et elle sanglota de plus belle.

— Allez, calme-toi, fit l'autre, compatissante. Dans la vie, il y a des jours sans et puis des jours avec. Tu vas voir, avant ce soir, nous aurons chacune du boulot et pour te consoler, tu pourras venir dormir chez moi en attendant de trouver autre chose.

Néréa renifla, sécha ses larmes et mordit dans la tranche de pain offerte avec tant de bonté. Il était un peu rassis et sentait le papier journal, le fromage était sec, mais elle eut l'impression de manger le meilleur morceau de sa vie.

— Grouillons-nous maintenant, sinon, pas de travail. Une fois là-bas, tu me laisses faire. J'ai l'habitude. Il faut aller jusqu'aux Halles, là on prendra l'omnibus.

— Mais je n'ai pas d'argent alors…

— Je sais, coupa Fanchon, je t'avance et dès que tu as trouvé un boulot, tu me rembourses.

Émue, Néréa apprécia l'entraide dont cette inconnue était capable. Parfois, comme avec Éloi à Bayonne, lorsqu'on touchait le fond, on trouvait sur son chemin une bonne âme pour survivre.

Les Halles ! Néréa, stupéfaite, découvrit cet assourdissant chaos, résultat du glapissement aigu des marchandes, des querelles et règlements de compte, des sifflets des sergents de ville qui circulaient au milieu d'une foule compacte, agitée et bruyante, où chacun revendiquait le droit d'exister en arrachant une vente aux multiples curieux qui stationnaient devant leurs étals. C'était un spectacle extraordinaire. Les deux jeunes femmes, sans cesse sollicitées, progressaient avec peine vers une des sorties.

— J'ai eu une très mauvaise idée de passer par là, s'exclama Fanchon. Mais ça te donne une idée du remue-ménage du quartier.

La jeune Basque ne répondit pas car elle ne savait plus où donner de la tête. La tentation était partout. De la marchande de bonnets à dix-sept sous et de foulards bariolés à quarante-cinq centimes, elle écoutait leurs boniments tandis qu'une autre offrait au passant des lacets pour souliers ou bottines mélangés à des rubans, brandissant au-dessus de la pittoresque marée humaine une vergue d'où ils pendaient en longs cordons entremêlés. Bousculée, elle se cogna à la tablette d'un écrivain public, recopiant une missive de recours en grâce destinée à l'implacable huissier, s'excusa. À l'aide de son élégante plume d'oie, il formait ainsi des lettres rondes, charnues ou déliées du plus bel effet, puis sablait sa feuille à la poudre de buis afin d'en faire sécher l'encre. Un attroupement pendu aux lèvres d'un orateur attira l'attention de la Basquaise, sevrée à Saint-Jean de toutes ces curiosités. Elle ne prit pas garde que Fanchon s'éloignait. S'approchant, elle écouta, stupéfaite, le marchand de crimes et d'accidents qui, pour un sou, relatait tous les événements tragiques que narraient chaque jour les journaux judiciaires. Elle n'en croyait pas ses oreilles ! Décidément, la vie en province était plus calme que celle de la capitale ! Fanchon, revenue sur ses pas, la tira par la manche.

— Hé ! c'est pas le moment, dit-elle, furieuse. Tu veux travailler ou baguenauder ? Je n'ai jamais vu quelqu'un vivre de l'air du temps.

Néréa rougit, s'excusa et suivit sa compagne jusqu'à l'arrêt de l'omnibus déjà fortement encombré de voyageurs impatients.

Elles arrivèrent en vue de la Manufacture, haut siège des opérations chimiques et mécaniques, constituée dans le seul but de confectionner avec du tabac un tout petit rouleau, si cher aux nombreux admirateurs du sieur Nicot qui l'avait introduit en France. Suivie de Néréa, Fanchon pénétra dans les immenses magasins qui abritaient les approvisionnements de feuilles de toute espèce. On y trouvait des sacs envoyés d'Orient, de multiples tabacs indigènes, des boucauts de Virginie contenant des feuilles unies en liasses très serrées. L'odeur épicée et lourde leur sauta à la gorge. Un homme s'avança vers les visiteuses, sans doute le contremaître.

— Vous désirez ? interrogea-t-il.

— Nous savons que vous recherchez de la main-d'œuvre pour trier les feuilles de tabac ou pour rouler les cigares. Ma cousine et moi, sommes prêtes à faire ça.

L'employé les jaugea d'un coup d'œil d'expert. Celle qui avait parlé lui paraissait apte, mais l'autre, enveloppée dans sa jolie capote de velours, avait l'air de sortir d'une gravure de mode, peu encline à effectuer ce genre de tâche.

— Soit, fit-il, conciliant, mais si je vous embauche toutes les deux, ce n'est que temporaire. Sans doute un mois. J'ai des ouvrières chevronnées connaissant leur boulot sur le bout des doigts qui vont accoucher et j'ai promis de les reprendre.

— D'accord, d'accord, dit Fanchon, trop heureuse du résultat. On peut commencer dès maintenant d'ailleurs.

— Alors, suivez-moi.

Elles traversèrent à sa suite la salle de râpage du tabac à fumer nantie d'étranges machines à roues, puis celle de la mise en paquets, et se retrouvèrent dans une pièce plus petite. Là, des employées silencieuses recueillaient les faisceaux de feuilles dont les têtes, reliées en bouquets par une feuille tordue, s'accumulaient en tas. Elles les secouaient par intermittence afin d'en faire tomber les fragments cassés dans le voyage, puis les triaient pour soumettre les meilleures au rite de l'écabochage. Il régnait dans la pièce une odeur âcre, très prenante et l'air ambiant était chargé d'une fine poussière. Fanchon jeta un coup d'œil à sa compagne afin de voir comment elle réagissait mais, Néréa, malgré sa pâleur, semblait bien supporter la nouvelle expérience.

— Tenez, mettez-vous là, ordonna le chef. Toinon, pousse-toi un peu pour laisser de la place et montre à – c'est quoi ton prénom ? dit-il à Néréa.

— Néréa.

— Bigre, t'es pas française ?

— Je suis basque, dit-elle, fièrement en redressant la tête.

— Ah bon ! répondit l'autre tandis qu'il plaçait Fanchon en face d'elle. C'est pas sorcier ce que l'on vous demande, regardez bien comment font les autres. N'oubliez pas, vous êtes payées au nombre de liasses. À tout à l'heure.

Les autres n'avaient pratiquement pas levé la tête de leur tâche, une minute de perdue faisait des sous en moins. Les nouvelles venues se mirent aussitôt à l'ouvrage. À côté d'elles, une ouvrière coupait la tige de la feuille à l'aide d'un grand couteau fixé à l'extrémité de la table tandis qu'une autre, penchée sur une cuve, mouillait chaque feuille une par une pour leur redonner de la souplesse.

— Je m'appelle Fanchon, finit par dire la jeune femme, oppressée par le silence qui régnait dans la pièce. Qu'est-ce que tu fais ? demanda-t-elle en regardant l'opératrice.

— C'est la mouillade dans l'eau salée qui empêche le tabac de pourrir. Ça c'est pour le scaferlati, le tabac à fumer. On fait différemment pour la fabrication des cigares.

Soudain, Néréa bascula de sa place, évanouie. À part Fanchon qui vint à son secours, aucune des femmes, absorbées par son travail, ne bougea.

— Réveille-toi, allez, fais pas l'idiote, Néréa...

Fanchon secouait la jeune fille, affolée d'apercevoir le contremaître venir vers elles.

— Ce doit être l'odeur, monsieur, dit-elle. Il faut s'habituer.

— Si la demoiselle n'y arrive pas, il y en a plus de cent qui voudraient prendre sa place. Je lui donne jusqu'à midi pour faire ses preuves, sinon, j'en embauche une autre.

Il se félicita d'avoir du nez, cette fille-là n'était pas à sa place et ne pouvait que perturber le groupe par ses manières de bourgeoise. Il avait eu pitié d'elle un instant, ému par son physique. Mais il se reprit : pas de sentiment avec cette espèce ! D'ailleurs, sa présence était louche. Cette gamine devait être en cavale pour une histoire de mœurs. Il fallait la tenir le plus loin possible du travail. Y avait pas à dire, les filles du peuple étaient d'une autre trempe. Ces gamines de la haute, rien que des mijaurées, incapables de fournir le moindre effort. Dès qu'elles sortaient de leur train-train confortable, hop, elles prenaient le parti de se trouver mal. Néréa reprit conscience, horrifiée de s'être déjà fait remarquer de son employeur, luttant pour retrouver ses esprits. Tout allait trop vite pour elle.

— Fanchon, gémit-elle, tout tourne et j'ai mal au ventre.

— Accroche-toi, bon Dieu, sinon tu vas perdre la place et tu seras à la rue.

Blafarde, elle remonta sur le banc, reprit le tri des feuilles, une par une, tandis que sous l'effet d'une contraction, son ventre durcissait, la mettant au supplice.

— Tiens, fit une des femmes, impitoyable, puisque t'es bonne à rien avec la tête que t'as, va donc porter ce tas à l'époulardage.

Stupéfaite, Néréa releva la tête. Ce vocabulaire lui était totalement étranger.

— Mais qu'est-ce qu'il nous a mis dans les pattes, le Roger, y devait pas être bien réveillé ce matin.

— Tu vas là, droit devant toi, porter ces feuilles aux femmes qui te tournent le dos. J'peux pas te causer en basque, j'connais pas !

Fanchon, contrariée, voyait les chances de Néréa de rester à la Manufacture s'amenuiser.

— On est au rendement, tu comprends, au ren-dement.

Hébétée, la jeune fille se redressa et partit, les mains chargées de tabac vers le groupe d'ouvrières. Son malaise persistait, amplifié par ces entêtants effluves qui lui donnaient encore des haut-le-cœur. L'opération de l'époulardage consistait à déplier les feuilles de tabac, les examiner, les classer selon leur finesse et leur couleur. Elle croisa l'un des directeurs, qui, frappé par sa beauté, l'arrêta.

— Vous êtes ici depuis longtemps ? interrogea-t-il, contrarié qu'on lui ait caché une aussi jolie fille.

— Non, monsieur, je suis arrivée ce matin.

— Le travail vous plaît-il ?

— Oui, monsieur, beaucoup.

— Aimeriez-vous être aux cigares ?

— Comme vous voulez, monsieur.

— Eh bien, suivez-moi.

Néréa emboîta le pas de l'un des patrons redouté par le personnel, sous l'ébahissement le plus complet et la réprobation des femmes préposées au triage des feuilles.

— Encore une qui va finir dans son pieu, clama la fameuse Toinon. Si elle lui plaît, elle peut durer un peu plus longtemps que les autres traînées, fit-elle, s'adressant à Fanchon. Sinon, pftt, terminé, la gigolette.

Elle fit le geste horrible qui consistait à couper le cou de l'infortunée. Inconsciente de ce qui pouvait se dire sur elle, Néréa arriva dans une autre salle où s'affairaient dans le plus grand calme cinq femmes occupées à diverses tâches.

— Tenez, asseyez-vous là et observez ce que font ces dames. Je suis certain qu'avant ce soir, vous aurez saisi de quoi il retourne. Mesdames, dit-il à la cantonade, je vous confie cette demoiselle.

Les femmes ne relevèrent même pas la tête de leur établi. Elles avaient l'habitude que le maître leur impose ses créatures ! Une de plus à inscrire sur son palmarès déjà bien rempli ! Mais Néréa se concentra sur leur manipulation, posant des questions pertinentes, qui finirent par étonner la plus âgée.

— C'est-y que tu serais vraiment là pour buriner ? Ça serait ben la première fois qu'il nous amène une poule que la trime intéresse.

— Je ne connaissais pas ce monsieur l'instant d'avant, s'indigna Néréa, cramoisie, et je n'ai aucune intention d'être sa... – elle hésita – poule, comme vous dites !

Un grand éclat de rire lui répondit.

— Si un jour t'as faim, ma petiote, ou si t'as des gosses à nourrir, tu feras comme tout le monde ! s'écria la plus âgée, tu coucheras avec lui ou avec d'autres. Oui, foi de moi, tu feras la pute sans rechigner.

Choquée, exténuée par une telle journée, Néréa n'aspirait qu'à une chose : dormir. Dormir, n'importe où, mais dormir... Si elle voulait conserver la place, elle devait lutter contre le sommeil. Alors, elle regarda ce que faisaient les ouvrières, se pinçant en cachette la peau des bras afin que la douleur la tienne éveillée.

— Comme je suis bonne poire, et que tu m'as l'air paumée, je vais t'expliquer un peu ce que l'on fait. Mais c'est du boulot pour des gens qui s'y connaissent. J'sais pas d'où tu sors mais tu me donnes l'impression de tomber de la lune !

Toutes s'esclaffèrent.

— Regarde, tu examines à la loupe chaque feuille et si tu as quelque jugeote, tu mets d'un côté celles qui te semblent bonnes à former le cœur du cigare, de l'autre celles qui te paraissent être les plus nobles pour former sa robe. Tu les poses dans les panières et Firmin va les passer au rouleau. C'est cette espèce de cylindre qui est sur l'autre établi. Ensuite tu t'occupes de la tripe.

— De la tripe ? s'étonna Néréa.

— Oui, de la tripe, comme en charcuterie mais là, ce sont les feuilles que ces messieurs de la haute préfèrent, celles qui sont à l'intérieur du cigare et qui leur donnent de l'entregent !

Chacune se mit à rire. La jeune fille, prudente, se tenait sur ses gardes.

— Ensuite, le Firmin y les prend, les apporte dans la salle du fond et je ne te conseille pas de l'accompagner, même s'il te le demande car c'est une pièce obscure et il pourrait te coller contre le mur pour essayer de te taquiner et te peloter dans le noir.

« Seigneur, mais les hommes ne pensent donc qu'à ça ? » Néréa retrouvait d'emblée ses dégoûts éprouvés lors de l'acte avec son père et son aversion pour le comte Josselin de Montaury. Il n'y avait qu'avec Bixente qu'elle éprouvait du désir. Ce devait être ça l'amour. Avant de la quitter, alors qu'elle s'inquiétait de sa longue absence et des tentations qu'il pourrait prendre avec une autre, le jeune Basque avait eu une phrase qu'elle avait trouvée fort belle : « le désir est le diamant du plaisir ». Elle qui connaissait les deux faces du charnel, l'une imposée par son père, l'autre librement consentie avec le jeune homme, avait compris cette formule éloquente.

— Eh ! Tu rêves ? j'te cause, aboya l'ouvrière. J'te dis que là-bas, l'air est maintenu à un degré d'humidité au moyen d'un jet de vapeur dont le Firmin règle le débit. La température varie entre 25 et 30°.

— Au moins, si tu te fous à poil dedans, t'attraperas pas la congestion ! s'esclaffa une femme qui n'avait rien dit jusque-là.

— Mais pourquoi ça se...

— Ah ! mais laisse-nous faire notre boulot au lieu de dire sans arrêt « mais pourquoi ci, mais pourquoi ça ! ». T'en as trop dans le ciboulot et tes jacasseries nous fatiguent. Pas vrai les filles ?

Les autres piquèrent soudain du nez sur leurs feuilles car le contremaître fondait vers elles, l'air captivé par la nouvelle venue.

— Alors, tout va bien ? Où en es-tu de ton apprentissage ?

— On en est à la fermentation du tabac dans la chambre chaude.

Elles rirent ensemble, laissant Néréa, isolée, malheureuse, épuisée, se demandant ce qu'elle faisait là, devant ce parterre de femmes malveillantes qui se moquaient d'elle sans vergogne.

— Viens, t'as pas tout vu, dit l'homme. Je vais t'amener au fin du fin, là où on roule les cigares.

Ils n'étaient pas très éloignés lorsqu'un tintamarre de sabots retentit sous les établis. Chacune se moquait de la nouvelle et des hommes déjà sous le charme. Signal sans équivoque que toutes s'arrangeraient, unies dans un même élan de solidarité féminine, pour éliminer cette fille qui attirait tous les regards. Présentée à trois ouvrières silencieuses coiffées d'une charlotte, Néréa prit place à leurs côtés et les observa. La première déroulait les feuilles de tabac une à une, les superposait de façon régulière, puis les posait sur une presse pour les aplatir.

— C'est pas sorcier, n'est-ce pas, commenta le contremaître debout derrière elle. Manon, j'ai besoin que tu m'accompagnes à la salle de râpage. Toi, tu reproduis exactement ce qu'elle t'a montré. Je ne t'en demande pas plus pour aujourd'hui.

Trop heureuse de faire enfin quelque chose d'utile qui la tienne éveillée, Néréa s'installa et commença aussitôt à défroisser les feuilles. « Pourvu que je retrouve Fanchon, sans elle je ne sais pas où aller en sortant d'ici. » Peu à peu le tas de feuilles aplaties à la presse s'élevait tandis que l'autre manutentionnaire, armée d'une molette bien aiguisée, coupait celles destinées à l'enveloppe du cigare. La troisième roulait la tripe dans la feuille servant de robe. Saisissant une sorte de godet conique en cristal, elle en retournait le bout, taillant l'autre extrémité à l'aide d'un couperet afin que tous les cigares soient de la même longueur. Soudain, une sirène retentit. Il était quatre heures. Une autre équipe se mettait en place, celle du matin étant présente depuis sept heures du matin. Juste une pause accordée à midi pour reprendre des forces et hop ! chacun retournait au travail. Fanchon fondit sur Néréa, l'entraînant dans un coin.

— As-tu fait assez de liasses au moins ?

— À vrai dire, peu. Mais je pense bien toucher quelques sous.

— Où est ta fiche ?

— Quelle fiche ?

— Ben, celle qu'on t'a donnée à l'arrivée où tu dois marquer le nombre de pièces que tu fais. T'as pas encore compris qu'ici, lorsqu'on est intermittente, on n'est pas payé à la semaine mais à la journée. Le contremaître décompte le nombre de liasses de feuilles ou de cigares que t'as préparées et t'es payée au pourcentage.

— Personne ne m'a rien donné, larmoya Néréa, vaincue.

— Oh ! t'es bien trop gourde, ma pauvre fille ! Il faudrait te dégourdir vite fait, sinon t'auras pas un sou pour vivre. Bon, moi je passe à la caisse. J'ai quatre-vingt-neuf liasses.

— Quatre-vingts ! fit Néréa, admirative.

— Mais c'est rien, maintenant que j'ai pris le rythme, demain j'en ferai au moins le triple.

Le directeur qui l'avait accostée dans la matinée l'attendait visiblement à la sortie.

— Ça a bien marché pour vous ? lui demanda-t-il, avec une grande sollicitude.

— Oui, monsieur, mais je n'ai pas eu de fiche pour comptabiliser ce que j'ai effectué aujourd'hui et j'ignore comment je vais être rétribuée.

— Comment ! s'exclama-t-il, ce n'est pas normal du tout. Suivez-moi. Les ouvrières à la journée doivent l'obtenir en arrivant. La secrétaire du comptable n'a pas fait son travail. Je vais lui en toucher deux mots.

— Oh non, monsieur, je ne veux pas d'ennuis, suppliat-elle, implorante. Ne lui dites rien.

— C'est bon, suivez-moi, je vais faire le nécessaire pour que tout rentre dans l'ordre.

Fanchon vit partir sa protégée, l'inquiétude dans le regard mais elle n'eut pas longtemps à attendre car Néréa revint, radieuse malgré sa fatigue, en lui montrant ses sous.

— C'est peu en comparaison de toi, mais il m'a dit qu'il me faisait confiance et que je compte le nombre de feuilles que j'avais préparées. Il a même ajouté que je pouvais revenir demain.

— Hum ! fit Fanchon, à ta place je me méfierais. J'ai vu son regard posé sur toi et il n'y avait pas que de la bienveillance. Les patrons s'octroient partout le droit de cuissage et il finira bien par t'amener dans son bureau et si t'es pas d'accord, tu seras virée le soir même. Enfin, pour le moment, je pense que tu dois tenir debout parce que c'est la mode, comme l'on dit chez moi, alors, amène-toi, on va prendre l'omnibus pour rentrer. Il me tarde de revoir mon Pierre.

8

La fabrique de chocolats

Elles mirent plus d'une heure pour atteindre la rue du Temple, ce qui leur laissa tout le loisir de commenter les événements de la journée.

— Je n'ai pas beaucoup de place chez moi, dit Fanchon, mais tu peux rester quelque temps.

— J'ignore comment te remercier mais si un jour tu as besoin de moi, je te rendrai service sans compter.

— Méfie-toi du directeur. J'ai vu comment il te reluquait. Je pressens des ennuis avec lui. Si ça arrive, tu vas te retrouver sans emploi.

— Ne t'inquiète pas, je saurai me défendre.

— Mais justement, c'est ça le problème. Il ne faut pas que tu le repousses, sinon tu perds ta place. En cas de pépin, je vais te passer ma liste où je relève les noms des boutiques qui embauchent, mais fais gaffe !

Néréa poussa un soupir de lassitude, posa sa tête contre la vitre et ferma les yeux. Tout lui semblait irréel depuis son départ précipité de *Goicoetchea*. Seules bonnes surprises : ses rencontres avec Éloi et Fanchon, comme si un ange gardien veillait sur elle. Cependant, une pensée la taraudait : devait-elle donner signe de vie à sa famille ? Elle était passée devant des bureaux de poste, avait hésité à télégraphier puis s'était ravisée. À quoi bon ! Il lui fallait attendre d'être débarrassée de l'affreux gnome qui poussait en elle à son corps défendant. Ensuite elle pourrait rentrer chez elle. Mais quelles explications donner ? C'était encore trop tôt pour y penser.

L'omnibus franchit la Seine, longeant le jardin des Tuileries puis le quai du Louvre. La jeune Basque, émerveillée, soudain les sens en alerte, découvrait ce qui, à Saint-Jean-de-Luz, représentait pour elle l'Histoire de la France avec un grand H : le palais du Louvre, porteur de tant de souvenirs royaux et impériaux, l'église de Saint-Germain-l'Auxerrois, paroisse royale, le théâtre du Châtelet...

— C'est là où jouent les concerts *Colonne*, indiqua Fanchon au passage. J'y suis allée une fois avec un billet offert par un admirateur.

Pour Néréa, ces divertissements, c'était le superflu de la vie parisienne et elle n'en avait cure. Elle sourit pour faire bonne figure. L'omnibus s'arrêta devant l'Hôtel-de-Ville refait à neuf depuis l'incendie de mai 1871. M. Bidarray lui avait confié son désespoir d'avoir appris à l'époque que les peintures d'Ingres et celles de Delacroix étaient parties en fumée avec le bel édifice.

— Complet à l'impérial, aboya le contrôleur coiffé d'une casquette brodée d'argent.

Des voyageurs en attente se précipitèrent à l'assaut de l'intérieur, agitant avec frénésie leur carton blanc, véritable sésame exigé pour le transport.

— Complet, lança soudain le conducteur d'une voix tonitruante, alors que chacun se pressait, se marchant sans vergogne sur les pieds.

Étourdie par le vacarme, la précipitation des uns et des autres, les trépidations et oscillations de la berline, Néréa sentit ses forces l'abandonner. Elle chercha la main de sa généreuse compagne et la serra très fort.

— On arrive bientôt, tiens le coup, fit Fanchon en répondant gentiment à la pression.

Le lourd véhicule s'ébranla à nouveau, enlevé au trot de ses robustes percherons, s'insinuant dans une indescriptible cohue de fiacres, voitures de maîtres qui s'engouffraient à la queue-leu-leu dans la longue rue du Temple. Employés de banque de divers comptoirs et de sociétés, demoiselles de grands magasins, promeneurs égarés dans cette jungle vouée au travail, se répartissaient ainsi le peu de places disponibles. Néréa, étonnée, aperçut, perdue au beau milieu de cette cacophonie roulante, une vinaigrette, voiture à une place, tirée par un homme, chargée d'une femme qui le houspillait vulgairement tout en tenant son chapeau.

— Tu sais, comme tu as une certaine classe, je te verrais bien vendeuse à *la Belle Jardinière*, ou aux *grands magasins Dufayel* ou mieux encore à *la Samaritaine* ou au *Bon Marché. Les 3 quartiers* ça te ferait trop loin.

— Oui, peut-être. Ma mère parlait aussi du *Printemps*. Qu'en penses-tu ?

— Pourquoi pas. Le seul que je te déconseille, c'est *le Bazar de l'Hôtel-de-Ville*. Y a un boucan pas possible là-dedans et si par malchance, on te met à la quincaillerie au sous-sol, tu vas souffrir !

— Si je dois en passer par là, je le ferai.

— Peut-être as-tu une chance à la fabrique de chocolats de *la Vie Coloniale*. C'est sérieux mais c'est au diable vauvert, confia Fanchon à Néréa. Elle se trouve à Passy entre les Champs-Élysées et le bois de Boulogne. Tous les jours, tu devras traverser Paris. Ça fait une sacrée trotte !

— Tant pis, fit Néréa, résignée. Je suis prête à tout pour avoir un emploi.

Fanchon secoua la tête.

— Ça m'étonnerait, s'exclama-t-elle. Enfin, l'avenir le dira.

Elle se leva, saisit Néréa par la manche de son manteau.

— Allez, viens. On descend. Je fonce au Carreau récupérer Pierre, toi, tu m'attends ici.

L'omnibus s'arrêta au 41, devant l'*Auberge de l'Aigle d'Or*, tête de ligne des diligences.

— Terminus, tout le monde descend, s'égosilla le postillon, ravi de ne reprendre son service que deux heures plus tard.

— J'habite dans l'immeuble au fond dans la cour. Tu vois comme c'est pratique quand je veux un moyen de transport, je n'ai qu'à descendre, dit Fanchon. Ça fait gagner du temps le matin. À tout de suite.

L'endroit ne manquait pas de charme. Elle traversa le passage, sous l'auberge, laissant derrière elle la cohue, entrevit un très bel escalier puis, arrivant dans la cour, découvrit la façade de l'autre demeure, ornée de fenêtres à frontons courbes, de pittoresques lucarnes et oculus et de ferronneries artistiquement ouvragées. Elle pénétra dans une large entrée, s'assit sur les premières marches, les jambes coupées, la respiration courte.

Fanchon la trouva endormie, la tête contre la rampe. Elle l'appela à plusieurs reprises avant que Néréa ne sorte de sa torpeur. Le visage chiffonné, la nausée au bord des lèvres, elle se releva en chancelant, aperçut un tout petit garçon dans les bras de son amie, esquissa un pauvre sourire et lui effleura la main.

— Courage, tu n'es pas encore au bout de tes peines.

Elle monta derrière Fanchon, s'agrippant à la rampe, défaillante, s'arrêta plusieurs fois pour retrouver sa respiration. Si les trois étages précédents se montraient sous un jour flatteur avec tapis moelleux habillant chaque marche et superbes portes de palier, le quatrième était tout autre. On y accédait après avoir franchi une porte étroite. L'escalier soudain rétréci débouchait sur un véritable labyrinthe de couloirs, boyaux sombres et sales soutenus par d'énormes poutres. Les entrées misérables ouvraient sur des mansardes grisâtres qui avaient besoin d'un grand coup de peinture fraîche. Fanchon, hors d'haleine, posa son fils à terre devant l'une d'elles, fouilla dans son cabas à la recherche de sa clef. Une fois à l'intérieur, Néréa découvrit une pièce froide et hostile. L'étroite fenêtre mansardée livrait une lueur blême, laissant place à la pénombre. Le plafond bas et en pente portait d'énormes taches d'humidité. Meublée d'un lit de fer émaillé, orné de boules de cuivre, recouvert d'un édredon souillé, du berceau bleu de Pierre accolé, d'une armoire coincée sous le plafond dans sa partie la plus haute et d'une table bancale recouverte d'un tapis rouge à franges, la pièce puait la pauvreté. Néréa, consternée, nota l'absence d'arrivée d'eau. Fanchon alluma le bec de gaz. Un poêle à bois dont le tuyau laissait des auréoles noires autour du conduit contenait encore des braises. La jeune femme se pencha, prit des bûchettes empilées dans un coin, ouvrit le battant et les déposa dessus.

— Ah ! qu'on est bien chez soi, dit-elle en s'étirant. Viens mon grand que je t'enlève ton manteau.

Pierre était chétif, le teint pâle troué d'un regard sombre, celui qu'il avait sur la vie sans doute. Il ne parlait pas beaucoup, semblait très réfléchi pour son jeune âge et l'on sentait l'adoration que sa jeune mère lui vouait. « Revigoré par l'air du pays Basque, pensa Néréa, il retrouverait vite ses couleurs et l'entrain qu'ont les enfants de son âge. » Enlevant ses souliers, elle se laissa tomber en travers du lit, incapable de faire un geste de plus.

— Fanchon, murmura-t-elle, merci. Il faut que je dorme sinon je vais mourir de fatigue.

— Fais comme tu veux. Je vais préparer le dîner et je te réveillerai pour que tu manges un peu.

— Oh ! merci, mais je n'ai pas faim du tout.

Lorsqu'elle s'éveilla, encore toute habillée, recouverte d'une courtepointe, la clarté lunaire nimbait le triste réduit d'une lueur blafarde. Fanchon avait tiré un matelas d'appoint de dessous le lit et dormait dessus, enroulée dans une couverture. La respiration de l'enfant, douce et régulière, emplissait la chambre de son souffle léger. Brave Fanchon ! Le Paris imaginé avec Bixente était bien loin de la réalité. En un court laps de temps, elle avait compris que la belle capitale cachait sous une façade fort plaisante des dessous de misère. Les souvenirs de sa vie à Saint-Jean-de-Luz, celle qu'elle avait abandonnée malgré elle, lui revinrent sous forme d'images paisibles. Elle se mit à pleurer. « Oh ! mon Dieu, supplia-t-elle, retrouvant le chemin solaire de la prière, protégez-moi, aidez-moi à ne pas perdre courage, faites que je ne pense plus à la mort, chassez de moi cette horrible pensée qui m'obsède. » Une série de nausées l'obligea à sauter du lit, enjamber Fanchon endormie et vomir dans la cuvette. L'enfant grogna dans un demi-sommeil, puis reprit le cours de ses rêves. Une forte envie d'uriner la tenaillait. Elle ouvrit la porte avec précaution, frissonnante, portant le récipient qu'elle voulait vider, sortit dans le sombre vestibule à la recherche des toilettes, les trouva au bout du couloir, sales et malodorantes. La tête vide, elle déversa une partie du broc, nettoya la cuvette. Revenue sur la pointe des pieds, elle regarda sa montre : Quatre heures. Encore une heure et demie pour rester dans la tiédeur de l'édredon. Elle se déshabilla, défroissant ses habits et se recoucha, ne gardant sur elle que ses sous-vêtements.

*

L'expérience à la Manufacture des Tabacs dura deux jours. Comme Fanchon l'avait prédit, le directeur attira Néréa dans son bureau, tenta des attouchements intimes qu'elle repoussa avec indignation. En se dirigeant vers la porte, écœurée, elle s'exclut d'elle-même de la fabrique pour avoir méprisé les avances de son supérieur. Ce mouvement de répulsion incontrôlé lui déplut. Habitué à son droit de cuissage, il se mit en colère.

— Pour qui te prends-tu, petite mijaurée, lui lança-t-il, l'œil mauvais, tu n'as rien d'exceptionnel et tu es loin d'être au-dessus du lot ! La plupart du temps, les péronnelles de ton acabit sont si fières que je m'intéresse à elles qu'elles en redemandent ! Allez ouste, fiche-moi le camp et vite et cette fois-ci, ce n'est pas la peine d'aller au service comptable ! Tu n'as strictement rien produit aujourd'hui.

Sans répondre, Néréa, blanche et outrée, passa devant des rangées d'ouvriers, sous le feu goguenard de leurs piques grivoises, s'appliquant à ne pas les regarder. Elle se dirigea vers Fanchon dans la deuxième salle, qui, la voyant arriver, comprit vite l'étendue du désastre.

— Je le savais bien que tu n'irais pas jusqu'au bout, fit-elle, catastrophée. T'es trop fragile. Est-ce que t'as été payée ?

— Non, il a décrété que je n'avais rien produit ce matin.

— Fais ce que je t'ai indiqué, souffla-t-elle précipitamment, voyant fondre sur elle le directeur, furieux de cet aparté.

Néréa s'en fut, rapide, afin de ne pas créer de problème à sa nouvelle amie. Une fois dehors, elle se renseigna pour trouver une ligne d'omnibus, en changea plusieurs fois pour parvenir enfin devant la fabrique de chocolats. L'air, délicieusement embaumé de vapeurs chocolatées, lui donna des crampes à l'estomac. Elle n'avait pas grand-chose dans le ventre depuis quelques jours si ce n'était… Cette pensée la fit blêmir, mais elle la repoussa afin de ne pas céder au découragement. Pénétrant dans des locaux d'une propreté rigoureuse, elle avisa une femme occupée au téléphone qui lui fit signe de s'asseoir. La jeune fille dédaignant ce conseil s'approcha du règlement de l'établissement punaisé sur un des murs et se mit à lire les nombreux articles garantissant le sérieux de la fabrique.

* Propreté et ponctualité font la force de la Maison. Les horaires sont les suivants : de 7 heures du matin à 6 heures du soir.

* L'habillement blanc prescrit sera obligatoirement porté et changé tous les deux jours, tous les jours s'il est visiblement taché.

* Dans les bureaux, en cas de grand froid, les écharpes et cache-nez sont autorisés mais pas le port du manteau.

* Il est strictement interdit de parler pendant les heures de travail. Toute faute sera sanctionnée.

* La consommation d'alcool, de tabac ou de toute autre denrée comestible pendant le travail est totalement interdite.

* La prise de nourriture est autorisée entre midi et midi et demi.

Absorbée par sa lecture, Néréa ne voyait pas les moulinets qu'exécutait la secrétaire derrière sa vitre afin d'attirer son attention. Impatiente, elle finit par taper contre la glace avec son porte-plume. Néréa se retourna, saisie.

— Venez par ici mademoiselle. dit-elle, pressée. Que voulez-vous ?

— Je suis à la recherche d'un emploi même ponctuel. On m'a dit que vous recrutiez des jeunes femmes pour empaqueter les chocolats.

— C'est exact, fit l'employée, jaugeant la Basquaise. Je vais aller chercher le chef du personnel. C'est lui qui embauche.

Très distant et glacial, l'homme la reçut dans un bureau aseptisé, lui demandant de produire ses certificats de travail et de parler de son expérience. Gênée, elle avoua n'en avoir aucune. Têtue et animée d'un froid désespoir, Néréa plaida sa cause, lui affirmant avec aplomb qu'il fallait bien commencer un jour. Une fois de plus, son aisance, son allure distinguée et sa beauté flamboyante firent disparaître les a priori du responsable.

— Je veux bien vous donner une chance, mademoiselle, mais je ne puis vous proposer que de plier des boîtes où l'on place ensuite nos chocolats.

Exultant intérieurement, Néréa se fit humble, le remerciant avec discrétion, attitude qui plut à l'autre.

— C'est le seul poste où, pour le moment, nous avons besoin de main-d'œuvre. J'exige, et je suis intransigeant sur ce point, compte tenu de la nature du travail, une hygiène personnelle sans faille. Vous devrez avoir la tête couverte d'un bonnet blanc et les ongles d'une rigoureuse propreté. Le contremaître passe l'inspection sans prévenir et vous serez immédiatement congédiée si vous êtes prise en flagrant délit de mains sales.

Offensée, Néréa eut envie de répondre que la propreté n'était pas l'apanage réservé aux nantis, se retint, trouvant plus sage de se taire.

— Quand puis-je commencer, s'il vous plaît ?

— Je regrette mais c'est trop tard pour aujourd'hui. Vous n'avez ni blouse blanche, ni tablier, ni bonnet. Les consignes sont très strictes. Revenez demain. Je peux vous employer une semaine. Suivez-moi pour remplir votre fiche d'identité.

Trop heureuse de la réussite de son obstination, Néréa lui emboîta le pas. En partant, elle le salua avec déférence mais sans obséquiosité.

— À demain, monsieur. Je serai là à sept heures.

Elle sortit. Pendant le long voyage du retour, elle se demanda avec anxiété comment elle pourrait se laver, faire une lessive de ses vêtements et être au travail à sept heures alors qu'il n'y avait sans doute pas encore de tramways à cinq heures du matin. Peut-être que Fanchon, si dégourdie, aurait une solution. Le port de la blouse blanche lui posait aussi un problème. Le Carreau du Temple lui sembla être l'endroit idéal pour en trouver une, oui, mais dans quel état et comment payer ? La permanence de ce souci matériel toujours aussi présent la révolta. Emprunter à Fanchon ? Certes, mais la pauvre fille avait la pension de Pierre sur le dos, le loyer de sa mansarde. Toute la vie ne se résumait donc qu'en additions, soustractions et beaucoup moins souvent en multiplications de sous ! Quelle infernale obsession. Elle mesurait combien ce bon M. Bidarray avait eu raison de l'initier aux chiffres malgré sa forte répugnance. En descendant de l'omnibus, elle se souvint qu'elle n'avait pas de clef : elle était à la porte. Il ne lui restait plus qu'à attendre le retour de la jeune femme. Elle déambula dans le quartier, faisant connaissance avec l'environnement. Courant sans cesse depuis son arrivée dans la capitale, elle avait effleuré gens et monuments d'un œil fatigué et distrait, trop empêtrée dans ses soucis. Elle acheta dans une boulangerie un petit pain odorant et une barre de chocolat, s'assit sur un banc dans le square du Temple, regardant la vie s'activer autour d'elle. Lorsqu'elle se sentit mieux, ses pas la conduisirent de rue en rue, sans but précis. La faune qu'elle découvrit, elle, si protégée, préservée de tout, la subjugua et l'effraya. L'éclat de la misère était si présent. Loin d'être rassasiée, elle lorgnait les étals des pâtissiers chargés de friandises et de confiseries. Ah ! comme la savoureuse cuisine de Justine et d'Amaxi lui manquait. Elle ne cessait de saliver en pensant au fumet odorant de leur ragoût, à la croûte dorée du gâteau basque... Elle avait la religion de son pays chevillée à l'âme, et des images se succédaient dans son esprit : les colères de l'océan, lorsque, étendue bien à l'abri dans son lit, elle écoutait la fureur des vagues, la vision de la Rhune enturbannée de brume au lever du soleil, la douceur de la plage un soir d'été et les mouettes rasant l'eau de leurs ailes nacrées...

Autour d'elle, le spectacle était permanent. Dans la rue, se côtoyaient les petits ramoneurs savoyards au visage barbouillé de suie, l'étameur et fondeur de cuillères qui s'égosillait à la recherche de clients, les chiffonniers poussant dans une petite charrette à bras leur camelote hétéroclite et usagée, les revendeurs à la sauvette qui repliaient leur parapluie contenant leurs marchandises dès qu'un képi se montrait à l'horizon. Et puis, la petite marchande d'allumettes phosphoriques, âgée de six à sept ans, qui attendait les genoux à même le trottoir, malingre et peu vêtue, le bon vouloir des passants. Le cœur de Néréa la prit dans l'instant en pitié, souhaitant lui acheter d'un seul coup sa marchandise. Lorsqu'elle en aurait les moyens, elle ne s'en priverait pas, ne serait-ce que pour voir apparaître un sourire sur ce visage de vieille petite fille désabusée. Non loin d'elle, une pauvre femme au visage ravagé par les privations lui faisait concurrence en vendant de l'amadou. Un joueur de serinette égrenait son air lancinant dans l'air du soir où chacun se pressait de regagner son logis. Bientôt, les réverbères s'allumèrent. En regagnant la rue du Temple, au coin de la sordide impasse du Cul-du-Bœuf, ébahie, elle se cogna à un homme disparaissant sous une pyramide de paniers tressés d'au moins deux mètres de hauteur qu'il portait sur le dos. Enchevêtrés, emboîtés les uns dans les autres, allant de la panière à pains à la corbeille de fruits, de la plus grande à la plus petite, le choix était grand. Fanchon se faisait attendre et Néréa mesurait combien la jeune mère animée d'un fabuleux courage ne profitait guère de son enfant, toujours par monts et par vaux pour gagner trois francs, six sous. Où était son bonheur ? Sans nul doute, dans l'idée lumineuse que, quelque part, dans ce Paris impitoyable, le petit Pierre l'attendait, heureux de l'aimer et de l'avoir pour lui tout seul, le dimanche. Que ferait-elle si elle gardait le… – elle avait du mal à lui offrir une identité – l'enfançon ? Impossible ! D'ailleurs, lorsque, contrainte et forcée, elle lui aurait donné le jour, elle l'abandonnerait sans même le regarder. Il lui était déjà assez pénible de le porter en elle. L'idée fort déplaisante d'un parasite installé qui se nourrissait d'elle sans vergogne la faisait souvent vomir. Mais comme elle avait maigri, personne ne pouvait encore soupçonner la présence de l'intrus.

9

Le café de la Nouvelle Athènes

Lorsque, essoufflée, elle parvint à la fabrique, il faisait encore nuit noire. Sa montre affichait sept heures cinq. Elle se dirigea vers la porte de service, se retrouva dans le vestibule où les vêtements des ouvrières déjà à leur poste étaient pendus à des patères. Alors qu'elle s'apprêtait à enlever son manteau, le chef de service apparut. Il l'arrêta d'un geste, alors qu'elle le saluait, un timide sourire éclairant son visage.

— Vous pouvez repartir, mademoiselle, dit-il d'un air glacial, sa montre-gousset à la main. Sept heures précises. Vous êtes en retard et dès le premier jour ! Je l'avais bien souligné lors de notre entrevue. Notre établissement est réputé pour son sérieux et la ponctualité fait partie de nos exigences.

Néréa, qui était partie à cinq heures du matin et avait pratiquement fait tout le trajet à pied avant de trouver un fiacre, s'effondra en pleurs sur le banc de l'entrée.

— Monsieur, je vous en supplie, pardonnez-moi pour cette fois-ci, je ne connais pas encore très bien Paris. J'habite rue du Temple et c'est très loin d'ici.

L'homme fut inflexible et elle ne put l'émouvoir.

— Mademoiselle, n'insistez pas. Vous étiez prévenue. Il y a ici des jeunes femmes chargées d'une ribambelle de mioches, qui résident bien plus loin que vous. Elles s'organisent, prennent leur disposition pour être à temps à leur travail.

Puis, alors qu'elle s'apprêtait à quitter les lieux, le visage déformé par les larmes, il eut un geste.

— Vous avez un joli maintien, dit-il, vous devriez vous présenter au marché aux modèles place Pigalle. Il y a bien un peintre qui vous fera poser pour lui. Au revoir, mademoiselle.

Il tourna les talons, sûr de son bon droit. Que pouvait-il faire d'une écervelée ne tenant aucun compte du règlement !

Accablée, alors qu'un mauvais jour pointait à l'horizon, Néréa chercha un omnibus pour l'avancer le plus près possible du Temple. Cela lui donnerait le loisir de réfléchir. Elle n'avait pas beaucoup le choix et ce que lui avait indiqué l'intraitable chef était peut-être une solution d'attente. Il fallait absolument qu'elle gagne quelques sous pour dédommager Fanchon et vivre par elle-même. Frigorifiée, elle attendit plus d'une demi-heure avant de voir s'approcher une vinaigrette pour la conduire dans le quartier de la tour Eiffel. Elle désapprouvait ce style de locomotion reléguant l'homme à la force animale, mais elle était si fatiguée ! Elle aurait plus de chance de trouver un autre moyen pour se rendre à la butte Montmartre. Tandis que le conducteur, attelé à la charrette, peinait en soufflant, elle se dit que tant que sa grossesse ne se voyait pas, elle pouvait prétendre à n'importe quel emploi, alors, pourquoi pas celui-là !

Elle parvint enfin sur la fameuse place Pigalle vers les onze heures. Il y avait déjà foule et de nombreux peintres, pinceaux et palette de couleurs en main. Avisant le *café Guerbois*, dans le seul but de s'asseoir, décidée à y entrer seule, Néréa poussa la porte et se retrouva dans une atmosphère enfumée. La salle était comble, des hommes désœuvrés jouaient aux cartes ou lisaient le journal, d'autres fumaient, les yeux dans le vague, assis aux côtés de femmes de mauvaise vie, au visage peinturluré et fatigué... La jeune femme partit vers le café de *la Nouvelle Athènes* où les consommateurs étaient tout aussi nombreux. Des places restaient en terrasse. Emmitouflée dans son manteau, Néréa épuisée, remontant son col, se laissa tomber sur une chaise, commanda un café bien serré. Le breuvage chaud la galvanisa. Elle le dégusta, à petites gorgées, en observant les allées et venues de tout cet étrange monde d'artistes, espérant en voir un de célèbre. Monet, Degas, Renoir, Pissarro y venaient, avaient leur table réservée, formant une nouvelle école de peinture appelée tout d'abord le *groupe des Batignolles* puis celle des *Impressionnistes*. La majorité des peintres possédaient leur atelier dans ce quartier très prisé des connaisseurs où l'on avait entrepris depuis quelques années l'édification d'une basilique dédiée au Sacré-Cœur. Sa tasse vide, Néréa retardait le moment de se lever répugnant d'aller au-devant des artistes leur offrir ses services. Le garçon s'approcha, ceint d'un long tablier blanc, un plateau à la main, une serviette posée sur le bras, se tint auprès d'elle, la scrutant, l'œil inquisiteur.

— Vous réglez maintenant ou voulez-vous autre chose ?

Troublée, elle commanda un second café. Soudain, elle sentit un regard peser sur elle, tourna la tête, aperçut un homme qui ne la quittait pas des yeux. Gênée, elle se détourna aussitôt pensant qu'il la prenait pour une de ces filles de joie remarquées dans le premier bistrot. Lorsque dix minutes plus tard, elle osa regarder une seconde fois, il était toujours dans la même posture équivoque. Que lui voulait-il ? Il l'étudiait à la dérobée, ne pouvant s'empêcher d'admirer son élégance naturelle, la courbe de sa nuque, le chapeau haut perché, révélant une masse soyeuse de cheveux roux aux reflets multiples : cuivre, feuille morte, acajou. La belle inconnue affichait à elle seule toutes les luminosités de l'automne.

Agacée, elle appela le garçon pour payer ses consommations. L'homme qui l'observait vint à elle, sourire aux lèvres.

— L'addition, je suppose, mademoiselle ? dit-il en la saluant.

Néréa, roide dans son manteau, fit signe que oui.

— Vous attendiez quelqu'un, sans doute ? questionna-t-il, bonhomme.

Elle ne répondit pas, cherchant les quelques pièces qu'elle avait dans son sac.

— J'ai pris deux cafés.

— Je sais.

Le personnage devait être le patron car sa mise soignée le distinguait des serveurs. Il portait une redingote bien coupée dans un tissu de qualité, une lourde chaîne de montre en or barrait son gilet, et ses manchettes qui lui prenaient bien le poignet étaient immaculées comme quelqu'un qui ne met pas souvent la main à la pâte. Les habitués répondaient à son chaleureux bonjour avec une grande amabilité. Il saisit les sous que lui tendait la jeune fille, mal à l'aise, en remit un dans la soucoupe.

— Je n'ai pas besoin que vous me payiez le service, dit-il, affable. Vous n'êtes pas du quartier ?

— Non.

Néréa hésitait à le questionner sur une éventuelle adresse d'atelier de peintre pour poser, redoutant qu'il ne se méprenne sur ses intentions. Elle se jeta tout de même à l'eau et lui exposa sa demande. Il rit, le visage éclairé d'un grand sourire.

— Vous avez l'embarras du choix mais je vous conseille vivement d'attendre midi. Les peintres viennent tous les jours autour de la fontaine faire leur repérage. En principe, ils donnent entre trois et cinq francs par séance. Si vous plaisez à l'artiste, il peut vous prendre pour une semaine ou un mois selon le thème du tableau. Il vous prêtera des habits d'époque. Si vous ne trouvez personne, revenez me voir, j'ai un ami qui gribouille pas loin d'ici.

Il la salua, admirant au passage la chevelure rousse, le port de reine et ce joli corps, qui, il n'en doutait pas un seul instant, serait fort vite dénudé par un connaisseur ! Néréa, intimidée, s'approcha du lieu de rendez-vous. Comme partout il y avait foule. Beaucoup d'Italiennes faisaient de la concurrence aux modèles français, se proposant presque à moitié prix mais la jeune femme avait encore la supériorité de sa fraîche beauté. D'emblée, elle fut choisie par un peintre à barbiche, se retrouva dans un atelier rue du Chevalier-de-la-Barre où elle éprouva la plus grande humiliation de sa vie après son passage chez la faiseuse d'anges, lorsqu'il lui demanda de se déshabiller pour poser nue.

— Vous ne m'aviez pas dit que...

— Tu es modèle ou pas ? dit-il, sèchement, en lui coupant la parole. Tiens, tu as un paravent au fond, mets-y tes affaires.

Le rouge au front, elle se dirigea vers lui, hésita, mais que pouvait-elle faire d'autre ! L'artiste lui faisait bonne impression. Objet elle était devenue, objet, elle resterait à ses yeux habitués à en voir défiler. Elle ôta ses vêtements, un par un, prenant son temps, cramoisie, la honte au cœur, puis sortit de derrière la cache qui abritait encore sa nudité. La pièce aux immenses verrières distribuait une pâle lumière accentuant les ombres. Un poêle à charbon luisait dans un coin mais il faisait froid. Une fois nue et grelottante, elle se dirigea vers une sorte d'estrade contre un mur habillé de tentures drapées en velours rubis. Insensible à son anatomie, il en avait vu d'autres, le peintre lui fit prendre une position tout à fait académique. Debout, la main sur une hanche, l'autre posée sur une cruche d'eau, nichée au creux du cou. Comme si les femmes en règle générale allaient puiser et porter de l'eau, dévêtues ! Mais les arcanes d'un artiste étaient sans doute comme les voies du Seigneur : impénétrables ! Il se mit au travail, à demi-caché par son chevalet. Toutes les demi-heures, il lui permettait de baisser les bras qui s'ankylosaient et lui donnait une couverture à la propreté douteuse pour se couvrir.

— Veux-tu boire une tisane ou du thé ? proposa-t-il, avec une certaine rudesse.

— Non, merci. Avez-vous des toilettes, s'il vous plaît ?

— Non, ou plutôt si mais au rez-de-chaussée, répondit-il, l'air absorbé. Mais comme il ne faut pas perdre de temps à cause de la luminosité, je ne veux pas que tu te rhabilles. Il y a une boîte derrière le paravent. Fais dedans, tu la videras en partant.

Pudique, Néréa s'exécuta en frissonnant, essayant de faire le moins de bruit possible en urinant.

— Veux-tu voir l'esquisse ? ajouta-t-il sur le même ton.

Elle secoua la tête. Non, elle ne le souhaitait pas.

Lorsqu'elle partit cinq heures après, elle faisait tinter les cinq francs dans sa poche. Il lui avait demandé de revenir le lendemain, pour six jours. Elle additionnait dans sa tête la somme ainsi gagnée. Mais lorsque son ventre s'arrondirait, elle doutait qu'il la reprenne. Ne penser qu'au présent lui semblait la seule façon de survivre.

Le soir même, elle remit fièrement trois francs à Fanchon et lui raconta les épisodes de sa rude journée, puis descendit à la pompe remplir le broc d'eau. En remontant, essoufflée, elle s'appuya contre le mur, assaillie par un vertige, puis s'assit sur la dernière marche du palier du troisième étage devant une luxueuse porte au heurtoir rutilant. Soudain elle s'ouvrit et un homme au costume sombre apparut. Néréa, confuse, se leva vivement, reprit son seau et lorsqu'elle voulut repartir, il souleva son chapeau et la salua comme si elle était une grande dame.

— Mademoiselle, avez-vous besoin d'aide ?

Son regard était direct et brillant.

— Non, non, merci monsieur, j'ai l'habitude.

Mais, saisissant le récipient, il la força à le suivre.

— Vous habitez au quatrième, je présume. Il n'y a qu'à cet étage que l'eau courante n'arrive pas. Comme si c'était très pénible lorsque l'immeuble a été construit de faire parvenir la tuyauterie jusqu'en haut ! Quelle ineptie !

Il laissa la jeune fille devant la porte de la mansarde, la salua et redescendit comme il était venu, discrètement. Éberluée, Néréa ouvrit et se mit à rire.

— Fanchon, tu ne devineras jamais qui m'a monté l'eau. Un bel homme raffiné comme ceux que je rencontrais parfois à Biarritz avec mes parents. Depuis que je suis à Paris, c'est le premier monsieur galant que je rencontre.

— Naïve, tiens-toi sur tes gardes. Maintenant qu'il sait où tu loges, tu vas l'avoir sur le paletot sans arrêt.

La jeune fille haussa les épaules.

— On ne mélange pas les torchons avec les serviettes, émit-elle en riant.

— Ça c'est toi qui le dis, petite idiote, répondit affectueusement Fanchon. Je connais des tas de serviettes qui suivent de très près les torchons. Et si tu veux mon avis, c'est un bon moyen de changer de classe ! J'aimerais bien plaire à une belle serviette si tu vois ce que je veux dire.

Mises en joie, elles s'esclaffèrent tandis que le petit Pierre, assis par terre, fit chorus.

— C'est une métaphore, dirait mon précepteur.

Le visage de Fanchon se rembrunit.

— Ah ! parce que tu n'allais pas à l'école ? Écoute, Néréa, je ne suis pas curieuse et je ne veux pas te forcer à me parler de ton passé, mais je vois bien que tu sors d'un milieu élégant et que tu as de bonnes manières. Que fais-tu à Paris et dans quel but ?

Néréa s'assit au bord du lit et Fanchon découvrit avec stupéfaction la pauvre histoire de celle qu'elle avait prise sous son aile.

— Ça alors, ça alors, répétait-elle, écœurée. Ton père t'a fichue en cloque. Quelle horreur ! J'ai le pif pour tomber sur des gens comme toi. Tous dans la panade.

— Tu ne m'en veux pas ?

— Ben, je me demande bien pourquoi je t'en voudrais. Tu ne peux pas trouver un boulot à temps plein parce que tu n'as pas la santé comme moi pour faire face. Le petit, y doit naître quand ?

Elle se mit à compter sur ses doigts.

— Mi-mai, je crois, si la date est bonne.

— Mais qu'est-ce que tu comptes faire du gamin ?

— Je n'en veux pas, je n'en veux pas, cria Néréa, effondrée. Tu vois bien que je dois le garder puisque à Bayonne, malgré les manigances de l'avorteuse, rien ne s'est passé. C'est peut-être un signe...

— Je connais une autre adresse vers le Carreau du Temple mais si ça se passe mal et que tu en meurs, je me refuse d'être celle qui t'a envoyée à l'abattoir. Les hémorragies et l'infection ça existe et le résultat, on connaît...

— Il n'en est pas question. Ce que j'ai vécu pour m'en débarrasser, je ne veux pas le revivre. Il y a des tas de famille qui veulent adopter un enfant.

— Ttt, ttt, remarqua Fanchon. C'est moche ce que je vais te dire mais ton gosse s'il est de ton père, y risque de pas être d'équerre comme on dit chez moi, alors personne n'en voudra et il ira direct à l'orphelinat.

— Arrête, dit Néréa en se prenant la tête à deux mains. Si tu savais comme je déteste mon père de m'avoir fait ça !

— Eh bé, tu peux ! Si c'était moi, je lui cracherais dessus. Bon, c'est pas le tout, il faut bien vivre en attendant. Tu dois travailler le plus longtemps que tu pourras. Après ton peintre, tu vas aller à la mairie du IIe arrondissement. Là, il y a un bureau de placement qui marche à fond, c'est d'ailleurs là que j'irai si je ne reste pas à la Manufacture. N'attends pas, vas-y dès demain en sortant de chez ton barbouilleur. C'est près de la Bourse et y a des demandes sans arrêt. Je te répète que je te vois bien vendeuse dans un grand magasin.

*

C'était la dernière fois que Néréa venait poser pour Albert Recoule. Le plus gros du tableau commandé par un esthète amoureux de l'antiquité était terminé. Le peintre n'avait plus besoin d'elle. Mais il lui confirma que ce n'était que temporaire et qu'il la reprendrait volontiers. Elle se rendit au café de *la Nouvelle Athènes* et demanda un thé très fort. C'est le patron en personne qui vint le lui porter après l'avoir saluée d'un petit geste amical.

— Bonjour mademoiselle, comment allez-vous depuis l'autre fois ?

— Très bien, je vous remercie.

— Alors, ce travail chez Recoule, ça se passe comme vous voulez ?

Étonnée, Néréa leva son regard vers lui.

— Comment savez-vous ça ? répondit-elle, sur la défensive.

— Oh ! ici, c'est un village, tout se sait.

— Je viens de terminer aujourd'hui mais il m'a promis de me reprendre.

— Donc, vous êtes à nouveau à la recherche d'un emploi ?

— Oui, et c'est bien difficile d'en trouver un, soupira-t-elle.

— Écoutez, j'ai une proposition honnête à vous faire et ne vous méprenez pas sur mes intentions, elles sont louables.

Encore plus sur ses gardes, Néréa attendit la suite.

— Je suis veuf. Avant sa disparition, ma femme occupait la chaise haute que vous voyez derrière la caisse. J'ai besoin de quelqu'un pour la remplacer afin de m'occuper un peu plus de l'intendance qui laisse à désirer. Le chef n'en fait qu'à sa tête et je voudrais bien qu'il marche à nouveau droit. Vous pourrez aussi donner un coup de main en salle lorsqu'il y aura du monde. Qu'en dites-vous ?

Perplexe, la jeune fille ne savait quoi répondre. Elle avait gagné quelques francs mais pas assez pour réaliser son rêve immédiat : louer une chambre pour elle seule, permettant ainsi à Fanchon de retrouver ses habitudes avec son fils et elle, son intimité. Son regard erra sur le café puis sur la salle de restaurant. Les tables recouvertes de nappes à carreaux rouges et blancs, les tableaux bucoliques aux murs, le zinc rutilant la décidèrent. Cet homme devait être propre, brave et estimable.

— Je suis confus, je ne me suis même pas présenté : Adrien Dumoncel, fit-il, en se mettant presque au garde-à-vous.

— Néréa Baïgorry, répondit-elle, brièvement. Je suis d'accord, pour votre offre. Quels sont vos horaires ?

— J'ouvre à sept heures pour servir les petits déjeuners et je ferme à minuit. Mais vous ne ferez pas le soir, je m'en charge avec l'un des garçons. Disons que vous finirez à six heures. Je vous donnerai - il se racla la gorge - dix francs par semaine plus les pourboires que ne manqueront pas de vous laisser les clients. Cela vous fera aux alentours de quinze francs.

Néréa eut un éblouissement. Enfin une éclaircie dans sa triste vie.

Quinze francs par semaine ! soixante francs mensuels ! et même plus. Le rêve pour elle, la fin du cauchemar. Elle qui n'avait jamais eu la notion de la valeur de l'argent commençait à comprendre ce que voulait dire « gagner sa vie » !

— Pouvez-vous commencer demain ?

— Oui, je serai là à sept heures.

Elle ignorait encore comment elle ferait, mais cela n'avait pas d'importance. Ah ! Si ses grands-parents la voyaient, ils seraient fiers de sa débrouillardise et de son caractère bien trempé. Sa mère, toujours souffrante, serait bien incapable de survivre à ce train de vie. Quant à son père, n'éprouverait-il pas de honte à la voir promue au rang de serveuse dans un bar ? Elle en douta. En repartant, le cœur ensoleillé par la bonne nouvelle, elle fut attentive au trajet qu'empruntait l'omnibus et le chronométra. En fait, elle pouvait commencer à pied par le boulevard Saint-Martin, attendre un omnibus vers le boulevard Poissonnière qui remontait le Faubourg Montmartre et s'arrêtait pile place Pigalle. Alors qu'elle en descendait, elle croisa un élégant tilbury où étaient assises deux jeunes femmes vêtues à la dernière mode, coiffées de petits chapeaux absurdes, haut perchés sur leur chevelure tarabiscotée. Leurs jolis visages creusés de mutines fossettes respiraient le bonheur. La voiture disparut à ses yeux, dans un bruit de rires et de sabots, happée par le trafic. L'espace d'un instant elle se reconnut en elles. Mais que ce temps était loin maintenant...

Néréa trônait désormais sur l'univers coloré d'un café où passait une foule de visiteurs et d'habitués qui lui faisaient les yeux doux. Mais dans ce havre apparent, la folle générosité de M. Dumoncel prenait une tournure inquiétante, et l'embarrassait au plus haut point. Le brave homme s'ingéniait à lui plaire, multipliant les attentions, posant sur la caisse une fleur différente chaque jour. Prudente, la jeune fille restait polie, accomplissait les tâches demandées, mais refusait d'entrer dans son jeu. Dans le brouhaha confus de son établissement, il l'observait souvent, pirouettant sur lui-même lorsqu'elle se dirigeait vers une table, un plateau à la main. Dos tourné à la rue, il la contemplait dévotement, béat. Cela dura une semaine et Néréa se sentait de plus en plus mal à l'aise sous cet incessant regard adorateur, s'attirant les quolibets des serveurs et de la clientèle qui avaient remarqué le manège. Elle prévoyait sous peu que cela finirait mal pour elle.

Le samedi où un des garçons manquait à l'appel, il lui demanda de bien vouloir descendre à la cave chercher une bouteille de rhum. La jeune fille finit de passer l'éponge sur un guéridon, alluma la mèche d'une bougie et, sans méfiance, gagna l'escalier qui menait au sous-sol. Il l'attendait, debout, au bas des marches avec, dans le regard, une telle lueur de convoitise qu'elle se raidit, prévoyant la suite. La cave était juste éclairée par un vasistas, et la flamme de la chandelle qu'elle tenait devant elle. Lui, congestionné, ruisselait de sueur, passant un doigt entre son col raidi et sa peau. Implorant, il lui tendit les bras, comme s'il voulait l'enserrer, mais à la vue de son visage révulsé, les laissa retomber le long du corps. Il y avait en lui quelque chose d'effrayant et de pitoyable à la fois. Néréa, apeurée, resta quelques secondes sans parler. Elle ne vit que cette figure aux joues rubicondes, ces cheveux gominés tirés en arrière afin de dissimuler la calvitie, accompagnés d'un toupet ridicule sur la nuque et frissonna. En un éclair, elle nota surtout les petits yeux rusés, la bouche dure, étroite comme une fente, les grosses mains rouges aux doigts bagués d'or, agitées d'un tremblement convulsif.

— Néréa, depuis le premier jour où je vous ai vue, assise à ma terrasse, j'ai ressenti un choc violent pour vous. Je n'en peux plus de vous désirer comme un fou toutes les nuits. J'attends votre arrivée chaque matin en mourant de peur de ne plus vous voir venir. Je vous...

Elle poussa un cri, comme un sanglot, lâcha la bougie et fit demi-tour, jupe relevée pour monter plus vite. Il réussit à l'agripper à la taille, la fit basculer en arrière et posa sa bouche avide sur la sienne. Révoltée, elle trouva la force de lui échapper, déboucha, hagarde, dans le corridor, saisit son manteau pendu à une patère, ouvrit la porte et se jeta dehors. Elle courait à perdre haleine, comme si une horde de hussards était lancée à ses trousses. Un omnibus arrivait juste au même moment, elle s'y engouffra, le souffle court. Lorsque la lourde voiture s'ébranla, elle retrouva peu à peu ses esprits, déplorant la perte d'une semaine de travail. Ces assauts ne finiraient-ils donc jamais ?

Absorbée par ses craintes et ses interrogations, elle ne se rendit pas compte qu'elle avait dépassé de beaucoup son arrêt et décida de rebrousser chemin à pied. Alors qu'elle franchissait le Pont-Neuf, elle se pencha au-dessus du parapet. La Seine coulait sous les arches avec un petit bruit de soie. Des vaguelettes terminaient leur course sur les berges, encombrées de curieux et de pêcheurs. Elle trouva l'eau si opaque que le flotteur coloré des cannes à pêche semblait reposer à sa surface sans pouvoir s'y enfoncer. Le fleuve charriait l'eau crachée par des milliers de gouttières et d'égouts et les relents qu'il dégageait suffisaient à décourager d'avoir un de ses poissons dans l'assiette. Néréa se sentait aussi grise que lui, désabusée, découragée. Le visage de Bixente lui apparut. Où étaient donc leurs jours heureux, leur connivence et leurs fous rires ? Où était-il et que faisait-il au moment où elle pensait si fort à lui et à leur merveilleuse complicité ? Elle descendit sur la rive, se pencha vers l'eau mystérieuse. Un cri, un plongeon... un autre... Néréa redressa la tête, courut vers un attroupement. Jouant des coudes, elle se trouva au premier rang du drame, identique au sien... Aidé par des mains tendues, un homme sortait de l'eau le corps d'une femme. La désespérée était frêle. Ses vêtements trempés collaient à son corps d'adolescente, révélant l'absence de poitrine. Des saletés recouvraient en partie son visage de gamine perdue et sa bouche entrouverte montrait des dents éclatantes de blancheur. Néréa se sentit soudain mal, fendit la foule de badauds et se mit à vomir contre un mur. Malgré elle, cette malheureuse la renvoyait à un passé récent où elle avait aussi voulu tout abandonner et mourir. Mais la vue de la noyée réveilla les forces en elle : elle voulait vivre, se battre. C'est habitée par cette farouche détermination, qu'elle parvint rue du Temple.

Elle raconta à Fanchon, compatissante, comment une fois de plus, elle avait perdu son emploi mais tut le suicide de l'inconnue. La jeune mère, désolée, ne savait comment la consoler de ce nouvel échec. Néréa montrait une telle volonté de s'en sortir qu'elle se rassura. Alors qu'elles allaient passer à table, on frappa à la porte.

— Ce doit être ton beau monsieur du troisième, souffla Fanchon, une lueur malicieuse dans le regard.

Néréa grimaça. Les coups reprirent. Elle se décida.

— Oui, dit-elle.

— C'est Maurice.

Un instant figée, la jeune fille ouvrit et se trouva devant un des garçons du café de *la Nouvelle Athènes*. Il lui tendit une enveloppe.

— Tiens, de la part du patron. Il a dit que tu l'avais oubliée en partant et comme tu m'avais montré où tu créchais, je te l'amène.

— Tu veux entrer et boire quelque chose ? Je te présente Fanchon, l'amie chez qui je vis.

Les jeunes gens se serrèrent la main.

— Je sais pas ce que tu lui as fait au patron mais il a eu une espèce d'attaque. On a été obligé d'appeler les pompiers. Il moulinait avec ses bras, le visage tout bleu et j'ai eu du mal à comprendre ce qu'il baragouinait. Il se faisait du mouron parce que l'enveloppe qu'il t'avait préparée était restée sur le comptoir.

Maurice resta dîner, et cela mit un peu de gaîté dans la mansarde tandis que le petit Pierre riait aux éclats en sautant sur sa cuisse. « À dada sur mon bidet, clamait le jeune homme, quand il trotte il fait des pets. » Ce ne fut qu'après son départ que Néréa regarda le contenu de l'enveloppe. Il y avait mille francs en petites coupures. Elle rougit, se troubla. Ainsi, Albert pensait l'acheter, avoir le dernier mot ! Furieuse, elle se dit qu'elle irait lui jeter son argent à la figure, puis se ravisa. Sans rien dire, elle préleva ce qui lui était dû et offrit le reste à Fanchon.

— Es-tu folle ? s'exclama la jeune mère.

— Écoute, je garde ce qu'il me devait. Il est impossible qu'avec le partage des pourboires, ça fasse une telle somme.

— Il t'a réglé le mois entier et a rajouté les pourboires. Après tout, s'il t'a fait une fleur, c'est normal. Je me demande pourquoi tu fais la fine bouche. Songe que par son attitude, il t'a coûté ton emploi.

Néréa haussa les épaules.

— Je me refuse de profiter de ses largesses après ce qu'il m'a fait, je te donne la différence pour t'aider à acheter de nouveaux vêtements à Pierre ou autre chose qui te fait envie. Tu vois bien, ton gosse, il a besoin de bonnes chaussures pour marcher ! Je te suis redevable de tant de choses, Fanchounette, tu me blesserais en refusant. Ma dette envers toi est sans limite.

Fanchon lui sauta au cou.

— J'ai trouvé Maurice très gentil. Que penses-tu de lui ?

Néréa se mit à rire.

— J'ai bien vu qu'il te plaisait, dit-elle, taquine. Je lui ai dit qu'il pouvait revenir quand il le voulait. Tu ne peux pas continuer à vivre seule à ton âge.

— C'est pour cette raison que je veux que tu ailles travailler au *Bon Marché*. Tu pourras y faire des rencontres.

— Merci, ça me suffit d'être harcelée sans arrêt. Si j'y vais c'est uniquement pour gagner ma vie.

Têtue, Fanchon persista dans sa volonté de la convaincre.

— La direction recherche des employées. Si ça se trouve, comme tu as de l'instruction, tu pourrais être dans les bureaux. C'est moins fatigant que de rester debout toute la journée. Tu me promets d'y aller demain ?

— Oui, répondit Néréa d'une voix lasse. Je meurs de sommeil. Regarde Fanchon, je ne peux plus fermer ma jupe comme il faut, je commence à grossir.

Elle sombra dans un sommeil peuplé de mains qui cherchaient à l'atteindre. Pour les éviter elle devait courir sans s'arrêter mais ses jambes refusaient d'avancer. Quelqu'un lui attrapa le bras et elle se mit à hurler.

— Néréa, réveille-toi et cesse de crier comme ça, dit Fanchon, penchée sur la jeune fille.

Éberluée, elle se dressa sur son séant, se frotta les yeux et raconta son rêve.

— Comme je ne travaille pas aujourd'hui, nous allons nous présenter toutes les deux ensemble, car je sens que la Manufacture va bientôt me lâcher et puis l'ambiance qui règne là-bas est infecte. J'ai du mal à supporter toutes leurs perpétuelles vacheries.

— Oh ! ce serait si merveilleux si on était au même endroit.

Tout en préparant Pierre encore ensommeillé, Fanchon tirait des plans sur la comète. Si elle insistait autant pour que Néréa trouve un emploi garanti, c'est qu'elle connaissait la fiabilité du grand magasin qui tournait à plein régime. Elle avait récemment fait la connaissance d'un livreur dans la place, qui l'avait renseignée. L'établissement possédait de multiples rayons, chacun placé sous l'autorité d'un chef qui en avait la totale responsabilité tant pour les initiatives que pour les achats. Le coup de génie du fondateur de cet empire, Aristide Boucicaut, était révolutionnaire. Il se servait d'un support de réclames sous toutes leurs formes dont il usait sans modération. La publicité paraissait sans discontinuer dans les journaux, alimentant les boîtes aux lettres des clients qui recevaient ainsi un catalogue détaillé de tous les produits accompagnés de dessins, des prix et des possibilités de commander dans des délais assez rapides, sans se déplacer. Le grand magasin, situé dans le quartier Sèvres-Babylone, remportait un franc succès. Vaste et structuré, il possédait, outre les annexes, trois grands halls ornés de jolies balustrades, ceinturant le premier étage, un majestueux escalier ourlé de fer forgé et une superbe verrière dont les vitraux colorés jetaient mille feux à l'intérieur en jouant avec la lumière.

Parti d'une petite boutique acquise sous le second Empire, le *Bon Marché* avait pris une si formidable extension qu'il fallut l'agrandir en 1870. Il était devenu l'élément incontournable de ces dames et le rendez-vous de toutes les coquettes. Elles pouvaient s'y habiller, s'arracher les nouveautés, acheter des tapis merveilleux, de l'épicerie fine et des flots de dentelles sans avoir à bouger. Tout était là ! Afin de satisfaire une clientèle avisée, la présence d'un important personnel s'imposait alliée à une structure rigoureuse. Les chefs de rayon sillonnaient la France à la recherche de fabricants, séduits par leur projet. Ainsi en avaient-ils fidélisé à Épinal et Rouen pour le calicot, Cholet pour les mouchoirs, Gérardmer pour la qualité de sa toile et de son linge de table. En ce qui concernait les matières plus nobles, Calais pour les dentelles, Lyon pour la soie, Roubaix pour les lainages et les tissus d'ameublement, Nancy et Nantes pour les chaussures ordinaires et Chaumont pour les gants Boucicaut, spécialité de la maison et bien d'autres villes qui ne demandaient qu'à vendre leurs marchandises.

Aristide Boucicaut avait instauré une relation de confiance avec sa clientèle sans les grossières amorces à la crédulité dont usaient abondamment ses rivaux, refusant ainsi toute supercherie pouvant mettre à mal la fiabilité de son entreprise. Fort de ces valeurs, il écoulait ainsi en trois mois un stock de cent mille francs de marchandises alors que ses concurrents mettaient un an pour y parvenir. Chaque saison ayant ses spécificités, Boucicaut organisait des foires dans l'année afin de se débarrasser des invendus. Il avait institué celle du Blanc, début février où s'arrachaient outre les trousseaux complets de la future mariée, les chemises, mouchoirs et autres frivolités. Fin février, était une période très courue concernant les dentelles et les gants, tandis que mars attirait une foule considérable d'acheteurs et de curieux pour la mise sur le marché des nouveautés de printemps puis des confections et en mai, des toilettes d'été. Début juin, la foule se ruait sur les soldes de vêtements mis au rabais. Des midinettes aux bourgeoises pincées, elles se battaient dans les rayons pour acheter à deux francs le mètre de soie alors que partout ailleurs dans Paris, il valait le double. Fin septembre s'ouvrait la foire aux tapis d'Orient qui réunissait les amateurs, amoureux de l'exotisme. La livraison à domicile employait un véritable bataillon de livreurs, répartis dans des voitures à l'enseigne du magasin attelées de chevaux. Depuis sa mort en 1877, son épouse avait continué dans la voie du succès déjà tracée par cet homme visionnaire.

Lorsque Néréa se présenta au bureau du personnel, elle fut engagée sur-le-champ au service des échantillons. Fanchon, elle, devait attendre la semaine suivante pour y être admise à son tour. Elles se séparèrent, la mine contrite. Un garçon de recette fut chargé de l'accompagner. Là, dans une vaste pièce éclairée par une grande verrière, de nombreuses femmes se tenaient penchées sur leur travail. Les unes actionnaient des machines qui coupaient des tissus en longues bandes tandis que d'autres les taillaient en petits rectangles. La tâche essentielle des ouvrières consistait à assortir les nuances, les assembler selon les motifs et noter les prix. Étiquetés, mis sous enveloppe, les spécimens étaient ainsi expédiés à la clientèle. Néréa fut accueillie fraîchement. Son physique chaque fois lui coûtait cher, elle en venait à se détester. Comme on ne l'avait embauchée que pour remplacer des absentes, elle fut affectée au service des plis. « Bon vent », cria une des filles lorsqu'elle quitta la salle d'échantillonnage. Amère, elle se présenta au dépouillement de la correspondance. Il n'y avait quasiment pas de femmes et les paires d'yeux masculins qui se tournèrent vers elle la déstabilisèrent dès son entrée. Elle prit sa respiration et se dirigea vers celui qui paraissait être le chef. Il l'installa, courtois, à une table jonchée d'enveloppes.

— Mademoiselle, votre travail consiste à lire toutes ces missives qui sont, soit des demandes de renseignements sur un ou plusieurs articles avec ajout d'un catalogue, soit des commandes fermes. Vous avez des boîtes à votre disposition et vous répartissez les courriers selon leur souhait et la nature du service désigné. Lorsqu'elles sont pleines vous les passez à la table de droite, devant la fenêtre, où le préposé au courrier s'occupe des envois.

« Enfantin », pensa Néréa. L'activité s'effectuait dans le silence le plus complet et elle s'en félicita, cela lui épargnait de donner son identité et de préciser d'où elle venait. Enfin, ce que les employés curieux désiraient savoir dès qu'une tête inconnue se présentait afin d'alimenter les potins. Seuls les bruits de coupe-papier et de froissement des feuilles troublaient le calme. Cependant au bout d'une heure, elle s'ennuyait ferme à toujours lire les mêmes messages. Elle fut délivrée par une sonnerie indiquant midi.

Pendant les heures de fermeture, le personnel pouvait prendre ses repas à l'intérieur même de l'immense bâtiment, servis par des garçons portant des plats provenant des cuisines, qui, somme toute, valaient bien ceux des bons restaurants parisiens ! Les dames se dirigeaient vers une salle à manger tandis que les hommes gagnaient le réfectoire mis à leur disposition. Par grandes ou petites tables, les employés de cette immense institution de la vente se laissaient enfin aller après une rude matinée et les conversations allaient bon train. Distante, car elle ne se liait pas facilement, on l'avait surnommée « la péronnelle ». Elle s'en était rendu compte mais le qualificatif peu amène la laissait indifférente. L'admission de Fanchon au rayon mercerie lui mit du baume au cœur. Elle n'était plus seule.

Quelques jours plus tard, le chef du rayon textile vint en personne la chercher pour l'amener sur son stand. Ravie de rencontrer une foule de visiteurs, elle montra ses talents de persuasion, se fit bien voir d'emblée grâce à son excellente présentation et sa politesse. Bientôt, basin, bougran, calicot, guipure, macramé et andrinople, n'eurent plus de secret pour elle. Les dentelles surtout lui plaisaient. Elle n'avait pas son pareil pour vanter les mérites de celle d'Alençon ou du Puy. Ses conseils devinrent vite très prisés par la clientèle. Absorbée par sa tâche, la jeune femme retrouvait un certain équilibre et tentait d'oublier ses ennuis en s'étourdissant dans le travail. Puis, elle fut mutée au rayon chapeaux. Les ravissants *bibis* lui rappelaient la modiste talentueuse de sa mère et son élégance. Mais un souci la tenaillait : sa grossesse commençait à se voir. Elle se serrait le plus possible dans un corset dont Fanchon, chaque matin, tirait les lacets pour réduire sa taille, mettait une gaine afin d'aplatir son ventre, mais c'était peine perdue. Sa future maternité ne faisait plus aucun doute. Une bonne âme s'étonna, en parla autour d'elle, les yeux devinrent alors inquisiteurs et la rumeur enfla pour arriver jusqu'au bureau directorial, où elle fut bientôt convoquée.

— Mademoiselle, commença le directeur, onctueux, en la laissant debout, vous connaissez la réputation de notre maison ?

Néréa hocha la tête.

— Oui monsieur et je suis fière d'en faire partie.

— Ah ! je vois. D'après votre fiche, vous avez le statut de célibataire, n'est-ce pas ?

La jeune femme, craintive, se demanda où il voulait en venir.

— Oui.

— Vous vivez seule ?

— Pas tout à fait, monsieur. Fanchon Mourenx habite avec moi.

— Alors – il s'interrompit, caressant sa moustache – trouvez-vous normal de nous imposer vos dérives privées ?

— Mes dérives ? Que voulez-vous dire ? s'exclama-t-elle, stupéfaite. Je me tiens à ma place et je suis toute dévouée à votre clientèle.

— Certes ! cependant à l'extérieur vous ne devez pas être aussi sage que vous le prétendez, fit-il en pointant un doigt accusateur sur le ventre de Néréa. Si vous ne vivez pas avec le père de votre futur enfant, cela prouve que vous n'êtes pas très sérieuse. Est-il marié ?

La jeune fille éclata en sanglots convulsifs.

— Non. Enfin si.

Elle ne savait plus quoi dire.

— C'est très ennuyeux tout cela, fit-il en caressant sa moustache. Malgré votre tenue ici et vos résultats, nous ne pouvons vous garder tant que vous n'aurez pas accouché.

— Mais monsieur, la clientèle n'est pas censée savoir que je suis seule, j'ai besoin de ce travail. Je vous en supplie, ne me renvoyez pas.

Il fit une grimace agacée, mécontent qu'elle lui résiste.

— Oh ! vous savez, ici on jase beaucoup et les ragots vont bon train. Passez au service comptable et faites-vous régler ce que l'on vous doit.

Puis il baissa la tête et se mit à compulser des papiers, comme si pour lui, elle n'existait plus. Néréa marcha vers la porte, accablée, et sortit sans se retourner.

*

Malgré sa vive répugnance à se montrer seule dans un café, elle traversa la rue et pénétra dans la *Brasserie de Vénus*. Beaucoup de tables étaient occupées, mais elle en trouva une près de la devanture ce qui lui permettait de surveiller l'arrivée de Fanchon à qui elle avait donné rendez-vous. Quand elle saurait, son amie serait comme elle, révoltée par l'injustice. La pensée de son père l'assaillit et une bouffée de haine lui monta au visage. Toutes ses peurs, sa rancune, son désespoir, refirent surface. Depuis sa fuite, elle avait pris assez de recul pour mieux saisir le mal qu'il lui avait fait subir. Elle fuyait les hommes comme la peste, devinant leur pensée unique : la salir. Une seule idée en tête les agitait : la toucher, coucher avec elle, puis la laisser, du mépris dans le regard. Seul, le souvenir de l'amour de Bixente l'apaisait mais il était parti, la laissant désemparée, sans but. Les garçons, débordés, priaient les consommateurs attablés depuis longtemps de se hâter de terminer leur consommation et invitaient les nouveaux arrivants à prendre un café au comptoir. Néréa tourna la tête, croisa le regard de son voisin qui buvait sans la moindre hâte, insensible au remue-ménage, gardant chaque gorgée en bouche un moment, se renfonçant dans sa chaise avec la volonté évidente de ne pas céder aux invites pressantes des serveurs. L'homme l'avait repérée dès son entrée dans le café, admirant l'allure et le port altier dont la jeune femme ne paraissait pas consciente, noté l'arrondi du menton, le visage délicat illuminé par de grands yeux verts et des lèvres douces. Elle portait ce jour-là un ravissant chapeau en feutrine garni de plumes irisées et il apercevait le bout verni d'une bottine dépassant de sa jupe beige. « Elle a du goût pour se vêtir, pensa-t-il, et possède un port de reine. Je me demande ce qu'elle vient faire ici. Ce n'est pas vraiment sa place. »

Néréa sentit qu'il l'examinait, tourna la tête alors qu'il déplaçait son siège afin de mieux observer la jeune femme. Grand, chauve, distingué, portant des lunettes, le visage marqué par de fortes rides d'expression, doté d'une bouche aux lèvres épaisses, il portait beau et devait avoir une soixantaine d'années. Sa cravate, ornée d'un gros solitaire et ses doigts alourdis de bagues de prix, laissaient deviner un certain train de vie. Fasciné, l'inconnu ne cessait de contempler ce beau visage de très jeune femme lui rappelant un tableau de maître et cette douceur lui donnait l'impression qu'elle était faite pour céder. On eût dit qu'elle subissait l'action de forces qui la dépassaient. D'ailleurs ne pleurait-elle pas ? Cela le troubla, éveillant en lui un instinct de chevalerie. Qui était-ce ? Que faisait-elle, seule dans ce lieu infréquentable pour une femme d'un bon milieu ? Attendait-elle un galant ? Sa main gantée ne lui permettait pas de voir si elle portait une alliance. Sans doute mariée à un barbon, avait-elle cédé à l'attrait de quelque freluquet qui maintenant la faisait souffrir. Néréa, loin de se douter des pensées qui agitaient cet inconnu, fixait avec désespoir la porte par laquelle devait sortir Fanchon, lorsqu'elle sentit à ses côtés une présence. Elle leva les yeux et reconnut l'homme au costume sombre. Il souriait.

— Puis-je vous aider, madame, vous me semblez accablée.

Pourquoi donnait-elle toujours cette impression aux messieurs ? Elle ne comprenait pas ce qui dans son attitude les laissait supposer qu'elle était en détresse. Certes, cela lui arrivait parfois mais ce n'était pas écrit sur sa figure. De plus, son attitude était noble, loin du dévergondage de la plupart des filles qui recherchaient ce genre de rencontre.

— Pas du tout, répondit-elle, sèchement, j'attends une amie qui ne va pas tarder à arriver.

Visiblement mécontente d'être ainsi accostée, elle fit mine de se lever mais le fâcheux ne s'éloigna pas pour autant. Il souriait toujours, sûr de lui, en homme habitué à se voir obéir.

— Une femme aussi belle que vous n'attend pas si longtemps une hypothétique amie dans un café. J'ai du mal à vous croire.

— Je vous demande de cesser de m'importuner, monsieur, je souhaite être tranquille. Je n'ai nul besoin de votre aide.

Ses yeux rougis confirmèrent qu'elle venait de pleurer. Il la salua alors, claquant des talons, sortit d'un étui une carte de visite qu'il plaça bien en évidence sur le rebord de la table.

— Je m'en voudrais de m'imposer plus, là où l'on ne désire pas ma présence. Mademoiselle ou madame ?

— Mademoiselle, répondit-elle, machinalement.

— Si un jour, vous aviez besoin de travailler, je serais ravi de vous accueillir dans ma maison.

Malgré elle, Néréa jeta un œil sur le bristol et y lut *Valentin de Saint-Robert, couturier*. La carte tomba à terre. Il la ramassa et la remit là où il l'avait placée. Digne, il partit sans ajouter un mot, tout en se coiffant d'un feutre et enfilant ses gants. Il se cogna contre Fanchon, essoufflée d'avoir couru, s'excusa et s'éloigna, bientôt noyé dans la foule.

— T'as vu ce type ! Il avait une allure folle, s'écria Fanchon.

— Eh bien ma chère, si tu as envie de le revoir, il m'a laissé un bristol après m'avoir cassé les pieds, fit Néréa, soulagée.

Fanchon, curieuse, prit la carte et lut l'adresse.

— Mais t'es folle, c'est le célèbre couturier de la rue de la Paix ! T'avais rien à craindre car on murmure qu'il n'est pas très attiré par les femmes.

Néréa se détendit et se mit à rire.

— Je me demande ce que je pourrais lui apporter, je ne sais pas tenir une aiguille.

— Je suppose qu'il pensait aux présentations de ses modèles. Ses collections sont célèbres. Il fait défiler des jeunes femmes qui ont de l'allure devant des Américaines, des Russes, enfin, surtout des étrangères qui se déplacent pour acheter ses vêtements. C'est un créateur de talent.

— Fanchon, j'ai autre chose de plus grave à résoudre. Une fois de plus, je suis mise à la porte et tu ne devineras jamais pourquoi !

— Ne me dis rien ! Je sais déjà ce qui t'est arrivé, s'exclama la jeune femme en riant, le directeur t'a fait du gringue et tu l'as envoyé balader.

— Pas du tout. D'après ses dires, je nuis à la réputation du *Bon Marché* parce que ma conduite à l'extérieur laisse à désirer.

— Seigneur, s'exclama Fanchon scandalisée. C'est à cause de ta grossesse, je présume.

— Oui, et comme je n'ai pu décliner l'identité du géniteur lorsqu'il me l'a demandée, ça le gêne que je serve la clientèle dans cet état.

— Tout ça ne tient pas debout, comme si tes clientes allaient fouiller dans ta vie privée ! Il n'a qu'à te remettre au dépouillement du courrier.

— Écoute, je ne vais pas m'agenouiller devant lui et le supplier. Il m'a dit qu'il me reprendrait sans doute quand j'aurai accouché.

— Son attitude est injuste, et je vais de ce pas plaider ta cause.

— Surtout pas, dit Néréa en se dressant brusquement, tu subirais le même sort. Bientôt mon corps sera libéré et je pourrai marcher la tête haute. Viens, on s'en va.

*

Elle avait économisé sou par sou avant d'envisager de louer une chambre. Elle fit part de son désir de libérer Fanchon de sa présence à Mme Thérèse, la concierge.

— Vous savez, ici y a un va-et-vient sous les combles quasi permanent. C'est différent pour les beaux appartements. Ils appartiennent tous à des propriétaires qui tiennent à rester là où ils sont. Mais comptez sur moi. Je vous préviendrai dès qu'il y aura du nouveau.

Elle avait ses têtes, mais cette fille lui paraissait sympathique. Toujours polie envers elle, ce qui n'était pas le cas des mijaurées de la haute qui occupaient les étages. Mme Thérèse s'adonnait à une autre activité à laquelle elle se livrait régulièrement : le spiritisme. Elle croyait au pouvoir des forces occultes et s'y livrait au sein d'un groupe *L'Esprit des Ténèbres*. Chargée de recruter des adeptes, pourquoi pas cette petite ? Mais Néréa, effrayée, se récusa.

— Vous avez tort de vous priver de ça. Rien ne vaut la communication avec les esprits car eux, contrairement aux humains, ils ne racontent pas de salades ! Vous entendez, fit-elle, le doigt pointé vers elle, ils ne mentent jamais. Ils vous apportent des réponses à des questions qui sans eux resteraient lettres mortes.

— Mais comment procédez-vous ? interrogea-t-elle, candide.

— On fait parler les tables, on pose notre question et l'esprit y répond.

Troublée, Néréa remonta chez Fanchon. Dieu seul savait quel genre de questions elle pouvait poser. Oui, Dieu. Mais cette pratique lui paraissait plus tenir du Diable que du divin. Pourtant elle se souvenait que Victor Hugo s'y adonnait souvent. L'idée fit cependant son chemin mais elle ne se sentait pas encore prête pour franchir le pas.

Elle exultait ! Ça y était, elle tenait enfin sa chambre. La concierge l'avait prévenue qu'un locataire quittait les lieux à la fin du mois et qu'elle pourrait ensuite emménager. La mansarde était à deux portes de celle de Fanchon ce qui permettait aux deux amies de ne point rompre leur complicité. À l'inverse de l'autre, la chambre possédait une fenêtre, étroite, certes, mais qui lui permettait d'avoir un peu plus de jour et de lumière. Donnant en partie sur le mur gris de l'immeuble d'à côté, avec une vue partielle sur les arbres de la rue où s'égosillaient les oiseaux. Ce bout de verdure l'enthousiasma. C'était le paradis.

Sur les conseils de Thérèse, Néréa se rendit aux Puces de Saint-Ouen installées depuis 1885 non loin de la porte de Clignancourt où brocanteurs et chiffonniers bradaient au plus offrant entre deux guinguettes tout ce qu'ils avaient pu ramasser dans les poubelles de Paris et de ses banlieues. Elle y fit l'acquisition de quelques petits meubles indispensables. La chambre prit bonne tournure. Le seul gros inconvénient résidait dans l'absence d'eau courante qui pesait sur les tâches habituelles : faire sa toilette, la cuisine, laver le linge. Comme elle avait du goût, elle repeignit les murs tout en blanc crème et s'amusa à faire des filets plus foncés sur le chambranle de la fenêtre et de la porte. Ébahie, Fanchon admira le talent de son amie.

— J'ai une idée. Tu vas venir t'installer ici avec petit Pierre et moi je vais rester dans ta chambre que je vais refaire à l'identique. Ton fils a besoin de voir la vraie couleur du jour et tu seras tellement mieux toi aussi.

Fanchon se fit tirer l'oreille mais devant tant d'affectueuse insistance, capitula. Le déménagement fut rapide et Néréa se remit dans la peinture, décapa le parquet, le cira malgré son ventre qui commençait à beaucoup lui peser. Le soir même, elle entendit frapper discrètement à sa porte.

— Oui, dit-elle, doucement.

— C'est Maurice.

Elle ouvrit et se trouva face au garçon de café, surpris du changement et affreusement déçu de ne point apercevoir son amie.

— Fanchon est partie ? fit-il l'air accablé.

Néréa se mit à rire, comprenant qu'il n'était pas là pour elle.

— Ne t'inquiète pas, elle habite maintenant deux portes plus loin. Je lui ai passé ma chambre parce qu'elle est plus confortable que celle-ci.

Rassuré, il s'éloigna en lui faisant un petit signe amical, donna un coup discret contre la porte de Fanchon. L'entrebâillant, la jeune mère passa un visage curieux qui s'illumina en voyant le jeune homme. Néréa ne croyait pas au hasard. Tous ces événements incroyables intervenus dans sa propre vie, cette dérisoire promesse qui la reliait malgré tout à Bixente, cette accumulation de rencontres, de désillusions cuisantes, se devaient de déboucher sur une histoire d'amour. Elle se sentit heureuse d'avoir contribué à cette rencontre.

Plus qu'une semaine et elle serait à terme. Mai était étouffant et elle souffrait beaucoup de la chaleur, avait les jambes enflées et se sentait lasse. Elle se réfugiait chaque jour au Carreau du Temple chez la vieille boutiquière Adèle, qui n'avait pas son pareil pour la faire rire, puis elle prenait Pierre pour le promener. L'enfant commençait à parler et s'amusait de tout. Comme il faisait un peu plus doux ce jour-là, Néréa décida d'aller rendre visite à Lucien le bancal, compagnon de la chiffonnière, marchand de bouts de cigares qui se tenait sur un des côtés du kiosque à journaux. Le vieil homme, couvreur à l'origine, avait fait une mauvaise chute et la fracture de sa jambe mal soignée l'avait empêché de retravailler. Il marchait dans les rues, avec ce déhanchement si particulier que donne une jambe plus courte que l'autre, armé d'une longue pique, ramassant ainsi tous les mégots de cigarette et de cigare qui se trouvaient à la terrasse des cafés, sous les tables, les trottoirs ou dans les caniveaux. Il regagnait alors sa masure en claudiquant, vidait sa gibecière et composait deux tas distincts, l'un pour la pipe, l'autre pour les cigarettes. Ôtant le papier, il faisait sécher le tabac puis le hachait menu pour l'envelopper ensuite dans du papier, gris pour la pipe, rose fané pour les cigarettes en petits paquets de dix à vingt grammes chacun.

— Ah ! te voilà, petit fripon, lança-t-il à Pierre en le voyant arriver. Tu veux encore fumer un coup ?

Le petit garçon hocha la tête. Néréa fronça les sourcils, car Lucien tendait à l'enfant une cigarette allumée.

— T'inquiète pas, fit-il en riant, y aspire pas, le môme, y souffle !

Les joues gonflées, petit Pierre prenait de l'importance à ses yeux car il faisait comme les grands.

— Allez, ça suffit, dit Néréa, viens, on retourne chez Adèle.

— « Scaferlati, Scaferlati, hurla le marchand d'une voix éraillée, fumez du Scaferlati, et vous serez ravi » au grand amusement du petit garçon assis près de lui. Ça me rapporte entre deux et trois francs cinquante par jour, confia-t-il fièrement à Néréa qui tentait en vain d'arracher l'enfant à sa fascination.

Se pressaient autour de Lucien égoutiers, ouvriers, vitriers, peintres en bâtiment, tous ceux qui, gros fumeurs, préféraient payer deux sous le paquet que la Régie des Tabacs vendait plus loin cinquante centimes.

L'ambiance était à peu près celle des Halles, bruyante, colorée. Les crêpages de chignon étaient légion et animaient ce vieux théâtre de la vie. Les boutiquiers du rez-de-chaussée entrés en guerre avec les chineurs du premier étage déclaraient les hostilités à la première heure à la plus grande joie des badauds.

— Tu comprends, dit la gardienne à Néréa qui venait d'assister à une bagarre, nous en bas, pour tenir boutique, il nous faut payer un droit à la *Compagnie Fermière du Marché* alors que les fraudeurs d'en haut, ils ne versent qu'une modeste redevance.

— Ce n'est ni juste ni normal, admit Néréa, craignant de trop s'engager dans la querelle.

— Autrefois, poursuivit la vieille femme, les chineurs devaient vendre leur marchandise debout en la tenant sur le bras ou sur l'épaule. À l'acheteur de choisir comme il le pouvait dans le tas de frusques. Mais depuis que la Compagnie leur a installé des casiers le long des murs là-haut, ils mettent leurs affaires dedans et c'est comme s'ils avaient ouvert une petite boutique.

— C'est de la concurrence déloyale, ouais, éructa le boutiquier d'à côté. Si la Compagnie ne supprime pas tout ça, je vais m'en charger avec le Paulo et Marc. Tu vas voir, ça va faire du bruit et ils iront vendre ailleurs leur tas de pourriture.

— Fanchon m'a dit qu'ils ne venaient pas tous les jours, alors ça doit vous permettre de faire des affaires sans avoir à vous disputer.

— Attends petite, tu plaisantes ! D'accord, ils nous laissent le mardi, le jeudi et le samedi mais les autres jours, ils s'abattent comme une volée de piafs sur nous et personne n'a le temps de réagir. Ils sont tout de même entre sept et huit cents.

— En plus, geigna Adèle, ils ont une autorisation en bonne et due forme de la préfecture de police pour vendre sous notre nez et ils portent une plaque en cuivre sur laquelle sont gravés nom, prénom et numéro de leur casier.

— T'as oublié l'histoire des valides et des invalides en plus ! Les premiers peuvent choisir avant les autres leur emplacement. Ça crée entre eux une belle pagaille et ils se chamaillent tout le temps.

— Ah ! bé ça, je m'en fous, ricana l'autre, ils peuvent bien se bouffer le nez, ça m'arrange !

Une femme s'approcha de la boutique de la gardienne qui proposait des invendus de dentelle, taffetas, tulle et mousseline. Elle palpa chaque tissu d'une moue dégoûtée.

— Ça vous plaît pas ? questionna Adèle, agressive.

— Bof ! fit la femme, dédaigneuse, c'est pas de la très bonne qualité.

— Eh va donc ! sale carne ! lui lança la vieille femme, outrée. Tu vas me dire sans doute que c'est mieux à *la Samaritaine*. Qu'est-ce que t'attends pour y courir ? On a les mêmes fournisseurs. Si ça t'amuse de payer deux fois plus cher, tant pis pour toi. Cesse de mettre tes paluches graisseuses sur mes tissus.

Néréa ne put retenir un sourire, mais elle avait une envie folle de découvrir les fameux chineurs. Pierre à la main, elle s'éclipsa, fit un savant détour pour éviter que la vindicative Adèle ne l'aperçoive et emprunta l'escalier. Le spectacle valait que l'on s'y attarde. Devant leurs casiers, chacun s'était entouré d'une partie de sa marchandise, l'autre le recouvrant entièrement. Agglomérat de vieux corsets aux baleines rouillées, parapluies percés, fleurs artificielles défraîchies, couronnes funéraires, souliers, chapeaux, robes, redingotes, pantalons... le choix était grand pour les petites bourses. Comme il y avait foule, Néréa tenait fermement la main du petit garçon pour ne pas le perdre. Elle aperçut, accroché à un portant, une marionnette représentant Arlequin et la lui acheta pour une bouchée de pain. À midi, une cloche retentit, signalant la fermeture. L'énorme tumulte s'amplifia, chacun rangeant ses affaires dans une vibrante cacophonie. Acheteurs et marchands quittèrent les lieux emportant tout ou partie de leur misérable marchandise. Certains qui étaient venus céder dans un moment de misère noire leurs pitoyables effets dont même le Mont-de-Piété ne voulait pas, faisaient tinter dans leur poche avec une allégresse non dissimulée les quelques sous récupérés sur leurs hardes. C'est à ce moment précis que Néréa ressentit un vif élancement dans le bas du dos. Elle se raidit, attentive, puis comme rien d'autre ne venait, redescendit vers Adèle.

— Eh ! j't'ai vue monter. T'es contente de toi ! Alors, t'as pas pu résister, t'es allée bigler là-haut. Tous leurs oripeaux, ça ne vaut pas un clou ! T'as pigé maintenant, c'est nous en bas, les vrais boutiquiers du Marché du Temple ! Au Carreau, c'est de la merde !

Néréa eut un bref étourdissement, mit sa main devant ses yeux. Une nouvelle douleur l'assaillit.

— Adèle, je ne me sens pas bien, se plaignit-elle. Il faisait trop chaud là-haut. Puis-je m'asseoir ? J'ai mal dans le bas du dos.

— Ça c'est le signe que tu vas accoucher, mignonne. C'est le moment, non ?

— Je crois, balbutia-t-elle, le cœur battant.

— Alors tu veux aller où ?

— Mais je n'en sais rien, dit-elle en grimaçant. Avec Fanchon, on pensait à l'hôpital Saint-Louis qui est le plus proche de chez nous.

— Que nenni ma fille, va donc à l'Hôtel-Dieu, c'est beaucoup plus près. Les sœurs, elles sont plus douces que les carabins, ça ne te coûtera rien et t'auras même pas besoin de leur dire qui tu es. Je te le conseille vivement. Ernest, va donc voir s'il y a un fiacre dans le coin. Y a la gamine qui accouche.

Le vieux boutiquier revint quelques minutes plus tard en disant qu'il en avait trouvé un tout disposé à prendre Néréa en charge.

— T'en fais pas, petite. Je dirai à Fanchon où tu es. Elle viendra te voir et t'apporter tes affaires. Courage. Toutes les femmes passent par là.

Un autre élancement, plus vif que le précédent, lui arracha un cri. Elle se pencha vers Pierre, l'embrassa, lui offrit la marionnette et remercia Adèle de son aide en la serrant dans ses bras. Sa dernière vision en se penchant à la portière fut celle de la vieille femme, immobile, l'enfant à la main qui secouait un mouchoir pour lui dire adieu. Elle en eut les larmes aux yeux. Le trajet fut émaillé d'arrêts, l'un d'entre eux, dû à l'important cortège qui accompagnait le président de la République Sadi Carnot vers une destination inconnue, fut assez long. Une douleur dans le bas du ventre s'ajouta aux coups d'aiguille dans le dos. Il y avait des embouteillages à tous les carrefours et la jeune fille, assise sur la dure banquette, le visage crispé, tentait de se maintenir droite sans crier. Enfin, l'hôpital fut en vue. Le visage de Bixente ne la quittait guère, la détournant pour un laps de temps de ses souffrances. Le cocher l'aida à descendre du fiacre et repartit après lui avoir souhaité un beau bébé. Raidie par la souffrance, elle se présenta à la porte de l'hospice.

10

Rue de la Paix

La vocation première de l'Hôtel-Dieu issu de l'ordre des Hospitaliers était de recueillir les pauvres et de soigner les malades. Placé sous la responsabilité de l'évêque et confié aux soins du chapitre, c'était le plus important en France. Il comportait quatre salles alors que les autres n'en possédaient qu'une ou deux dans le meilleur des cas. Divisé en trois nefs où s'alignaient plusieurs rangées de lits, il ouvrait à l'une de ses extrémités sur une chapelle, une cuisine-pharmacie et possédait en plus des greniers et des magasins où s'entassaient les dons de particuliers. Il donnait aussi du travail à de nombreux corps de métier et ses cagnards, abris formés par les arches des ponts, permettaient aux mariniers de décharger les bateaux approvisionnant l'hôpital tandis que les femmes y lavaient le linge souillé. Un très violent incendie, déclaré en décembre 1772 dans la fabrique de chandelles, l'avait détruit en grande partie. Rebaptisé « la Maison de l'Humanité » sous la Révolution, puis démoli, car trop vétuste, sa reconstruction s'était terminée, une quinzaine d'années auparavant. Situé entre la rue d'Arcole, le quai, la rue de la Cité et la place Notre-Dame, il attirait tous les malades indigents.

Néréa pénétra dans l'imposant édifice. L'entrée était vaste, peuplée de malades en attente. Derrière les vitres se profilaient un jardin et des bâtiments à arcades bordés d'un interminable couloir. Son ventre proéminent et son visage crispé par la douleur attirèrent l'attention d'une nonne âgée qui s'avança vers elle. Son air bienveillant et son sourire apaisèrent la future mère.

— Bonjour, ma fille. Je pense d'après votre mine que le moment est venu.

— Oui ma sœur, je le pense aussi.

— C'est votre premier ? interrogea la religieuse, attentive.

— Oui.

— Et depuis quand ressentez-vous les douleurs ?

— Une petite heure.

— Alors ma fille, rassurez-vous, ce n'est pas encore pour tout de suite. Je vais vous donner un lit pour que vous puissiez vous reposer. Suivez-moi.

Elles suivirent un des longs couloirs et pénétrèrent dans une grande salle où s'alignaient des lits à ciel ouvert et à rideaux. Néréa s'immergea alors dans un univers de souffrance où les cris se mêlaient aux gémissements. Elle frissonna, passa devant de multiples couches occupées par des malades aux traits marqués par le mal-être et le dénuement pour s'arrêter devant une alcôve aux rideaux entrouverts.

— Voilà, dit la sœur, c'est ici. Je vais tirer les voilages, comme cela vous serez tranquille. Je ne suis pas loin. Appelez-moi si vous avez besoin de quoi que ce soit. Pour une première fois, en principe c'est un peu plus long que pour les suivantes. Allez, courage.

Elle tapota sur la couverture. Une fois allongée, Néréa tenta de faire le vide dans sa tête. Le moment tant redouté était là et elle ignorait encore comment elle réagirait lorsqu'elle expulserait l'enfant. La sœur, tout sourire, ferma les rideaux qui l'isolaient de la salle.

— Commencez à vous déshabiller, je vais vous chercher une chemise de nuit, dit-elle en s'éloignant. Si vous avez soif, il y a de l'eau dans la cruche sur votre étagère. Les repas sont à onze heures du matin et six heures du soir.

Chaque lit possédait en effet de quoi se désaltérer. Un godet en étain, une écuelle et une cuillère en bois pour manger, complétaient le couvert. Mais se nourrir était pour l'heure le cadet des soucis de la jeune fille.

Seule, elle était seule alors que pour un premier bébé attendu, espéré, issu d'un acte d'amour, elle aurait tant aimé que sa mère fût à ses côtés. Amaxi et Justine l'auraient dorlotée et Bixente n'aurait pas été loin pendant cette merveilleuse épreuve. Au lieu de cela, quelle vie gâchée à cause de la perversité d'un seul homme ! Non loin d'elle, une femme gémissait. La salle commune ! Alors qu'elle aurait dû accoucher dans les meilleures conditions chez elle. « Tu enfanteras dans la douleur. » Injustice flagrante de ce divin commandement. Pourquoi souffrir ? Une contraction un peu plus vive lui arracha un cri. Bouche entrouverte, elle tenta de respirer à petits coups comme Fanchon le lui avait conseillé, haleta. Puis la douleur cessa. Pour le moment, c'était encore supportable. Le visage de la nonne apparut entre les rideaux qu'elle repoussa.

— Ça va ? Vous êtes prête pour avoir votre bébé ?

— Oui ma sœur, murmura Néréa.

— Êtes-vous heureuse ? fit-elle, tandis qu'elle aidait la jeune parturiente à enfiler la longue chemise blanche.

— Non, ma sœur.

Le visage de la religieuse se figea. Après un instant de silence, elle la regarda avec pitié.

— Il vous a abandonnée, n'est-ce pas ? dit-elle en appuyant sur le «Il».

Néréa préféra mentir.

— Oui.

— Et je me doute que dans ce cas-là, vous ne savez pas quoi faire de l'enfant qui arrive.

— Aïe, j'ai mal, j'ai mal.

— Je vais vous faire examiner. Mais j'ignore où est le médecin en ce moment. Courage, mon petit, courage. Je reviens.

Elle repartit, les ailes de sa coiffe tremblotant au rythme de ses pas. Les traits altérés par la souffrance qui s'emparait de son corps, Néréa se cramponnait au souvenir tenace de ses intenses moments de bonheur avec Bixente. Et si l'enfant était de lui ? L'angoisse l'étreignait. Impossible. Une seule fois contre tant d'autres pesait peu dans la balance des probabilités. Une douleur aiguë la terrassa. Les mains crispées sur le rebord du drap, elle haletait à petits coups rapides, ne pouvant s'empêcher de gémir. Trois interminables heures s'écoulèrent où les contractions de plus en plus rapprochées se firent aussi plus intenses. Acculée, aux abois, elle les attendait, repliée sur sa solitude. La salle s'anima pour le dîner. La mère d'office, tout de blanc vêtue, un tablier noir protégeant sa robe, un long rosaire pendant sur le côté, coupait la viande tandis que deux religieuses servaient le bouillon.

— Bonjour madame, dit un homme vêtu d'une blouse blanche, je suis le docteur Pittman.

Le médecin souriant avait l'air affable et cela rassura la jeune fille. Jamais au début du siècle, un homme, fût-il docteur, n'aurait pu examiner une femme en couches, cette mission était réservée aux « ventrières ». Mais au fil du temps, l'interdiction s'était muée en tacite acceptation. L'idée outrageante qu'un homme pût regarder les parties intimes d'une femme révoltait la gent féminine, contrariait leurs époux, ce pour quoi un drap qui les cachait avait autorisé la manœuvre délicate. Sa grand-mère lui avait raconté comment elle avait été accouchée par deux hommes déguisés en sages-femmes, un épais voile sur le visage pour masquer leurs barbes. Tout s'était déroulé sous sa robe qui n'était pas allée plus haut que ses genoux, et la bienséance avait été sauve. Il lui saisit le poignet pour prendre son pouls.

— Combien de temps depuis votre dernière douleur ?

— Je ne sais plus.

Il relâcha le bras puis, fouillant dans sa poche, en ressortit un stéthoscope dont il appuya le bout le plus large sur le ventre de la future accouchée. Collant son oreille contre l'orifice, il écouta les battements de cœur du bébé.

— Tout va bien, fit-il en se redressant.

La gêne s'empara de la jeune parturiente, et sa pudeur devant cet inconnu devint plus intolérable que ses crampes.

— Remontez vos jambes sous le drap maintenant, dit la nonne de sa voix douce. Là, c'est bien. Écartez-les maintenant.

Cramoisie, malgré l'appréhension, Néréa obtempéra en grimaçant. Trempant deux doigts dans un pot de saindoux, le patricien les introduisit sous le tissu, tâtonna entre les cuisses et les entra dans le vagin. Le bout de l'index et du médius mesura la dilatation du col de l'utérus.

— Début de grande paume, annonça-t-il en se tournant vers la religieuse.

Une autre contraction redressa la jeune femme et elle se mit à crier.

— Calmez-vous, ma fille, fit la sœur, avec tendresse tout en lui caressant le front. Cela va plus vite que je ne le pensais. C'est bien.

Les yeux dilatés, la bouche ouverte, Néréa ramassée sur elle-même se préparait à affronter une autre vague de douleurs.

— Ô, Dieu du ciel, Seigneur tout-puissant, délivrez-moi, vite, vite.

— C'est ça ma fille, priez. La prière atténue la souffrance.

Des gouttes de sueur perlaient à la racine de ses cheveux, elle tourna la tête sur l'oreiller, passa la langue sur ses lèvres asséchées.

— J'ai soif, murmura-t-elle.

— Je ne peux plus vous donner à boire, s'excusa la sœur, vous pourriez vomir.

Elle saisit la cruche, versa de l'eau dans le gobelet et trempa le bout de son mouchoir puis le passa sur la bouche de la parturiente.

— Aïe, aïe, aïe, je souffre, gémit-elle.

Elle tentait d'être digne, mais n'y arrivait pas. Autour d'elle s'agitait tout le petit monde des hospitalières affairées. Les bras rigides le long de ses flancs douloureux, la jeune fille serrait les poings, revoyant sans cesse son père ahanant sur elle pour y déposer sa semence. Elle le haïssait de tout son être, et méprisait sa mère. Le spasme s'atténua. Néréa se détendit, regarda la lumière descendant des vitraux. Les cloches de Notre-Dame toute proche se mirent en branle. Néréa écouta, pacifiée. Mais une nouvelle contraction se fit plus violente encore et la rappela à l'ordre. Elle cria sans honte, cria encore et encore. Pourquoi fallait-il toujours que les hommes prennent du plaisir et que les femmes en supportent de telles conséquences ! C'était injuste ! La religieuse était revenue avec les lanternes allumées. La main du médecin se posa sur son ventre, la membrane de la poche des eaux venait de céder et un fluide chaud coula entre ses cuisses.

— Aidez-moi, supplia-t-elle en s'arc-boutant. Je n'en peux plus, je vais mourir.

— Mais non, petite. Tirez donc sur le drap et mordez dedans, il n'y en a plus pour longtemps, conseilla la nonne, penchée sur elle.

— Ne criez pas tant, dit le praticien, agacé, essayez plutôt d'économiser vos forces. Épargnez votre souffle, vous allez en avoir besoin pour pousser.

Encore un instant d'accalmie. Néréa lâcha le coin du drap. Son visage contracté se détendit. La religieuse l'essuya avec douceur.

— Je le hais, oh ! comme je le hais, clama-t-elle, après une terrible nouvelle crampe.

— Était-ce une si grande douleur ?

— Oh ! oui, très grande, dit-elle, l'effroi au fond des yeux. Est-ce que ça va continuer ?

À présent les contractions arrivaient par vagues sans s'arrêter. Elles fondaient sur elle sans un instant de repos. Néréa, épuisée, retint son souffle, mais incapable de se maîtriser, devint rouge et se mit à hurler. C'était devenu insupportable. Elle pensa soudain à sa mère. Comment Oïhana, si fragile d'apparence, avait-elle pu endurer par six fois un tel supplice ! Une bouffée d'amour lui vint au cœur et les larmes montèrent, aussi inexorables que cette soudaine envie de pousser qui l'occupait tout entière. Elle saisit la main de la nonne et s'y cramponna de toutes ses forces, émit un long cri de souffrance.

— Faites-la taire, hurla une malade non loin de l'alcôve.

— Aaaahh... aaahh, criait-elle, indifférente à cette injonction.

D'instinct, elle souleva sa tête, ouvrant plus largement les cuisses. Pour elle, la pudeur n'était plus de mise, il fallait expulser coûte que coûte le monstre qu'elle avait en elle. Le médecin l'examina une nouvelle fois. La religieuse se pencha, une lanterne à la main.

— Allez mon petit, ça y est presque. Poussez aussi fort que vous le pouvez lorsque vous sentez une contraction venir. Après, détendez-vous.

« Détendez-vous ! elle en avait de bonnes la femme de Jésus, elle qui n'aurait jamais d'enfant ! »

— Je vois le haut du crâne, il est roux clair, commenta l'accoucheur.

Néréa fit un geste de la main, prouvant qu'elle se moquait comme d'une guigne qu'il soit roux ou blond. L'essentiel était de se débarrasser de lui le plus vite possible. Les doigts expérimentés du médecin touchèrent la fragile fontanelle. La tête du bébé cognait à intervalles réguliers contre l'orifice dilaté du vagin. Alors, il retira sa main et regarda bizarrement la bonne sœur. Elle souleva les sourcils, interrogative. Il hocha la tête, désignant du menton les forceps préparés sur la tablette au cas où... Malgré son inconfort, Néréa intercepta cet échange, prit peur.

— Qu'est-ce qu'il y a ? cria-t-elle, le visage convulsé par la poussée.

— Je vais vous aider pour l'expulsion.

— Les fers, hein, c'est ça, vous allez me mettre les fers, fit-elle, lucide, quoique assommée par l'effort.

— Oui. Votre petit fait de la résistance, il a une très grosse tête.

— Mon Dieu, siffla-t-elle, entre deux énergiques poussées, il est hydrocéphale ! Je savais qu'il ne serait pas normal !

— Quelle idée saugrenue, commenta la religieuse en lui essuyant à nouveau le visage, ça arrive à beaucoup de femmes.

Un élan de pitié l'envahit à la pensée que cette jolie jeune femme était abandonnée. Quel était son parcours pour en arriver là ?

— Rassurez-vous, tout ira bien. Vous allez bientôt tenir dans vos bras votre bébé, commenta l'accoucheur.

« Seigneur, mais qu'il se taise », pensa Néréa, à bout de force.

Il introduisit avec douceur la première lame des forceps, puis la seconde autour de la tête du bébé. Avec une prudence infinie, il poussa les lames plus avant et lorsqu'il jugea que le dispositif était en place, en fixa les poignées.

— J'ai besoin de vous et de toutes vos forces pour expulser ce bel enfant, dit-il. Alors, je vais compter jusqu'à trois et vous pousserez.

Néréa prit une profonde inspiration, concentrant tous ses efforts sur le bas de son corps et poussa, le visage gonflé, prêt à éclater.

— Il vient, dit-il, posément. Ne relâchez pas votre effort. Un, deux, trois... Poussez. Allez, allez, tenez bon.

Pris dans le vif de l'action, il criait presque.

— Ma sœur, mettez-vous ici, posez vos deux mains sur son ventre et appuyez très fort lorsque je vous ferai signe en repoussant le bébé vers le bas.

— Je n'en peux plus. Je vous en supplie, arrêtez, arrêtez.

Néréa roulait sa tête sur l'oreiller, épuisée. Elle se mordit la lèvre inférieure qui s'ouvrit et se mit à saigner. Son corps n'obéissait plus qu'à un seul ordre « poussez ». Une douleur s'abattit sur elle alors que la tête du nouveau-né tapait contre l'entrée du vagin. Elle eut l'impression d'exploser. Le médecin tirait doucement à chaque poussée puis, il sortit les forceps et glissant les doigts autour de l'ouverture, saisit l'enfant et le tira hors de sa mère avec mille précautions. Avec délicatesse, il libéra les tendres épaules, peu à peu le corps entier du bébé glissa entre ses mains. Il poussa un soupir de soulagement et la religieuse fit le signe de croix sur le front de l'enfant. Le nouveau-né, après une bonne tape sur les fesses, se mit à crier.

— Bon, tout fonctionne et mon Dieu, qu'il est gras, fit la religieuse, admirative. C'est un bel enfant.

Sa tête était coiffée d'une sorte de membrane, issue sans doute de la poche des eaux.

— Ah ! madame, fit le praticien, tandis qu'il coupait le cordon, vous avez de la chance, votre enfant est né coiffé.

— Vous savez ce que cela signifie ? interrogea la sœur, d'un air soulagé.

— Non, murmura, la jeune femme, épuisée.

— Ça veut dire qu'il aura dans la vie une chance extraordinaire.

— Eh bien, ça commence mal pour lui car je n'en veux pas, articula l'accouchée, d'une voix faible. Vous entendez, je n'en veux pas.

Le médecin regarda la religieuse qui baissa les yeux, avec une grimace expressive.

— Tenez, dit-il, sûr de son effet, pendant que j'attends l'expulsion du placenta, je vais vous le mettre dans les bras.

— Non, non, hurla Néréa, dans un geste terrifié, repoussant le bébé, emportez-le.

Saisi, le praticien n'insista pas, tentant de décrypter la réaction démesurée de la jeune femme.

— Voyez son visage, il est si beau. Il a votre peau et qu'est-ce qu'il est vigoureux, s'exclama la nonne, pensant la faire changer d'idée. Regardez, il cherche déjà à téter sa main !

— Arrêtez, dit Néréa, soudain très lasse. Je ne veux pas le toucher. Il me fait horreur.

Le docteur, interloqué par tant de répulsion, se dit que cette naissance n'était vraiment pas désirée et que le nouveau-né devait être le résultat d'un viol ou issu d'une histoire sordide.

— Je suis si fatiguée, docteur, murmura-t-elle, laissez-moi me reposer.

La religieuse emporta l'enfant roulé dans des langes. Après les soins, Néréa, exténuée, ferma les yeux et ne tarda pas à s'endormir.

Fanchon vint chaque soir aux nouvelles, accompagnée de petit Pierre. Au bout d'une semaine, elle trouva la jeune accouchée debout en train d'arpenter la salle, le visage fermé.

— Je veux sortir d'ici, dit-elle à son amie. Je ne peux plus rester, c'est infernal. Il y a des malades qui crient toute la nuit, celle d'à côté de mon lit est morte au petit matin. Je n'en peux plus.

— Il te suffit de le demander et de dire que tu te sens bien remise de tes couches.

— Mais, c'est le cas.

— Attends, je vais essayer de rencontrer une des sœurs que j'aperçois dans la pharmacie et je vais voir ce qu'elle en pense.

Fanchon se dirigea vers la salle d'apothicairerie. Toute en bois, avec, sur ses multiples étagères, des bocaux décorés de dessins bleus et blancs, la pharmacie était un bel endroit. Des effluves de plantes aromatiques flottaient dans l'air. La jeune femme se dirigea vers une nonne en train de piler des feuilles dans un bol.

— Bonjour ma sœur, je suis l'amie de Mlle Baïgorry et je viens la chercher. Est-ce possible ?

— Je pense que oui. Apparemment, elle ne souffre pas de fièvre puerpérale, se remet normalement de ses couches mais il faut tout de même l'accord du médecin. Où est le docteur Pittman, ce matin ? interrogea la religieuse en se tournant vers une de ses condisciples.

— Il devrait arriver dans une heure, répondit celle-ci, un œil fixé sur la pendule. Mais je pense qu'il ne verra pas d'inconvénient à ce que cette jeune femme s'en aille.

— Elle nous a aidées à rassurer les moribonds et nous en avons été très touchées, remarqua la plus âgée des religieuses. Elle va nous manquer.

Deux heures après, serrant dans sa main celle de la fidèle Fanchon, Néréa, libérée par le praticien, monta dans un fiacre qui les déposa devant chez elles. Elle évoqua pendant le trajet l'horreur qu'elle avait vécue à chaque instant en découvrant la misère humaine exhibée dans cet endroit qui puait la mort et la maladie. Fanchon, fidèle à sa promesse, n'osa pas poser de question sur l'abandon du bébé. Néréa avait été claire dès le premier soir. Elle ne voulait plus en entendre parler.

*

Les quinze premiers jours passés dans sa chambre furent éprouvants. Néréa sentait un grand vide en elle, malgré la joie ineffable d'être délivrée de ce poids insupportable, lui rappelant sans cesse les viols successifs qu'elle avait subis. Puis elle se mit à sortir, se promener sans but, eut envie de visiter Notre-Dame dont elle entendait les carillons lorsqu'elle était à l'Hôtel-Dieu, se rendit au Champ-de-Mars pour découvrir la fameuse tour Eiffel. Construite pour l'Exposition universelle de 1889, vouée à la démolition, l'étrange tour en fer avait tellement fait l'admiration de chacun que Paris avait décidé de la conserver encore un peu. Elle n'osa gravir tous ces étages, se contentant de la regarder, écoutant les commentaires élogieux sur la vue exceptionnelle que l'on avait d'en haut. L'inaction lui pesait. Sans cesse, malgré son souci de la chasser, la lancinante question revenait à son esprit torturé par le doute : où était l'enfant qu'elle avait mis au monde ? S'il avait eu une anomalie, la bonne sœur ne lui aurait pas dit que c'était un bel enfant... et si elle s'était trompée ? Cette incertitude la rongeait. Elle pleurait souvent en cachette, montrant un visage serein à Fanchon qui ne se doutait guère de ce cruel désarroi. Cela faisait maintenant plus d'un mois qu'elle tournait en rond. Pour cesser de penser, il n'y avait qu'une solution : retravailler. Certes, mais où ? Fini le *Bon Marché*, elle n'avait pas digéré l'affront infligé par le directeur. Maintenant qu'elle avait de l'expérience, elle pouvait se présenter comme vendeuse auprès de n'importe quel grand magasin ou mieux encore de boutiques de luxe sises dans les beaux quartiers. Elle pensa à celle des époux Cognacq-Jay, rue du Pont-Neuf, *La Samaritaine*, qui drainait une clientèle considérable. Elle s'apprêtait à partir lorsqu'en cherchant un mouchoir, elle mit la main dans la poche de sa redingote et en sortit le bristol écorné que lui avait remis le couturier Valentin de Saint-Robert. Ne lui avait-il pas proposé plus ou moins du travail ? Songeuse, elle hésita puis, décida de se rendre à l'adresse de la maison de couture. Que risquait-elle ? Sa taille était à nouveau svelte, elle pourrait présenter ses créations. Soudain impatiente, elle prit un omnibus, puis finit le reste du trajet à pied.

Éblouie par les vitrines des joailliers de la rue de la Paix, elle passa devant le numéro sept, qui abritait la maison *Worth* dont la réputation n'était plus à faire. Le couturier n'était-il pas le père, en quelque sorte, de la présentation de ses modèles sur des mannequins vivants ! C'était sa propre épouse qui lui avait inspiré cette nouvelle façon de mettre en valeur ses premières collections, inventant une profession qui, petit à petit, gagnait ses galons de noblesse. Elle se souvenait que sa mère et ses amies parlaient souvent de lui lors des réunions du jeudi. Tout cela lui parut dérisoire et lointain. Elle s'arrêta devant le numéro seize où brillait le cuivre d'une plaque au nom du couturier. C'était un bel hôtel particulier de quatre étages à la façade noble ornée de balcons galbés en fer forgé croulant sous le carmin des géraniums. D'un geste hésitant, Néréa y pénétra. L'intérieur était cossu et raffiné. Dans le beau vestibule en marbre, un portier galonné l'arrêta.

— Bonjour madame. Vers quel service dois-je vous diriger ? demanda-t-il d'un ton obséquieux. Venez-vous essayer une toilette ou désirez-vous que j'appelle une hôtesse pour vous conduire dans les salons ?

— Non, non, répondit Néréa, distraite par le luxe de l'endroit.

Autour d'elle étaient disposées des vasques débordant de fleurs, des arbres exotiques et debout dans des niches, se dressaient des statues de bronze ou d'albâtre, offrant un cachet précieux à l'ensemble de ce temple de la création.

— Je souhaiterai rencontrer M. Valentin de Saint-Robert.

Il la regarda, incrédule et sourit.

— Avez-vous un rendez-vous ?

— Pas du tout, mais je pensais qu'il pouvait quand même m'accueillir.

— Je regrette mademoiselle, répondit-il, ironique. Le maître ne reçoit pas sans être informé du motif de la visite et de toute façon, il n'est pas encore arrivé. Sa secrétaire non plus. Revenez plus tard.

Déçue, Néréa, tête baissée, se dirigea à pas lents vers la lourde porte, l'ouvrit et se retrouva dans la rue. Un élégant cabriolet attelé de deux chevaux alezans arrivait au même instant et vint se ranger devant l'immeuble. Conduit par un cocher en livrée, il avait belle allure. L'homme, casquette à la main, sauta à terre, ouvrit la portière à un gentleman fort distingué qui descendit, un journal à la main. La jeune femme, debout sur le trottoir, se demandait dans quelle direction elle repartait, lorsque leurs regards se croisèrent. D'emblée, elle reconnut le couturier.

— Ah ! Mais ne serait-ce pas la jeune femme que j'ai laissée il y a quelques mois, éplorée devant un café ?

Néréa s'approcha de lui et son visage s'illumina.

— Bonjour monsieur. Je venais pour vous rencontrer mais votre portier m'en a dissuadée.

— Il a raison ! s'exclama-t-il. Je suis sans cesse dérangé par des fâcheux et je n'arrive pas à terminer mes esquisses. Mais, je suis tout disposé à vous recevoir car, figurez-vous que j'ai souvent pensé à notre rencontre.

La jeune femme vit dans cet accueil un espoir et elle reprit confiance en elle.

— À la bonne heure ! fit-il, ravi, vous avez retrouvé le moral et, si j'en juge, une très jolie silhouette. Il me semble que vous avez maigri.

Néréa rougit légèrement et passa devant lui alors qu'il s'effaçait en tenant le battant de la porte. Le gardien fit un plongeon pour saluer le maître, apeuré d'avoir éconduit la jeune femme alors qu'elle avait l'air au mieux avec lui. Un petit groom vêtu d'un costume écarlate à filets dorés leur ouvrit la grille de l'ascenseur et ils se retrouvèrent au deuxième étage. Elle pénétra à sa suite dans un bureau luxueux. Il lui indiqua un large fauteuil et la pria de s'asseoir avec courtoisie.

— J'ai pensé à vous souvent, car votre allure m'a inspiré plusieurs modèles. D'ailleurs, qui mieux que vous pourrait les porter ! Je m'en suis voulu de ne point avoir eu le réflexe de vous demander où vous habitiez et je ne vous cache pas que je suis revenu hanter ce fameux café où je vous avais rencontrée dans l'espoir fou de vous revoir.

Silencieuse, Néréa écoutait et n'en revenait pas. Ainsi, cet homme, ce créateur qui lançait la mode, maintenant les traditions d'élégance et de bon goût français, si prisées dans le monde entier, l'avait recherchée.

— Ne vous méprenez pas sur mes intentions. Elles sont louables puisque je vous offre un emploi de mannequin chez moi.

Néréa fit une mimique expressive montrant sa vive surprise mêlée de joie.

— Oh ! monsieur, s'écria-t-elle, est-ce vrai ? Je ne sais comment vous remercier. Je venais pour vous solliciter en ce sens. Je suis comblée.

Pour un peu, elle aurait dansé sur place. Le spectre des vaches maigres s'éloignait.

— Bien sûr, je vais vous offrir une formation avant que vous ne débutiez car on ne se lance pas comme cela. Voyez-vous ma chère, vous allez pénétrer dans un univers où la couture est l'ambassadrice de la France et, à ce titre, vous ne pouvez commettre d'impairs. Je ne vous demande pas de quel milieu vous venez car cela se sent à votre distinction innée.

Flattée, Néréa tordait un mouchoir entre ses doigts, redoutant des questions sur sa famille ou pire, sa vie privée. Mais, l'homme était un esthète, et d'une exquise civilité. Elle poussa un léger soupir. S'il savait ! La chasserait-il comme le cynique directeur du *Bon Marché* ou, usant de sa tolérance, confirmerait-il sa proposition ? Elle pencha pour la seconde solution qui l'arrangeait bien. Pendant une heure où il demanda à ne pas être dérangé, il lui expliqua ce qu'il attendait d'elle, comment fonctionnait sa maison et le rôle important qu'il y jouait car tout reposait sur ses épaules.

— Vous voyez, ma chère, alors que les autres suivent la mode, c'est moi qui la fais ! Ma seule et enivrante fonction est d'imaginer ce qui sera nouveau demain, aujourd'hui étant déjà trop tard. La mode, c'est anticiper tout désir et cela demande une incessante recherche. Avez-vous le temps de m'accompagner ? Je vais vous montrer ce qui fait toute ma vie. Je suis marié à la couture.

La jeune femme se leva, ramassa l'un de ses gants tombé à terre et le suivit.

— Vous allez faire partie d'une équipe. Je souhaite que l'entente règne entre vous toutes car il n'y a rien de plus désagréable que de représenter la fine fleur de la grâce et du charme et de se comporter comme une virago dans les coulisses.

Néréa découvrit un univers de luxe ouatiné, où la fortune et l'éclat se disputaient la priorité.

— Mes modèles partent aussi bien à Londres, Buenos Aires, Saint Louis ou New York, qu'à Bruxelles ou Madrid.

Poussant une porte, il entra dans la capiteuse atmosphère d'un salon d'essayage richement meublé où il baisa la main d'une ravissante jeune femme tandis que s'affairaient autour d'elle deux retoucheuses empressées à redresser un pli, raccourcir les manches ou épingler un ourlet. Trois des murs encadrant de hautes fenêtres étaient recouverts de miroirs, le quatrième se distinguait par de belles boiseries rehaussées d'appliques en cristal qui dispensaient une lumière douce.

— Comment allez-vous princesse ? Êtes-vous satisfaite de votre robe ?

— Elle me va comme un gant, dit la gracieuse personne en roucoulant.

Il sortit en lui promettant d'assister à l'ultime essayage après les retouches.

— C'est une princesse russe, chuchota-t-il, elle ne s'habille que chez moi et vient refaire sa garde-robe à chaque changement de saison.

Ils sillonnèrent l'immeuble couloir par couloir, pièce par pièce, avant de se rendre dans la maison au fond d'un merveilleux et inattendu jardin dont les buis taillés à la française et les parterres dessinés en volutes colorées rivalisaient avec les portiques, arcades, pilastres permettant les présentations l'été sous les tonnelles aménagées. Néréa, charmée, suivait M. de Saint-Robert, se demandant comment elle allait survivre à tant de magnificences après avoir mangé son pain noir dans la mansarde de la rue du Temple. Tout lui rappelait l'intérieur des luxueuses villas de Biarritz où sa mère l'amenait parfois en visite. Ils s'arrêtèrent dans les réserves remplies d'innombrables pièces d'étoffes chatoyantes, passèrent dans la salle des accessoires où s'étalait une grande diversité de fanfreluches et colifichets, plumes de paon, colliers de perles, éventails, chapeaux petits ou grands, étoles en soie diaprée ou en fourrure, boîtes à chaussures occupant trois des immenses étagères qui couraient le long des murs du sol au plafond. À l'étage, par une porte entrebâillée, elle aperçut les cousettes à l'œuvre, petites fées aux doigts agiles qui permettaient aux esquisses du maître de prendre vie. La tête penchée sur leur ouvrage, elles assemblaient, surjettissaient, piquaient, jusqu'à ce que leurs efforts soient récompensés. Surgissait du néant une ravissante robe que porterait bientôt une grande dame qui avait eu le bon goût de bien naître ou d'épouser un homme riche et généreux.

La vaste salle de repassage se tenait à côté. Valentin la fit rentrer dans cet antre où les ouvrières s'affairaient et les salua. Elle eut un mouvement de recul sur le pas de la porte, peu habituée à la forte chaleur que dispensaient trois fourneaux à fer chauffés au charbon de bois dispersés dans la pièce. Les repasseuses se servaient de fers en fonte, mais elles avaient aussi à leur disposition des fers à tuyauter à une ou deux branches afin de relever les plis et les garnitures et un autre à glacer. Chacune se partageait de longues tables recouvertes d'une couverture de laine, elle-même protégée par une nappe en toile fine. Tandis que les unes préparaient l'amidon cru ou cuit, les empois au borax, à l'eau de riz ou gomme arabique selon la nature du vêtement, les autres aspergeaient les chemises, jupons et autres camisoles, puis, les roulaient en attendant de les lisser. Les plus chevronnées s'occupaient des pièces-maîtresses du grand couturier : sans expérience, un fer trop chaud roussissait et brûlait les beaux tissus. Attentif, ce dernier observait le manège des mains et l'efficace ballet de la préparation, posant un doigt léger sur un pli, demandant d'en accentuer certains, de diluer un peu plus l'amidon pour une mousseline, d'empeser un col et les poignets sans en répandre sur la guimpe. Les repasseuses, soucieuses de mener à bien leur tâche et de plaire à leur patron, obtempéraient sans montrer le moindre agacement. Néréa les regardait s'activer, admirant leur dextérité, mesurant son inexpérience. Comment avait-elle eu la prétention de se croire capable de tenir un fer ? Elle se félicitait d'être arrivée rue aux Ours trop en retard pour y être embauchée. À ses côtés, une jeune fille frottait consciencieusement avec du papier de verre les points rouillés des semelles des fers tandis qu'une autre, une fois cette action terminée, mettait de la cire sur un chiffon afin qu'elles glissent mieux au repassage.

— Suivez-moi, demanda Valentin à Néréa. Il est temps de regagner l'autre immeuble.

Arrivée dans les salons de vente aux décors raffinés, elle entrevit les mannequins qui papotaient entre elles en attendant de pouvoir défiler devant les riches acheteurs venus d'un peu partout.

— Je dois absolument me rendre dans mon studio, où m'attendent des retoucheuses et un de mes modèles.

Ce sacro-saint temple de la création où l'artiste d'un doigt inspiré rectifiait, améliorait son ébauche, ne laissait filtrer que peu d'informations. Il entra et fit signe à Néréa de s'asseoir sur un canapé. Juchée sur une petite estrade, une jeune femme se tenait immobile, en corset et bas, attendant le bon vouloir du maître, assistée par deux retoucheuses. Consultant son esquisse, dessinée à grands coups de crayon, il choisit une pièce de mousseline rose et commença à la draper sur le corps du mannequin, donnant des ordres brefs pour distribuer ici un coup de ciseau, là épingler un nouveau pli. Valentin de Saint-Robert était un génie, Néréa mesurait mieux sa chance de l'avoir rencontré : sous ses yeux se réalisait un miracle du bon goût. Tout s'accomplissait dans le silence le plus complet du côté des femmes. Ses mains fines volaient de l'épaule à la taille ou au bas de la robe. Éblouie par tant d'adresse, elle observait ce savant ballet si bien orchestré. Il saisit ensuite une longue badine flexible et se mit en face d'elles, assis dans un fauteuil. Commencèrent alors les rectifications afin que le tomber, l'allure générale de la robe conquièrent sous sa griffe un public féminin exigeant. Ainsi réglait-il petit à petit l'harmonie de son œuvre, faisant et défaisant un pli, retirant un revers, essayant un retroussé, l'ébauche d'un volant, ajoutant là une dentelle, ici un flot de rubans. Conquise, Néréa admirait la virtuosité de l'artiste tandis que sous sa houlette, les couturières croisaient, biaisaient, tendaient, plaquaient l'arachnéenne étoffe, fixant boucles et garnitures, jusqu'à ce qu'il fasse du bras un geste péremptoire. Le modèle était prêt à passer dans l'atelier de couture où corsagières, jupières, plisseuses, ajusteuses, mécaniciennes et petites-mains allaient s'en emparer pour qu'il devienne la signature du célèbre grand couturier.

— Voilà en quoi consiste une partie de mon travail, dit-il, dégrisé, en se tournant vers Néréa. Il vous appartiendra de le mettre en valeur.

La jeune fille, séduite, se taisait.

— Je veux vous voir ici à dix heures demain matin. J'ai sous le coude quelques croquis qui vous concernent et j'ai hâte de les faire sortir de mes cartons. Suivez-moi dans mon bureau.

Docile, elle pénétra dans l'antre du maître où l'air saturé de parfums orientaux lui donna la migraine.

— Vous voulez connaître mon secret ? Il est tout simple, confia-t-il en se laissant tomber dans un large fauteuil en cuir rouge, je m'inspire, comme la plupart de mes confrères d'ailleurs, des modes précédentes en les transformant selon les tissus dont je dispose. Ensuite, c'est à vous de jouer. Votre rôle est de mettre mes créations en relief, votre charme fera le reste. Les nouveautés que mes clientes ont regardées, d'abord avec une moue dubitative, elles se les arracheront par la suite. La femme est si versatile !

— J'ai effectivement remarqué que l'accoutumance joue un grand rôle dans la mode, commenta la jeune Basque. Il convient de laisser l'œil s'habituer à une nouvelle forme, et l'on finit par accepter ce que l'on avait d'abord refusé de porter. À Biarritz, la propagation d'un modèle dans le vent est fulgurante. Ma mère m'a toujours dit que c'était au Casino que tout se passait. Sous peine d'être exclue de son groupe d'amies, elle adoptait sans réfléchir une tenue originale.

— Vous avez tout compris. Les femmes se jalousent entre elles, c'est terrible. La compétition s'instaure et leur fait atteindre des sommets de mesquineries. Mais moi, il faut bien l'avouer, cela m'arrange. Mes espionnes qui sont à ma solde chez *Worth* et les sœurs *Callot* m'ont averti qu'une somptueuse fête se prépare au palais de l'Élysée dans deux mois. D'ores et déjà, je me tiens prêt à présenter des robes fastueuses. Mais nous reparlerons de tout cela demain.

Il sonna, demanda à l'arpète de faire venir le comptable. Il arriva quelques instants plus tard, salua et prit tous les renseignements afin de lui établir ses fiches de salaire en bonne et due forme.

— Vos horaires, indiqua-t-il, sont de dix heures à dix-huit heures. Vous aurez une heure de battement à treize heures et vous pourrez prendre vos repas à notre restaurant. Il y a des présentations de modèles tous les jours et vous devrez être prête à défiler même si c'est l'heure du déjeuner. Clientes obligent ! Vous bénéficierez d'une habilleuse pour vous aider à changer de tenue, d'une modiste et d'une maquilleuse. Votre salaire sera de soixante francs par semaine augmenté des extras lorsque vous vous produirez à l'extérieur. Tenez, voulez-vous signer là.

La jeune femme se leva et, prenant le stylo qu'il lui tendait, apposa sa signature au bas du contrat.

— Bonne chance, Néréa, et bienvenue dans ma maison, dit le couturier en la saluant. À demain.

Elle les remercia et sortit, enchantée. C'était la première fois qu'il l'appelait par son prénom. Et quel salaire ! Soixante francs par semaine ! On était loin des pitoyables émoluments de ses débuts. Cela lui permettrait de quitter l'endroit sordide où elle vivait et de prendre un appartement avec Fanchon. Le mauvais sort qui la poursuivait depuis si longtemps avait-il cessé de s'acharner sur elle ? De tout son cœur, elle le souhaitait. L'instant d'un éclair, la jeune femme se demanda en prenant l'ascenseur si, maintenant qu'elle était délivrée de l'enfant, elle ne devrait pas avertir ses parents et leur dire qu'elle était vivante. Mais ce mouvement ne dura pas. Ils lui avaient tous fait trop de mal. Pauline, seule, méritait de recevoir cet appel pour la rassurer. Demain peut-être, le ferait-elle. Elle sortit et se retrouva dans la rue où il faisait bon marcher. Au lieu de prendre un omnibus, elle décida de rentrer à pied, prenant le soin de flâner dans l'allégresse du moment. Quelle étrange chose que la vie ! Quel itinéraire singulier ! Enfuie de son pays Basque dans des conditions épouvantables, jamais elle n'aurait songé un seul instant à cette étonnante destinée. Le souvenir de Bixente revint, toujours aussi présent, mais que pouvait-elle espérer d'un garçon qui était parti sans oser le lui avouer, que valait alors un pauvre petit serment arraché dans le plaisir puis la peur de la séparation ? Néréa soupira. Le reverrait-elle un jour ? D'ailleurs, était-il en vie ? Et l'enfant ? Elle gardait encore dans l'oreille son premier cri, ses vagissements alors que la nonne l'emportait loin d'elle. Où était-il ? Elle secoua la tête, mécontente de se faire du mal alors que sa vie s'annonçait enfin sous de meilleurs auspices.

*

À partir de ce jour béni où elle était entrée chez Valentin de Saint-Robert, sa vie changea du tout au tout. Un emploi du temps bien précis l'attendait chaque matin. Elle passait des robes et les montrait aux courtiers venus de l'étranger. L'après-midi était consacré aux nombreux essayages des créations pour en corriger les éventuelles imperfections, puis l'heure venait où les clientes prenaient place dans les ravissants canapés pour regarder défiler les mannequins. C'était alors le coup de feu et chacune enfilait une nouvelle tenue, se coiffait d'un chapeau à la forme originale, le plus souvent dans l'urgence. La modiste, énervée, pestait contre le coiffeur qui ne lui avait pas facilité le travail en échafaudant des coiffures compliquées, l'habilleuse se trompait de boutons, la retoucheuse maudissait la jeune arpète qui venait de renverser sa boîte d'épingles tandis qu'au centre de toute cette agitation, les mannequins subissaient de plein fouet les exigences de tous. Une fois le défilé terminé, elles devaient attendre l'arrivée d'autres clientes dans un petit salon attitré qu'elles surnommaient *le doux cagibi*. Valentin de Saint-Robert avait essayé de composer un bataillon de charme assez homogène mais d'extraction modeste, bourgeoises et aristocrates boudant ce nouveau métier au caractère ambigu.

Il avait favorisé la beauté mâtinée d'un petit je-ne-sais-quoi dans le maintien, le port de tête, la façon de marcher, un peu crâne pour l'une, hautaine pour l'autre. Grâce à lui, des midinettes avaient été propulsées au rang envié de mannequin. Néréa détonnait parmi ces jeunes filles et souffrait de ses différences. Sa rapide ascension et l'intérêt que lui manifestait le grand couturier lui avaient attiré leurs inimitiés. De Claire, la plus ancienne, fort jalouse, elle était devenue la cible préférée et rien ne lui était épargné. Railleries, attaques, mesquineries injustifiées lui gâchaient une grande partie de sa journée, mais elle les ignorait. À quoi bon répondre ! Elle se refusait d'entrer en compétition. Pourtant, il fallait un caractère angélique pour ne pas céder à l'agacement. Claire accumulait les provocations à son encontre, imitant ses gestes en des mimiques outrancières, cachant ses effets personnels, se servant sans vergogne de sa poudre et de ses pinceaux, pire, l'accusant d'être une fille de petite vertu, profitant des largesses d'un pédéraste. Pendant ce temps-là, les autres, heureuses que la vindicte de la colérique se soit enfin tournée vers un autre souffre-douleur qu'elles, jouaient aux cartes, lisaient dans les lignes de la main y découvrant un avenir délectable où, remarquées par un généreux mécène, elles regarderaient à leur tour, alanguies sur les canapés, évoluer devant elles des modèles mis à leur disposition. Les confidences volaient, les unes sur leurs amours, les autres leurs ruptures. Néréa prenait conscience que la supériorité du savoir, de l'éducation, ajoutés à une distinction innée, la mettait au ban de ses compagnes. Isolée, elle avait tout le loisir de penser à Bixente, à l'abandon de l'enfant, à ses parents. Dans quel état son grand-père se trouvait-il ? Quelle avait été l'attitude de son père face à sa fuite ? Comment sa mère avait-elle réagi ? Elle serait certainement horrifiée d'apprendre que sa fille unique servait ainsi de faire-valoir. Assise devant une petite fenêtre, la jeune Basque regardait sans le voir le trafic de la rue lorsque la première vendeuse fit irruption dans la pièce.

— Mesdemoiselles, s'écria-t-elle, nerveuse, revêtez les tailleurs sport pour Mme de Servan qui vient d'arriver. Néréa passez donc, s'il vous plaît, les costumes de vélocipède. D'abord celui en homespun [1] havane, puis le noir à la grande casaque en flanelle souple. Claire, vous présentez les trotteurs.

Le brouhaha diffus reprit sa place. Femme d'expérience, elle connaissait sur le bout des doigts, à l'instar de son patron, sa clientèle et ses goûts.

— Mme de Mercœur, ajouta-t-elle, fébrile, vient d'envoyer un coursier pour annoncer sa visite à cinq heures. Elle veut voir des robes du soir. Néréa, M. de Saint-Robert vous demande de lui présenter la collection des sept planètes.

La jeune femme soupira. Encore une soirée où elle sortirait de son travail très tard.

— Et moi ? interrogea Claire, l'air furibard.

— Je ne fais qu'appliquer les ordres du patron et contrairement à vous, je ne les discute pas.

— Je n'aime pas être mise sur la touche, explosa-t-elle, surtout au profit de cette fille qui se prend pour la reine de Saba.

Fort ennuyée, Néréa s'approcha d'elle et lui mit la main sur le bras.

— Bas les pattes, fit l'autre, en lui jetant un regard venimeux, je t'interdis de me toucher.

— Claire, si vous continuez dans ce registre, je vais être obligée d'en référer à M. de Saint-Robert et vous serez une fois de plus mise à l'amende. Si ça vous amuse, continuez !

— Madame Coudoin, je peux très bien partager avec Claire, elle pourrait porter la moitié des modèles avec moi.

— Si vous vous y mettez vous aussi, Néréa, je ne vais pas m'en sortir. D'ailleurs, au lieu de discuter, finissez de vous habiller et présentez-vous dans dix minutes au grand salon.

Les visiteuses observaient le ballet des jeunes femmes, fort intéressées par les modèles présentés. Néréa, allait et venait, s'arrêtait, virevoltait, accompagnant sa marche de mouvements de bras d'une grâce exquise, montrant le galbe de ses hanches fines que la soie et la gaze modelaient comme si, telle Vénus, elle sortait de l'onde.

---

1. Tissu tissé à la maison.

Rousse et blanche comme un modèle de Titien, vêtue d'une somptueuse robe d'un vert jade vibrant, les épaules à demi dénudées, cachées sous une brume mauve de tulle arachnéen, Néréa réconciliait sur elle les couleurs et les formes. Sous leurs regards partagés entre l'admiration et l'envie de s'offrir ces parures, elle pensait sans amertume qu'elle était loin de pouvoir financièrement réaliser ce vœu.

— Ah ! ma chère, si vous saviez, minaudait l'une, je n'ai plus rien à me mettre !

L'autre faisait chorus, admettant que si elle succombait à l'achat d'une de ces fabuleuses robes, ce serait plus par coquetterie que par besoin. Les penderies de son cabinet attenant à sa chambre en regorgeaient. Une fois acquise, elle la porterait une fois et s'en désintéresserait aussitôt car, comment imaginer une seule seconde qu'elle oserait la remettre ! Néréa, le visage atone, ne laissait rien transparaître de son agacement mais reconnaissait bien là les réactions d'enfant gâté de sa mère et de ses amies... Ayant connu la précarité, elle mesurait mieux la futilité de leurs propos. Désœuvrées, ces mondaines semblaient passives, hésitantes sur leurs achats : manteau, robe d'un soir, tailleur ? Ou tout cela à la fois ? Dérisoire passe-temps !

— Mesdames, indiqua la vendeuse, empressée, voici l'avant-dernier modèle de la collection *les sept planètes*. Vous avez déjà pu apprécier Saturne, Lune, Mars, Mercure et Soleil. Voici Jupiter. Admirez le drapé. Souhaitez-vous toucher le magnifique brocart ?

La journée s'acheva ainsi par la vente de trois superbes robes présentées par Néréa et un tailleur de vélocipède par Claire. Alors que, sans un mot, elles s'apprêtaient à quitter les lieux après avoir revêtu leurs vêtements de ville, Valentin de Saint-Robert arriva en coup de vent dans le cagibi, fort mécontent.

— J'apprends qu'il y a encore de l'orage dans l'air. Claire, je n'apprécie pas du tout votre attitude envers la nouvelle.

— Mais c'est elle qui....

— Cela suffit. Je connais assez votre méchant caractère pour croire que ce n'est pas Néréa qui vous cherche querelle. Si cela ne vous convient pas, je vous conseille d'aller voir chez mes confrères. C'est certainement mieux !

Il était d'autant plus furieux qu'il aimait par-dessus tout l'harmonie au sein de sa maison, prenant soin de la santé de ses mannequins, surveillant leur nourriture, allant même en cuisine pour demander au chef un plat particulier pour l'une un peu anémiée, se préoccupant de l'éclat de leur teint, de leur chevelure, soignant les bobos du cœur. À l'évidence, il les choyait toutes, mais ne pouvait plus cacher sa préférence pour l'exquise Néréa. Discrète, elle ne parlait jamais de sa vie à l'extérieur, mais il se doutait qu'elle cachait un secret. Il avait perçu en elle des affinités pour les lieux chics, les gens huppés et ne se privait pas de l'amener au Polo de Bagatelle. Hanté par une foule d'élégantes qui aimaient parader, afin de goûter l'inestimable plaisir d'être vues et admirées, il devenait l'endroit incontournable où Valentin testait ses nouveaux modèles. Il était si plaisant, en fin d'après-midi, d'aller prendre le thé et flâner ensuite le long des allées de sable fin, tandis que sur le gazon s'affrontaient à grands coups de maillet, de cris et de galopades effrénées de chevaux, des messieurs aisés, heureux de se dépenser après avoir placé des fortunes en Bourse. Ces dames, mine de rien, l'observaient, chuchotaient, mettaient leur face-à-main pour mieux apprécier le tissu, commentaient, qui le drapé, qui le tomber charmant d'une jupe volantée ou d'un manteau aux lignes épurées.

Néréa évoluait dans un cadre luxueux, rencontrait des personnes bien éduquées lui manifestant un indéniable intérêt. Tenant la gent masculine en respect, elle s'étonnait de ne jamais ressentir d'élan comme avec Bixente. Certes flattée par tous ces hommages d'admirateurs empressés, elle les recevait, mais pas au point de succomber. Enivrée, mais juste dans l'instant, par cette existence frivole, elle tentait d'oublier ce qui la minait un peu plus chaque jour. Devenue la préférée du maître, sans avoir rien provoqué, elle le suivait. Il l'amenait partout soit à titre privé, soit pour présenter ses collections. Ainsi, la vit-on au bras de son inoffensif chevalier servant, aux courses de Longchamp, au pesage d'Auteuil, enviée par les femmes qui souhaitaient copier ou acquérir ses fabuleuses toilettes, courtisée par des gentlemen élégants et cultivés. Cela lui redonna une bouffée d'oxygène après les moments terribles qu'elle avait vécus. Valentin, l'œil aux aguets, se rendait compte de l'effet que la jeune femme provoquait sur son passage. Les vieux messieurs soignés la regardaient en coulisse, les plus jeunes la buvaient des yeux. Que ce soit au pesage, sur la pelouse, au paddock et même dans les écuries, il n'était question que des toilettes de M. de Saint-Robert et de sa nouvelle égérie. Ils allèrent de concert en Palais des glaces, où Néréa patina, vêtue de somptueuses fourrures, coiffée d'une toque en loup blanc. Elle fut même acclamée au défilé du Bal de la Couture où Valentin reçut, outre d'innombrables félicitations, la médaille d'or du bon goût français si convoitée par ses concurrents. Un jour, timide, elle lui montra une partie des croquis qu'elle dessinait dans sa soupente. Sidéré par son talent et son goût, il l'encouragea à continuer dans ce sens.

— Peut-être, ajouta-t-il, en souriant, vais-je me servir de vos dessins pour créer mes modèles. Bien évidemment, je vous les achète. J'aime votre façon d'harmoniser les tissus, les couleurs et les formes.

— Vous ne pourriez pas me faire plus plaisir, avoua-t-elle, le visage rosissant de bonheur.

— Je vous ai beaucoup observée. Vous avez le sens critique, un goût inné, vos conseils sont judicieux. Mais il convient de ne pas perdre de vue que nous dépendons en partie d'un noyau d'élégantes parisiennes qui font la pluie et le beau temps en matière de mode.

— J'ai remarqué cela, dit la jeune femme, attentive.

— Voyez-vous, Néréa, si ma collection est bien accueillie par ce petit groupe d'initiées, d'autres femmes suivront, qu'elles appartiennent à la capitale, à la province ou à l'étranger. La mode, en fait, n'est qu'un processus d'épidémie. Si le virus que j'inocule dans mes salons ou ailleurs fait des ravages, je suis gagnant sur toute la ligne !

— Souhaitez-vous que je vous montre mes derniers croquis ?

— Oui, fit-il en tendant la main pour les saisir.

Il les regarda un par un, sans parler, avec dans le regard une lueur d'intense étonnement. Puis, il les classa en plusieurs tas.

— Excellent, excellent, jubila-t-il. Nous allons faire du bon travail tous les deux et notre association va être fort productive. Votre manteau *Schéhérazade* en satin bleu nuit doublé de bleu pâle est une pure merveille. Pour ma part, je l'agrémenterais volontiers d'un col bordé de loutre. J'adore aussi la robe en liberty avec la cravate en point d'Alençon. Bravo !

Néréa, émue, écoutait le maître lui faire des compliments et s'enhardit à lui demander à qui ses modèles étaient destinés.

— Pour moi, répondit-il en se raclant la gorge, il y a deux catégories de femmes, celles que j'appelle les révolutionnaires car elles adorent se démarquer en portant des toilettes excentriques et les autres qui ne jurent que par le classique. Ce sont les premières qui m'intéressent.

— Mais pourtant dans toutes vos collections il y a beaucoup de classique.

— Il faut bien vivre, soupira-t-il en se levant. Vous imaginez aisément le nombre d'employés qui se nourrissent de ma couture. Je n'ai guère le choix !

Néréa hocha la tête, remit une épingle dans son chignon qui menaçait de s'écrouler sur ses épaules.

— Vous êtes désormais la pierre angulaire de mon établissement et, pardonnez-moi si je vous fais jouer plusieurs rôles. Aucun de mes mannequins n'a votre classe, et votre esprit créatif rejoint le mien. Vous m'êtes très précieuse ma chère ! Bonne soirée.

*

Enfin, la roue de la vie tournait en sa faveur. Sans doute était-ce un signe favorable pour envisager un déménagement. La jeune fille avait de plus en plus de mal à rester confinée dans son horrible mansarde. La mer lui manquait ! Habituée depuis sa naissance à être bercée et réveillée par l'océan, sentir la fraîche odeur d'iode en ouvrant ses volets, écouter le souffle du vent sur les tuiles, elle n'en pouvait plus de n'avoir pour horizon que ces quatre murs et ce tout petit coin de ciel bleu-gris qui lui parvenait par le fenestrou. Elle s'en ouvrit à son protecteur. Il rit et le dimanche suivant la conduisit à Dinard, délicieuse plage bretonne de la Côte d'Émeraude. Rivale de Trouville en Normandie, elle faisait assaut de mondanités, accueillant une population d'estivants composée surtout d'Américains et d'Anglais. Le *lawn-tennis* y faisait rage. Néréa avait présenté des modèles adaptés au court habillé de gazon du parc Saint-Cloud à Paris pendant un championnat international organisé par le Stade français. Les meilleures raquettes mondiales s'affrontaient et les rencontres se succédaient pour son plus grand bonheur. Bien sûr, les créations de Valentin avaient séduit les jeunes femmes : leur forme souple ne risquait pas d'entraver les jambes de la tenniswoman ! Dès le lendemain, d'importantes commandes de divers clubs très chics étaient parvenues à la maison de couture concernant des ensembles blancs. Ils descendirent à l'hôtel Royal où se pressait une élégante foule cosmopolite. Dans l'oisiveté la plus totale, elle accomplissait les rites immuables de la vie mondaine comme à Biarritz. Valentin, assis un peu en retrait de la terrasse, méditait sur des épures, croquait les silhouettes alanguies sur la plage, s'inspirant du paysage marin tandis que Néréa faisait sensation avec ses toilettes. Ravi, le couturier savait que la partie était gagnée pour lui et que ses salons d'essayage ne désempliraient pas dans les jours à venir. Son but était atteint. Il avait donné vie à la matière, certes belle, mais inanimée, grâce au corps et au port de reine de son égérie.

Fin juin, située entre le Grand Steeple d'Auteuil et le Grand Prix de Paris, la Grande Semaine déroulait ses fastes dans la capitale y attirant une foule élégante et considérable. La journée phare était le vendredi, appelée journée des *Drags*, qui convergeaient vers Auteuil avec leurs attelages à quatre, évocateurs des fêtes sportives avant l'avènement de l'automobile. Il fallait se montrer dans la tribune réservée aux propriétaires, véritable vitrine de l'élégance française. Valentin participait à cette fête, accompagné de Néréa et de Claire. Il avait créé pour l'occasion des robes sublimes et des chapeaux dont le chic indéniable allait faire des ravages sur les gradins. Lorsque la jeune femme arriva dans le salon d'essayage, l'habilleuse avait les yeux rouges et se mouchait à l'envi.

— Que se passe-t-il, Manon ? interrogea Néréa, surprise. Il ne vous est rien arrivé de grave ?

L'employée secoua la tête sans arriver à prononcer une parole.

— La robe de Claire pour Auteuil a disparu, avoua une retoucheuse.

— Disparu ! Mais n'était-elle pas hier au soir pendue sur un cintre ici ?

— Si, mais ce matin lorsque je suis arrivée, elle n'y était plus, hoqueta Manon entre deux sanglots. M. de Saint-Robert va me congédier parce que j'étais responsable de ces tenues pour aujourd'hui.

— Nous allons l'attendre et il prendra une décision pour qu'elle porte une autre toilette.

Claire arriva très en retard alors que le couturier, furieux, tentait de comprendre comment ce vol avait été possible.

— Qui m'en veut au point de m'empêcher de participer à cet événement si prisé ? dit-elle, l'air furibond.

— Je ne vais pas fouiller les sacs de mes employées chaque fois qu'elles quittent l'immeuble, dit-il, fort mécontent. Vous allez chercher partout, au cas où quelqu'un l'aurait rangée ailleurs.

L'énervement était à son comble lorsqu'une petite-main retrouva la robe roulée en boule derrière une boîte à chapeaux dans le placard de Néréa. Stupéfaite, la jeune femme ne savait quoi évoquer pour se défendre devant les regards accusateurs braqués sur elle. Le couturier lui prit les mains, la regarda droit dans les yeux.

— Néréa, rassurez-vous, je ne vous crois pas une seule seconde capable de faire une chose pareille. J'ai d'ailleurs ma petite idée là-dessus. Dépêchez-vous de vous habiller toutes les deux. Je réglerai cela à tête reposée.

Blessée, humiliée, la jeune femme, rougissante, ne remarqua pas le regard de haine que lui lançait Claire tandis que la repasseuse demandée en toute hâte accourait, un fer chaud à la main, afin d'effacer au plus vite les plis de la robe malmenée.

L'arrivée du drag de M. de Saint-Robert fut très remarquée grâce à l'élégance raffinée de ses mannequins. Comme aucune preuve tangible ne put être trouvée, l'affaire de la robe fut enterrée mais le couturier demanda à ses gardes une vigilance accrue. Certain de la culpabilité de Claire, jalouse de Néréa, il souhaitait la prendre la main dans le sac et attendait le moment opportun où il pourrait se passer de ses services.

*

Fanchon, admirative, était heureuse de la réussite méritée de son amie. Néréa lui fit part de sa volonté de déménager et lui proposa de venir habiter avec elle dans un appartement mieux adapté et plus salubre dans l'intérêt du petit Pierre, toujours un peu pâlot.

— Attends, fit son amie, souriante. Il se peut que ma vie change aussi.

Néréa éclata de rire. Elle avait compris.

— Tu déménages quand et où ? Je ne te demande pas avec qui, je sais.

— Le plus tôt possible. Maurice refait les peintures de son appartement. Dès que c'est prêt, je m'en vais crécher à Montmartre. Et toi, tu ne peux plus rester dans ce trou à rat.

— Je sais, soupira la jeune femme, mais j'ai bon espoir. La concierge m'a avertie qu'un des propriétaires du troisième souhaitait partir en province pour sa retraite et consentait à louer son appartement. Je vais sans doute me décider très vite.

— Pour toi comme pour moi, tout est question de temps maintenant.

— Oui, admit-elle. Mais il faut t'avouer que si je m'étourdis dans cette vie facile c'est pour oublier Bixente. Le remords me taraude aussi l'esprit. Je pense à cet enfant, mon enfant, qui respire, aime, s'attache à des inconnus. Si tu savais comme j'en souffre !

— Néréa, je m'en doutais. Pourquoi ne vas-tu pas voir la nonne qui t'a aidée lors de ton accouchement et ne lui demandes-tu pas ce qu'il est devenu ? Quand j'ai parlé avec, elle m'a assurée que ce bébé n'avait en apparence aucune tare et qu'il était ton portrait.

Nul n'ignorait qu'un nouveau-né, le visage rougeaud et chiffonné par la lente progression vers la vie et la lumière, ne ressemblait qu'à lui-même. Il paraissait bien difficile de lui trouver quelques ressemblances immédiates. Mais Fanchon aurait énoncé n'importe quoi afin d'atténuer ses remords et sa souffrance.

La jeune mère se prit la tête dans les mains.

— Je sais tout ça et je redoute de m'être trompée. Si cet enfant est de Bixente, alors, j'ai commis un acte affreux en l'abandonnant. Il faut que je remue la terre entière pour le retrouver.

Fanchon se pencha vers son amie, émue par sa détresse.

— Ne tarde pas alors, fais selon ton cœur, et si ta recherche s'avère longue et difficile, surtout, tiens bon.

Elle se détourna, saisit un tas de linge repassé et se dirigea vers l'armoire pour le ranger. Tout en s'affairant, elle réfléchissait, le front plissé.

— Écoute, j'ai peut-être une solution mais j'ignore si elle peut te convenir. Tu as de l'instruction et j'ai peur que cela ne te plaise pas.

— Dis toujours.

La jeune femme hésita, puis se lança.

— Crois-tu aux esprits ?

Néréa releva la tête, surprise.

— Aux esprits ?

— Oui. Ceux des morts par exemple qui cherchent à communiquer avec nous.

La jeune Basque, peu convaincue, fit la moue.

— Je te jure que ça marche.

— Mais où veux-tu en venir ?

— Eh bien, Thérèse connaît un homme qui a le pouvoir de les faire venir. C'est un médium.

— Je sais, elle m'en a parlé un jour.

— Pourquoi attends-tu ? Si tu l'interroges, sans doute te donnera-t-il les réponses aux questions que tu te poses.

— Comment le sais-tu ?

Fanchon prit un air mystérieux.

— Il m'a aidée à retrouver la trace d'Yves, le père de Pierre.

— Mais alors, pourquoi n'as-tu pas cherché à le revoir ?

— Je l'ai entraperçu... Ivrogne et bagarreur, il était devenu l'ombre de lui-même. Je me suis rendu compte que j'étais aussi bien seule avec mon fils pour l'élever dans la dignité, loin des coups de gueule et de la peur d'être battue.

Néréa, pensive, caressait la tête de l'enfant.

— Allez, secoue-toi. Ose.

— Raconte-moi comment cela se passe. Thérèse m'avait parlé de tables qui bougent et qui parlent. Cela me paraît tellement incroyable !

— Je préfère que tu le découvres par toi-même. Sois confiante et laisse-toi guider. Va dormir, tu as une mine affreuse.

— Pas avant d'en savoir plus. Je descends à la loge.

La concierge accroupie creusait la terre des plates-bandes pour y mettre de nouvelles plantes. À l'arrivée de Néréa, elle releva la tête et lui sourit.

— Je voudrai vous parler, madame Thérèse.

La femme se releva et la jeune mère lui expliqua ce qu'elle attendait d'elle.

— C'est pas un caprice ? C'est bien réfléchi ? interrogea-t-elle, tout en la regardant droit dans les yeux.

— Je suis si malheureuse qu'il faut absolument que je connaisse la vérité. Je ne peux aller mieux qu'à ce prix.

— Bon. Je vais trouver mon ami et il va me dire ce qu'il faut que vous fassiez pour le rencontrer. Je vous avertis qu'il faudra en passer par où il voudra vous mener.

— Je ferai, je ferai.

— Si vous n'étiez pas d'accord avec ce qu'il vous propose, il faudra arrêter tout de suite car ça ne peut marcher que si vous croyez en lui.

Néréa hocha la tête, sûre d'elle.

— Bien, dans ce cas, je vous donnerai sa réponse demain, ou, si je ne vous vois pas dans la journée, je vous laisserai un mot sous la porte. Je vous préviens qu'il n'est pas tout le temps libre et que cela risque de durer un peu.

— Peu importe. Cela me permettra de chercher aussi du côté de l'Hôtel-Dieu.

En regagnant le quatrième, elle frappa à la porte de Fanchon, l'entrebâilla.

— C'est fait, je n'ai plus qu'à attendre.

— Bravo ! Viens que je t'embrasse.

La jeune femme regagna sa mansarde, soulagée. Que lui importait de passer d'autres épreuves. De ce côté-là, elle avait eu son lot de misères, plus grand-chose ne pouvait lui faire peur.

Ce soir-là, inspirée, elle dessina des robes alliant grâce, allure et somptuosité des tissus mais si sa main traçait sans hésitation les contours, son esprit était accaparé par un plan. Il lui fallait coûte que coûte s'organiser. Si la rencontre avec le spirite ne donnait rien, elle rencontrerait la sœur qui l'avait aidée à accoucher et qui avait emporté le bébé. Ensuite, lorsqu'elle lui aurait donné l'adresse où se trouvait son fils, elle partirait le chercher. Elle ignorait comment elle ferait pour prouver qu'elle en était la mère, mais la nonne l'aiderait dans sa démarche d'amour. Elle demandait pardon à cet enfant qu'elle avait repoussé sans lui offrir une chance de vivre avec sa mère. L'absent prenait soudain une importance capitale. Elle qui, pendant tout le temps de la grossesse, l'avait nié, puis renié à la naissance. L'enfant de Bixente ! Une onde d'intense bonheur l'anima en pensant à la joie du jeune homme découvrant qu'il était père. À son retour, car bien sûr, il reviendrait. S'il savait qu'elle l'avait lâchement abandonné, que dirait-il ? Il ne comprendrait pas. Jamais elle n'oserait lui parler des viols répétitifs subis pendant tant d'années. La honte la submergea. Elle avait sommeil et d'un seul coup, l'émotion, la fatigue la terrassèrent. À son réveil, elle aperçut un papier glissé sous la porte, bondit du lit, se baissa et s'en empara. Après une lecture rapide, elle décida de faire porter un pli à Valentin, le priant de bien vouloir excuser son absence pour un jour ou deux car elle était souffrante.

11

Médium, cimetière et catacombes

Le cimetière du Père-Lachaise, lieu bucolique de la mort sans effroi, dominait la capitale à l'est, offrant un aperçu des quartiers de Belleville, Ménilmontant et Montmartre. Au sud, se profilaient ceux de Bicêtre et Meudon, à l'est, Montreuil et Vincennes. Poumon de verdure de la capitale, ce vaste lieu de la mort heureuse, champ de repos où le vivant, soudain oublieux du monde extérieur, accomplissait une salutaire plongée vers la paix intérieure, celle de l'âme, captivait à bien des égards nombre d'adorateurs. Leur perception de l'inéluctable en était alors adoucie. Se côtoyaient dans un charmant désordre, mères de famille poussant un landau, vieillards chenus, claudiquant dans les allées, rassérénés de constater qu'ils reposeraient bientôt dans un endroit si fréquenté, grisettes et dandys en mal de rendez-vous furtif et tout un bataillon de jardiniers, marbriers, fossoyeurs, gardiens et graveurs qui formaient une corporation unie, sans cesse en activité ! Une faune suspecte se mêlait aux visiteurs en quête de sensations fortes provoquées par un excès de morbidité et de macabre. Ne racontait-on pas sous le manteau des histoires croustillantes dont les tombes étaient les témoins muets ?

Néréa parvint au cimetière par l'avenue du Père-Lachaise, traversa la rue des Rondeaux, l'avenue circulaire et s'engagea dans l'avenue de la Nouvelle-Entrée. Empruntant un petit escalier, elle longea les tombes. Bizarrement, elle retrouvait en ce lieu courage et foi dans l'avenir. Anonyme dans cette immense nécropole remplie de monde, elle marchait, abasourdie de découvrir l'architecture souvent pompeuse des stèles funéraires. Qu'elle était loin du petit cimetière de Saint-Jean et de sa charmante simplicité ! Elle aperçut dans la grande allée un corbillard fleuri, tiré par deux haquenées caparaçonnées de noir, suivi d'un petit groupe silencieux. Les femmes portaient de longs voiles de deuil, un petit bouquet coloré à la main et les hommes, leurs chapeaux. Le souvenir aigu de ce cher Odilon Bidarray resurgit. Grâce à lui elle pénétrait en terre connue. Au Moyen Âge, l'endroit s'appelait *Champ-l'Évêque*, déjà un nom prédestiné, inclus dans la paroisse de Charonne, et l'on y fructifiaient vigne et légumes divers pour l'évêque de Paris. Mais, au XIVe siècle, un riche épicier s'était offert le domaine appelé la *Folie-Regnault*, du nom de son propriétaire, qui y mena joyeuse vie. Las ! Comme il fallait bien sanctifier un jour ou l'autre ce lieu de perdition, la propriété devint celle des Jésuites retraités ou convalescents et prit le nom de *Mont-Louis* en souvenir du roi, qui du haut de la colline avait assisté aux rudes combats de la Fronde, Faubourg Saint-Antoine. Restaurée par les Jésuites, la maison à nouveau rendue au calme par leur seule présence accueillit le confesseur du roi : le révérend père François d'Aix de la Chaize, confesseur du roi Louis XIV, qui laissa son nom au cimetière de l'est, lorsque l'immense terrain fut racheté par la Ville de Paris au début du XIXe siècle. Par les hasards d'une mauvaise transmission orale ou de l'écrit, Lachaize perdit son Z mais y gagna en popularité. Détail piquant : le père Lachaise n'était pas enterré, comme on pourrait le croire, dans le sacro-saint lieu qui portait son nom mais dans la crypte de l'église Saint-Paul, l'une des rares réalisations jésuites, provenant de la fondation de la maison-professe de la rue Saint-Antoine.

Néréa s'attarda sur l'une des sépultures, lisant au passage une phrase clef « *Le livre de la vie est un livre suprême qu'on ne peut ni refermer ni rouvrir à son choix.* » À quelle page de sa propre existence se trouvait-elle ? Elle soupira. L'impossibilité de l'homme à connaître son destin la troubla. Seule lui restait la liberté du choix de sa mort. Elle avait tenté l'expérience mais ce n'était pas son heure. L'approche du Colombarium la distraya de ses pensées. L'édifice comportait deux étages ouverts sur le calme jardin, abrités par une colonnade et deux autres étages en sous-sol. Ici, le four crématoire achevait ce que la mort avait commencé. Les urnes en terre cuite fournies par le cimetière s'alignaient sagement dans leurs niches. Néréa pressa le pas, traversa l'avenue transversale, jeta un coup d'œil à sa montre et y lut quatre heures et demie. Elle était très en retard sur l'horaire prévu. Dans une demi-heure, ce serait la fermeture. D'ailleurs, la plupart des gens commençaient à refluer vers la sortie. Elle approchait de son but, le cœur battant un peu plus fort. La tombe du père du spiritisme, vers laquelle elle se dirigeait, attirait les adeptes de la réincarnation et des esprits qui n'arrivaient pas à se détacher du monde des vivants. Un autre médium l'assurant qu'il était un druide estimé dans une de ses vies antérieures, le spirite avait pris le nom celtique d'Allan Kardec, nettement plus porteur qu'Hippolyte Léon Rivail, natif de Lyon !

Cette croyance en l'existence d'une fragile passerelle entre le tangible et l'intangible exaltait la sensibilité des médiums. Rester ainsi sur la tombe du maître leur insufflait la force de mieux faire surgir de l'ombre les puissances occultes. Quelle différence pouvait-il y avoir avec la résurrection incarnée par le dogme catholique ? Oui, à bien y réfléchir, c'était tout de même une histoire d'individu ! Interchangeable par le corps, l'esprit restant tel quel... Face au tombeau de l'illustre fondateur de la philosophie spirite, se dressait, altier, le buste d'une femme, un marteau et un burin posés sur une plume d'oie, laissant à penser qu'elle était sculpteur. Néréa se retrouva, seule, devant le bronze de Kardec, abrité sous un dolmen en granit. Elle le fixa intensément, avança la main et caressa le métal lustré par des milliers d'attouchements d'adorateurs venus même du Brésil où son culte atteignait des sommets. Elle regarda autour d'elle si personne ne l'observait, cherchant des yeux ce qu'elle était venue récupérer et, rapide, saisit un papier blanc plié en quatre dont un coin dépassait d'une grosse pierre. Le fourrant dans la poche de sa redingote, elle rebroussa chemin. Thérèse avait dit vrai : un inconnu l'avait déposé ici pour elle. La cloche et les sifflets aigus des gardes rappelèrent à l'ordre les attardés qui, à regret, convergèrent vers les sorties. Qui sur terre était donc habité par l'esprit d'Allan ? Et, elle, qui était-elle vraiment ? Avait-elle une dette à payer pour une vie antérieure dissolue ? Le mystère restait entier.

Ce n'est que dans l'omnibus la ramenant vers la rue du Temple, qu'elle déplia le papier en tremblant et le déchiffra : « *Rendez-vous demain, à la Rotonde des Tibias dans les Catacombes, entrée, 92, rue Dareau près de la rue Hallé à onze heures du soir précises. Se munir d'un briquet phosphorique et de plusieurs bougies. Mot de passe Eurydice. Merci.* » Un frisson lui parcourut l'échine. Les Catacombes ! Mot lugubre, porteur de mort bien sûr et de sa permanence, supposait l'autre versant du réel. Au-dessus, se déroulait la vie ou son triste simulacre, en dessous, le silence, l'endroit où circulaient les esprits parmi un gigantesque ossuaire, os confondus dans une même fraternité afin de montrer le dérisoire de la chair. Autant sa visite au Père-Lachaise avait été empreinte de romantisme, autant l'idée de descendre à vingt mètres sous terre au milieu des ossements de milliers de morts exhumés des cimetières environnants la perturba. Mais il fallait qu'elle sache coûte que coûte si Bixente était toujours vivant. Seule lui importait la réponse à cette angoissante question. Après seulement, elle poserait l'autre… Celle qui lui taraudait l'esprit : l'enfant abandonné à l'Hôtel-Dieu était-il de lui ou de… Son visage se crispa au souvenir des assauts de son père. Pourtant, il était le vecteur direct de son brutal changement de vie, l'obligeant à se remettre en question, à connaître et découvrir autre chose que la contemplation de la ravissante baie de Saint-Jean-de-Luz.

Il lui sembla soudain avoir vécu plusieurs vies, être vieille de plus de cinq cents ans. Quelle drôle de destinée que la sienne ! Puis, elle repensa à cette première visite au Père-Lachaise, où les mille facettes des gisants formaient un prodigieux kaléidoscope d'aventures, de souffrances, de pulsions et d'amour. Elle se promit d'y revenir. Elle prendrait son temps, arpenterait les allées, déchiffrant les inscriptions à moitié cachées par le lierre, pousserait la porte des chapelles. Ainsi sa déambulation la mènerait-elle auprès des talentueux Musset, Chopin, Balzac dont le buste sur son socle attestait du génie du sculpteur David d'Angers, de celui des amants réunis dans la paix de leur tombeau, Héloïse et Abélard, de l'extraordinaire monument dédié à Bellini, veillé par un ange gracieux et dont

Néréa connaissait la fameuse *Norma* grâce à M. Bidarray, mélomane dans l'âme…

Fanchon applaudit en prenant connaissance du message.

— Tu vois, dit-elle, la mère Thérèse avait raison. Son médium n'a pas menti. Te sens-tu capable de te rendre à ce rendez-vous ?

Un peu pâle, Néréa acquiesça.

— J'irai beaucoup mieux si j'arrive à savoir.

— Veux-tu que je t'accompagne ? Je ferai garder Pierre pour la nuit par la jeune fille d'à côté.

— Tu es adorable, Fanchon, mais il faut que je m'aguerrisse et que je fasse cette démarche seule. Je vais faire une course, tu ne veux pas que je te ramène quelque chose ?

— Non, ou plutôt, si, fit-elle, se ravisant. Une miche de pain. Il n'y en a presque plus.

Néréa sortit. Elle avait remarqué dans le quartier du Marais en passant devant à plusieurs reprises, la présence d'une bibliothèque sise dans l'Hôtel de Lamoignon dont la spécialité était justement l'historique de la Ville de Paris. Là, elle pourrait consulter des livres qui lui délivreraient l'histoire des Catacombes : elle voulait savoir où elle s'engageait. C'était une demeure splendide et elle y pénétra, saisie de respect. S'approchant du guichet d'accueil, elle demanda à voix basse un livre sur l'histoire des Catacombes. Lorsqu'elle l'eut en main, elle se dirigea vers la salle de lecture. Celle-ci, spacieuse, possédait un beau plafond à poutres et solives peintes. Le silence quasi religieux, les rayonnages remplis de livres, les nuques studieuses, penchées vers le savoir, l'impressionnèrent. Elle resta deux bonnes heures sur sa lecture et repartit favorablement instruite. « Culture générale », aurait dit ce bon M. Bidarray ! Certes, mais élevée dans un cocon douillet au sein de *Goicoetchea*, pourquoi se serait-elle embarrassé l'esprit avec ses histoires d'os ! Et pourtant, cette découverte la passionna. Cent ans auparavant, le Conseil d'État, sous la pression des habitants voisins du charnier des Innocents, exigea la suppression de l'insalubre cimetière et l'évacuation des ossements des sépultures. Comme il existait des carrières de pierres à bâtir sous la plaine Montsouris qui pouvaient les accueillir, le transfert s'accomplit peu à peu. D'autres cimetières suivirent l'exemple, se vidant de leurs squelettes. Bientôt, près de six millions d'individus vinrent peupler ce vaste espace soutenu par d'imposants piliers gravés d'indications. Les restes de Danton, Robespierre, Camille Desmoulins, étaient là, mais rien ici ne ressemblait plus à un crâne, à un tibia, qu'à un autre crâne, un autre tibia !

Le soir venu, Néréa frappa à la porte de Fanchon.

— Je peux entrer ? interrogea-t-elle, je ne me sens pas très en forme.

— Bien sûr, entre. Tu peux très bien ne pas y aller, mais je pense que tu le regretteras.

La jeune femme était en train de repasser une partie du linge des habitants de l'immeuble. Elle avait trouvé ce supplément de travail pour arrondir ses fins de mois.

— C'est vrai, mais il faut que je me fasse violence pour cesser de me faire du mal. Je veux savoir.

— Ne pars pas trop tard car tu as une sacrée trotte jusqu'à la place Saint-Jacques. Après, il me semble que tu as un omnibus, le 18, qui est direct.

Vers dix heures, Néréa s'apprêta à sortir. Elles s'embrassèrent.

— Ah ! quel bonheur de t'avoir trouvée sur ma route. Avec toi ici et Éloi à Bayonne, vous êtes les seuls à m'avoir porté secours lorsque j'étais dans la peine et sans rien demander en retour.

— Allez, tu en aurais fait autant pour moi. Sauve-toi et surtout sois prudente. Es-tu assez couverte, car dans cette espèce de tombeau, il ne doit pas faire chaud !

Rassérénée, la jeune femme lui envoya un baiser du bout des doigts, referma la porte, dégringola l'escalier puis gagna la rue.

Néréa retrouva un petit groupe d'initiés groupé discrètement devant l'entrée. Elle s'approcha d'eux et murmura *Eurydice*. L'un des hommes hocha la tête et fit signe que c'était l'heure de pénétrer dans les Catacombes, temple de la nécromancie. La descente aux enfers commençait… Les quatre-vingt-dix marches s'enfonçaient dans les ténèbres où habitaient les morts, tout au moins leurs esprits pas encore délivrés du poids terrestre. Un monde souterrain, où tout pouvait arriver. Sans doute l'envers des tombes, excroissances macabres bien visibles sur terre. En bas des marches, les attendait un homme de haute stature, enveloppé d'une grande cape noire, un large loup cachant son regard et une partie de son visage. Immobile et silencieux, il attendit que chacun se regroupe et le suive.

— Accompagnez-moi, dit-il brièvement. – Sa voix grave rendait un son caverneux, amplifié par les voûtes – Si, par malchance, ajouta-t-il, vous vous perdiez de vue ou vous ne supportiez pas ce qui va suivre, repérez la ligne noire à hauteur d'homme qui court sur les murs du labyrinthe. Elle vous conduira vers la sortie. Après avoir gravi un escalier d'environ quatre-vingts marches, vous déboucherez dans une des propriétés de la capitale que vous n'aurez aucune peine à franchir.

Néréa fut parcourue d'un frisson de la racine des cheveux à la pointe des pieds. Aurait-elle la force de continuer ou lâchement allait-elle abandonner si près du but ? Le groupe des clandestins composé de trois hommes et deux femmes progressait en silence, protégeant de la main la flamme de leur bougie qu'un étrange courant d'air faisait vaciller. D'où pouvait-il bien provenir ? À vingt mètres sous terre, en principe, il ne peut pas y en avoir, sauf dans les vastes égouts. La jeune fille se doutait bien qu'elle n'était pas au bout de ses inquiétudes.

— Nous sommes sous la consolidation de l'aqueduc d'Arcueil, signala le guide.

Brusquement le couloir obliqua sur la droite et les yeux craintifs de chacun découvrirent une vaste carrière, ornée d'une curieuse sculpture représentant la forteresse de Port-Mahon, située aux Baléares.

— Ce travail à même le roc a été réalisé par un certain Decure qui est mort un peu plus loin écrasé par un éboulis. Sans doute, son âme erre-t-elle encore dans ce souterrain ou campe devant son œuvre.

Néréa tremblait de tous ses membres, imaginant que le fameux courant d'air était le souffle des morts, évitant de regarder autour d'elle de peur d'apercevoir l'enseveli.

— J'ajoute que Decure a été prisonnier au Fort, ce pour quoi il a eu envie de l'immortaliser.

Leurs ombres démesurées sur les murs se déformaient au fur et à mesure qu'ils progressaient, ajoutant à la frayeur de Néréa. Soudain, l'homme qui fermait la marche la dépassa la laissant seule à l'arrière. L'impression d'être suivie par une horde d'esprits la paralysa. Elle voulut crier qu'on l'attende mais aucun son ne sortit de sa bouche.

— Nous voici devant la porte de l'ossuaire, dit l'homme mystérieux.

Le groupe s'arrêta et Néréa retrouva un peu de courage.

— C'est l'abbé Jacques Delille, distingué poète, qui a inspiré les mots gravés sur le linteau.

Chacun éleva sa bougie pour les déchiffrer et réprima un sursaut devant la lugubre injonction : « *Arrête, c'est ici l'Empire de la Mort* ». De plus en plus mal à l'aise, Néréa n'avait qu'une envie : fuir, se sauver mais elle s'en sentait incapable. Si elle tenait le choc, c'était pour enfin savoir mais jusqu'où irait la cérémonie ? De cela, comme du reste, elle n'en savait rien, redoutant quelque messe noire ou manipulations de l'étrange. Le médium poussa la porte qui grinça, déchirant le silence des lieux. Elle la franchit la dernière accompagnée d'une angoissante sensation de froid dans le dos pour se retrouver dans un vestibule ouvrant sur les galeries où, terrorisée, la gorge nouée et les jambes en plomb, elle lâcha un petit cri vite réprimé. Elle venait d'apercevoir le funèbre empilage. Entassés entre les piliers et contre les murs, tibias, crânes, côtes, humérus, tous ces os qui mis bout à bout composaient jadis un homme, puzzle tragi-comique, s'offraient aux regards des visiteurs. Néréa trébucha, se rattrapa au bras de son prédécesseur, s'excusa. L'autre, le visage figé, ne pipa mot.

Devant l'étendue de l'ossuaire, elle mesurait encore mieux le dérisoire statut de l'humain, sa fatuité, son inconsistance, l'inanité de son passage sur terre, l'absurdité de son comportement. Face à ces pantins disloqués, grotesques, burlesques et caricaturaux, Néréa avait bien du mal à croire que le célèbre chimiste Lavoisier, la dévote Madame Élisabeth, sœur du roi Louis XVI, d'abord enfermée au Temple puis guillotinée et bien d'autres, étaient réunis dans cette même danse funèbre. Et pourtant ! Tous ces os disparates avaient appartenu à un homme, une femme, un enfant, remplis tous d'espoir, de vie, avec son cortège de joies et de peines, d'amour. Brrr !... Néréa posait son regard sur les os du malheur, de la faim, des épidémies, de la guerre, de la violence, des crimes et de la passion, des larmes et de la souffrance, mêlés dans une troublante fraternité, les bons comme les mauvais sans distinction, terrible amalgame d'entrelacs, dessins géométriques macabres. Éperdue, elle se sentait tel Ulysse approchant Perséphone, grande prêtresse des Enfers, éprouva un court éblouissement et son cœur chavira. Il lui sembla qu'une immense clameur sortait de ces six millions de bouches édentées, hurlant leur peur d'être séparées de leur corps. L'impression la terrifia. Enfin, ils repartirent, atteignant une crypte où trônait la lampe sépulcrale après avoir traversé par celle du Sacellum où, parfois, une messe était célébrée le premier dimanche après la Toussaint. Puis, ils passèrent devant un tombeau, « vide », précisa le mage, butèrent devant les ossements des victimes des révolutions pour enfin déboucher sur une vaste crypte, celle de la Passion. En son milieu, se dressait un pilier de soutènement sur lequel se côtoyaient crânes et tibias. Dans un coin, deux petites tables rondes, des tabourets.

— Nous sommes arrivés, dit l'homme en noir. J'espère que chacun de vous a ressenti la force terrible qui règne en ces lieux. Elle est spirituelle et nous allons, nous, pauvres humains, la faire surgir, la faire parler. N'est-ce pas merveilleux ! Je souligne cependant que si parmi vous, il y a des incrédules ou d'éventuels détracteurs refusant de croire que le passage sur terre n'est qu'un acte transitoire, ne représente qu'une des phases de la vie éternelle de l'esprit, il vaut mieux qu'ils s'en aillent d'ici tout de suite car les esprits présents les ont déjà démasqués et refuseront de se manifester.

Personne ne bougea.

— Bien, j'ajoute alors que la pluralité des existences est un moyen qui nous est offert pour progresser sans cesse tant sur le plan intellectuel que moral, nous donnant à chaque passage sur terre la possibilité de devenir meilleur et d'atteindre ainsi la paix finale de l'âme. Ici, aucun des esprits ne l'a acquise puisqu'ils hantent encore les lieux.

Un homme toussa et une femme saisit un mouchoir caché dans sa manche et se moucha bruyamment, sans doute pour rompre l'atmosphère pesante. Imperturbable, le mage continuait son discours.

— Vous, croyants, vous n'ignorez point que cette force existe, omniprésente, en nous, tout autour de nous mais la plupart des gens sont endormis et ne perçoivent rien. Les éveillés ont cette immense chance, privilège unique de posséder la connaissance et de savoir s'en servir. J'ai cette faculté et je tente d'aider ceux qui, dans la souffrance de l'interrogation, ne savent plus comment diriger leur vie. Répartissez-vous en deux parties. La première attendra que l'autre ait terminé. Asseyez-vous autour de la table.

Une des femmes se détacha du groupe et s'installa non loin d'eux, sortant d'une petite mallette des papiers imprimés et un crayon. Les battements du cœur de Néréa s'accélérèrent et devinrent si forts qu'elle avait l'impression que tout le monde les entendait. Ils s'exécutèrent en silence. Elle, pressée de connaître la vérité, occupa une place avec l'autre femme et un homme.

— Le spiritisme est une science qui permet de communiquer avec l'esprit des morts par l'intermédiaire d'un médium. Je suis celui-là. Je vous rappelle, mais est-ce bien nécessaire, que l'évocation des disparus doit toujours être réalisée dans un but louable. Si vos intentions sont de la simple curiosité ou pour pavaner et briller en racontant votre expérience dans les salons, abstenez-vous.

Les participants hochèrent la tête et restèrent silencieux.

— Vous allez poser vos mains à plat sur la table, sans pression ni tension musculaire. Je précise que la forme du mobilier, la présence de métaux, la matière dont elle est faite, la nuit, le jour, rien, vous m'entendez, rien ne peut influer sur le résultat. Si l'esprit doit se manifester, il se manifestera sans tenir compte du matériel. Vous avez droit à quatre questions. Pas une de plus sinon, nous serions là encore demain à midi !

Néréa écoutait, les mains déjà en position, attendant le signal pour basculer dans une dimension inconnue. Elle jeta un œil sur les autres participants. La femme était pâle mais semblait nerveuse, ne cessant de secouer sa jambe. L'homme conservait une attitude figée.

— Je souligne la règle primordiale du calcul des lettres de l'alphabet. Madame ici présente va noter le nombre de coups frappés. Chaque lettre de l'alphabet a une somme qui correspond à sa place dans le dit alphabet. Cette opération s'appelle la typtologie. Par exemple, le Y est en vingt-cinquième position, donc il compte pour vingt-cinq points. Le A, un. Est-ce clair ?

— Oui, murmurèrent-ils en chœur.

— Nous allons faire un essai.

Il s'assit à côté de Néréa, anxieuse, baissa la tête, prit une grande respiration, puis ne bougea plus.

— Esprit, es-tu là ? Si tu veux bien te manifester, frappe un coup.

D'abord rien ne bougea. Puis, après un moment d'attente, un léger craquement dans la table se fit entendre, la jeune fille sentit alors un frémissement sous ses mains, prélude au mouvement, des vibrations envahirent sa paume, passèrent dans ses doigts. L'angoisse montait en elle, pernicieuse. Soudain, la rotation commença, s'accéléra avec une telle rapidité que les participants, cramponnés à la surface du petit meuble, avaient toutes les peines à la suivre. Puis tout se calma. Un coup se fit alors distinctement entendre.

— Le contact est établi. Qui d'entre vous désire poser la première question ?

— Moi, dit Néréa, tremblante d'angoisse. Je voudrais savoir si Bixente est toujours vivant.

Le médium répéta la question formulée par Néréa et la table accentua son balancement, imitant le roulis d'une barque. Puis des coups se firent entendre, d'abord faibles, puis assez forts. Mentalement, Néréa, subjuguée, comptait : quinze, « O ». Puis un instant de silence, et la frappe reprit, vingt et un, « U », même long intermède de silence comme s'il cherchait l'inspiration, neuf, « I ». De toute évidence, l'esprit confirmait que le jeune Basque était toujours en vie.

Les yeux brillant de larmes de joie, Néréa poussa un soupir de soulagement.

— Posez une autre question, mademoiselle, pria le mage.

Elle se recueillit car la réponse avait pour elle une conséquence capitale. Gênée d'étaler devant des inconnus une lourde partie de sa vie privée, elle prit une profonde inspiration et se lança.

— Mon enfant est-il – elle hésita – de Bixente ?

Le visage des participants marqua une surprise apitoyée.

Les coups s'égrenèrent dans le plus profond silence. Néréa comptait en même temps que chacun. Ce fut Oui. Elle éclata en sanglots convulsifs mais ses mains rivées à la table ne bougèrent pas.

— Savez-vous où est mon enfant ? bafouilla-t-elle, émue.

L'effet fut immédiat. Le pouls de la jeune fille s'accéléra. La somme finale fut vite calculée : oui.

— Une autre question.

— Mon enfant vit-il à Paris ?

Après un long temps de silence, l'esprit répondit par la négative. Néréa, navrée, ne pouvait plus poser d'autres questions. Émue par le drame qu'elle présentait, la femme d'à côté, comprenant l'importance d'autres questions pour sa voisine, lui en abandonna deux pour que la jeune mère retrouve l'enfant perdu. Néréa devint rouge, se troubla, la France était vaste, alors comment savoir ! Elle tenta en vain la région parisienne, ne sut plus quoi dire, s'arrêta.

— Je ne sais plus, admit-elle.

Mais les autres, passionnés par ce drame qui se déroulait sous leurs yeux, se consultèrent du regard et permirent à Néréa d'énoncer d'autres possibilités.

— J'ai remarqué, dit le médium, qu'en évoquant le Sud-Ouest, puis Pau, les coups étaient beaucoup plus forts que les autres. Il faudrait se concentrer pour donner d'autres lieux proches de cette ville.

Tous cherchèrent à voix basse quelles étaient les agglomérations peu éloignées de la cité d'Henri IV. Un des hommes suggéra Tarbes, un autre Toulouse. Néréa trouva l'idée bonne.

— Esprit, mon enfant vit-il à Tarbes.

Les coups reprirent, comme si l'esprit s'énervait. Leur puissance étonna l'assemblée. Quatorze ! C'était non ! Soudain, sous la poussée d'une force incroyable, la table échappa aux mains qui la maintenaient, se détacha du sol, se maintint un instant en équilibre avant d'entamer une gigue endiablée, puis redescendit doucement vers le cercle des vivants et ne bougea plus. Les spectateurs, ébahis, en restaient bouche bée. Le médium décida de passer à une autre personne.

— L'esprit a l'air agacé avec ces questions géographiques. Nous l'avons trop sollicité. Laissons-le en paix. Remettez tous vos mains en position et concentrez-vous. Monsieur, fit-il en pointant l'index vers le voisin de Néréa, à vous.

Les larmes de Néréa coulaient sans retenue, mélange de joie et de frayeur. Jamais, non jamais, elle n'aurait cru avant d'en être le témoin direct à ces manifestations iréelles. Si l'esprit disait vrai – il ne mentait jamais – son enfant, celui de Bixente, vivait loin de ses bras, de sa chaleur de mère. Quelle inconséquence avait-elle montrée en refusant de le voir à sa naissance ! Elle se serait rendu compte qu'il ressemblait sans doute à s'y méprendre à son amour. Têtue, elle venait de perdre quatre mois de la vie de son petit enfant, quatre longs mois sans lui. Quel désastre affectif pour les deux protagonistes de cette tragédie. Néréa eut beaucoup de mal à rassembler ses pensées pour participer aux questions des autres membres. Elle s'évadait bien loin d'ici, voguant vers des petits bras potelés qui se tendaient vers elle. Le retrouver, oui le retrouver coûte que coûte.

La séance se termina à quatre heures du matin. Néréa allait rebrousser chemin lorsque l'homme en noir indiqua qu'il ne fallait jamais remettre ses pas dans ses pas et toujours tourner dans le sens des aiguilles d'une montre. Le groupe se reforma et la jeune fille suivit le médium.

— Sinon, ajouta-t-il, vous allez à l'envers et remontez le temps. Ce n'est pas bon et peut provoquer des apparitions.

Ils quittèrent la *Crypte de la Passion,* passèrent devant le puits de descente des ossements, suivirent une autre galerie où s'alignaient d'énormes bulles de fontis effondrées. Tout ici était singulier. Ils gravirent enfin l'escalier menant à la sortie. Aménagé dans l'ancien puits par lequel les fossoyeurs, jadis, descendaient les ossements extraits des cimetières, ils se quittèrent sans échanger un mot. La jeune Basque vit à la lumière d'un réverbère le regard sombre et luisant du mage posé sur elle avec insistance. Elle frissonna. Pour rien au monde elle n'aurait voulu qu'il enlève son masque. Relié à l'esprit des morts, cet homme provoquait en elle un trouble profond et elle souhaita ne jamais le revoir.

Lorsqu'elle s'y présenta, une terrible déception l'y attendait. On lui apprit que la nonne était partie depuis plus d'un mois. Elle fut accablée par la mauvaise nouvelle. Qui désormais pouvait l'aider à retrouver son petit garçon ? Têtue, elle se dit qu'il y avait bien une autre personne qui savait ce qu'il était devenu et demanda à parler à la mère supérieure qui la reçut après une interminable attente.

— Veuillez me pardonner, ma fille, mais j'étais auprès d'un mourant qui avait besoin de mon aide pour passer dans l'autre monde.

Elle se signa, baisa la croix de bois qu'elle portait autour du cou.

— Je me souviens de vous et de la naissance de votre petit. Je me doutais que vous reviendriez sur votre décision. C'est bien de faire volte-face. Le bébé est à l'abri dans un couvent. Rassurez-vous, je sais où il vit et je vais avertir la mère révérende de votre venue.

Un profond soupir s'échappa de la poitrine de Néréa tandis que la religieuse la regardait avec bonté.

— Que je me sens libérée, ma mère ! s'exclama-t-elle. Je m'en voulais tellement.

— Vous l'avez abandonné dans un légitime mouvement de répulsion parce qu'il devait être lié à des moments de votre vie peu avouables.

— C'est vrai, admit la jeune mère, mais comment vais-je faire pour le reconnaître ?

— Il est là-bas sous votre nom.

— Mais, dit Néréa, surprise, je ne vous l'avais pas donné, comment avez-vous su ?

— Par votre amie qui venait tous les jours vous voir. Elle pensait comme nous, qu'un jour vous le rechercheriez et sœur Emma qui vous a assistée pendant votre accouchement avait relevé tous ces précieux renseignements.

— Où se trouve-t-il ? interrogea la jeune mère, angoissée.

— Dans un couvent de notre ordre que nous possédons près de Lannemezan.

— Lannemezan ? J'ignore où se situe cette ville.

— Elle est située sur un plateau désolé où errent encore des loups et des brigands entre Tarbes et Pau. C'est un endroit propice à la méditation et notre priorité religieuse est de recueillir orphelins et enfants abandonnés.

En un éclair, Néréa se souvint de l'agitation de l'esprit à l'évocation de cette région. Il ne savait comment communiquer son message car elle ne posait pas la bonne question.

— Mon fils est dans un orphelinat alors... murmura la jeune mère, accablée.

— Il n'y a pas de honte à cela. Vous savez, ajouta la mère supérieure, il est très bien traité mais c'est vrai que rien ne vaut sa vraie mère pour s'occuper de lui. J'ai de ses nouvelles par sœur Emma qui l'a elle-même emmené à bon port. Il pousse comme un champignon.

Néréa se tordait les mains, le visage blême. Qu'avait-elle fait ? Quelle femme indigne était-elle. Grâce au ciel il n'avait pas de séquelles des manœuvres abortives de la faiseuse d'anges de Bayonne. Elle poussa un grand soupir, se leva et tendit la main à la religieuse.

— Madame, je ne sais comment vous exprimer ma gratitude pour ce que vous avez fait pour lui et pour moi.

Elle sortit des billets de son sac qu'elle déposa sur le bureau.

— J'ai vu le prodigieux travail que vous accomplissiez dans ces murs et l'aide désintéressée que vous apportiez à tous ces gens qui ont besoin de vous. Croyez bien que lorsque je pourrai faire plus, c'est avec un grand bonheur que je vous aiderai.

Elles se quittèrent, toutes les deux soulagées. Dans l'omnibus, elle prit la décision d'avertir Valentin de Saint-Robert qu'elle serait absente au moins deux semaines. Sans doute valait-il mieux cette fois-ci prendre le train que la malle-poste. Ce serait plus rapide et surtout plus confortable. Elle avait les moyens de s'offrir ce voyage dans de bien meilleures conditions qu'à l'aller ! La concierge qui balayait le trottoir la vit descendre et l'accueillit, un air interrogateur sur le visage.

— Alors ?

— Madame Thérèse, je suis rentrée à l'aube et j'étais si fatiguée que j'ai dormi aussitôt. Grâce à vous, j'ai retrouvé la trace de mon fils.

— Vous voyez ! je vous l'avais bien dit, exulta-t-elle. Il faut avoir confiance dans les esprits. Où est votre petit ?

— Pas ici, mais je vais partir pour aller le chercher et le ramener.

Thérèse posa son balai, essuya ses mains sur son tablier et se mit à rire.

— C'est votre jour de chance, fit-elle, joyeuse, l'appartement s'est libéré et maintenant que je l'ai bien nettoyé je vais vous le faire visiter. Il vous faudra plus de place avec le bébé.

Néréa fut tentée de lui dire non, car elle se sentait épuisée par la nuit blanche et la révélation mais cette femme l'avait aidée, et elle lui en était reconnaissante. Elles gagnèrent le troisième étage et Thérèse ouvrit la grande porte d'entrée. Un long vestibule desservait chaque pièce. Une imposante salle à manger, éclairée par deux hautes fenêtres, où trônait une cheminée en marbre surmontée d'une très belle glace laissée par le propriétaire, deux chambres avec des placards, l'une vaste, l'autre moins, agrémentées elles aussi de petites cheminées ouvragées, une cuisine agréable nantie d'un évier et de l'eau courante, y compris dans le cabinet à toilette. En regardant à travers les vitres, Néréa s'aperçut que l'appartement donnait sur un jardin aux allées bien dessinées, avec des carrés de fleurs et dans lesquels se dressaient des arbres.

— On ne peut rêver mieux, dit-elle, satisfaite. Je le prends. Comme je pars sous peu, je vais descendre mes affaires et je l'arrangerai lorsque je reviendrai. Fanchon va m'aider.

— Moi aussi, proposa Thérèse. À part le lit, vos meubles sont légers. À nous trois, on y arrivera bien.

Rien qu'à l'idée d'avoir l'eau au robinet, ne plus effectuer la corvée de broc tous les jours, Néréa était aux anges. Elles sortirent sur le palier et tandis que la concierge refermait la porte, celle de l'autre appartement s'ouvrit pour laisser le passage à l'élégant monsieur qui l'avait aidée à monter son broc d'eau. Leurs regards se croisèrent et elle eut un pincement au cœur, éprouvant une drôle d'impression. Sans un mot, il souleva son chapeau et dévala l'escalier.

— Tiens, remarqua Néréa, troublée, il ne dit pas bonjour aujourd'hui !

— Il devait être pressé car d'habitude il est d'une extrême courtoisie, répondit Thérèse en lui tendant la clef.

Mais ce regard étrange et pénétrant la poursuivit tout au long de la journée. Ne l'avait-elle pas déjà vu, caché sous un loup de satin ? Elle secoua la tête, perplexe.

Maurice arriva dans la soirée et transporta avec aisance le mobilier tandis que les femmes portaient les effets. Fanchon regardait son amie, heureuse de savoir qu'elle allait retrouver son enfant.

— Tu vois, toi qui te désespérais, tout s'arrange petit à petit. Il ne te reste plus qu'à retrouver ton fils et son père.

La jeune Basque esquissa une grimace triste.

— Oh ! Ne me remue pas le couteau dans la plaie. Bixente m'avait dit qu'il partait pour douze ans ! Alors, je ne suis pas près de le revoir, s'il revient. Désormais, il me suffit d'avoir l'enfant.

— Le moment est venu que tu lui donnes un prénom à ce petit.

La jeune mère rougit, se troubla.

— C'est vrai. J'ai pensé à Baptiste.

— Pourquoi pas comme son père.

— Parce que Bixente, c'est Bixente, il ne peut y en avoir un autre. Baptiste comme l'église de Saint-Jean-de-Luz.

— Ah ! tu y es accrochée à ton pays, hein ! Ça crève les yeux. Penses-tu y retourner un jour ?

— Je l'ignore. Dans l'immédiat ma vie est à Paris. J'aime le métier que je fais, Valentin me confie de plus en plus de responsabilités mais je ne pense pas pouvoir rester toute ma vie ici, alors, il est certain que je retrouverai mon pays Basque avec joie.

12

La nouvelle vie de Bixente

Bien loin de se douter qu'il était père et que Néréa n'avait pas failli à son serment, Bixente s'adaptait tant bien que mal à sa nouvelle vie. Parfois, le doute l'assaillait. Puis il se ressaisissait, déroulant jusqu'à la souffrance le lancinant ruban de ses souvenirs axé sur ces moments de passion du dernier soir vécu avec la jeune fille. Depuis des mois qu'il était au Mexique, il revoyait chaque geste d'infinie tendresse, et le visage inquiet, puis, bouleversé de la jeune fille lui apparaissait avec une telle netteté qu'il aurait pu le toucher. Hélas ! elle était loin. Que faisait-elle en ce moment ? Alors même qu'il croyait que ces instants de bonheur avaient perdu de leur intensité et de leur pouvoir obsessionnel sous les caresses d'autres mains, ils revenaient en force, aussi puissants que révélateurs de son attachement pour elle. S'était-elle confrontée au terrible grand-père ? Avait-elle fui comme elle le lui avait promis ou alors avait-elle cédé à la pression exercée sur elle en fonction des intérêts dont elle était l'enjeu ? S'était-elle vendue au comte de Montaury ? Aucune réponse... Il est vrai que le choc reçu à l'annonce de ces fiançailles avait hâté son départ. Il s'était rendu compte que le monde comptait deux catégories de gens. La première appartenait à ceux qui pensaient sans cesse à l'argent parce qu'ils en avaient beaucoup et souhaitaient en avoir encore plus, c'était le cas d'Iñaki Baïgorry, la seconde à ceux que le manque d'argent hantait en permanence et qui tremblaient à la seule vue d'un créancier mettant en péril leur fragile pauvreté, c'était le cas de ses parents, sans cesse harcelés. À la nuit tombée, lorsqu'il n'y avait plus de corvées à l'hacienda, il sculptait des symboles qui lui tenaient à cœur sur une simple planche de bois, la travaillant à la pointe du couteau. Il créait des svastikas, spirales à quatre virgules tournoyantes, évoquant le soleil, et des figures naïves symboles de la rotation des astres que l'on retrouvait sur beaucoup de meubles basques. Rigoureux dans l'âme, amoureux de la besogne bien faite, il appliquait à la lettre le dicton euskara « travail rapide, travail vain », s'attirant ainsi les encouragements de ses maîtres.

L'attachement pour la jeune fille, caché dans un repli de sa mémoire, ne l'empêchait pas de lutiner sans vergogne les belles métisses qu'il retrouvait au foyer le soir. Il fallait bien que le corps exulte ! Désir de chair était-il péché ? Il ne ressentait aucune culpabilité car ses joutes charnelles ne remettaient pas en question son amour pour l'absente et encore moins son serment. D'ailleurs, son cousin, grand amoureux, avait fui, laissant derrière lui des jeunes filles éplorées et... déflorées, nanties par ses soins bien involontaires d'une ribambelle d'adorables petits métis qui gazouillaient encore dans le giron de leurs mères !

Dans la vaste salle enfumée du baraquement où il se refugiait le soir, il écoutait des joueurs de guitare, tandis que les verres d'alcool circulaient sans contrainte, faisant monter la pression des convives. Lorsque les cordes vibraient, le jeune Basque en ressentait les accords jusqu'au tréfonds de son ventre. Souvent la bruyante assemblée lui demandait de chanter. Dès que sa voix grave s'élevait, tout se taisait et il était curieux d'observer les visages admiratifs d'Indiens, de métis ou d'Espagnols, captivés par la beauté des chants basques. Même si l'assistance n'y comprenait rien, elle sentait obscurément que cette musique contenait l'âme même de ce pays inconnu et si lointain. Pour l'exilé, rendre ainsi hommage à l'amour de Néréa se résumait dans la chanson « *Chorinoak Kaiolan* », l'oiseau en cage... L'image de la jeune fille prisonnière de sa famille tentaculaire qui l'étouffait sous un rigide carcan, disposant d'elle, finalement comme toutes les Mexicaines assujetties à un machisme hissé au rang d'institution, le hantait. Il enchaînait ensuite sur des chants d'église. Ses préférés étaient ceux qu'il entonnait avec les autres du haut des tribunes de Saint-Jean-Baptiste « *Goure Jaona* » à l'office du dimanche et lors des enterrements « *Gizona noun duk Zuhurtzia ?* », homme où est donc la sagesse ? Les yeux fermés, il chantait sous le chaud regard admiratif des femmes, revoyant les paisibles petits cimetières basques semés de croix discoïdales, surtout celui de sa ville bien-aimée, dominant la mer, veillé par la Rhune et les monts environnants.

Depuis quelque temps, s'était jointe à sa voix celle de Lako, un jeune Basque de Haute-Soule, fraîchement débarqué. Ils restituaient alors la fierté de leur peuple avec encore plus d'acuité, animés d'un fort sentiment de manque qui leur taraudait l'esprit. Après des moments de recueillement, la musique trépidante reprenait ses droits, mais, chacun gardait en lui une ineffable impression de sérénité. Parfois, ils se mettaient à danser le fandango à la plus grande joie des Indiens qui les regardaient sautiller en cadence. Chaque soir avant le dîner, Bixente et Lako sacrifiaient au rite de la tequila. Après avoir déposé quelques grains de sel sur leur poing gauche, ils les léchaient, prenaient la moitié d'un citron, ouvraient grand la bouche, pressaient sur la peau de l'agrume, recueillant ainsi des gouttes sur la langue, puis ils buvaient leur petit verre. Une gorgée de sangrita, mélange d'oranges et de piments, pour clore le rituel, et ils se tapaient fraternellement dans la main, heureux de vivre. Ensuite, venait le dîner. Le repas consistait souvent en omelettes, épis de maïs et mets insolites dont les jeunes Basques avaient bien du mal à s'accommoder. N'avaient-ils pas goûté à tout ! œufs de fourmi préparés avec des tomates vertes presque translucides, assaisonnés avec une sauce au chile très relevée aux piments rouges, sauterelles grillées servies avec un jus de citron et, comble de l'horreur, punaises, soit vivantes, soit sautées qui servaient de faire-valoir aux ragoûts composés de viande de dinde mijotée dans une sauce fort pimentée, avec du cacao amer et des cacahuètes. Les bons petits plats basques se trouvaient au-delà de l'océan et l'envie de les retrouver les tenaillait souvent.

Il n'aimait pas écrire. Ses parents ne savaient pas lire, alors, à quoi bon ! Parfois, l'envie de communiquer avec eux par ce biais devenait si impérieuse, qu'il prenait une feuille de papier et s'appliquait à y tracer les lettres enseignées par M. Bidarray. Après tout, n'était-ce pas aussi un subtil moyen de renseigner Néréa ? Sa mère en recevant ce courrier n'aurait de cesse de le lui faire déchiffrer. Si elle était encore à *Goicoetchea* bien sûr.

« Ama, aujourd'hui, impossible de rejoindre le bétail sur le plateau. Il tombe des cordes. C'est pire que le déluge ! Comme j'ai appris aux gens de l'hacienda la *dantza korda* et l'*arin-arin*, et qu'ils ont tous le rythme dans le sang, il y a un sacré bruit autour de moi. Lako, un ami de Haute-Soule, joue du *ttun-ttun* [1] et du *txistu* [2]. Ils savent tous danser le fandango. Figure-toi qu'ils connaissaient le *Jai-Alai* ! Les Espagnols paraît-il. Ils sont fous de *soka-tira*. Maman, papa, vous me manquez terriblement. La séparation est dure, jamais je.... » Rageur, il mettait le papier en boule et le jetait dans le brasero. Non, il ne dirait pas qu'il avait eu tort de s'exiler. Pudique, il se refusait à leur montrer son désarroi.

Parfois le dimanche, se mettaient en place les fameuses *charreadas* qui plaisaient tant aux jeunes gens basques. Assister à cette sorte de corrida, c'était renouer avec un trio homme-cheval-taureau éblouissant de tenue, d'harmonie et d'adresse. Voir un *charreo* lancé au triple galop attraper un *torito* par la queue, la passer autour de sa jambe droite avec une époustouflante dextérité puis, d'un geste rapide comme l'éclair l'enrouler autour du pommeau de sa selle relevait du prodige ! Le cheval faisait alors volte-face tandis que le taureau désarçonné tombait à terre sous les applaudissements frénétiques des spectateurs. Les acrobaties au lasso étaient tout aussi impressionnantes et chacun faisait assaut d'adresse. Et que dire des femmes, qui, pour une fois, avaient la partie belle pour montrer qu'elles aussi, elles pouvaient avoir du panache ! Vêtues de robes à larges volants colorés, coiffées d'un large sombrero, elles lançaient leur monture au galop puis la faisaient piler dans un rectangle tracé à la craie. Ajoutant figures sur figures élégantes et compliquées dans ce petit espace.

*

Mais Bixente commença à se lasser d'être sans cesse sur un cheval dans la poussière à courir après le bétail

---

1. Petit tambourin à cordes.
2. Flûte aux notes acidulées.

fugueur. Malgré les fêtes qui se succédaient, il ressentait de plus en plus le mal du pays. Il se voyait déjà en train d'évoquer autour de l'âtre à ses petits-enfants admiratifs cette moisson d'attachants souvenirs. Heureusement qu'il y avait Lako ! Avec lui, il partait assister en compagnie de Benito, un contremaître mexicain, à des réjouissances parfois étonnantes. Celle des *Totonaques* venant de Papantla en faisait partie. Ils se servaient d'un immense mât planté au milieu de la place du village dont le sommet portait une petite plate-forme d'où pendaient quatre solides cordes enroulées autour du tronc. Du haut de ces trente mètres, juchés sur le petit espace, cinq hommes observaient la foule s'agglutiner, le regard levé vers eux.

— Dans tout le pays on les appelle les *voladores* ou hommes volants. Vous allez assister à un spectacle extraordinaire. Mais patience, ils attendent le déclin du soleil pour agir.

— Y a-t-il un événement rattaché à ce rite ?

— Oui. Chaque cérémonie a un sens. Celle-là se produit à la fête des moissons qui correspond à la Fête-Dieu. Quatre des cinq hommes que vous apercevez là-haut vont se jeter dans le vide après s'être attaché les cordages à la taille, enroulés treize fois autour du fût pour respecter le symbole. Dans leur chute, ils doivent décrire chacun treize cercles en cinquante-deux révolutions. Ce nombre est le chiffre symbolique du calendrier, représentant nos cinquante-deux semaines et, retour vers le passé, les cinquante ans d'un siècle aztèque.

Soudain, des roulements de tambour se firent entendre et la foule, les yeux braqués vers le mât, retint son souffle. Le musicien qui restait sur la plate-forme, se mit à se trémousser, soufflant d'une main dans sa flûte et tapant sur son tambourin de l'autre. Il pivota sur lui-même, marquant une pause chaque fois.

— Il salue les quatre points cardinaux, en commençant par l'est, commenta son guide. Attention, les autres vont se jeter dans le vide.

Ce qu'ils firent, bras déployés comme des ailes, décrivant des cercles avant d'atteindre le sol, alors que la foule poussait un « ah » de peur et d'admiration confondues.

— Avez-vous l'équivalent en France ?

— Non, répondit Lako, mais il y a la tradition de l'arbre de Mai et des mâts de cocagne où l'on grimpe le plus haut possible pour attraper des cadeaux. Il y a aussi, au pays-basque, la tradition de l'*aizkolari aidian*. Un bûcheron grimpe en haut du fût d'un arbre, taille dans sa progression des encoches, y plante une planche munie d'un embout de métal qui lui sert de marche pour monter et ainsi de suite. En aucun cas il ne doit toucher le tronc sous peine de disqualification. C'est assez acrobatique et il risque sa vie s'il tombe. Mais rien de comparable avec l'exploit que je viens de voir.

— À combien du sol se trouve-t-il ? interrogea Benito, curieux.

— Le maximum atteint c'est dix mètres cinquante.

Les voltigeurs acclamés saluaient la foule, coiffés de drôles de petits bonnets pointus surmontés de miroirs et ornés de rubans multicolores semblables au plumage de l'oiseau de feu.

*

Le mois d'octobre passa à la vitesse d'une comète et l'hiver fut bientôt là. Bixente ne tenait plus en place. Un jour tout craqua en lui. Il fut obligé d'admettre qu'il en avait assez de la poussière, de la tequila et des filles faciles. Que son pays lui manquait ! Ses vallées verdoyantes, sa façon de vivre, l'odeur de l'océan et le bruit des vagues... il souffrait durement de l'absence des êtres aimés, du climat, traînait une mauvaise toux, ne savait plus où se tourner pour être bien dans sa peau d'exilé. Son enthousiasme du début n'était plus qu'un simulacre. Ce qui lui devenait le plus insupportable, c'était de ne plus voir Néréa. Même s'il découvrait qu'elle appartenait à un autre, au moins, il saurait. De ce fait, il lui devenait impossible de rester plus longtemps, peu lui importait d'avoir des problèmes de conscription ou autres, le désir impérieux de repartir qui l'animait balayait tout le reste. Sa décision avait mûri en lui sans qu'il y prenne garde, en la refoulant, il avait refusé de voir la vérité en face. Désormais, il ne reviendrait pas dessus. Il décida de partir à Noël et en fit part à Lako. Tant pis s'il devait affronter la justice de son pays mais Benito et

Lako tentèrent, en vain, de le faire changer d'avis, s'ingéniant à l'intéresser à autre chose que son idée fixe.

— Si tu veux voir des baleines, proposa Benito dans le louable effort de le distraire, je t'emmènerai un jour sur la côte pacifique dans la lagune de Scammon pour t'en montrer. Elles viennent s'accoupler le long des baies de Basse-Californie. Arrivées en décembre, elles mettent bas en janvier et février et repartent vers le nord en mars, accompagnées de leurs petits.

Sensible à ces marques d'amitié, Bixente remercia mais rien ni personne ne pourrait le faire changer d'idée.

Début novembre, ce fut le jour des morts. Il revêtait comme en France une importance capitale. Bixente se mit à penser très fort à ses grands-parents qui l'avaient aimé, souvent avec une tendresse bourrue, travaillant dur aux côtés de ses parents, lui laissant en héritage ce bel exemple des valeurs de courage et de ténacité qu'il appliquait à la lettre. Mais là, il n'en pouvait plus. Les Monterrey l'entraînèrent avec eux pour tenter de le sortir de son vague à l'âme. Ils lui accordaient toute leur confiance et s'apitoyaient de le voir aussi triste. À la nuit tombante, Bixente, accompagné de Lako, suivit sa famille d'accueil au cimetière et resta bouche bée devant le spectacle. Il régnait dans ce lieu de sépulture réputé calme une grande et joyeuse agitation. Ici, la croyance populaire, plus païenne que religieuse, voulait que les âmes défuntes redescendent sur terre à l'occasion. Les Mexicains déployaient une ardeur communicative pour leur plaire, préparant leurs mets favoris qu'ils allaient ensuite en famille déposer sur les tombes. Chaque pierre tombale, éclairée par un parterre de bougies, croulait sous les soucis au jaune et à l'orange flamboyants. Ils dégageaient une odeur entêtante qui planait dans l'air, accompagnée de celle de l'encens et de la fumée âcre des cierges en fin de consomption.

Comme le jeune Basque signalait à Benito qu'en France, la fleur des morts était le chrysanthème, il lui répondit en riant qu'ici, le souci possédait le pouvoir d'apaiser les brûlures d'estomac et les coliques. Étant donné le festin préparé pour les morts, hautement relevé par le piment, ils en auraient sans nul doute besoin ! La señora Monterrey avait apporté, selon la coutume, le costume préféré de son père et une jolie robe appartenant à sa mère. Chacun disposait au pied des tombes, vêtements, plats, bière, cigarettes. C'était une débauche d'offrandes pour complaire aux morts, leur montrant ainsi que les vivants ne les oubliaient pas.

— Vois-tu, Bixente, chez nous la légende veut que le défunt traverse neuf mondes souterrains, peuplés de dangers multiples et d'épreuves surhumaines avant de se réincarner. Sous terre, le seigneur *Mictlantecuhtli* règne en maître et possède tous les pouvoirs afin de l'empêcher ou de lui permettre de gravir ces échelons. Tout dépend de la vie terrestre qu'il a menée auparavant. S'il a été bon, tu te doutes que les punitions seront à peu près inexistantes !

Fort intéressés, les jeunes Basques regardaient autour d'eux, écoutant les explications de Benito, sidérés par cette ferveur et surtout cette façon de croire à la résurrection momentanée de leurs chers disparus.

— S'il passe toutes les épreuves, continuait Benito, il atteint une grotte, celle-là même où éclôt la vie. Le ventre de la femme si tu préfères, et là, le miracle se produit et l'esprit du mort renaît dans un autre corps.

— À Saint-Jean-de-Luz, les cérémonies se passent surtout à l'église et nous y avons une place réservée, le *jarleku*, où l'on pose un tapis noir brodé aux initiales de la famille. Une fois réunis, on allume des cierges et des rubans de cire et la belle nef de Saint-Jean-Baptiste s'illumine comme ici. Les femmes ne prennent pas part à l'inhumation. Elles prient de leur côté. La veille d'une noce, les futurs mariés vont se présenter sur la tombe de nos défunts afin de marquer leur respect envers eux.

Benito incita ses amis à s'asseoir à même le sol.

— Regardez autour de vous, la ferveur et l'amour sont partout.

De tous côtés, hommes, femmes et enfants circulaient, portant des squelettes factices à la physionomie grimaçante à peu près de leur taille. Ainsi, la mort était-elle comme partout, omniprésente, respectée, crainte, parfois raillée par des sceptiques, incarnant à la fois le paradis et l'enfer, le bien et le mal. Vers minuit arrivèrent des *Mariachis* qui jouaient de la trompette et du violon et leurs airs entraînant n'engendraient pas la mélancolie. Des chants et des prières, sorte de mélopée enivrante, montaient en rumeur vers ce ciel si convoité. Bixente, pensif, regagna sa couche dans la nuit, se posant de multiples questions sur les coutumes de ce pays reflétant l'immense affection qui reliait les vivants au souvenir de leurs morts. Il était certain qu'à Saint-Jean-de-Luz, l'époque de la Toussaint ne ressemblait en rien à cette fête colorée. Résignation paisible, sérénité triste dénuée de morbidité, étaient son credo. Le Basque savait qu'il ne serait pas oublié puisque sa famille lui rendait visite chaque dimanche après l'office. Point de dalle somptueuse mais un simple renflement de terre avec, à sa tête, l'*hil harri*, la pierre funéraire, souvent discoïdale, plantée face au soleil levant, la plupart du temps anonyme, ne portant qu'une date et quelques ornementations d'une grande sobriété. Le curé, averti de l'imminence d'un décès par le *lehen auzoa*, premier voisin, aussi surnommé le *kurutzekaria*, celui qui portait la croix lors de l'enterrement, partait de l'église pour donner l'extrême onction au mourant. Sur son passage, chaque bonne maison envoyait un domestique muni d'une lanterne qui accompagnait le prêtre, formant ainsi un cortège de lumières à travers les rues souvent sombres de la ville. Parfois on ôtait une tuile du toit pour faciliter le passage à l'âme montant au ciel. L'inhumation, toujours suivie d'un bon repas, car *hila lurpera, visiac asera*, « le mort à la fosse, les vivants à la soûlée ! », permettait ces réunions rassemblant ceux qui ne s'étaient pas vus depuis belle lurette. Par la suite, beaucoup de messes étaient offertes par les proches et les amis du défunt.

Puis arriva le 12 décembre, jour privilégié par toute la population mexicaine en hommage à la *Lupita Indita*, leur Sainte Reine, la Vierge de la Guadalupe. Les Mexicains la priaient tout le temps, elle faisait partie de leur quotidien au même titre que leur repas, leur travail, ils l'adoraient. D'elle dépendait échec ou réussite.

— Te rends-tu compte, dit Benito très fier à son ami, une Vierge indienne.

— Ben, c'est la même que la mienne, s'étonna Bixente.

— Oui, bien sûr, mais pas tout à fait. Tu vois comme elle est courtoise et humble, pour plaire à mon peuple martyrisé, elle s'est donné sa couleur, s'est fondue avec lui. Ça prouve son respect pour nous. Tu y crois, toi, à la Sainte Femme ?

Bixente, étonné, haussa les épaules.

— Quelle question ! regarde mon scapulaire. Il a été baptisé à l'eau de source d'une grotte miraculeuse dans mon pays. La Vierge est apparue à une petite bergère il y a déjà une quarantaine d'années. Maintenant l'endroit est devenu un lieu de pèlerinage car la Sainte Femme y a fait des miracles.

— Ici, c'est sur la colline de Tepeyac. Allez viens, on va à l'église. Ça ne peut que nous faire du bien !

Bixente aimait ce garçon qui lui montrait une réelle amitié. Avec lui, il se sentait moins seul, apprenant ainsi des détails sur le Mexique, son histoire et son riche passé. Il l'amenait assister à de féroces combats de coqs où le plus pauvre perdait même sa chemise en pariant, à de fabuleuses courses de lévriers où l'élégant canidé courait à en mourir parfois et surtout à des corridas exceptionnelles qui rappelaient à l'exilé celles qu'il regardait à Bayonne ou à Irun. Noël arriva. Un an qu'il était là sans nouvelles de sa famille ni de Néréa. Son départ, fixé à la semaine suivante, ne souffrirait d'aucun changement d'idée ou de date. Benito, affligé par cette désertion qu'il comprenait cependant, lui conseilla de remonter vers les États-Unis où il pourrait s'embarquer pour la France plus rapidement qu'en redescendant vers Tampico. Ils se quittèrent, sachant que plus jamais ils ne se reverraient mais certains que chacun dans leur coin du monde, ils penseraient l'un à l'autre. Encore une précieuse avancée que venait de faire Bixente dans son apprentissage de la vie : l'amitié était une fleur aussi rare que l'amour mais elle avait moins besoin de preuves pour perdurer.

13

L'attaque des bandouliers

Le grand couturier fut très surpris lorsque Néréa lui demanda un congé.

— J'ai une présentation dans un mois, s'écria-t-il, navré. Ma collection est presque prête et je vous ai choisie pour la présenter à des acheteurs du monde entier. Par conséquent tout repose sur vous. Néréa, vous ne pouvez pas me laisser tomber comme cela. Et puis, qu'y a-t-il d'aussi urgent ? Vous me donnez l'impression d'avoir retrouvé un trésor !

— Comment avez-vous deviné ? s'exclama-t-elle, radieuse. J'en avais effectivement perdu un par bêtise et je suis à deux doigts de remettre la main dessus. Pour rien au monde, malgré ce que je vous dois, je ne le laisserai plus longtemps loin de moi.

Valentin de Saint-Robert se méprit sur le sens sibyllin de sa réponse.

— C'est un homme, n'est-ce pas ?

Sa voix trahissait sa déception. Lui qui la croyait seule et chaste.

— Non, c'est un enfant, mon enfant, répondit-elle. Je ne vous ai jamais raconté mon passé, mais je puis vous dire que ce bébé retrouvé va changer ma vie.

Éberlué, il la regardait, essayant de décrypter la raison de cet air de bonheur qu'il ne lui connaissait pas.

— Je ne comprends rien de ce que vous me racontez, Néréa, soyez plus claire.

La jeune femme hésita, puis se lança dans une histoire où apparaissait un homme amoureux exilé pour des années au Mexique, la découverte de sa grossesse, la fuite de chez ses parents, l'abandon de l'enfant à l'Hôtel-Dieu, ses remords. Pas une seule fois, elle n'évoqua ce que son père lui avait fait endurer. Comment oser lui avouer l'horreur des viols subis pendant tant d'années ?

M. de Saint-Robert, incrédule, l'écouta sans l'interrompre, saisissant mieux le degré de tristesse qu'elle affichait parfois sur son beau visage, allant jusqu'à essuyer quelques larmes en cachette, du moins le croyait-elle.

— Mais vous étiez donc enceinte lorsque je vous ai vue la première fois à la brasserie ?

— Oui, et c'est pour mon inconduite que je venais d'être mise à la porte du *Bon Marché*.

Le couturier haussa les épaules, la regarda avec affection et posa sa main sur son bras.

— Ah ! Je saisis pourquoi je vous avais trouvée très belle mais la taille un peu forte, s'exclama-t-il en riant. Bon, détails pratiques, quand partez-vous ? Où allez-vous ? Quand revenez-vous ?

— Je descends vers le plateau de Lannemezan et je remonte tout de suite après avec mon fils. Je ne pense pas que cela me prenne trois semaines.

— Je vous accompagne.

— Mais, vous venez de dire que…

— Certes, mais – il y avait de l'ironie dans ses yeux – ça ira beaucoup plus vite si je suis avec vous. Vous ne pouvez voyager seule.

— Mais je l'ai déjà fait, monsieur, et je m'en suis sortie.

— Lorsque je pars en voyage, c'est Mme Alice qui me remplace. Elle connaît tous les rouages de ma maison et je lui fais une confiance aveugle.

— Monsieur, je ne sais comment vous remercier.

— Je vais faire préparer ma voiture la plus confortable, décida-t-il, désireux de couper court à ses témoignages de reconnaissance. Nous quitterons Paris demain matin à l'aube. Je passerai vous prendre chez vous, disons, vers sept heures.

Vaincue, elle acquiesça.

*

Ils roulaient depuis presque trois heures. Les puissants ressorts de la berline absorbaient presque tous les chocs et la lourde machine se balançait comme un landau. Néréa avait lutté contre le sommeil puis, exténuée par une nuit blanche, s'était laissée glisser dans une bienheureuse torpeur, traversée d'éclairs de conscience où elle apercevait M. de Saint-Robert, vêtu d'une élégante capote, infatigable, triant ses croquis, tentant maladroitement entre deux chaos d'en rectifier les contours à l'aide d'un fusain. Le cocher arrêta l'attelage dans un relais et procéda au changement des quatre chevaux, puis ils repartirent au trot. La campagne défilait, tandis qu'elle somnolait, calée dans une des encoignures. Vers midi, la cadence ralentit et la calèche pénétra dans la cour d'une auberge. Le cocher descendit de son siège, ouvrit la portière et abaissa le marchepied. Néréa s'éveilla, le visage chiffonné, se demandant où elle était, regarda son compagnon de voyage et lui sourit.

— Nous allons déjeuner, dit-il en défripant son pantalon d'une main soigneuse.

— Où sommes-nous ? interrogea la jeune femme.

— Pas loin d'Orléans.

— C'est tout, dit Néréa, désappointée.

— N'oubliez pas, ma chère, que nous traversons la France entière ! lança M. de Saint-Robert, amusé.

L'aubergiste était déjà au port d'armes devant l'entrée pour accueillir les arrivants dont la berline et la mise lui signalaient l'opulence.

— Entrez, dit-il, cérémonieux, et installez-vous devant la cheminée pendant que je dépose vos habits au vestiaire.

La grande salle était claire, donnant sur un agréable jardin. Une famille de voyageurs, attablée non loin de l'immense cheminée, s'entretenait à mi-voix. Un tout petit garçon attentif, surveillé du coin de l'œil par sa mère, se tenait près d'un grand feu qui grésillait, alimenté par la graisse dégoulinant d'un gigot d'agneau pendu à une ficelle.

— Hum ! ça sent bon, s'exclama Valentin en se frottant les mains. Comment allez-vous Néréa ?

— Mieux, beaucoup mieux maintenant que j'ai dormi, fit-elle en s'étirant avec grâce.

Le cuisinier leur servit un repas arrosé d'un excellent bourgogne. Le couturier mangea de bon appétit tandis que Néréa chipotait dans son assiette.

— Ce n'est pas sérieux de laisser toute cette nourriture, mangez, vous avez besoin d'être réconfortée.

Elle saisit son verre et le porta à ses lèvres.

— Je suis nouée et rien ne peut passer, répondit-elle en le reposant.

Valentin de Saint-Robert se sentait revivre. Surchargé de travail, il avait du mal à se reposer. Accompagner Néréa le ravissait. Bien qu'imperméable à l'amour féminin, il avait de l'estime et ressentait même un certain attachement pour la jeune femme. En ce moment, il avait dans sa vie un superbe jeune éphèbe qui lui rendait au centuple la fortune qu'il dépensait pour lui. Il se rejeta en arrière, jouant avec le pied de son verre, contemplant le feu.

— Néréa, à *la Brasserie de Vénus*, lorsque je vous ai vue, je vous ai aussitôt distinguée dans cette salle bondée. Je me suis demandé ce que vous faisiez là, égarée dans un lieu qui n'était pas votre place. Mon sens aigu de l'esthétique a prévalu sur un mouvement de rejet. Une force m'a poussé à vous parler et votre accueil froid m'a conforté que vous n'étiez pas une de ces petites grues qui cherchent l'aventure. Vous aviez à la fois l'air perdu et réservé.

La jeune femme se mit à rire et se leva.

— Excusez-moi, je ne tiens pas en place. Pouvons-nous repartir ?

Une fois sur la route, il lui prit les mains dans les siennes, la regarda longuement.

— Si je vous ai accompagnée, Néréa, c'est que pour moi, vous représentez la fille rêvée que j'aurais aimé avoir à mes côtés si ma vie avait été autre. Il ne peut y avoir dans les sentiments que j'éprouve pour vous aucune ambiguïté. Ils sont paternels avant tout.

Néréa, les larmes aux yeux, pensait à son propre père et à ce qu'il lui avait fait connaître d'odieux. Elle se haussa vers la joue de Valentin l'embrassant avec affection.

— Merci de me parler avec tant de bonté. J'apprécie d'autant plus ce que vous venez de me dire, Valentin, que mon père n'a jamais eu cette démarche de tendresse pour moi.

Il jubila intérieurement car c'était la première fois qu'elle l'appelait par son prénom. Enfin un être à aimer sans éprouver la peur de le perdre comme il le craignait avec ses jeunes amants, plus intéressés par sa fortune que par l'amour qu'il leur vouait.

Après un moment de silence, Néréa s'agita, cherchant à se distraire afin d'écourter le temps qui lui semblait si long.

— Je voudrais savoir pourquoi sur l'étiquette qui griffe vos créations, il y a un grand sept en dessous de votre nom.

— Ah ! Ça vous intrigue ? fit-il, malicieux. Ce nombre a toujours eu pour moi une signification particulière. Savez-vous qu'il protège ? La couture est une sorte de spectacle et le grand couturier, un artiste aussi superstitieux que tous les comédiens au théâtre. J'adore les chiffres et crois dur comme fer qu'ils ont une destinée qui nous influence.

Néréa arbora une moue dubitative.

— N'avez-vous pas remarqué que j'ai engagé sept mannequins qui présentent chacun sept modèles ! Je me sers du prisme de l'arc-en-ciel aux sept couleurs pour choisir mes tissus. Si je vais plus loin dans mon raisonnement, il y a sept jours, sept sacrements, sept notes de musique, sept planètes qui correspondent à sept divinités antiques, l'Éternel s'est reposé le septième jour, son œuvre accomplie. Si cette antique science des nombres vous intéresse, un jour, je vous l'apprendrai.

Séduite par le vieil original, Néréa, tandis qu'il discourait sur le symbolisme du sept, dessinait dans sa tête à longs traits vifs un chapeau en forme de sept agrémenté d'une légère voilette en tulle rebrodée de mouches noires.

*

Le soir, ils atteignirent Châteauroux et trouvèrent un relais pour changer les chevaux, se restaurer et dormir. Devant la porte de sa chambre, Valentin prit les mains de Néréa et les baisa.

— Petite fille, je tiens beaucoup à vous. Mme Alice va bientôt me quitter. Je vous offre de la remplacer. Vous valez cent fois mieux que le mannequinat, vous m'assisterez comme elle mais comme vous avez un coup de crayon magistral et beaucoup de talent, vous serez ma seconde.

Flattée, Néréa sourit. D'abord retrouver son fils, ensuite s'organiser avec lui. Après, pourquoi ne pas monter dans l'échelle très prisée de la couture ? Elle dégagea ses mains et ouvrit la porte.

— Je suis si fatiguée, souffla-t-elle, que je ne suis même plus capable de sauter de joie, mais soyez assuré que je me sens honorée par votre proposition.

Elle disparut dans un bruissement de taffetas. « Quelle délicieuse enfant », pensa-t-il en enfilant sa longue chemise de nuit en soie, puis, il saisit les mouchettes pour éteindre les bougies. « Elle est désormais ma fille. Je ne comprends pas comment ses parents peuvent ignorer ainsi sa détresse. Il y a un mystère que j'aimerais bien élucider. » Il soupira puis, exténué par le voyage, ne tarda pas à s'endormir.

À huit heures le lendemain matin, ils étaient déjà sur la route. Néréa montrait une grande fébrilité, trouvant que l'attelage n'avançait pas assez vite. Conciliant, le couturier ouvrait fréquemment le petit volet qui l'isolait du cocher et le priait d'accélérer. Ce dernier hochait la tête d'un mouvement désapprobateur, ne souhaitant pas crever les chevaux en les harcelant. Deux jours passèrent ainsi où ils échangèrent des idées sur des modèles originaux, à croire que l'intérieur satiné de la berline leur apportait un surcroit de folle créativité. Ils comparaient leurs ébauches, parlaient chiffons, chapeaux, étoffes, se félicitant de s'être rencontrés, échafaudant maints projets novateurs. La jeune femme, détendue, voyait s'approcher le divin moment où elle prendrait son fils dans ses bras. Ils couchèrent à Brive-la-Gaillarde, jolie petite bourgade de Corrèze, puis descendirent vers Toulouse. Ce n'est qu'après s'être engagés sur la route qui menait au plateau de Lannemezan que l'angoisse la reprit. Le maître de la couture, impatient lui aussi d'arriver, pressait le mouvement. Le lendemain la berline ne fit halte que tard dans la nuit. De toute la journée, il avait à peine toléré des arrêts pour faire boire les chevaux. Le cocher, recouvert de son plaid, avait fait remarquer que le brouillard se levant, la conduite devenait hasardeuse. Les deux lampes à huile qui encadraient les côtés de la voiture n'éclairaient que très faiblement la route, mais Valentin n'en avait cure. Quatre jours de voyage à bonne allure ! Au matin du cinquième, la berline prit la direction de Saint-Gaudens. Le paysage changea, et les contreforts des Pyrénées apparurent. On approchait du but. Nerveuse, Néréa soulevait le rideau de la fenêtre et regardait au-dehors.

— Patientez encore un peu, mon enfant, le couvent n'est plus très loin. Encore une nuit et nous serons arrivés. Firmin, lorsque vous apercevrez une auberge de qualité, arrêtez-nous là.

Le cocher ne se fit pas prier pour obtempérer. Il freina l'attelage dès l'apparition d'un hameau. Valentin baissa la glace, et distingua dans l'obscurité les silhouettes sombres de masures. Une fenêtre brillait dans le noir. L'endroit était sinistre.

— Est-ce ici que nous sommes censés passer la nuit ? demanda-t-il, mécontent.

Firmin, qui comptait bien mettre ainsi un terme au supplice qu'il endurait depuis le départ de Paris, rentra la tête dans les épaules, conscient de l'orage qui allait déferler sur lui. Lorsque le maître n'était pas content, il ne le ménageait pas.

— Sommes-nous parvenus à Lannemezan ?

— Il s'en faut de quelques kilomètres, monsieur.

— Alors, en route et vite, intima Valentin, furieux.

Néréa se taisait, heureuse que son compagnon prenne toutes les initiatives. Sous pression, elle tentait de retrouver son calme, ayant du mal à respirer et à mettre de l'ordre dans ses idées. Troublée par la proximité du pays Basque, elle se sentait mal à l'aise, repensait à ses parents, son grand-père qu'elle avait laissé paralysé. Soudain, la dévouée Justine et Pauline, qui l'avait aidée, reléguées au fond de sa mémoire, reprenaient de l'importance, sans oublier ce bon Odilon Bidarray. Comment pouvaient-ils savoir, lorsqu'elle s'était enfuie, qu'elle ne pourrait revenir à *Goicoetchea* ? Le sort l'avait voulu ainsi et elle s'était enfermée dans ce cercle de silence, murée dans la certitude qu'elle n'était plus rien à leurs yeux. Elle avait lutté pour qu'ils cessent de parasiter sa vie mais les souvenirs ressurgissaient en foule, bons et mauvais se télescopant.

— Monsieur, l'un des chevaux boite et je l'ai mené jusqu'ici sans pouvoir aller plus loin.

— Va au diable ! s'écria Valentin, perdant son sang-froid coutumier. Enfin, peux-tu me dire où nous sommes ?

— Je l'ignore, monsieur. J'ai cru bien faire car je supposais que vous étiez fatigués.

— Imbécile, t'es-tu imaginé une seule seconde que madame et moi, allions descendre dans un bouge pareil ?

Comme le ton montait, Néréa posa une main douce sur le bras de Valentin tentant de le ramener à la raison.

— Valentin, je ne me sens pas capable de continuer. Je suis éreintée. Restons là.

— Je suis en colère car j'avais télégraphié de Toulouse pour retenir dans une auberge de qualité après Saint-Gaudens les meilleures chambres chauffées et un succulent dîner et je me retrouve en rase campagne, je ne sais où à cause de ce gredin.

Néréa comprenait le mécontentement de Valentin – esthète jusqu'au bout des doigts, il aimait le luxe et le raffinement – mais elle se sentait si lasse qu'elle aurait même dormi dans la berline. La porte de l'auberge s'ouvrit. La silhouette de l'aubergiste, sans doute alerté par les éclats de voix, se profila dans la lumière. Le cocher se précipita sur lui et le questionna. L'homme hocha la tête à plusieurs reprises montrant la cour encombrée de voitures. Firmin revint quelques instants plus tard et assura que tout était arrangé. Néréa pensant de plus en plus fort à son fils si près d'elle à vol d'oiseau, ne se souciait guère d'être bien ou mal logée. Elle en avait vu d'autres ! Firmin déplia le marchepied et lui tendit une main glacée par le voyage. Mais en franchissant le seuil de l'auberge, ils s'aperçurent qu'ils étaient dans une infâme gargote enfumée où trônaient des hommes à mine patibulaire. Effrayée, la jeune femme se sentit observée, jaugée sur sa mise. Mais il était trop tard pour faire demi-tour.

— Pardonnez-moi de vous faire faux bond mais je suis trop lasse pour avaler une seule bouchée, dit Néréa, je vais me coucher.

— Je vous accompagne, répondit Valentin.

Firmin tordait sa casquette entre ses mains, l'air gêné. Elle en comprit la raison lorsqu'elle découvrit qu'il n'y avait qu'une seule chambre de libre. Elle se demanda quelle allait être la réaction du couturier lorsqu'il se verrait contraint de passer la nuit dans la même pièce. Comme elle ne tenait plus debout, cela lui était bien égal !

— Je vous laisse vous reposer ma chère, dit Valentin en s'inclinant, je vais me changer. Montrez-moi ma chambre, s'il vous plaît.

— Mais, monsieur, dit l'aubergiste avec prudence, c'est complet et il n'y a rien d'autre à vingt lieues à la ronde.

— Quoi ! mais je vais mettre à la porte ce maudit cocher, s'écria le couturier, irrité.

Il se tourna vers Néréa et, constatant sa pâleur et ses traits tirés, se radoucit aussitôt.

— Valentin, je ne vois aucun inconvénient à ce que vous dormiez avec moi, dit-elle avec gentillesse.

— Vous en êtes sûre ?

— Oui, allez, entrons.

Firmin, prudent, se tenait à distance avec les bagages. La pièce où ils furent introduits était basse de plafond, mais un bon feu flambait dans l'âtre et la lampe à huile qui pendait à une des poutres répandait une agréable lumière dorée. Un immense lit trônait en son milieu. Un lourd fauteuil de chêne faisait face à la cheminée. Valentin s'écroula dessus, écarta les jambes, tendit ses mains aux flammes.

— Je ne saurais vous déranger, je vais dormir dans ce fauteuil, dit-il, galant.

— Ah ! non, il n'en est pas question. Allongez-vous sous la courtepointe, Valentin, ce sera tout de même plus confortable.

Elle se déshabilla derrière un paravent et se glissa entre des draps rugueux mais cela lui était bien égal, elle avait connu pire ! Murmurant un bonsoir, la jeune femme ne tarda guère à s'endormir. Valentin se leva et s'approcha au bord du lit pour la contempler. La lumière dansante des flammes jouait sur le visage de Néréa, allumant des reflets cuivrés dans la belle chevelure. Que penserait-elle de lui si elle savait qu'il s'ingéniait à décourager les nombreux admirateurs qui le suppliaient de leur présenter cette merveille ? Il la protégeait jalousement de toutes ces marques d'admiration. Un mannequin, c'était fatal, attirait l'œil masculin comme un aimant. Sans doute le tenait-on injustement sur la frontière équivoque de la fille facile. Mais Néréa possédait bien d'autres valeurs ! Il l'aimait aussi pour cela. Peu à peu, en la voyant chaque jour évoluer sous ses yeux, il se disait qu'étant sans héritier direct, il pourrait un jour lui laisser diriger sa fabuleuse maison. On frappa à la porte. Il interrompit ses réflexions, ouvrit et se trouva en présence de Firmin portant un plateau chargé de victuailles. Il mit un doigt sur la bouche en montrant la jeune femme endormie. Le valet acquiesça d'un signe de tête et le déposa sans un mot sur la tablette près de l'âtre puis se retira sur la pointe des pieds.

*

Le couvent n'était plus très loin. Ils touchaient au but. Le temps était exécrable, bruine et brouillard se partageant l'ordinaire. Il fallait bien reconnaître que le plateau de Lannemezan, la lande du milieu, méritait bien son nom. Désert, lugubre, couvert de fougères, d'ajoncs et de bruyère, il n'inspirait guère les voyageurs, heureux d'apercevoir parfois quelques bosquets d'arbres malingres. Voie de passage pourtant très fréquentée, à la fois par les gens de Comminges, Bigorre, Nébouzan, Armagnac, Béarn, Ariège et Aragon, elle était réputée pour son insécurité. Les marchands apeurés y passaient en caravane chargée de denrées diverses et les pèlerins en route pour Saint-Jacques de Compostelle faisaient halte dans les abbayes qui jalonnaient le plateau. Notre-Dame de Garaison, l'abbaye de l'Escaladieu, celle de Saint-Savin, de Saint-Orens et bien d'autres, se disputaient le privilège de les accueillir. Insensibles aux éléments défavorables, Valentin et Néréa en profitaient pour affiner leurs projets. L'intérieur de la berline était jonché de croquis de robes, chemises, dessous que le couturier avait apportés dans ses bagages. Ainsi, le temps leur paraissait moins long à discuter ensemble de la nouvelle collection du printemps prochain. La montée était rude et les chevaux peinaient. Enfin, ils arrivèrent sur le plat. Un vent violent soufflait sur la lande et Firmin, frigorifié, avait ralenti la marche de l'attelage. Valentin, à qui la jeune femme venait de montrer ses dernières créations, se pencha vers elle.

— Permettez-moi, Néréa, d'être confondu d'admiration devant votre talent. Si jeune et déjà une patte d'une si grande maturité. Qui a le don du dessin chez vous ?

Le visage de la jeune femme se rembrunit. Elle baissa la tête.

— Personne, murmura-t-elle, laconique.

Se penchant vers elle, il posa une main affectueuse sur sa robe.

— Ne pensez-vous pas que vos parents sont inquiets de votre fuite, qu'ils seraient ravis de vous accueillir et de faire la paix ?

— Non, répondit-elle, d'une voix contenue. La seule qui m'ait aidée, c'est ma tante Pauline. Je pense lui écrire pour l'informer lorsque j'aurai retrouvé mon petit garçon.

Il insista, croyant bien faire.

— À mon avis, ce petit bonhomme par son arrivée arrangerait bien des choses encore douloureuses.

— Valentin, vous ne savez pas tout, et j'aurais beaucoup de mal à me retrouver devant mon père. Tenez, dit-elle afin de détourner la conversation, ne trouvez-vous pas que ce manteau de soirée a de l'allure ? Je le verrais bien en shantung beige avec des parements en zibeline.

Le couturier remarqua l'altération des traits du beau visage et prit un air détaché.

— Vous avez raison. C'est tout à fait le style de Mme de Mercœur. Elle possède comme vous l'art de porter avec élégance mes toilettes. Un vêtement, c'est l'affirmation de soi, l'image que l'on souhaite donner, et elle y réussit à merveille.

Soudain, ils perçurent une galopade, des vociférations. Effrayés, ils se regardèrent. Pour une raison inconnue, la voiture déstabilisée tangua, fut sur le point de verser, puis ralentit. Le cocher, en mauvaise posture, se mit à hurler, tirant de toutes ses forces sur les rênes, tandis que se cabraient les chevaux hennissant de frayeur. L'attelage s'arrêta enfin. La porte s'ouvrit alors avec violence. Interloqués, les deux passagers virent des têtes hirsutes envahir l'espace et des bras les tirèrent hors de la berline. Firmin gisait à terre, assommé tandis qu'un malandrin lui ligotait pieds et mains. Les brigands ! Le sang de Valentin ne fit qu'un tour. Maintes fois à Paris, ses amis l'avaient mis en garde contre le brigandage. Tout au long de la route, les aubergistes avaient aussi insisté sur le danger que représentaient les « bandouliers » qui sévissaient sur le plateau de Lannemezan. Dans ses bagages, se cachait un pistolet sans qu'il envisage l'idée de s'en servir. Néréa se mit à hurler alors qu'un des acolytes lui fermait la bouche de sa main crasseuse.

— Tu vas nous donner tout ce que tu as, argent, bijoux, sinon tu vas passer un mauvais quart d'heure.

Joignant le geste à la parole, il assena sur la tête du couturier un violent coup de massue. Valentin tomba à terre. Ligoté en un clin d'œil, il fut traîné puis adossé à l'une des roues. Les malandrins au nombre d'une dizaine eurent vite fait de les dépouiller. Les objets de valeur changèrent de mains. Dès que la sacoche contenant l'argent fut trouvée, son contenu fut partagé dans l'instant au prix de vives altercations ponctuées de jurons.

Néréa, blanche de peur, faisait front. Que pouvaient-ils lui faire maintenant qu'ils avaient ce qu'ils voulaient ? Mais celui qui paraissait être le chef de la bande s'approcha de la prisonnière toujours maintenue par un des brigands.

— Alors, qu'est-ce qu'on lui fait à la mignonne ? T'es bien gironde et tu me plais. Dès que je t'ai vue hier au soir à l'auberge avec ce vieux barbon efféminé, j'ai eu envie de toi.

Néréa ferma les yeux, tandis que l'homme lui passait une main gourmande sur les seins. L'horreur la submergea et le visage de son père, altéré par le désir, lui apparut. Pétrifiée, tandis qu'il accentuait ses attouchements, elle ne bougeait plus, respirait à petits coups, se demandant avec désespoir si elle allait survivre après avoir servi de gibier à tous ces hommes. Alors qu'elle se résignait au pire, un bruit de galop lui fit reprendre espoir : des cavaliers arrivaient en trombe vers eux. Elle distingua des uniformes, et poussa un énorme soupir. C'étaient des gendarmes. Le bandoulier la lâcha et tandis que la bande de malfrats s'égaillait dans la nature, elle chancela, voulut crier, puis tout se brouilla autour d'elle. Elle perdit connaissance.

*

Un calme étrange régnait à l'intérieur du couvent. Île solitaire, fermée aux remous, où passions, envies terrestres et cacophonie de la vie venaient se briser sans heurts contre ses hautes portes, elle était l'image de la paix céleste. Néréa s'éveilla, engourdie par le froid, puis, étonnée, regarda autour d'elle. La pièce minuscule dans laquelle elle était couchée lui rappela un instant la mansarde de Fanchon. Le mobilier était fort rudimentaire. Une étagère dans une encoignure supportait une cuvette et une aiguière pleine d'eau. Seul ornement, un crucifix au visage torturé était accroché à un des sinistres murs grisâtres. Le plancher fraîchement lessivé délivrait l'odeur douce-amère de bois encore mouillé. Ses vêtements pliés étaient posés sur une unique chaise. Elle baissa les yeux et vit qu'elle portait une longue tunique blanche en épaisse toile rugueuse et s'affola. Où était-elle ? Que lui était-il arrivé ? Où étaient passés son accompagnateur et le cocher ? Et depuis quand était-elle là ? Ces nombreuses interrogations eurent bientôt une réponse. Elle perçut des pas qui se rapprochaient et une religieuse pénétra dans la cellule.

— Ah ! Vous êtes réveillée ma fille ! Je vais en avertir la révérende mère. Comment vous sentez-vous ?

— Un peu lasse, mais où suis-je ?

— Au couvent de Saint-Christophe, patron des voyageurs, non loin de Saint-Bertrand-de-Comminges.

Soudain se télescopèrent dans sa tête les réminiscences de l'agression dont elle avait été victime. Elle s'affola.

— Comment suis-je arrivée ici, et où sont mes compagnons de voyage ?

L'hospitalière se pencha vers elle, posant une main douce sur ses cheveux.

— Tranquillisez-vous madame. Ce sont les gendarmes qui vous ont sauvés. Ils s'étaient embusqués non loin de vous, surveillant la seule partie boisée où les bandouliers se regroupent pour faire leurs mauvais coups. Voyant passer votre berline, ils l'ont suivie et sont arrivés à temps pour vous délivrer. Les gredins ont d'ailleurs laissé leur butin sur place, trop pressés de s'enfuir. Quant à vos compagnons, ils sont à l'infirmerie, un peu mal en point.

Elle tressaillit. Des couleurs revinrent sur ses joues pâles.

— Rien de grave, j'espère ?

— Quelques contusions et beaucoup de peur, je crois. Voyez-vous, on pourrait croire, alors que nous allons bientôt entrer dans le XXe siècle, que ce genre d'ennuis n'existe plus sur les routes, mais non, ça continue.

Rassurée, Néréa se redressa, regardant le visage plein de bonté de la nonne.

— Ma sœur, il y a bien un orphelinat ici ?

— Oui et cette mission de veiller sur des enfants me comble de bonheur.

— Ma sœur, reprit la jeune femme avec insistance, vous n'ignorez pas le but de ma visite ?

— Rassurez-vous, je la connais et j'en suis ravie. D'ailleurs, habillez-vous, je vous conduis auprès de votre bébé. Il sourit toujours, babille et dort comme un ange.

Un ange ! Le mot fit frémir Néréa qui, sautant à bas du lit, enleva la chemise monacale et revêtit ses habits qui avaient été lavés et repassés pendant les deux jours où, assommée de fatigue, elle avait dormi. Fébrile, elle se hâtait, se trompant de manche, ses doigts tremblaient en mettant les boutons de son corsage.

— Vous vous êtes trompée de rangée, dit la moniale en riant, votre chemisier est fermé tout de travers. Suivez-moi.

Elles traversèrent de longs couloirs, passèrent sous un très beau cloître pour déboucher sur un bâtiment conventuel qui abritait l'orphelinat. Néréa, impatiente, se prépara à découvrir son tout-petit abandonné.

Le dortoir des enfants en bas âge, contrairement aux cellules spartiates, était haut de plafond, spacieux, bien éclairé. Et calme. Des rangées de petits lits blancs s'alignaient face à de grandes fenêtres dont les jalousies baissées laissaient filtrer une mince lumière dorée. La jeune mère dont le cœur battait la chamade perçut non sans émoi des respirations légères, des petits bruits attendrissants de succion. C'était l'heure de la sieste. Un bébé toussa, un autre geignit, puis se tut. Bouleversée, elle suivit la religieuse qui se dirigeait vers le fond de la salle et s'arrêta devant l'un des lits.

— Madame, voici Daniel.

— Daniel ? dit Néréa, marquant un temps d'arrêt.

— Il fallait bien donner un prénom à cet enfant ! Nous ignorions que vous viendriez le reprendre.

Néréa sentit ses jambes faiblir. Penchée au-dessus du berceau, elle vit une petite frimousse au teint de lait, parsemée de taches de rousseur qui jouait avec ses menottes. Ses yeux étaient d'un bleu intense, et elle eut l'impression que Bixente la regardait. Le bébé apercevant l'étrangère grimaça, son petit visage se plissa et il se mit à pleurer. Néréa éclata en sanglots.

— Je peux le prendre ? dit-elle, éperdue, les larmes ruisselant sur ses joues.

— Bien sûr. Mais faites plus doucement, dit la nonne à voix basse, car je ne voudrais pas que les autres se réveillent tous en même temps.

La jeune mère, tremblante, saisit le nourrisson dans ses bras et le serra contre elle.

— Baptiste, oh ! Baptiste. Comment pourras-tu me pardonner ce que je t'ai fait ?

Discrète, la bonne sœur pendant ce temps rangeait dans une mallette les effets du petit garçon afin que Néréa les emporte.

— Il ne voit que nos cornettes depuis quatre mois, fit la nonne, alors il ne faut pas vous étonner s'il a cette réaction. C'est normal.

— Mon bébé, mon bébé, mon cher amour, viens avec ta maman. Je suis là mon tout-petit.

Le bébé hoqueta, puis, maladroit, chercha son pouce qu'il trouva tandis que sa mère le berçait.

— Il va vite s'habituer à votre odeur, retrouver le son de votre voix qu'il percevait lorsqu'il était en vous.

Un bruit furtif les alerta. Une autre religieuse entrait dans le dortoir.

— C'est la révérende, indiqua l'autre sœur.

— Bonjour, ma fille, fit la religieuse à voix basse, sortons d'ici.

L'enfançon emmailloté contre son cœur, elle gagna la sortie non sans un regard apitoyé vers ces petits êtres qui ne connaîtraient sans doute pas d'autre univers que les murs chaulés du couvent.

— Vous avez de la chance. À quelques jours près, dit la mère supérieure, il était adopté par un couple de Tarbes. C'est un angelot très attachant, ce petit bout.

Néréa serra son fils encore plus fort. De la chance, oui, il en avait. Né coiffé, il avait échappé à l'avortement, puis à l'abandon. Calmé, sa petite tête rousse nichée au creux du cou de sa mère, le nourrisson gazouillait.

— Quel bonheur, mon Dieu, quel grand bonheur, murmura Néréa.

— Ma fille, vous devez une fière chandelle à sœur Emma. Si à l'Hôtel-Dieu, elle n'avait pas compris qu'un jour vous reviendriez le chercher, elle n'aurait pas marqué votre nom sur un papier. Vous n'auriez plus entendu parler de lui et je suppose que le remords vous aurait poursuivie le restant de votre vie.

— Mais n'est-elle point ici, ma sœur ? J'aimerais tellement la voir.

— Hélas non ! Elle est partie en Espagne dans un autre couvent voici déjà deux semaines.

— Ma gratitude pour elle est à l'image du bonheur que je ressens, immense, répondit Néréa. Pensez-vous qu'un jour, je puisse la retrouver pour le lui dire ?

— Dieu seul le sait, dit la religieuse, en pointant son doigt vers le ciel.

Néréa se rendit ensuite à l'infirmerie voir comment allaient Valentin et le cocher. Le bébé dans les bras, elle pénétra dans une salle aux lits cachés par des rideaux blancs dans un décor immaculé et aseptisé pour découvrir son protecteur, une énorme bosse sur le sommet du crâne et des contusions un peu partout, résultat des coups des brigands.

— Comme je suis heureux de vous voir, Néréa. Quelle histoire ! J'ai éprouvé pour vous comme pour moi la plus belle frousse de ma vie ! Enfin, c'est presque du passé, dit-il en se massant la tête. Montrez-moi donc ce bel enfant pour qui nous nous sommes battus.

Il riait, content de voir la jeune femme radieuse. En général, pour lui, vieux garçon, un bébé n'était que source d'ennuis, d'odeur aigre de lait vomi, de couches sales, de pleurs intempestifs, et il en venait à redouter le retour à Paris, mais la joie de Néréa justifiait ce sacrifice.

— Comme il vous ressemble, s'écria-t-il en découvrant le visage de Baptiste. Quel amour ! Je comprends mieux maintenant ce qui vous dévorait de l'intérieur, et il y avait de quoi. Quel petit homme en miniature, si parfait, un véritable tanagra.

— Quand serez-vous remis ? demanda-t-elle, impatiente d'organiser sa nouvelle vie avec l'enfant.

— Je me sens tout à fait capable de repartir. Nous n'avons plus qu'une semaine à notre retour avant la présentation annoncée même dans le *New York Herald* et l'*Excelsior*. Il est impossible d'en reculer la date. Mais Firmin a besoin de soins car il a été fort maltraité.

— Eh bien, j'attendrai. Avec Baptiste, le temps ne me paraîtra pas long.

En allant rendre visite à Firmin, elle se rendit compte que le cocher n'était pas en état de reprendre la route. Un de ses tortionnaires l'ayant brutalement jeté à terre de son siège, une foulure du poignet lui interdisait de tenir les rênes.

— Valentin, il me semble qu'il vaudrait mieux louer les services d'un autre postillon car votre valet ne peut repartir de sitôt. Il en va du défilé. Je vais demander de l'aide aux religieuses.

Il ne lui fut guère difficile de trouver un autre conducteur et le départ fut fixé au lendemain au grand soulagement du couturier, repris par l'exigence de son travail qu'il avait mis en veilleuse tous ces derniers temps. Il fut convenu que Firmin remonterait à Paris aussitôt rétabli.

Néréa eut du mal à dormir. Le berceau de son fils à côté de son lit, elle écoutait sa respiration régulière. La bougie arrivait à son terme. Penchée sur lui, la honte la submergea et le souvenir ardent de son étreinte avec Bixente revint en force, envahissant. L'amour refoulé depuis si longtemps restait intact malgré la longue séparation. Une idée la taraudait, devenue une des causes de ses insomnies : prévenir Pauline. Mais comment s'y prendre ? Elle lui devait reconnaissance et s'avouait qu'elle ne s'était pas bien comportée avec la seule personne qui lui avait apporté de l'aide. La providence veillait. Le plateau de Lannemezan était drainé par d'innombrables rivières dont certaines s'étaient mises en crue dans les vallées empêchant la berline de repartir par la même voie qu'à l'aller. Il fallait longer les Pyrénées, traverser Pau, rejoindre le pays Basque pour remonter ensuite vers Bordeaux.

— Valentin, implora-t-elle, son fils couché sur la banquette à ses côtés, nous allons passer tout près de chez moi. Je voudrais tellement montrer Baptiste à ma tante Pauline. Est-ce possible ?

Son visage exprimait un intense désarroi et la prière l'émut, mais il fut intraitable.

— Non. Le temps presse. Nous ne pouvons nous permettre d'en perdre en faisant ce grand détour.

Sans mot dire, elle se rencoignit et Valentin, au mouvement de ses épaules, sut qu'elle pleurait. Il se souleva de son siège, lui caressa tendrement la joue.

— Bon, je comprends votre chagrin. Nous nous arrêterons quatre heures et pas une minute de plus pour que la rencontre ait lieu, mais nous roulerons ensuite toute la nuit.

L'air radieux de Néréa le récompensa de sa mansuétude. Ils parvinrent aux portes de Saint-Jean-de-Luz vers midi et Néréa guida le cocher vers Sainte-Barbe. La calèche s'arrêta non loin des grilles de *Goicoetchea*. Les jambes tremblantes, la jeune femme descendit, regardant avec émotion les alentours. Paris soudain lui sembla loin, oublié, gommé. Elle sut à l'instant où elle aperçut la baie scintiller au loin sous un soleil d'automne qu'elle reviendrait vivre ici. C'était inéluctable. À sa physionomie, le grand couturier le comprit aussi.

— Vous voyez cette grande maison là-bas, dit-elle au cocher. Vous allez passer par derrière, vous trouverez la porte de la cuisine. Il y aura probablement la servante. Vous lui demanderez si Pauline peut venir, mais, je vous en supplie, faites-le discrètement.

Il acquiesça, sa casquette à la main et se dirigea vers la demeure. L'attente fut longue et Néréa, déçue, vit le postillon revenir bredouille.

— Que se passe-t-il ? dit-elle, anxieuse.

— Cette dame refuse de vous rencontrer. Elle a dit que vous aviez fait trop de mal autour de vous pour que l'on vous pardonne.

— Oh ! fit Néréa, accablée.

Valentin lui prit les mains et l'aida à remonter dans la berline.

— Ne soyez pas triste. Vous avez retrouvé le plus merveilleux des cadeaux. Vous n'êtes plus seule. Je vous protégerai, vous et Baptiste.

Elle se mit à sangloter. Se retournant alors que la voiture s'ébranlait, elle aperçut la silhouette de Justine qui courait derrière en faisant de grands signes.

— Arrêtez, arrêtez, cria-t-elle au cocher qui retint les chevaux.

Sans prendre de précautions, elle sauta de la calèche encore en marche et se précipita vers la servante. La prenant dans ses bras, elle la fit tournoyer et la reposa au sol, étourdie.

— Justine, ma Justine, tu es venue.

— Oh ! mademoiselle Néréa. Je n'y croyais plus. Vous êtes là, vivante.

Elle la touchait en sanglotant.

— Je n'en crois pas mes yeux.

Elle bredouillait, essuyant ses larmes avec le coin de son tablier.

— Viens, je vais te montrer quelqu'un qui a pris dans ma vie une place très importante.

Elles s'approchèrent et la domestique aperçut Valentin que la jeune femme lui présenta. « Ainsi, pensa-t-elle, c'est pour ce monsieur qu'elle est partie. » Intimidée, elle le salua tandis que Néréa, la poussant à passer la tête à l'intérieur de la berline, lui montra un bébé endormi.

— Justine, je te présente mon fils, Baptiste.

— Dieu du ciel, il est à vous ? fit la domestique, l'air égaré.

— Justine, Baptiste est le fils de Bixente.

Interdite, la domestique avait de la peine à réaliser.

— Ah ! Je comprends mieux votre disparition.

Puis elle avança une main hésitante et caressa la joue de l'enfant.

— Pourquoi Pauline refuse-t-elle de me revoir ?

Justine prit un air gêné et se racla la gorge.

— Elle vous en veut de nous avoir laissés sans nouvelles. Elle avait bien reçu votre billet qu'un monsieur lui a apporté un jour, mais elle ne savait plus comment vous joindre pour vous apprendre tout ce qui se passait ici. Toutes les lettres qu'elle vous a adressées à Paris chez la personne que vous aviez indiquée lui sont revenues. Elle s'est même déplacée pour vous rechercher accompagnée de M. Bidarray, mais personne ne savait ce que vous étiez devenue. Après les ennuis, on vous a un peu oubliée.

Inquiète, pressentant un malheur, Néréa, se rapprocha d'elle.

— Quoi ? Dis-moi. Que s'est-il passé ?

La servante évitait le regard de la jeune femme, grimaçait en se tordant les mains.

— Je n'arrive pas à vous le raconter, c'est terrible.

Justine, affolée, se rendait compte qu'elle en avait trop dit et tentait de faire marche arrière.

— Je dois savoir. Fais un effort.

Néréa saisit la domestique par le col et la secoua. Indécise, elle tergiversait encore puis, prenant sa respiration, elle se décida.

— Votre grand-père est mort et... – son visage marquait soudain une grande détresse – vos...

— Je t'en supplie, dis-moi, dis-moi...

La détresse se lisait sur le visage de la domestique. Elle se mordit la lèvre supérieure, leva les yeux au ciel, saisit son mouchoir et se moucha bruyamment puis, tout d'une traite, annonça l'affreuse nouvelle.

— Votre père et votre mère aussi. On les a retrouvés un matin au bas de la falaise d'où ils ont basculé ensemble.

Pétrifiée d'horreur, Néréa chancela et serait tombée si Valentin ne l'avait retenue. Anéantie, décomposée, elle éclata en sanglots. Il la prit contre lui, caressant ses cheveux, murmura des mots d'apaisement, tenta de soulager sa souffrance. Blottie dans les bras du couturier, ses pleurs s'espacèrent.

— Mais pourquoi ? Pourquoi ?

— Votre grand-père a fait une embolie dans la nuit de votre fuite et c'était mieux comme ça car il aurait eu beaucoup de mal à rester inactif. En ce qui concerne vos parents, la police pense qu'ils étaient sur le bord de la falaise et que l'un d'entre eux pour une raison inconnue est tombé en arrière. En cherchant à se retenir à l'autre, il l'a entraîné dans sa chute. Vous n'êtes pas responsable de leur mort.

— Quand est-ce arrivé ?

— Il y a quatre mois. Ils sont tous enterrés au cimetière dans le caveau familial près de l'entrée nord.

— Néréa, souffla Valentin, lui aussi perturbé par ces mauvaises nouvelles, voulez-vous que nous nous y rendions ?

Elle secoua la tête négativement.

— Comment va ma grand-mère ? fit-elle, en s'essuyant les yeux.

— Pas bien du tout. Elle pleure sans cesse et je n'arrive pas à la faire sortir de son lit.

— Justine, il faut que je la voie, qu'elle me pardonne. Il y a des choses que je ne puis lui révéler mais elle verra au moins que je suis vivante. Qu'en penses-tu ?

— Allez-y, dit le grand couturier. Vous verrez bien sa réaction.

— Avec ou sans Baptiste ?

— Sans. L'émotion serait à mon avis trop forte.

Tenant Justine par le bras, elle se dirigea vers la maison et en ressortit en larmes une demi-heure plus tard, mais avec dans le regard une lueur d'espoir.

— Je viens de voir dans quel état est ma pauvre Amaxi que j'aime. Même si elle a été incapable de me soutenir, elle ne m'a jamais fait de mal. Je n'ai pas rencontré Pauline déjà partie à l'usine qu'elle tente de diriger aidée par les plus anciens ouvriers. Valentin, ma famille a besoin de moi.

Le couturier, mal à l'aise, regardait la jeune femme, comprenant son chagrin et sa peur de voir disparaître tout ce qui l'attachait au pays.

— Mon seul bien, c'est cette maison, cette fabrique où résident tous mes souvenirs d'enfance. Pour la mémoire de mon grand-père pour qui elles représentaient tout et celle de mes pauvres parents, je ne veux pas les perdre. Ma place est désormais ici. Vous m'avez beaucoup aidée et je vous dois ma réussite. Afin de tenir ma promesse, j'ai décidé de repartir avec vous mais juste le temps de votre présentation.

— Chère petite fille, je ne peux que m'incliner même si votre décision me navre. Je me demande d'ailleurs si je ne vais pas vous laisser là avec Baptiste. Je viens de réfléchir à un vieux dicton qui affirme que personne n'est indispensable. Claire a la même taille que vous. Elle présentera la collection à votre place. Vous n'ignorez point l'attachement qui me lie à vous.

Néréa, émue, se jeta à son cou.

— Valentin, vous êtes merveilleux car vous comprenez tout ce que je ressens. Vous êtes généreux de cœur et d'esprit. Je serai à Paris très prochainement car il faut que j'aille mettre de l'ordre dans mes affaires.

— Vous allez me manquer.

Les adieux furent brefs car chacun, pudique, refusait de montrer sa peine mais lorsque Néréa, Baptiste dans les bras, vit la berline s'éloigner dans un nuage de poussière, elle se détourna, décomposée et se dirigea à grands pas vers *Goicoetchea*. Pauline, essoufflée, arriva de la fabrique. Apercevant la jeune femme, un bébé serré contre elle, elle comprit aussitôt et sa rancune tomba d'un seul coup.

— Chère petite mère, s'écria Néréa à nouveau au bord des larmes, comme vous m'avez manqué ! Pardonnez-moi de vous avoir laissée si longtemps sans nouvelles. Je n'ai aucune excuse.

Pauline caressa la joue humide de la jeune femme et regarda le visage de l'enfant.

— Chérie, ne me dis pas qui est son père ! s'exclama-t-elle, soulagée. Je retrouve la plupart des traits de Bixente.

Elles s'embrassèrent, toutes deux fort émues, parlant, s'interrompant, évoquant les disparus. Néréa lui raconta alors en détail ces mois affreux passés loin du pays et lui confia son espoir de retrouver Bixente. Le soir même, elle prit le deuil d'un an comme le voulait la coutume.

La première nuit passée dans sa chambre de jeune fille, Baptiste à ses côtés dans le berceau où elle avait dormi bébé, fut terrible. Le lit lui rappelait tant d'odieux souvenirs qu'il la brûlait, entretenant l'ignominie dont elle avait été si souvent victime tandis que les gestes impies refaisaient surface. Encerclée par ses démons sans qu'elle puisse les chasser, elle tourna ses pensées sur l'intense douleur d'avoir perdu trois êtres chers en même temps. Il lui était difficile d'admettre qu'elle ne les verrait plus. Le choc était grand. Elle pleurait, s'endormait, se réveillait en sursaut comme s'« il » allait revenir, allumait à tâtons une bougie, regardait son fils. Sa mère était morte sans qu'elle puisse lui dire qu'elle l'admirait, la plaignait, l'aimait malgré sa froideur et son apparente indifférence. Pauline, en veine de confidence, lui avait avoué les bruits persistants qui couraient sur la tragique disparition de ses parents. Il se murmurait sous le boisseau une autre histoire, abominable. On les avait retrouvés au petit matin après de longues recherches sur une plate-forme où la mer les avait laissés. Ils étaient roides mais enlacés et les sauveteurs avaient eu toutes les peines du monde à dénouer les bras d'Antoine enserrant le corps d'Oïhana, sa femme bien-aimée comme si, sciemment, il l'avait entraînée avec lui dans la mer déchaînée.

Le temps du pardon était-il venu ? La conduite infâme de son père avait changé le cours de sa vie et l'indifférence de sa mère provoqué une immense souffrance. Fallait-il sans cesse se remémorer tout cela ou donner au temps le bénéfice de l'oubli ? La présence de Baptiste, qu'elle couvrit de baisers, lui insuffla de la force.

14

L'essor de la fabrique Palissy

Néréa s'assit devant son secrétaire avec un soupir de fatigue et se débarrassa de ses chaussures qui lui broyaient les pieds. Elle saisit une plume et se mit à écrire à Valentin qu'elle était affreusement malheureuse de la triste destinée de ses parents mais insista sur son bonheur d'avoir retrouvé le reste de sa famille, son pays et sa maison, le remerciant affectueusement de tout ce qu'il avait accompli pour elle. Elle cacheta l'enveloppe et descendit s'occuper de son fils.

Depuis qu'elle était revenue à *Goicoetchea*, Néréa menait de front la restructuration de la fabrique *Palissy* et la décoration de la maison. Assiégée de souvenirs amers, il fallait lui redonner un air de jeunesse. Elle avait quitté sa chambre pour s'installer dans celle de sa mère qui donnait sur la baie et possédait un balcon, transformant le dressoir en nursery pour Baptiste en attendant qu'il grandisse. Elle avait aussi fait repeindre le grand séjour en clair et changer les rideaux. Lorsqu'elle se dirigea vers la fabrique, une grande animation y régnait déjà, surtout depuis que la production, un moment ralentie par tous les douloureux événements, avait repris. L'ancienne équipe avait été ravie de revoir la fille des patrons désormais devenue la leur. Depuis un mois, aidée par les vétérans, secondée par Pauline et malgré son jeune âge, elle dirigeait l'usine de main de maître, y apportant modernité et techniques que refusait à l'époque son irascible grand-père trop attaché aux mécaniques anciennes. Désormais, la plupart des machines marchaient à l'électricité. Lorsqu'elle avait un moment, elle relevait les bords de sa jupe et se mettait à courir vers la maison pour retrouver Baptiste et sa grand-mère qui avait accueilli l'enfant comme le petit Jésus, émerveillée de le voir pousser comme un champignon. « Tu es le soleil de ma vie », disait-elle au bébé en poussant le landau.

Le surlendemain de son arrivée, Néréa fit atteler le tilbury par Gabriel et monta à la borie des Ustaritz où ne vivait plus que la mère de Bixente. Justine lui avait appris le matin même que le père était mort, au mois d'août dernier, foudroyé sous un arbre lors d'un épouvantable orage.

Après avoir laissé la voiture au bas de la montée, Néréa, essoufflée, Baptiste dans les bras, arriva en vue de l'abri où la mère de Bixente fabriquait toujours ses fromages.

— Martha, appela-t-elle, Martha...

La fermière apparut sur le pas de la porte, séchant ses mains calleuses à son tablier, abasourdie de voir s'avancer vers elle Néréa, sa petite fille d'adoption, celle qu'elle avait nourrie au même sein que son fils.

— Dieu du ciel, fit-elle en se signant, c'est toi, c'est toi !

— Je suis revenue Martha et je voulais te présenter quelqu'un qui va te plaire.

Elle lui tendit Baptiste.

— Tu as eu un enfant ! bredouilla-t-elle, interdite.

— Tu ne lui trouves aucune ressemblance, Martha ? Cherche bien dans ta mémoire.

— Qu'il est beau, ce minot, c'est tout ton portrait lorsque tu avais le même âge, s'exclama-t-elle, n'osant lui demander qui en était le père.

L'enfant souriait, aimable, jouant avec un petit hochet en ivoire et poussant de petits cris de joie.

— Regarde-le d'un peu plus près.

— Seigneur Jésus, Néréa, ne me dis pas que...

— Si. Je te présente ton petit-fils, Baptiste.

Submergée par l'émotion, elle prit dans ses mains le visage du bébé et lui parla comme elle le faisait lorsque Bixente et Néréa étaient petits. Le bébé se mit à gazouiller et rire de bonheur.

— Si c'est la raison pour laquelle tu t'es sauvée de chez toi, tu aurais dû te réfugier ici. Ça t'aurait évité bien des ennuis. Mon Dieu ! Je n'en reviens pas. Un petit-fils tombé du ciel.

— As-tu des nouvelles de Bixente ?

— Non. Il est au Mexique, ça j'en suis sûre, mais où, je l'ignore. De toute façon, même si je le savais, ça ne m'avancerait pas à grand-chose.

— Moi si, je lui écrirais de revenir.

— Oui, mais on l'enrôlerait de force.

— Non, il y a eu du changement depuis son départ et la durée du service militaire s'est assouplie.

— Il est marqué comme déserteur et on va le mettre en prison s'il revient.

— Eh bien, je le cacherai, fit Néréa, déterminée. S'il te manque, à moi aussi. Imagine quelle sera sa joie de découvrir son fils !

Malgré ses réticences et ses supplications, « Et mes vaches, ma borde et mes fromages ? », elle avait mis Martha dans la calèche avec quelques effets et l'avait ramenée à *Goicoetchea*.

— Désormais, c'est ici que tu vivras. Jamais, moi vivante, tu ne manqueras de rien.

Martha avait bien essayé de se défendre, d'avouer qu'elle ne se sentait pas à sa place, Néréa lui avait tenu tête et demandé de s'occuper de son petit-fils aidant ainsi Justine et Magdalena.

— Tu ne seras pas de trop pour les remplacer auprès de mon petit amour, avait-elle ajouté en riant, surtout lorsqu'il va se mettre à marcher.

Devant ce matriarcat tout entier tourné vers lui, l'enfant, conscient de son pouvoir, rayonnait.

— Comme l'on dit au pays, ce petiot est prêt à toutes les faire tourner en bourrique, commenta Gabriel, lui-même conquis par les roucoulades du bébé.

Malgré sa répugnance, elle retourna à Paris pour régler les affaires de l'appartement. La cohue des trottoirs encombrés, la circulation et les embouteillages, les travaux entrepris partout dans la capitale, la laissèrent tout étourdie, pressée de retrouver le calme de Saint-Jean-de-Luz. Elle se rendit à la maison de couture et y retrouva Valentin, dont la récente présentation avait été une réussite. Il l'accueillit avec des gestes de tendresse non dissimulés. Comme elle avait une petite idée derrière la tête, elle lui demanda de l'accompagner visiter des musées, sillonnant les allées où étaient exposés d'admirables objets en porcelaine. Pendue à son bras, ils avaient ensuite écumé les boutiques de porcelainiers connus dans la capitale, découvrant ainsi les vertus esthétiques du cloisonné ou du champlevé. L'un se distinguait par des cloisons arrêtées par de fines soudures, l'autre par l'émail qui se logeait dans le métal travaillé en creux.

— Valentin, je veux produire ça dans ma fabrique. C'est un magnifique travail d'orfèvrerie. Cela fera une corde de plus à mon arc. Je veux aller de l'avant et présenter de la nouveauté.

— Oui, petite fille, vous avez raison. Je vais vous conduire chez un de mes amis qui me fournit les vases émaillés que vous avez pu admirer chez moi.

Ils se rendirent au n° 8 de la rue de la Pierre-Levée, visiter l'établissement que Jean-Marx Clauss avait fondé en 1805. Associé en 1887 aux familles Bloch et Bourdois, n'ayant pas d'héritier, l'artisan leur avait laissé l'affaire trois ans plus tard. Les Bloch avaient quitté l'Alsace au moment où la région tombait sous le joug de la Prusse. L'un des fils, Achille, d'abord employé de l'entreprise de porcelaine Samson, volontaire et pétri d'ambition, s'était réjoui d'entrer chez les Clauss, dont la porcelaine, fort appréciée des connaisseurs, avait acquis au fil des ans un sérieux label de qualité. La fabrique fut bientôt à l'enseigne de la *Porcelaine de Paris* et tous les produits estampillés à ce sigle. Néréa à ses côtés, Valentin franchit la lourde porte-cochère. Un peu plus loin, un large portail s'ouvrait sur une cour au fond de laquelle se dressait un énorme four haut de cinq mètres et d'au moins deux bons mètres cinquante de diamètre. Près de lui, des ouvriers torse nu sciaient et fendaient des billes de bois que d'autres enfournaient ensuite dans les alandiers, foyers latéraux situés à la base du four. Le couturier pressa le bras de la jeune femme, attirant son attention sur la porte ouverte d'un réduit où un homme, pieds nus, les pantalons relevés jusqu'aux genoux, foulait en cadence une pâte humide étalée à même le sol cimenté. S'approchant de lui, Valentin, curieux, observant le manège, ne put s'empêcher de le questionner.

— Pour quelle raison faites-vous cela ?

L'homme, absorbé par sa tâche ingrate, continua de malaxer la barbotine sans l'entendre. Néréa, haussant le ton, réitéra la question. Surpris, l'ouvrier se retourna, arrêtant de danser d'un pied sur l'autre, se gratta la tête.

— Ben, c'est pour que la pâte s'écoule plus facilement dans la grande cuve qui est au sous-sol. Regardez – il pointa son index vers un orifice ouvert dans l'un des murs, où, docile, elle descendait lentement – elle va rester là sans que l'on y touche, puis va mûrir, comme dit le patron.

— Combien de temps ?

— Oh ! bien une année entière. C'est, paraît-il, une vieille recette des céramistes chinois pour obtenir de la porcelaine d'une exceptionnelle qualité.

— À bon entendeur, salut ! fit le couturier, en regardant sa compagne en riant. Vous savez ce qu'il vous reste à faire à Saint-Jean-de-Luz.

La jeune femme sourit.

— Je n'ai malheureusement pas encore percé tous les mystères du métier. Mais, je ne désespère pas d'y arriver un jour. Allez, venez, je suis certaine que les nouveaux propriétaires vont eux aussi m'éclairer un peu plus sur cette profession que j'adore.

Achille Bloch, alerte jeune homme d'une trentaine d'années, les accueillit avec une extrême courtoisie et n'eut de cesse de leur présenter la manufacture. Très novatrice, la fabrique tournait à plein régime et Néréa, fort intéressée, y glana une foule d'idées, des tours de main et des astuces pertinentes. Elle put admirer des pièces d'une très belle facture, s'extasia sans retenue sur des vases, des buires à bec et à anses, des bonbonnières et des coffrets à bijoux, des services à vaisselle dignes de décorer des tables princières. Affable, le jeune homme s'amusait intérieurement de l'engouement de Néréa pour sa production. Galamment, il lui offrit de faire un stage d'apprentissage à ses côtés pendant un mois. Flattée, la jeune femme demanda à réfléchir. Elle avait très envie d'accepter mais d'un autre côté, elle ne souhaitait pas être séparée de Baptiste. Ils se quittèrent, bons amis et l'espace d'un instant, Valentin se dit *in petto* que ce talentueux jeune homme ferait bien l'affaire de Néréa. Un rapide coup d'œil sur l'éclat d'or d'une alliance à l'annulaire ruina aussitôt ses espoirs !

Puis, le couturier, fier d'être en compagnie d'une aussi jolie femme, vitrine vivante de son talent, lui réserva une surprise de taille. Il l'emmena à la célèbre Manufacture de Sèvres située au pied de la colline de Saint-Cloud. Là, Néréa trouva une fabrique de porcelaine de la taille d'un géant. Ils pénétrèrent dans un vaste bureau où le directeur traça l'historique de l'établissement ce qui intéressa les visiteurs au plus haut point.

— Nous devons la réalisation de l'entreprise aux frères Dubois à qui je tire mon chapeau car ils ont essuyé les plâtres, si j'ose m'exprimer ainsi ! L'un était sculpteur, l'autre tourneur. Après des débuts chaotiques, la Manufacture s'installa d'abord dans la tour du Diable au château de Vincennes. Puis, grâce à une intrigue de salon, déménagea dans le manège qui ne servait à rien.

— Mais comment arrivaient-ils à payer tout cela ? demanda Valentin, toujours soucieux des chiffres.

— Par chance, ils recevaient des subsides du roi, fort intéressé par le prestige d'une porcelaine de qualité à sa table. Cependant, malgré des recherches qui n'aboutissaient pas sur plus de finesse et de transparence de la matière première, couverts de dettes, ils prirent le sage parti de disparaître.

— Mais alors, qui a repris le flambeau ? interrogea la jeune femme, fort intéressée.

— J'allais y venir, commenta le narrateur. Leur matériel laissé sur place fut récupéré par un de leurs amis, le sieur Gravant qui, en s'emparant de leurs notes de fabrication, finit par obtenir des couleurs nouvelles. Le roi en récompense lui accorda trente années d'exploitation en 1745.

— Ah ! Si le roi était toujours là ! ironisa Valentin, que ne ferait-il pas pour vous être agréable ma chère amie ! Il adorait les jolies femmes.

Elle rit, attendant la suite de ce véritable conte de fée, tandis qu'imperturbable, le directeur poursuivait son récit.

— L'essor que prit alors la Manufacture fut rapide et elle prospéra, conduite de main de maître par des artistes de talent. En 1754, elle s'installa à Sèvres dans le château de Lully, là où, comme vous le constatez, elle se trouve encore aujourd'hui. Louis XIV accorda à Éloi Brichard l'inestimable privilège de fabriquer la porcelaine tendre au détriment de nos concurrents mais qui étaient intouchables, car protégés par des princes. La marquise de Pompadour, femme de goût et le peintre Fragonard, collaborèrent activement à sa réussite.

Il se leva, contourna son bureau et se dirigea vers la porte.

— Si vous voulez bien me suivre, je vais vous présenter ces lieux historiques… Qui, dans le monde, n'a pas entendu parler de la Manufacture !

Néréa, captivée, marchait le long des travées où les ouvriers s'affairaient à leurs tâches respectives.

— Ma fabrique, *Le Palissy*, est tout à fait comme ici, mis à part que chez vous, l'ensemble de la fabrication est réalisé à grande échelle.

Lorsqu'ils quittèrent la Manufacture, Néréa avait à nouveau engrangé des croquis dans sa tête, vu de nouveaux articles qui pourraient l'aider à monter un service décoration, un savoir-faire qu'elle n'égalerait jamais, mais qui la confortait dans l'idée qu'il fallait se projeter dans l'avenir pour perdurer. Malgré le pont d'or que lui offrit à nouveau Valentin pour la prendre comme associée, elle déclina l'offre. Avant de regagner Saint-Jean-de-Luz, la jeune femme rendit visite à l'amie Fanchon, enceinte, mariée à Maurice, lui confia combien l'absence de son cher petit garçon lui coûtait et sa hâte de le retrouver, l'invita à passer des vacances à *Goicoetchea*, revit non sans émotion Montmartre, évita avec soin le café de *la Nouvelle Athènes*. De retour dans sa ville, des projets à foison, elle se mit au travail, dessinant sur des feuilles canson non plus des esquisses de robes arachnéennes mais des modèles de tasses, assiettes, bols et vases aux formes futuristes qu'elle décora d'une main d'artiste. Au cours d'une pause, pensive, un crayon à la bouche, elle repensa non sans pitié à la cruelle destinée de la petite marchande d'allumettes qu'elle avait en vain recherchée lors de son passage dans la capitale. D'un geste de la main, elle balaya ces souvenirs et, pour la première fois depuis ses retrouvailles avec son fils, se sentit délivrée, sereine.

*

Chaque matin, lorsque Néréa poussait les volets de sa chambre, elle retrouvait, intactes, les émotions des premiers jours : rien ni personne ne pourrait désormais la faire partir d'ici. Elle allait sur ses dix-neuf ans, se sentait femme jusqu'au bout des ongles, menait une vie de labeur, certes mais tenait tête aux fournisseurs qui retrouvaient en elle l'impétuosité de son grand-père avec en plus cet éblouissant et désarmant sourire qu'elle leur décochait avant de leur imposer ses quatre volontés. Tandis que la précieuse Pauline s'occupait surtout de l'administratif et du courrier, s'épanouissant enfin sous les responsabilités, *in-no-ver* était devenu son maître-mot. Ainsi bouscula-t-elle sans ménagement le train-train instauré à la fin de sa vie par Iñaki, créant des tensions chez les ouvriers qui ne prenaient pas toujours ses initiatives au sérieux et voyaient tout cela d'un mauvais œil. Elle garda les pochoirs de semis et de guirlandes déjà obsolètes sous le coude, passa aux paysages, fit évoluer les formes. Un nouveau four à cuire plus grand fut installé, une équipe de dessinateurs embauchée. Elle se lança dans le cloisonné et le champlevé pour justifier encore mieux le nom de sa fabrique. Elle rencontra à Biarritz un émailleur qui ne demandait qu'à travailler pour elle, surpris par ce petit bout de femme déjà si volontaire et, il fallait bien l'avouer, si compétente. Il lui expliqua que la potasse, de la soude, des oxydes métalliques, associés à du sable siliceux donneraient ce vernis vitreux ou transparent selon les proportions dont il recouvrirait à chaud la faïence, les métaux afin de leur offrir un éclat incomparable.

— Vous aurez tout cela, ne vous inquiétez pas, assura-t-elle. Combien pouvez-vous me produire de pièces en émail cloisonné et en champlevé à la semaine ?

— Je ne sais pas encore. Ce sera selon la taille de vos modèles.

La production démarra doucement, puis s'accéléra. Avec l'aide précieuse de Pauline, elle créait des oiseaux, des fleurs, des poissons, des biches et des petits vases ravissants, restait tard le soir, l'électricité récemment acquise le lui permettant sans pour autant oublier les êtres chers qui l'attendaient, là-haut, sur la colline.

Ces dames de la haute société, d'abord attirées au magasin par le parfum de scandale que répandaient Néréa et son bâtard, voulaient voir de plus près une jeune femme d'un bon milieu chef de fabrique, tout en se moquant d'elle et la méprisant. Du jamais vu ! À l'âge où les jeunes filles de bonne famille s'étourdissaient en valsant au casino ou dans des salons dans les bras des meilleurs partis, l'héritière Baïgorry, petite-fille des distingués feu Ahetze de Biarritz, menait de main de maître une tâche réservée aux hommes, avait osé rompre ses fiançailles avec le richissime comte de Montaury, déshonorant l'estimable famille Baïgorry par sa fuite, et pour clore le tout, avait regagné le pays, mère d'un enfant qui sortait d'on ne savait où… Si on y regardait de plus près et pour ajouter du piment à l'affaire, ses parents avaient disparu dans d'étranges circonstances, son grand-père avait eu une attaque et l'on murmurait qu'il n'aurait pas dû voir certaine chose, bref, la jeune femme, sans le vouloir, était devenue une véritable curiosité de la région. Une fois à la boutique, séduites, ces dames oubliaient pour un temps les ragots attachés à la sulfureuse rousse, la complimentaient sans retenue, repartant les mains pleines d'onéreuses babioles. Il se disait déjà à Biarritz, « C'est du *Palissy* » et Néréa, qui en avait eu vent, en ressentait un certain plaisir. Elle était débordée, cherchant à oublier qu'elle était seule, taisant les exigences de son jeune corps, congédiant ses admirateurs d'un geste péremptoire. Patiente, elle attendait le retour de Bixente.

*

Un matin de décembre, elle commanda à Gabriel d'atteler deux chevaux au tilbury. Elle habilla avec soin son fils, le porta dans la voiture et donna l'ordre au cocher de gagner Bayonne. Elle avait prévenu sa famille qu'elle serait absente toute la journée. L'enfant dormit pendant les vingt kilomètres effectués sous une pluie battante, et elle se remémora le jour où elle se dirigeait vers la même ville pour se faire avorter ! Horrifiée à l'évocation de cet affreux moment, elle regarda Baptiste avec amour. « Bixente ! Quand reviendras-tu ? » Lancinante question sans réponse. Elle fit arrêter la calèche sur les quais, saisit un panier et son fils, demanda à Gabriel d'être prêt pour deux heures et se rendit rue Orbe. Arrivée devant la porte d'Éloi Sallaberry, elle frappa plusieurs coups, entendit japper Posé et sourit. Lorsqu'il ouvrit, le brave homme fut bouleversé, il n'en revenait pas de voir sa protégée devant lui avec un bel enfant dans les bras. Le chien, surexcité, aboyait sans relâche, se dressant contre sa jupe, manifestant une joie incontrôlable. Elle mit une heure à lui raconter en détails les innombrables péripéties de sa vie depuis qu'il l'avait accompagnée à la malle-poste. Heureux, fasciné, il l'écoutait tandis que le chien palmé reposait à ses pieds après avoir reniflé longuement le bébé.

— Il ne manque plus que le retour de son père et je serai comblée, conclut-elle en souriant.

Après avoir donné le biberon à Baptiste, ils passèrent à table et dégustèrent huîtres, fruits de mer et poissons frais qu'elle avait elle-même achetés au marché, le matin.

— Je ne peux pas rester plus longtemps, avoua-t-elle. Il faut que je fasse le tour de la fabrique avant ce soir. Éloi, vous venez quand vous voulez, vous serez toujours le bienvenu à *Goicoetchea*. Vous n'aurez aucune excuse si je ne vous vois pas arriver dans les prochains jours car je connais les horaires des malles-poste et il y en a souvent, sinon mon cocher viendra vous chercher.

Il la raccompagna à son élégant tilbury et ils s'embrassèrent. Néréa jeta un coup d'œil rapide à l'eau de l'Adour qui continuait son chemin vers la mer, insensible aux états d'âme de ces pauvres humains. Ne racontait-on pas que l'esprit des gens qui se suicidaient était condamné à errer, misérable, sans trouver la paix avant la nuit des temps. Elle frissonna, serrant son fils contre elle avec passion.

« Quelle délicieuse enfant, se dit-il en regagnant son logis. Quelle chance que je me sois trouvé là au bon moment. Enfin, comme elle le dit si bien, il n'y a pas de hasard. »

Néréa traversa la maison silencieuse et sortit dans le jardin. Le vent soufflait par à-coups au-dessus des arbres et la mer commençait à se rider, de nombreuses vaguelettes, pressées, s'écrasaient sur le rivage. Le souvenir de ses parents s'estompait, seuls restaient d'eux les bons moments. Certes, ce que lui avait fait subir son père était toujours présent à son esprit. Ça, elle ne pourrait jamais l'oublier mais, à quoi bon ressasser ? Une certitude l'habitait désormais, celle que sa fuite les avait rapprochés et qu'ils étaient morts réconciliés. Bientôt le printemps reviendrait. Elle était toujours seule. Lorsqu'elle remonta dans sa chambre, elle referma doucement la porte afin de ne pas réveiller Baptiste. Ses mains se posèrent contre le chambranle, elle appuya son front sur le bois et resta là, pressée contre lui, s'affaissant peu à peu, pâle et accablée : jamais Bixente ne reviendrait. L'espoir fou qui l'animait jusque-là l'abandonna. Sa vie lui sembla désormais inutile, vide.

15

Le temps des doutes

Si Bixente avait quitté l'hacienda des Monterrey avec quelques regrets, ils s'effaçaient chaque jour davantage au fur et à mesure qu'il s'en éloignait. Seule restait intacte son amitié pour Lako et Benito. En revanche, les souvenirs si longtemps réprimés du pays qu'il allait retrouver et celui de Néréa refaisaient surface avec une acuité poignante. L'émotion causée par l'approche de son retour accentuait son désir de retrouver la jeune fille. Souvent dans les bras amoureux de Maria ou d'une autre, il avait cru l'oublier, apaisant ainsi la soif qu'il avait d'elle. Il revoyait la clarté de ses yeux lorsqu'elle lui avait promis de l'attendre. Benito, le fidèle, l'avait accompagné jusqu'à la lisière nord de l'immense propriété et au moment de l'adieu, ils avaient les larmes aux yeux. Ah ! la belle âme désintéressée ! Réfléchissant sur son chemin solitaire, Bixente admit en son for intérieur que l'entente entre les hommes existait bel et bien à travers l'entraide, la tolérance et qu'il n'était point besoin de parler la même langue pour se comprendre et s'aimer.

Parvenu près de la frontière des États-Unis à Matamoros, Bixente rencontra une sympathique famille américaine qui remontait vers le Texas en chariot. Elle le prit en charge. Le mari lui indiqua qu'il n'y avait pas de départ pour la France dans la région et qu'il serait sans doute obligé de gagner la Floride, où l'habituel bateau remontait vers New York. Il pensa un temps rejoindre son instable cousin Kazco Gorri qui résidait à Amarillo mais, par crainte de ne pas le trouver, changea d'avis lorsqu'il apprit que la ville était à des centaines de kilomètres de là. Et ayant besoin de subsides, il fit comme au Mexique, se plaça bouvier dans des fermes texanes, ouvrier agricole dans d'immenses propriétés de riches négociants, traversa ensuite par des moyens de locomotion divers la Louisiane, s'arrêta à La Nouvelle-Orléans, y découvrit les champs de coton, se mêla à la population noire qui avait été le prétexte à la guerre de Sécession. Pour se donner du cœur au voyage, il scandait des vers de quatrains qu'il chantait à tue-tête : « *bethi aintzina, zuzen zuzena, dabil eskualduna...* » Toujours en avant, tout droit, marche le Basque. Sur son chemin, il rencontrait des paysans qui pratiquaient l'agriculture sur brûlis comme parfois au Labourd. En brûlant, la végétation libérait des substances, permettant ainsi à la terre de se nourrir d'une riche cendre nutritive. Cette façon de procéder permettait au terrain de se régénérer de lui-même.

Privé de bonne nourriture, une envie lancinante de manger basque le taraudait. Il en avait presque des hallucinations ! Il revoyait les repas du dimanche qui débutaient à midi, s'interrompaient vers quatre heures pour reprendre après des parties de cartes vers neuf heures ! *Tripotch* de mouton que sa mère réussissait à merveille, volaille et *pastisa* le jour de la Saint-Jean, crêpes ou *Kanserak* pendant le Carnaval, salmis de palombe à la Toussaint, *kruxpeta*, délicieux beignets soufflés que l'on dégustait à la veillée tout en dépouillant le maïs et les châtaignes, le tout dans la bonne humeur souvent arrosée de *chahakoa* ! À la fin de ces interminables agapes, ils se rendaient en chœur à la messe des matines, les idées pas très claires, l'estomac encore encombré pour se sanctifier spirituellement et se laver de leurs péchés. Puis, chacun gagnait son lit, satisfait ! L'eau encore à la bouche, malheureux et nostalgique, il chassait ses idées noires, en se consolant avec ce qu'il pouvait glaner sur sa route. Il retrouva avec joie le parler de la France avec l'inimitable accent des Cajuns et des Acadiens descendants des Français. Ces hommes étaient venus au temps où l'État faisait partie de la couronne de France avant que Bonaparte ne le revende au début du siècle. Il traversa le Mississippi, admira la grandeur du fleuve, l'Alabama pour terminer sa course à Jacksonville. Comme le bateau en partance pour la côte est des États-Unis ne passait que trois semaines plus tard, il travailla sur le port comme docker, déchargeant les marchandises avec d'autres fiers à bras de toutes nationalités. Petit à petit ses économies grossissaient. À l'hacienda, il dépensait peu et avait déjà mis de côté une cagnotte. Car, que dirait-il en regagnant le pays, s'il arrivait fauché comme les blés ? Il serait ridicule. Enfin, il embarqua sur le navire *Tropique du Cancer* qui remontait à New York où il pourrait retrouver par chance *La Belle Bordelaise*. Une nuit, sur le pont du bateau, il se sentit soudain dégrisé. Pensant à Néréa, une amertume teintée d'inquiétude le gagna. Ne disait-on pas « Loin des yeux, loin du cœur » ? Si ce n'était pas le vieux Montaury qui avait remporté le défi d'épouser la jeune fille, c'en était un autre. De toute façon, quelle folie pure, teintée d'une orgueilleuse naïveté, de croire qu'une riche héritière pouvait attendre un pauvre gueux comme lui, désargenté et fils de sa nourrice ! D'ailleurs Martha, sa mère, comprenant l'amour qu'il ressentait pour la jeune fille, n'avait cessé de le mettre en garde.

— Ta vanité te perdra ! Cesse de penser une seule seconde que l'héritière des Baïgorry est pour toi. Regarde la vérité en face.

— Maman, je suis sûr que Néréa m'aime.

— Mais oui, mais pas comme tu le crois ! Mets-toi bien dans la tête que rien n'est possible entre vous. Ses parents ne la laisseront jamais se mésallier. Tu te vois dans le grand salon, une flûte de champagne à la main, vêtu d'un bel habit, faire des discours à tous ces rupins qu'ils reçoivent ! Allez, reviens sur terre, Bix.

Comme elle avait raison. Quel fou avait-il été ! La dure réalité lui sauta au visage. Ortzi lui avait laissé son adresse à New York, il débarquerait dans la grande cité et travaillerait pour son oncle, s'il avait besoin d'aide. L'idée le rasséréna. Un seul point noir l'obsédait : la langue ! Mais s'il pétrissait la pâte près du four à pain, il n'aurait point besoin de se faire comprendre. De jour comme de nuit, il n'eut d'autre distraction que de ruminer. Un matin, proche de l'arrivée au port, il prit une résolution, bien décidé à s'y tenir. Maintenant que sa décision était prise, il pestait contre la lenteur du bateau qui se traînait le long des côtes. Cependant, malgré le changement de cap qu'il s'imposait, il ne cessait de penser au passé. Son attachement à la jeune fille ne datait pas d'hier. Déjà toute petite, elle lui en imposait, partageant ses jeux, piquant sa curiosité, le forçant ainsi à se dépasser pour avoir le dernier mot. Adolescent, sentant la montée inexorable du désir, elle exaltait ses sens, ignorante du pouvoir qu'elle avait sur lui. Il la convoitait dans l'ombre sans lui manifester ouvertement le moindre intérêt et passait des nuits où l'exigence qu'il avait d'elle était si forte qu'elle se traduisait par une éjaculation stérile. À cette évocation, une moiteur brûlante l'envahit, un frémissement parcourut son corps. Il n'existait pas d'autre femme pour lui que Néréa. Ses lèvres se serrèrent, il frappa avec violence la rambarde de son poing, furieux contre lui-même. Plus le bateau avançait, plus il se confortait dans l'idée que depuis l'enfance, il avait fait fausse route avec elle et s'en voulait. Quel aveugle avait-il été ! Ce qu'il avait pris comme marque d'amour lorsqu'elle l'embrassait ou le tenait par la main, n'était en fait qu'une tendre amitié. Puis le doute l'assaillait à nouveau. Si la lueur qu'il avait décelée dans ses yeux lorsqu'elle s'était donnée à lui sur la plage n'était pas de l'amour, alors qu'était-ce ? Une zone d'ombre l'inquiétait encore plus et le tracassait. Parfois, elle souffrait, il le sentait obscurément mais elle ne se livrait pas, fuyait ses questions. Quel secret détenait-elle qui la faisait sangloter sur son épaule ? Pudique, elle n'avait jamais avoué. L'apparition des gratte-ciel de New York l'apaisa. Pour lui, le temps du doute était révolu.

*

Cinq ans ! Cinq ans qu'elle attendait… Elle allait avoir vingt et un ans ! Une rage sourde, épuisante, l'animait. Il était impossible que Bixente l'ait oubliée. Elle connaissait son caractère sur le bout des doigts et son sens de l'honneur. Il avait promis qu'il reviendrait sans préciser la date. Mécontente, elle se fustigea, la patience n'était pas son fort. Néréa posa le livre qu'elle tenait à la main et traversa le salon. Sa démarche paraissait sereine, seule une certaine raideur dans le maintien démontrait le contraire. Elle portait une robe blanche sur des jupons empesés tandis que ses cheveux tressés flamboyaient dans son dos. Ce soir de juin, le soleil couchant laissait traîner des voiles roses. Un vent frais portait une odeur d'herbe arrosée depuis peu, et l'air, saturé de cris aigus d'oiseaux, de courses de mouettes zébrant le ciel de leurs bruissements d'ailes, embaumait. La main écartant le rideau, elle observa Baptiste qui jouait avec Gabriel dans un bac à sable qu'il avait ramené de la plage. L'homme à tout faire vouait à l'enfant un attachement sans limite, lui apprenait le basque, ne lésinant pas sur des gros mots que Baptiste répétait en riant aux éclats. « *Apo Kardanga* », « crapaud ranci », lançait-il au cocher qui faisait mine de lui donner une fessée. « *Adarka aritzea* », proclamait-il, en regardant tomber la pluie qui le privait de plage, « il tombe des cornes » ! Justine et lui ne cessaient de lui parler en basque et il comprenait tout ce qu'ils se disaient, battant des mains lorsqu'ils s'injuriaient. Son fils, en grandissant, ressemblait à s'y méprendre à Bixente et personne n'avait plus de doute sur l'identité du père. Martha et Magdalena se disputaient l'affection de leur petit-fils, mais dans son cœur à lui, elles jouaient à part égale car il aimait tout son entourage dans un même élan d'amour spontané. Animé d'un caractère bien trempé, têtu, il faisait front et sa mère se retrouvait en lui. Leurs joutes étaient cocasses et le petit garçon avait du mal à capituler face à la détermination de sa mère. « Pas de caprice », grondait-elle, lorsque, rageur, il jetait sa pelle au loin, « parle-moi poliment et je verrai ce que je peux faire ». Il lui était dur de lui résister mais elle devait agir comme cela pour qu'il devienne un homme, un vrai.

Mais que d'années perdues pour Bixente. Un mot daté de plusieurs années lui était parvenu du Mexique. Destiné autant à elle qu'à ses parents – il ignorait la mort de son père – leur demandant de ne pas s'inquiéter, tout allait pour le mieux pour lui et il pensait très fort à eux. Depuis, plus rien. La fabrique *Palissy* tournait à plein régime et l'on s'arrachait la collection en cloisonné et champlevé qui était devenue un de ses brillants fleurons. Néréa exportait dans le monde entier et elle était fière d'avoir ainsi fait fructifier son héritage. Parfois, elle se disait que son grand-père qui la protégeait de là-haut devait être heureux de l'usage qu'elle en avait tiré. Elle ne croyait pas au hasard mais au destin. La jeune femme en avait eu pour preuve l'extraordinaire rencontre d'Éloi et de Martha dont elle avait été le lien. Venu à plusieurs reprises à *Goicoetchea*, il était tombé sous le charme de la veuve, et l'avait épousée deux ans auparavant. Dès lors, ils s'occupaient tous les deux de la ferme d'*Acotz* délaissée par Junes le venimeux, qui avait besoin d'être reprise en main. Néréa avait eu toutes les peines du monde à mettre à la porte le scélérat qui menaçait d'y mettre le feu. Éloi s'était moqué de ce chantage. « Je l'attends de pied ferme, et on verra bien qui de lui ou de moi l'emportera » avait-il répondu à la jeune femme, inquiète.

Songeuse, elle laissa retomber le rideau, se demandant, si, une fois de plus, elle aurait la force de repousser encore les avances de Charles de Nivelle, un prétendant qui l'assiégeait. Avait-elle le droit de sacrifier sa vie pour Bixente ? Parfois, l'idée qu'il était mort l'effleurait, mais elle la repoussait avec horreur. Vivre sans tendresse, n'avoir aucune épaule sur laquelle poser un temps sa tête pour oublier la gestion d'une entreprise où elle jouait le rôle d'un homme, taire les élans de son corps éveillé par Bixente, s'étonnant d'être laissée pour compte, devenait de plus en plus difficile.

Mise au ban de la bonne société, Néréa admettait qu'aucun homme sérieux ne veuille d'elle. Mais, peu à peu, son cercle d'admirateurs se recomposa au grand dam de toutes les péronnelles, jalouses de son succès. Le temps du deuil passé, elle maintint contre vents et marées des soirées à *Goicoetchea*, surtout pour distraire Magdalena qui s'ennuyait ferme. La préparation culinaire et la composition des bouquets occupaient la vieille dame aidée de Justine vieillissante, la maison retrouvant ainsi les fastes d'antan. Mais pour Néréa, le cœur n'y était pas. Charles de Nivelle avait fait sa demande en bonne et due forme et attendait une réponse. Torturée, Néréa s'interrogeait avec angoisse sur ce qu'elle allait lui dire pour justifier son refus. Elle ne pouvait s'épuiser sans cesse dans un tourbillon de tâches pour tenter d'oublier qu'elle était seule. Ce soir, elle accueillait le parrain de son fils, Valentin. Il arrivait par le train et cette visite, qui la projetait dans un passé douloureux, lui prouvait le chemin qu'elle avait parcouru depuis leur rencontre. Elle monta au premier étage et s'habilla avec soin. Ses doigts minces tremblaient, alors qu'elle défaisait sa tresse pour en faire un chignon. Légèrement maquillée, la jeune femme se regarda dans la psyché. « Je suis vieille ! pensa-t-elle. Peut-être pas dans mon corps mais dans ma tête. » Descendant l'escalier, elle contempla, pensive, les portraits d'Iñaki, de son père et de sa mère. Sa rancune était tombée. Vivre dans l'aigreur ou la haine ne lui apporterait rien d'autre que le désespoir. Elle l'avait vite compris et, jour après jour, s'était efforcée de reconstruire une existence où elle acceptait le pardon, sans doute aidée par la présence de Baptiste. Pénétrant dans le salon, elle aperçut à contre-jour Charles de Nivelle, debout près d'une des fenêtres, fut tentée de faire demi-tour, se ravisa.

— Bonsoir, Charles, pardonnez-moi, j'ignorais que vous étiez là. Justine ne m'avait pas prévenue.

Il s'inclina, cérémonieux.

— Je crains d'être impoli. Votre servante est sans doute déjà occupée à découper un thon qu'un de mes amis pêcheurs vient de m'offrir. Je me suis permis de passer par l'office afin qu'elle se mette aussitôt à l'œuvre. Vous imaginez bien que je ne vais pas le déguster tout seul.

— C'est très aimable à vous, Charles. Voulez-vous vous asseoir, j'attends un de mes amis parisiens. Je vais faire ajouter un couvert et vous allez rester dîner.

Néréa pensait qu'il serait bon que Valentin voie son soupirant et puisse lui donner son avis.

— Je suis confus de m'imposer comme cela, Néréa.

Charles avait une trentaine d'années. Grand, distingué, un peu trop mince peut-être, il possédait une apparence douce et plaisante. Les yeux bleus qu'il posait sur les êtres étaient empreints d'une noble timidité. Sa bouche au dessin ferme, ses traits délicats, ses excellentes manières et sa courtoisie paraissaient être pour Néréa, blessée, un gage de sérénité. La présence de Baptiste ne semblait pas être un écueil pour l'accomplissement d'une union sans surprise. Il s'approcha d'elle et lui prit la main. Elle était tiède et tremblante. « Quel beau regard » pensa-t-il. Tout à coup, il ne vit plus rien d'autre. Derrière ce vert piqueté d'or, il ressentit la force, le rayonnement que la jeune femme dégageait. Bouleversé, il resserra ses doigts sur elle comme si elle était un cadeau des Dieux. Néréa, troublée, sentit un élancement douloureux dans sa gorge et une grande confusion l'envahit.

— Allons dans le parc, implora-t-il.

— Mais, j'attends mes invités et je...

— J'ai besoin de vous parler, Néréa.

Elle ouvrit la haute porte-fenêtre et sortit sur la terrasse. Un jour ou l'autre elle serait au pied du mur et devrait donner une réponse. Alors, pourquoi pas ce soir ! La Rhune se découpait si nettement sur l'horizon qu'elle dit à haute voix :

— Il ne va pas tarder à pleuvoir.

Charles ne répondit pas. Il était tout près d'elle et entendait sa respiration oppressée. Serait-elle capable de lui donner une réponse ? D'une manière ou d'une autre, sa décision infléchirait son avenir, leur avenir. Était-il sérieux de rester fidèle à un homme qui la laissait sans nouvelles, méprisant le serment censé les lier ? Une excitation étrange s'empara d'elle, mêlée de crainte et d'intense solitude. Elle se mit à courir et sa robe blanche ne fut plus qu'une pâle lueur au fond de l'allée. L'air embaumait.

— Néréa ?

Il s'avança près de la jeune femme arrêtée sous un arbre.

— Oui, voulez-vous me suivre ?

Légère, elle descendit les marches qui conduisaient à la plage. Le vent plus fort l'avertit de la proximité des vagues dont il entendait le flux. Debout auprès d'elle, il regarda la baie, la foule des promeneurs goûtant la tombée du soir, les maisons illuminées et au loin, celles clignotantes des bâteaux pêcheurs. Tout à coup, il se sentit heureux, sans oser se demander pourquoi. Ils ne parlaient pas, écoutant la faible musique célébrant l'apéritif dansant qui provenait de l'*Hôtel d'Angleterre* où tournoyaient les robes des valseuses dans les bras de leur partenaire en habit. Il avança la main et prit la sienne qui ne se déroba point.

— Charles, murmura-t-elle, cassant le silence.

Elle se tut pendant un instant, puis de la même intonation inaudible, s'excusa d'être si lointaine. Il la prit dans ses bras, elle résista un peu puis se laissa aller. Il lui embrassa le front, les joues puis la bouche, avec une grande douceur. Alors, Néréa se serra contre lui, presque violemment.

— J'ai beaucoup de mal à oublier mon passé, s'excusa-t-elle. Si vous êtes patient, je pense qu'un jour, je me tournerai vers vous. Je connais votre bonté et je sais qu'auprès de vous, je trouverai enfin la paix de l'âme.

Pour Charles qui n'avait pas eu beaucoup d'aventures, la tendresse et le respect qu'il éprouvait pour elle étaient nouveaux : les filles de joie n'en demandaient pas tant ! Il s'émerveilla qu'elle ait enfin cédé. Le jeune homme hésita, enserrant de son bras droit l'épaule couverte d'un châle, mais ils ne se regardèrent ni ne changèrent de place, restant là, à observer l'océan. Soudain, la petite voix de Baptiste appelant sa mère à tue-tête les tira de cette muette contemplation.

— Ama, où es-tu ? Ma-man, Ma-man.

Le moment de grâce s'interrompit. Dégrisée, Néréa se dégagea de l'étreinte de Charles, releva d'une main le bas de sa robe, remonta l'escalier en courant.

— Je suis là, mon chéri, je suis là. Pourquoi ne dors-tu pas ?

L'arrivée de Valentin dissipa son malaise. Elle fut gaie, volubile, brillante, posant mille et une questions au couturier, lui coupant la parole, s'excusant, afin d'oublier qu'elle avait été à deux doigts de rompre son serment, basculant ainsi dans le parjure. De toute la soirée, elle ne regarda pas une seule fois du côté de Charles, incrédule, malheureux, ne sachant plus ce qu'il devait penser de cette curieuse volte-face.

En regagnant sa chambre vers minuit, elle trouva la porte de sa grand-mère entrouverte. Magdalena, assise dans son lit, guettait son passage. Elle était en train de boire un verre de lait chaud parfumé à la fleur d'oranger, lorsque sa petite-fille fit son entrée.

— Approche, ma chérie, dit-elle d'une voix tremblante. Assieds-toi. Je n'arrive pas à dormir, il va faire orage. Je le sens lorsque j'ai du mal à respirer.

Néréa s'assit sur le bord du lit. Ses yeux cernés et sa mauvaise mine confortèrent la vieille femme qu'elle était malade.

— Je t'ai observée pendant la soirée et tu ne semblais pas aller bien.

— Tu te trompes, Amaxi, répliqua la jeune femme avec vivacité.

Magdalena la fixait avec émotion.

— Je n'en suis pas si sûre. C'est anormal que tu sois toujours seule. Je sais pertinemment qui tu attends. Chérie, je ne veux pas me faire l'avocat du diable, mais les années passent, ton fils grandit et il a de plus en plus besoin d'un père. Qu'importe si ce n'est pas le biologique ! Charles, puisqu'il s'agit de lui, en sera un fort convenable. Après ce qui s'est passé dans ta vie, tu ne peux plus être exigeante. La morale n'est pas de ton côté. Penses-y. D'ailleurs, j'ai parlé avec Valentin et il est de mon avis. Il trouve ce garçon fort respectable.

Néréa se cacha le visage dans les mains et se mit à sangloter. L'aïeule se redressa et lui caressa les cheveux.

— Allons, ma chérie, ne pleure pas. Je voudrais tant que tu sois enfin heureuse.

La jeune femme secoua la tête.

— Laisse-moi, Amaxi, cria-t-elle, avec emportement. Je suis seule juge de mes sentiments. Personne, tu m'entends, personne ne choisira pour moi. Pas plus toi que Valentin...

Avant que Magdalena puisse répondre, Néréa courut vers la porte, l'ouvrit et se retourna.

— J'aime Bixente. Comprends-tu ! Il reviendra. J'en suis sûre ! Cessez tous d'être agrippés à moi pour me faire fléchir !

La porte se referma dans un grand courant d'air qui fit frémir les fleurs dans le vase. La vieille femme sentit les larmes monter, elle regarda le mur d'en face où un portrait en pied d'Iñaki semblait la narguer. Après cet esclandre, la nuit de Néréa fut courte. Elle ne trouva un palliatif à son désespoir qu'en s'occupant de son fils qui avait des frayeurs nocturnes depuis qu'il avait découvert ce qu'était un éléphant en se rendant à une matinée de cirque avec Magdalena. L'énorme animal l'obsédait et il le voyait en rêve, projetant son cornac dans les airs et, poussant un énorme barrissement, foncer sur lui. Elle ne trouva le repos qu'au petit matin.

Il était sept heures lorsqu'elle ouvrit les volets, se pencha au-dehors. La pelouse brillait sous un voile de rosée, tandis qu'au loin, s'étendait le ruban de sable blond de la plage. Les mouettes tournoyaient, plongeaient, se disputant leurs prises dans un criaillement aigu. Vers Ciboure, sortant du port, des chalutiers partaient pour la pêche, tandis que sur l'horizon dansaient des voiles claires. Un long panache de fumée marquait le passage d'un paquebot descendant sur l'Espagne. Soudain une silhouette marchant sur le sable attira son attention. Elle ne ressemblait à aucun des promeneurs matinaux qui arpentaient la plage, humant l'air iodé, les mains dans les poches, souvent un chien en laisse sur les talons. Son cœur s'accéléra, mais Néréa secoua la tête et sa chevelure de feu flamboya un instant dans les feux du soleil levant. Son regard s'anima. L'inconnu s'approchait des escaliers qui menaient à *Goicoetchea*. Néréa, attentive, le regarda avec plus d'attention. Il portait une chemise blanche et un pantalon de toile claire. Il leva la tête vers la maison, puis resta immobile. Oppressée, elle enfila une robe de chambre, mit des espadrilles, rejeta en arrière ses longs cheveux défaits et descendit à pas de loup pour n'éveiller personne. Ouvrant la porte, elle traversa le jardin qui embaumait et courut vers la mer. L'homme était toujours là, immobile, pensif, les yeux fixés sur les flots. Il ne l'entendit pas arriver et quand elle s'arrêta près de lui et qu'il leva les yeux sur elle, Néréa, affreusement déçue, s'aperçut de sa méprise. Ce n'était qu'un des résidants de l'*Hôtel d'Angleterre*. Tête basse, elle regagna sa chambre et se remit au lit.

Le bruit que fit Gabriel en poussant la brouette sur les graviers sous ses fenêtres la tira d'un mauvais sommeil. Cette obsession du retour de Bixente la minait et le désespoir la gagnait de plus en plus souvent. Elle arriva à la fabrique très en retard et fort déprimée. Valentin, en découvrant son joli minois fripé au déjeuner, s'entretint longuement avec Pauline. Ils tombèrent d'accord sur un point : l'état de leur protégée ne pouvait s'améliorer que si le jeune homme réapparaissait. Mais que faire ?

Néréa, après le dîner, joua au *muss* pour faire plaisir à Magdalena et Pauline, s'amusant de constater que Valentin y prenait goût, puis les quitta prétextant la fatigue due à une rude journée. Vers minuit, ne pouvant maîtriser l'insomnie, elle descendit dans le jardin et se mit à déambuler dans les allées. Un vent d'orage s'était levé et quelques éclairs s'allumaient dans le ciel. La massive silhouette de la Rhune apparaissait et disparaissait selon la fréquence des éclairs. Une fenêtre brillait encore d'une pâle lumière.

C'était celle du couturier, qui, dévoré par sa passion, dessinait les élégantes silhouettes de demain. Puis, elle s'éteignit. *Goicoetchea* veillait sur ses lourds secrets. Elle resta là, sous les arbres, à écouter le bruit inlassable des vagues se frottant au rivage, bras ballants, immobile. Il y eut soudain un bruissement. Elle tourna la tête, inquiète, éprouvant le sentiment que quelqu'un approchait bien qu'elle ne pût rien distinguer dans le noir. D'instinct, elle resta calme, écouta. Le bruit s'arrêta puis reprit. C'était comme si on progressait par étapes. Craignant que la lueur ne la démasque, elle se cacha derrière un arbre et aperçut une ombre qui se dirigeait vers la porte de la cuisine restée ouverte. Son sang se glaça dans les veines : Baptiste ! Elle avança alors au même rythme que l'inconnu mais obliqua vers la droite pour avertir Gabriel. Elle cogna doucement à la porte de l'écurie, attendit, puis, comme aucun bruit ne lui parvenait, ouvrit le battant et l'appela à voix basse.

— Gabriel, c'est Néréa, réveillez-vous, quelqu'un cherche à entrer dans la maison.

Le jardinier souleva une tête hirsute, se frotta les yeux et sauta au bas du châlit vêtu d'un simple caleçon.

— Venez comme vous êtes, supplia-t-elle. Prenez un râteau, une pelle, que sais-je, j'ignore si l'homme est armé mais il faut le neutraliser sans tarder.

— Mettez-vous derrière moi, mademoiselle Néréa, je ne voudrais pas qu'il vous blesse.

— Dépêchez-vous, implora-t-elle, il peut faire du mal à mon fils.

Ils se mirent à courir alors que le tonnerre grondait tout près et que les premières gouttes de pluie s'écrasaient sur les graviers. L'air s'emplit d'odeurs de terre mouillée, d'herbes aromatiques et de poussière. Arrivés devant la porte de la cuisine, Gabriel mit un doigt sur ses lèvres et pénétra dans la pièce. Un bruit furtif venant du salon les alerta. Ils progressaient lentement, veillant à ne pas donner l'alerte au visiteur. Justine avait comme à son habitude omis de fermer les volets. Grâce aux éclairs qui illuminaient la pièce comme en plein jour, ils distinguèrent un individu enfournant dans une vaste besace des objets de valeur trônant sur les dessertes. Il y eut une déflagration tellement forte que Gabriel put parvenir dans son dos sans qu'il en soit alerté. Penché sur son butin, il ne se doutait de rien, trop occupé à enfourner aiguières, calices, plats d'argent ciselés, chandeliers. Le jardinier lui assena alors le plus violent coup de pelle qu'il ait jamais reçu. L'homme, sous le choc, frappé de stupeur, se redressa, les regarda, chancela, puis s'abattit sans un cri, avec, sur le visage, un air d'intense stupéfaction. Néréa alla chercher des allumettes et enflamma la mèche des bougies sur les candélabres encore en place.

— Mais c'est Junes, s'exclama Gabriel en retournant le corps. Ça alors, quel bandit ! Ne vous inquiétez pas, mademoiselle, je ficelle cette fripouille et je cours chercher la maréchaussée.

La jeune femme n'en revenait pas. Sans doute, connaissant la maison et ses habitants, misant sur leur manque de force pour lui résister en cas de besoin, avait-il voulu se venger de sa mise à la porte par l'héritière Baïgorry en venant la cambrioler. Laissé seul sous la garde de Néréa, l'homme sortit peu à peu de sa léthargie, se démenant bientôt comme un beau diable pour se libérer de ses liens tout en injuriant la jeune femme. Accompagné par deux gendarmes, Gabriel fut vite de retour. Ils embarquèrent l'aigrefin, qui, une énorme bosse sur le haut de la tête, crachait son venin et sa haine envers cette famille abhorrée. Valentin, alerté par le bruit, se montra, en haut du monumental escalier, vêtu d'une somptueuse robe de chambre.

— Que se passe-t-il ? interrogea-t-il en descendant.

Néréa lui raconta l'incident.

— Je suis heureux que cette canaille parte en prison. Désormais, il n'y a plus lieu de s'inquiéter sur ses futurs agissements !

Alors que Magdalena, devenue sourde comme un pot, dormait du sommeil du juste, Pauline, intriguée par le remue-ménage, survint, encore mal réveillée. Apprenant l'intrusion du dangereux voleur dans la maison, elle se mit à pousser de petits cris effrayés que Valentin s'empressa de calmer. Arrivée sur ces entrefaites, la brave Justine se mit à mouliner frénétiquement du café pour tout le monde, l'air égaré, avant de comprendre qu'il était une heure du matin et qu'elle pouvait remonter dormir.

— Je ne te demande qu'une seule chose, fit Néréa, sérieuse, barricade tous les volets le soir et vérifie, si je ne le fais pas, que toutes les portes sont fermées à double tour.

La domestique affublée d'un drôle de bonnet et d'une chemise de nuit trop longue, s'empêtrait dedans en marchant et avait tout l'air de tomber de la lune. Ils montèrent se recoucher et Néréa, une fois de plus, eut bien du mal à trouver le sommeil. Au lever, elle fut obligée de recevoir les gendarmes qui enquêtaient sur le vol.

— Madame, dit l'adjudant, nous avons cuisiné cet individu toute la nuit et il nous a avoué de nombreux trafics qu'il faisait avec l'Espagne à la barbe de nos collègues douaniers et sur le dos de votre grand-père. Il est aussi l'auteur d'autres cambriolages. Nous avons fait une perquisition dans sa cabane et nous y avons découvert une véritable fortune en objets volés. De toute façon, sa tête risque de ne pas rester sur ses épaules très longtemps car il s'est mis à table vers les sept heures et nous a avoué un crime crapuleux qu'il a commis lors de ses nombreux déplacements. Il a occis la propriétaire d'un château dans le Haut-Médoc. À l'époque, il avait accusé un malheureux bougre à sa place qui, se croyant arrêté, s'est balancé d'un navire qui l'amenait en Amérique. C'est tout dire de l'horrible crapule. Sa femme lui avait fourni un solide alibi en disant qu'il était parti quinze jours au fin fond de l'Espagne voir ses parents, alors qu'il écumait les belles demeures de Gironde. Elle a eu, depuis, le bon goût de mourir... Vous pouvez désormais dormir sur vos deux oreilles.

Pauline arriva, Baptiste dans les bras, bâillant à s'en décrocher la mâchoire. Ses cheveux roux emmêlés, ses beaux yeux bleu profond, son nez court et ses fossettes lorsqu'il souriait, en faisaient un amour de petit garçon.

— Ama, dit-il, en tendant les bras vers sa mère, Ama, maman, je t'aime.

Néréa le prit contre elle, et Baptiste se mit à jouer avec les cheveux de sa mère.

— Prends ton petit déjeuner, mamour, Ama va travailler. Pauline, tu viens, je reçois tout à l'heure des acheteurs en provenance de Londres.

Magdalena qui arrivait dans le salon les vit partir bras dessus, bras dessous, secouées par de grands éclats de rire, sourit et se dirigea vers la cuisine, soudain heureuse.

*

L'été s'étira, ardent, et le xxe siècle s'annonçait plein de promesses. Charles de Nivelle avait abandonné à regret sa cour, admettant qu'il n'avait aucune chance de séduire la jeune femme. Juste retour des choses, Pauline et Néréa étaient désormais conviées dans les familles les plus en vue de la côte, assistaient à des bals élégants, étaient très entourées mais distantes, se souvenant de quelle manière elles avaient été traitées peu de temps auparavant. Ce n'était pourtant pas les prétendants qui leur manquaient. Pauline avait séduit un veuf anglais, septuagénaire et richissime, avec lequel elle sortait désormais, vivant le tourbillon des mondanités de Biarritz, jouant au golf, cabotant en bateau le long du littoral, dînant dans les plus beaux palaces de la côte. Lorsqu'il lui fit sa demande en règle, poussée par sa petite cousine et Magdalena, elle n'hésita pas une seule seconde et s'en fut habiter dans une de ces merveilleuses demeures qui faisaient, entre autres, la gloire de la cité. Néréa, ravie pour sa tante, s'annonçait parfois, rue d'Haïzart, *Villa Camélia*, dont le balcon aux cariatides drapées dans des étoffes fluides, un sein dénudé, soutenaient un merveilleux entrelacs en fer forgé, soulevant maints commentaires chez les promeneurs. Un immense parc s'étendait derrière la maison, agrémenté d'une imposante pièce d'eau. Valentin avait ouvert une boutique à la gloire de Thétis, déesse de la mer. Située sous les arcades, on y rencontrait tout le gratin d'Europe et d'Américains attirés par la « *french fashion* ». Il descendait souvent de Paris, accompagné par son dernier amour, cachant son homosexualité. Il avait acquis une somptueuse villa sise près de l'église orthodoxe Saint-Alexandre-Newsky, édifiée à l'initiative du prince Wolkonsky sur l'un des terrains du domaine impérial.

Baptiste grandissait sans jamais demander ce père dont l'absence pour Néréa devenait oppressante. Et s'il était mort, ou... elle n'osait préciser sa pensée, puis se jetait à l'eau... marié ! La jalousie l'étreignait. Elle se lançait alors à corps perdu dans des créations pour s'étourdir, oublier, défier le temps. Elle les exposait avec succès à Biarritz, judicieusement éparpillées dans l'extraordinaire boutique de Valentin, au milieu des vêtements extravagants, parmi les somptueux tissus des Indes et leur cote ne cessait de monter. Mais que représentait la réussite sociale si elle dissimulait un désert amoureux ! Par bonheur, l'amour de Baptiste la maintenait à flot.

Elle monta dans sa chambre, désœuvrée, s'assit au bord du lit, dans la semi-obscurité, fixant la glace en face d'elle, les lèvres et les yeux aussi dénués d'expression que si elle était privée de pensées. Elle ne ressentait aucune douleur, mais un profond vide intérieur, au-delà de tout ce qu'elle avait éprouvé depuis qu'un matin, elle s'était sauvée d'ici, sentant à nouveau un désir de mort monter en elle. D'un bond elle se leva et courut à la chambre de son fils où il dormait, s'apaisa devant lui, retrouvant dans cette douce contemplation assez de force pour résister à la tentation de disparaître. Sans doute son destin était-il tracé dans la solitude.

*

Pâques et le printemps furent bientôt là. Les massifs du jardin explosaient de couleurs. Après la messe où elle se rendait chaque dimanche avec Baptiste, indifférente aux femmes qui jasaient derrière son dos, elle se dirigea vers le port et la Maison de l'Infante tenant son petit garçon par la main. Fasciné par le spectacle des pêcheurs débarquant le poisson dans un grand remue-ménage de cris, d'ordres et de caisses jetées au sol, il la tira vers les chalutiers, attendant que leurs ventres se délestent de leur pêche. Elle retint l'enfant par le bas de sa veste, craignant qu'il ne tombe à l'eau. Les thons à la robe luisante, passés de main en main, s'alignèrent bientôt sur le sol. Les lots vendus aux enchères furent enlevés et le quai lessivé et récuré des souillures sanglantes retrouva son lustre. Baptiste observait les marins occupés à nettoyer à grande eau le pont du chalutier tandis que le *saiero*, garçon de chai, lavait les filets puis les mettait à sécher. Souvent d'autres barques de pêche s'ajoutaient aux autres déjà à quai et il ne savait plus où donner de la tête.

— Ama, regarde, regarde, dit-il, tout excité, le doigt pointé vers eux.

— Cesse de gesticuler, tu vas finir à l'eau ! s'exclama-t-elle, mi-amusée, mi-craintive.

Les traînières à voile et avirons s'approchèrent du bord en de lentes et savantes manœuvres puis elles accostèrent tandis que les mousses sautaient à terre, attachant la corde aux bittes d'amarrage. En un éclair, la jeune femme revit Bixente au même âge accomplir des gestes identiques. Amaxi descendait de Sainte-Barbe avec elle, s'asseyait sur un banc et l'autorisait à s'approcher du quai de débarquement. Parfois, elle rencontrait l'adolescent qui rentrait d'une pêche de plusieurs jours et ne pouvait détacher ses yeux de la silhouette agile tandis qu'il s'affairait sur le pont du *Basurdja*, le sanglier, fière du petit signe de connivence qu'il lui adressait dans le dos des marins.

— Maman, viens avec moi, je veux voir les poissons.

Il tirait sa mère par la manche, pressé de gagner l'endroit où commençaient à s'amonceler les *otarre* et les *saski*, couffins tressés, dans lesquels brillait le corps argenté de centaines de sardines. Pêchés avec le sarda, filet en chanvre très robuste et plombé, les poissons s'y précipitaient confiants, pour déguster la rogue, succulent appât composé de poissons et de petits crustacés. Intervenaient alors les *arrain saltzale*, les marchandes de poisson qui partaient aussitôt le vendre dans l'arrière-pays, effectuant ainsi des tournées à pied, la plupart du temps au pas de charge, longues parfois de trente kilomètres ! Absorbé par le spectacle, Baptiste, n'en perdait pas une miette tandis que tourné à nouveau vers l'avenir, l'esprit de Néréa s'évadait encore. Un profond instinct, sorte de sixième sens, s'éveillait en elle : Bixente était vivant. Quelque part en ce vaste monde, sans doute au Mexique ou peut-être ailleurs... Il existait, respirait, pensait parfois à elle. Le souvenir brûlant de leur unique étreinte, où sous ses lèvres, elle avait goûté à ce merveilleux anéantissement de tout l'être, la lavant de celle, sordide, de son père, la comblait.

Les incessantes questions de Baptiste la sortirent de sa rêverie et ils repartirent vers le kiosque à musique, élevé face à la mairie depuis 1883, où jouait l'Harmonie Sainte-Cécile récemment créée, pour la plus grande joie des badauds et des promeneurs. Le petit garçon, muet d'admiration, regardait ces hommes tirer des sons extraordinaires de drôles d'instruments dont sa mère, amusée, lui donnait les noms : cor, trombone, piston, basse. Tambour, il connaissait, il en possédait un. Espiègle, il tapait dessus comme un sourd, insensible aux supplications de Justine et de Magdalena qui se sauvaient en se bouchant les oreilles.

— Veux-tu que nous remontions vers la plage ? Gabriel nous attend devant Le Petit Casino.

— Oh, oui, maman, fit-il, sautant de joie, je veux écouter l'autre orchestre.

— Mon chéri, nous irons en fin de soirée car il ne joue qu'à partir de six heures et demie.

Baptiste battit des mains et se faufila parmi la foule qui déambulait sur la place, tandis que sa mère le suivait tant bien que mal. L'orphéon du Casino dit aussi de la Plage, composé de quatorze musiciens, offrait un concert le dimanche et les jours fériés jusqu'à dix heures du soir. Le grand Casino, lui, jouait tous les jours de quatre à six heures sur la terrasse de l'établissement des bains et Pauline y accompagnait Amaxi, à qui les morceaux de musique entraînante rappelaient sa jeunesse. Néréa laissa son fils s'amuser à courir le long de la jetée, puis elle le rappela à l'ordre, rejoignant le coupé où attendait Gabriel.

L'enfant leva vers elle son beau regard.

— Maman, pourquoi moi, je n'ai pas de papa ?

C'était la première fois qu'il lui posait la question. Elle en fut émue.

— Mais chéri, tu as un papa. Il est parti en voyage mais il va revenir. Ne t'inquiète pas.

— Mais quand ?

— Bientôt. Sois patient.

— Et tu l'aimes ?

— Oh ! oui, je l'aime, s'écria la jeune femme, un lumineux sourire aux lèvres.

Rasséréné, Baptiste sauta sur le marchepied du véhicule et se mit à chanter.

En sortant de la fabrique où elle venait de recevoir des acheteurs américains arrivés depuis quelques jours de New York, elle se dirigea vers le fond du jardin pour tenter d'apercevoir Baptiste. L'enfant devait s'amuser sur la plage, surveillé par la nurse qu'elle venait d'engager. Ni Justine, ni Magdalena n'étaient plus assez véloces pour courir après le galopin se moquant éperdument de leurs interdictions. Elle l'aperçut, non loin du bord en train de foncer sur les mouettes, Poséidon sur les talons, entendit ses frais éclats de rire portés par le vent alors que les oiseaux s'envolaient dans un claquement d'ailes rageurs. D'un geste vif, elle repoussa ses cheveux en arrière, saisit son chapeau et se tourna vers l'allée qui conduisait à la maison. C'est alors qu'elle vit Bixente, debout, sous le grand cèdre, qui l'observait. Interdite, elle le regarda, immobile, sa capeline à la main. Il s'approcha d'elle, lentement, tandis qu'elle attendait statufiée. Son cœur tapait avec violence dans sa poitrine, le battement de sa gorge l'étouffait presque. Vêtu avec élégance et recherche, sa mâle beauté la stupéfia. Au fur et à mesure qu'il avançait, elle vit le bleu profond de ses yeux, le dessin ferme de son beau visage hâlé, si lumineux dans l'ombre des ramures.

— Hello Néréa, fit-il avec tendresse en lui tendant les mains.

La jeune femme sentit la terre se dérober sous elle et un flot de sensations oubliées l'envahir. Elle prit ses mains et se retrouva dans ses bras, poussa un cri de bonheur, mêlé d'un sanglot, pressa sa tête contre sa large poitrine, la paix descendant enfin sur elle. Pleurait-elle de soulagement, d'incrédulité, d'amour, elle ne savait, prononçant des mots incohérents, balbutiant contre sa chemise.

— Ma petite fille, dit-il en détachant ses bras, ma chère petite fille perdue. Enfin, tu es là, encore plus belle que dans mes souvenirs.

Les mains de Néréa montèrent vers le visage aimé dont chaque trait était inscrit en lettres de feu dans sa mémoire, redescendirent sur la poitrine, le palpant, l'étreignant, comme si elle doutait encore de sa présence. Elle frôla le scapulaire qu'il portait toujours autour du cou.

— Je croyais que tu ne reviendrais jamais, hoqueta-t-elle.

Bixente, ému, passa son bras autour de ses épaules et l'entraînant vers un banc, s'assit avec elle, en la serrant étroitement contre lui.

— Si tu savais, mon cœur, la vie de fou que j'ai menée pour pouvoir revenir la tête haute, t'offrir ainsi tout ce que tu mérites de mieux car maintenant je suis riche. Je possède des magasins où je ne vends que des produits français à New York et je suis associé à Ortzi Bidart, un Basque que j'ai rencontré sur le bateau lors de ma première traversée.

— Mais je croyais que tu étais au Mexique, dit-elle, surprise.

— J'y étais. Je te raconterai pourquoi j'ai eu la faiblesse de rester aux États-Unis.

Elle le fixait, le dévorant du regard. Oubliées toutes ces années d'attente, de tristesse et de malheur. Sous ses doigts, elle sentait sa chair chaude et vivante et le désir refoulé montait en elle en ondes impérieuses. Il prit son visage entre ses mains et la regarda avec passion.

— Ma chérie, mon amour, dis-moi que tu es bien, que tu n'es plus malheureuse.

Elle riait, pleurait en même temps, saisit une de ses chères mains, la retourna, en embrassa la paume avec une dévotion non feinte, puis lui sourit, illuminée par la tendresse et la joie. Elle ne pouvait plus prononcer un mot. Il l'attira de nouveau à lui, baisa ses lèvres.

— Pourquoi, oui, pourquoi m'as-tu laissée si longtemps sans nouvelle ?

— Je pensais que tu m'avais oublié depuis tout ce temps.

— A-ma, A-ma, Ama chérie, où es-tu ? chantonnait un petit garçon en montant les escaliers précédé d'un chien.

— Je suis là mon amour, viens, je vais te présenter quelqu'un que j'aime très fort.

Radieuse, Néréa se tourna vers le garçonnet, attendant qu'il parvienne jusqu'à eux. Vêtu d'un costume marin, il portait un seau et une pelle qu'il agitait devant lui tout en essayant de repousser les rudes avances de Posé qui menaçait de le faire tomber à chaque pas. Ses boucles rousses dansaient autour de son visage rieur. Bixente, pétrifié, le regardait s'avancer.

Étonné, l'enfant s'arrêta de marcher, contemplant sa mère dans les bras d'un monsieur inconnu. Elle avait l'air si jeune, si heureuse qu'il ne douta pas un seul instant que cet homme l'aimait aussi. Alors, il ne se posa plus de question, trottina vers eux tandis que la nurse passait, discrète. Au loin, la façade de *Goicoetchea* resplendissait dans la lumière ambrée du soleil. La jeune mère souleva le garçonnet, approcha sa tendre frimousse des lèvres de son père et dit fort simplement : « Baptiste, embrasse ton papa. »

La composition de cet ouvrage a été réalisée
par Firmin-Didot

*Impression réalisée sur CAMERON
par BRODARD ET TAUPIN
La Flèche
en mai 2003*

Imprimé en France
Dépôt légal : mai 2003
N° d'édition : 39476 – N° d'impression : 18836